BASTEI
LÜBBE

JACK L. CHALKER
im BASTEI-LÜBBE-Programm:

24 125 Der Seelenreiter

Jack L. Chalker

DER SEELENREITER

DIE HERREN DER HÖLLE

Science Fiction Roman

Ins Deutsche übertragen
von Marcel Bieger

BASTEI LÜBBE

BASTEI-LÜBBE-TASCHENBUCH
Science Fiction Special

Band 24131

Erste Auflage: Juni 1990

Deutsche Lizenzausgabe 1990
Bastei-Verlag Gustav H. Lübbe GmbH & Co., Bergisch Gladbach
Originaltitel: Empires of Flux and Anchor
Lektorat: Reinhard Rohn
Titelillustration: Steven Vincent Johnson
Umschlaggestaltung: Quadro Grafik, Bensberg
Satz: Fotosatz Schell, Bad Iburg
Druck und Verarbeitung:
Brodard & Taupin, La Flèche, Frankreich
Printed in France
ISBN 3-404-24131-2

Widerspenstige Götter

Wenn Götter zum Fenster ihres Himmelspalastes hinausschauen, erwarten sie nur selten, draußen eine feindliche Armee heranrücken zu sehen.

Gyasiros Rex, Herr von Yalah, Gott und König in einer Person, mußte erleben, wie die gegnerischen Kolonnen immer näher kamen, und überlegte angestrengt, was zu tun sei. Seine allessehenden Augen zeigten ihm, daß die Truppen von vielen Seiten heranrückten, auch wenn der nächste Soldat noch über hundert Kilometer entfernt war. Die grimmige Entschlossenheit der Angreifer schreckte ihn nicht. Sein Fluxland-Königreich lag unter einem Energieschild, das niemand durchdringen konnte und das nur für die geöffnet wurde, denen er als Gott Einlaß zu gewähren geruhte. Er hatte den Schild allein aus der Kraft seines Willens errichtet. Weder die Truppen noch deren Waffen würden diesen Schutzwall passieren können; dazu mußten sie ihn aufbrechen.

Die gewaltige Machtfülle, mit der Flux bestimmte Individuen ausstattete, hatte die unangenehme Nebenwirkung, den Betreffenden entweder durch und durch zu korrumpieren oder ihn in einen einzigartigen Wahn zu treiben. Gyasiros war in Flux geboren worden, hatte sich in der bedeutenden Magier-Universität auf Globbus zum Zauberer ausbilden lassen und ein enormes Talent darin bewiesen, die rohe Energie, aus der Flux bestand, an sich zu ziehen und nach eigenem Willen umzuformen. In seinem Fluxland war er ein allmächtiger Gott. Dabei kam es ihm gar nicht so sehr auf die politische Macht an. Die Bäume, Felsen, Tiere und selbst der Himmel, all das hatte er nach seiner eigenen Vorstellung erschaffen. Er konnte das jederzeit zerstören oder verändern, ganz so, wie es ihm gerade in den Sinn kam. Sein Volk betete ihn an, denn die Leute wußten sehr gut, daß sein göttlicher Wille die Braven und Loyalen belohnte, die Sünder und Widerspenstigen hingegen bestrafte.

Und so gefiel es ihm. Er verspürte auch überhaupt keine Lust, daran irgend etwas zu ändern. Der Rest der Welt interessierte ihn nicht, bis auf den Umstand, daß vermittels der Leiner ein gewisser Handelsaustausch bestand. Die Leiner brachten ihm neue Spielzeuge und hin und wieder ein Buch, aus dem er neue Ideen bezog. Er wußte natürlich von der Existenz der sieben Tore zur Hölle und daß man sie vor langer Zeit versiegelt hatte. Ihm war auch bekannt, daß es Personen gab, die diese Tore wieder öffnen wollten, was das Ende der Welt, wie er sie kannte und schätzte, bedeuten würde. Doch dies war eine Sorge, die ihn nur am Rande plagte. Er hatte auch von der großen Kirche gehört, die über alle achtundzwanzig Anker herrschte, jene Orte, an denen Flux nicht existierte und Zauberei unwirksam blieb. Aber er wollte der Kirche diese Orte gönnen, solange sie sich hübsch darauf beschränkte. Ganze Länder ohne Magie, nein, furchtbar, so stellte Gyasiros sich die Hölle vor.

Die Leiner hatten die Neuigkeit mitgebracht, daß es in der Kirche zu einem Schisma gekommen sei. Eine Priesterin, die aus einem Anker stammte, aber mittlerweile in Flux zu einer mächtigen Zauberin herangereift war, sollte diese Spaltung herbeigeführt haben. Doch wenn Gyasiros darüber nachdachte, kam er rasch zu dem Schluß, daß ihn das nicht berührte. Der Krach in der Kirche war vor vielen Jahren und weit weg von seinem Reich entstanden. Was scherte es ihn, welche theologische Fraktion außerhalb von Yalah gerade an der Spitze stand und möglichst viele Menschen unter ihre Herrschaft zwingen wollte!

Als die Reformierte Kirche eines Tages tatsächlich Emissäre in sein Reich geschickt hatte, hatte der Gott sich nicht einmal die Mühe gemacht, ihnen sein Ohr zu leihen. Einer der beiden Legaten war ein Zauberer von beträchtlichen Fähigkeiten, gleichzeitig aber so lästig gewesen, daß Gyasiros die zwei kurzerhand in Hunde verwandelt hatte. Etwas später waren neue Botschafter gekommen, zwei weitere mächtigere Magier, und diese Herausforderung hatte ihn sogar kurzzeitig amüsiert. Die zwei hatten sich tüchtig Mühe gegeben, aber in einer Welt, wo die Macht eines Flux-Herrn in der Größe der Fläche gemessen wurde, die er kontrollieren konnte, beherrschte Gyasiros eines der größten zusammenhängenden Länder. Als er den Spaß an der Sache verlor, verwandelte er den männlichen Boten in einen alten Baum, und die Botin, die Priesterin oder sonst etwas in der Art war, zwang er dazu, nackt durch die Straßen zu tanzen und ihm die Füße abzulecken. Danach nahm er ihr den Verstand und sperrte sie als Tier in seinen eigenen Wald.

Aber heute, wo die gewaltige Armee anrückte und sein Yalah umringte, war ihm nicht mehr nach Späßen zumute. Er fühlte sich belästigt.

Die Belästigung verwandelte sich in Unbehaglichkeit, als der Angriff auf den Schutzschild begann. Der Gegner attakkierte mit solcher Wucht und Wildheit, wie er es nie für möglich gehalten hätte. Die Energiereserven und die geistige Konzentration, die er zur Aufrechterhaltung des Walls aufbieten mußte, brachten den Boden unter seinen Füßen zum Beben und ließen die Realität von Yalah verschwimmen und wanken.

Und dann setzten furchtbare Kopfschmerzen ein.

Endlich blieb ihm nichts anderes übrig, als den Schild zehn Kilometer zurückzuziehen, um seine Stärke nicht absinken zu lassen. Das hatte jedoch den unerwünschten Nachteil, daß die Feinde mit größerer Wucht angriffen, denn jetzt konnten sie ihre Kräfte auf eine kleinere Fläche bündeln. Und dem Rückzug des Schilds folgten die Soldaten.

Natürlich hinterließ Gyasiros ihnen einige häßliche Überraschungen. Die Gräser sonderten eine Säure ab, die sich durch Schuhe, Kleidung und Panzerung fraß und darunter das Fleisch verätzte. Die Straßen verwandelten sich in gefräßige Teerflüsse, die jeden, der auf ihnen marschierte, ansaugten und verschlangen. Mehr als einmal ging dort ein ganzer Wagen unter. Der Herr von Yalah wußte, daß die gegnerischen Zauberer einen Teil ihrer Kräfte dafür aufwenden mußten, diese Todesfallen zu neutralisieren. Er brauchte jetzt nur noch abzuwarten, bis er eine Lücke oder ein Loch in der geistigen Front der Gegenseite bemerkte, um seinen Gegenangriff zu starten. Aber er spürte nur ein unmerkliches Nachlassen beim Feind, und das auch nur für eine sehr kurze Zeitspanne. Nun fing er an, sich ernsthaft Sorgen zu machen. Er hatte schon eine Menge Attacken überstanden, meist von übereifrigen jungen Zauberern, die sich ein perfektes Flux-Land unter den Nagel reißen wollten. Wenn sie den dortigen Herrscher vernichteten, würden sie über Nacht auf der ganzen Welt bekannt sein und sich gehörigen Respekt verschafft haben. Aber kein einziger von diesen Angriffen hatte auch nur den Hauch einer Chance gehabt. Heute sah es dagegen ganz anders aus. Die Truppen auf der anderen Seite wirkten kampferprobt und schienen wie auf einem Kreuzzug von einer Mission erfüllt zu sein. Außerem waren sie in der Überzahl! Der Zauberer wußte sehr wohl, daß sein eigenes Volk, so groß es auch sein mochte, es nie und nimmer in einer offenen Feldschlacht mit solchen Soldaten aufnehmen konnte. Dazu fehlte es seinen Männern an Übung und Erfahrung. Natürlich würden sie den Feind angreifen, wenn er es ihnen befahl, doch sie würden einen gewaltigen Blutzoll entrichten, und es bedurfte keines allzu geübten Auges, um zu erkennen, daß eine Armee wie die jenseits des Schutzschilds nicht zum ersten Mal auf einen solchen fanatisierten, aber wenig kampferprobten Haufen gestoßen und aus jeder solchen Begegnung siegreich hervorgegangen war.

Die Kopfschmerzen wurden schlimmer. Kurz verspürte er ein erstes Bedauern darüber, die Emissäre nicht einfach wieder nach Hause geschickt zu haben. Nach all dem jedoch, was er sich mit ihnen geleistet hatte, durfte er kaum darauf hoffen, daß man neue Unterhändler zu ihm schickte. Seine Mentalkräfte tasteten die feindlichen Zauberer ab und suchten nach dem stärksten und mächtigsten unter ihnen. Das fiel ihm nicht schwer, auch wenn ein paar gewaltige Magier auf der anderen Seite standen. Der oberste von ihnen erhob sich wie ein Turm aus Licht in der Nacht. Gyasiros konzentrierte sich auf ihn. Für einen kurzen Moment ließ er seinen persönlichen Schild fallen und sandte dem Anführer eine kurze Energiebotschaft zu, die dieser sicher verstehen würde.

Dann schloß er seinen Schild wieder, nahm den Kampf erneut auf und wartete darauf, ob diese Herausforderung angenommen wurde. Er hatte die simpelste Methode für ein Duell gewählt, doch auch eine solche Botschaft war zeitaufwendig. Zuerst mußte der Gegner sie empfangen, dann sie verstehen und schließlich sich mit den anderen besprechen. Bis zur Antwort konnte der Gott von Yalah nichts weiter tun, als so viel Energie wie möglich aus der Leere zu ziehen und seine Stellungen zu verstärken.

Das Warten dauerte drei Stunden. Seine Kopfschmerzen waren mittlerweile kaum noch zu ertragen, aber er kämpfte dennoch weiter und hatte erst ein Viertel seines Reichs aufgeben müssen.

Mit einemmal ließ der Ansturm auf seinen Schild nach. Der gegnerische Druck verschwand so unvermittelt, daß er vor Erleichterung fast in Ohnmacht gefallen wäre. Daß es nicht soweit kam, bestärkte ihn nur in seiner Zuversicht und Vorstellung, ein Gott zu sein. Sicher, er hatte sich etwas verausgabt, aber das mußte der anderen Seite ebenso ergehen. Auch der Ober-Zauberer mochte darin keine Ausnahme machen. Somit würden sie beide unter gleichen Bedingungen zum Zweikampf antreten.

Er blickte zum Fenster hinaus und beobachtete, wie erfahrene und kampferprobte Soldaten einen Ruf vernahmen, in ihrem Vormarsch innehielten und in einer

Mischung aus Ehrfurcht und Respekt zurückfielen. Gyasiros konnte seine Freude kaum zurückhalten. Das, was sich draußen auf dem Feld tat, ließ nur einen Schluß zu: Der Ober-Zauberer, sein eigentlicher Widersacher, kam, um sich dem Zweikampf zu stellen. Doch als der Gott ihn dann zum ersten Mal erblickte, wollte er kaum glauben, was sich seinen Augen bot.

Eine Frau, eine kleine, schmale und knabenhaft wirkende Frau. Sie wirkte wie ein Zwerg inmitten ihrer Soldaten. Seine Gegnerin trug hüftlanges, strähniges rotbraunes Haar, aber weder Make-up noch Schmuck. Sie wirkte blaß und unterernährt, ihre Züge waren eingefallen und grau, so als sei sie vorzeitig gealtert. Sie hatte nichts weiter als eine alte, zerfaserte Robe an, die ihr zwei Nummern zu klein war und deren Ursprungsfarbe man nicht mehr feststellen konnte.

Obwohl man sich bei einem solchen Anblick kaum vorstellen konnte, daß dieses Wesen über so titanische Kräfte verfügte, beging Gyasiros nicht den Fehler, die Frau zu unterschätzen. Statur, Alter oder Geschlecht, das spielte in Flux keine Rolle. Er warf ihr eine Energieleine zu, einen dünnen Strahl, der von seinem Anfang bis zu seinem Ende stabil blieb. Seine Widersacherin bemerkte ihn und nickte kurz. Dann glühte ihr Körper, ein greller Blitz folgte, und schon rauschte ein Energiestoß an der Leine entlang. Im nächsten Moment befand sich die Ober-Zauberin nicht mehr draußen im Feld, sondern stand vor dem Gott in dessen Palast.

Aus der Nähe betrachtet wirkte sie eher noch älter und ausgezehrter. Gyasiros hingegen bot ihr in seinen fließenden weißen Roben, seiner goldenen und mit Juwelen bestückten Krone und mit seinem ansehnlichen, glattrasierten Gesicht einen wahrhaft königlichen Anblick. Der Gott war über zwei Meter groß, und sein perfekt proportionierter Körper befand sich in der allerbesten Verfassung.

»Vor Euch steht Gyasiros Rex«, verkündete er mit einer melodischen Baritonstimme. »Wer seid Ihr, die Ihr es wagt, in mein Reich einzudringen? Was ist Euer Begehr, Euch dem Land Yalah auf so unfreundliche Weise zu nähern?«

»Ich weiß, wer Ihr seid«, entgegnete sie heiser, und in ihrer Stimme schwangen Erschöpfung und eine Spur Sarkasmus mit. »Mir sind die Statuen von Euch, die hier überall herumstehen, nicht entgangen. Ich bin Schwester Kasdi von der Reformierten Kirche. Ich habe Boten zu Euch geschickt, nicht nur einmal, sondern zweimal, und sie kamen in Frieden und Freundschaft. Doch keiner von ihnen kehrte jemals zurück. Dieses Mal reise ich persönlich hierher, um mit Euch in der Sprache zu reden, die Ihr vermutlich als einzige versteht.«

»Ich habe nicht das geringste Interesse an Eurer Kirche, Eurer Mission oder Euren Legaten«, entgegnete der Gott und war etwas irritiert über ihren anmaßenden Tonfall. Er war es nicht gewohnt, von einem Gleichen auf gleicher Ebene angesprochen zu werden, ganz zu schweigen davon, sich Vorwürfe anhören zu müssen, noch dazu von einer zerlumpten Frau. »Andererseits habe ich nicht vor, Euch oder Euren Zielen im Weg zu stehen, solange Ihr mich in Ruhe laßt. Ich habe alles, was ich brauche, und bin damit zufrieden.«

»Ihr stellt für uns eine Bedrohung dar, die wir nicht vernachlässigen können. In der Vergangenheit sind wir auf so manches Fluxland gestoßen, von dem wir annahmen, es würde uns nicht im Wege stehen. Bis wir dann feststellen mußten, daß es von unseren Feinden beherrscht oder kontrolliert wurde. Wir wenden nie sofort Gewalt an. Wenn Ihr also auf unsere früheren Gesprächsbemühungen anders reagiert hättet, wäre der ganze heutige Aufwand womöglich überflüssig geworden. Doch wie die Dinge mittlerweile stehen, bleibt uns nur noch eine gewaltsame Auseinandersetzung. Ihr verfügt über eine so enorme Machtfülle, daß man in Euch fast einen Vertreter der Sieben Wartenden vermuten könnte. Und das ist für uns Grund genug, uns mit Euch zu befassen. Selbst wenn Ihr nicht den Sieben angehörtet, würde über kurz oder lang der Zeitpunkt kommen, an dem fremde Mäche Euch vor die Entscheidung stellen würden, mit welcher Seite Ihr es lieber halten wolltet. Euer Verhalten zwingt uns zu dem Schluß, daß Ihr Euer Ohr eher den Sieben als uns leihen würdet. Außerdem versperrt Euer Reich die Route zu den nächsten Anker-Landen, die wir auf unsere Seite bringen wollen. Kurz gesagt, Ihr seid uns im Weg.«

»Und ich kann nicht neutral bleiben?«

»Irgendwann käme auch für Euch der Moment der Entscheidung. Ihr hattet bereits zweimal Gelegenheit, Euch auf unsere Seite zu schlagen. Heute tragt Ihr die alleinige Schuld an Eurer Situation. Ein Neutraler kann nur existieren, wenn er sich als vertrauenswürdig erweist. Ihr habt uns das genaue Gegenteil bewiesen. Damit habt Ihr Euch – und uns – keine andere Wahl gelassen.«

Er betrachtete sie spöttisch: »Und Ihr wollt mich zwingen? Haltet Ihr Euch etwa für mächtiger als mich? Glaubt Ihr, Ihr wärt mir überlegen? Ihr, die Ihr Eure Magie zu nicht mehr zu nutzen versteht, als Euch in alte Lumpen zu kleiden und Euch das aufgezehrte und verbrauchte Aussehen einer Bäuerin zu verleihen, die nach Jahrzehnten des Kampfes mit der Natur und der Mutterschaft von einem Dutzend Bälger ausgebrannt ist?«

»Ich benutze meine Magie ausschließlich zum Nutzen und Frommen meiner Kirche und meiner Göttin. Ich habe mich aus freien Stücken dafür entschieden.«

»Dann besitzt Ihr den Verstand eines Flohs.«

Sie seufzte: »Ein bißchen töricht sind wir doch alle, oder?« Es klang wie eine Feststellung, nicht wie eine Frage. »Dennoch ist es besser, freiwillig in Armut und Reinheit zu leben, als zu einem Monster zu werden, wie Ihr es seid!«

Er richtete sich zur vollen Größe auf und rief erbost: »Ihr werdet noch vor mir auf den Bauch fallen und mich anbeten! Ihr werdet meine Füße ablecken und meinen heiligen Hintern küssen!«

Sie wurde wütend bei der Vorstellung, daß ihre Boten zu solchen widerwärtigen Handlungen gezwungen worden sein konnten. Sie hatte nichts als Abscheu für die hedonistischen und machtverliebten Egomanen à la Gyasiros übrig.

»Das werden wir ja sehen!« entgegnete sie eisig und griff an.

Es war eine Sache, einen Energieschild zu durchbrechen, ein immenses Energiegebilde, das kontinuierlich von aller verfügbaren Energie innerhalb eines Fluxlandes aufrechterhalten wurde; aber es war eine ganz andere Angelegenheit, einem Gegner von Angesicht zu Angesicht gegenüberzustehen, wenn die vorhandene Energiemenge beiden Seiten in gleichem Maße zur Verfügung stand. Wer von ihnen die meiste Energie an sich ziehen und steuern konnte, würden den Sieg davontragen.

Gyasiros hatte das Gefühl, als sei jede einzelne Zelle in seinem Körper in diesem Moment explodiert. Er schrie vor Schmerzen und Wut. Er konzentrierte alles, was sein Ego und seinen Willen ausmachte, und schlug Kasdis Energiewolke zurück. Er stieß sie von sich fort und schob sie zu ihrer Quelle zurück. Dann zog er wie ein Magnet alle ihn umgebende Energie an und schleuderte sie mental gegen das grelle gelbe Licht, gegen die Energie seiner Widersacherin.

Sie parierte auf die gleiche Weise. Ihrer beider Willen schufen einen riesigen Feuerball, der zwischen dem Gott und Kasdi in der großen Halle der Luft zu hängen schien. Die Kugel leuchtete immer heller auf und wuchs weiter an, während die Kontrahenten unentwegt neue Energie in sie sandten. Doch der grelle Ball blieb nicht lange reglos. Er wanderte vor und zurück, bewegte sich zwischen seinen Erzeugern hin und her. Die Energieballung brauchte nur eine Minute, um ihre kritische Grenze zu erreichen. Wer nun von der Kugel berührt wurde, mußte untergehen, da kein physikalischer Körper eine solche Energiemenge verkraften konnte.

Der Beherrscher von Yalah war ein mächtiger Zauberer, aber Kasdi zeigte sich ihm gewachsen. Sie war die stärkste Magierin, die je gegen ihn angetreten war. Er begriff jetzt, wie töricht es von ihm gewesen war, sie zu einem Zweikampf herauszufordern. Sie mußte ihn gar nicht besiegen, brauchte ihn nur lange genug zu beschäftigen und abzulenken, bis ihre Truppen durch den zusammenbrechenden Schutzschild gedrungen waren. Die Soldaten würden das ganze Land einnehmen und dabei der Hilfe der anderen Zauberer gewiß sein, die sich lange genug hatten ausruhen können. Gyasiros' Macht war groß genug, sein Land über eine sehr lange Frist mit dem Schutzschild zu verteidigen. Aber er vermochte nicht beides: gleichzeitig einen Schild aufrechtzuerhalten und einen Zweikampf zu führen.

Diese Erkenntnis seines schweren Fehlers schwächte seine Abwehr gegen die Magierin. Die beiden trennte nur eine Distanz von sieben Metern. Die Energieanballung, die sich bislang nie allzuweit von der Mitte entfernt hatte, schwebte nun anscheinend unaufhaltsam auf ihn zu. Als sie noch zwei Meter vom Gott entfernt war, hörte er geflüsterte Gedanken und Schmähungen, gegen die er seine Ohren nicht versperren konnte.

»Ihr seid kein Gott«, höhnten sie, *»und Eure Macht ist weit davon entfernt, absolut zu sein. Ihr seid auch nur ein Mensch, ein Sterblicher, der von einer Frau getötet werden kann. Und der Ball schwebt weiter auf Euch zu. Seht nur, er schwebt und schwebt ... Selbst Euer gottähnlicher Körper ist nichts als eine Täuschung, so wie Euer ganzes Leben nur auf Selbstbetrug basiert. Ihr zieht nur eine Show ab, vollführt nur Taschenspielertricks, an denen wahrhaftig nichts Majestätisches ist. Ihr führt Euch auf wie in einem Varieté ... Selbst hinter Eurer Magie verbirgt sich nichts als Illusion ...«*

Er kämpfte gegen die Einflüsterungen an und wußte nur zu gut über ihren Ursprung Bescheid. Aber er konnte sich nicht gegen die Zweifel wehren, konnte nichts gegen den Ärger ausrichten, den solche Blasphemien in ihm auslösten.

Millimeter um Millimeter rückte die blitzende Kugel näher.

Er kratzte die letzten Reserven an göttlichem Zorn und

Willen zusammen und stieß sie gegen den Energieball. Als die Kugel zurückwich, lachte er laut, und aus seinen Augen funkelte der endgültige Wahnsinn. Sein Selbstvertrauen wuchs mit jedem Stück, mit dem die Energiewolke sich wieder zum Zentrum zurückzog.

Und dann, mit einemmal, erstarb das Lachen auf seinen Lippen, und er sah sich etwas verwirrt um. Er konnte kaum atmen. Als er den Mund öffnete, wollte keine Luft zu ihm gelangen. Seine Verwirrung währte nur einen winzigen Moment, aber das war schon mehr als genug.

Plötzlich war die Luft wieder da, und er sog sie gierig ein. Währenddessen ließ seine Konzentration nach. Der Ball sauste auf ihn zu, umhüllte ihn und hielt ihn in furchtbaren Schmerzen gefangen. Er hatte verloren! Der Gott besiegt! Aber das war unmöglich! Er konnte nicht verlieren, nicht Gyasiros Rex, Gott von Yalah, ein perfektes Wesen, dessen Kräfte allmächtig waren! Aber wenn verlieren für ihn ausgeschlossen war, was ging dann hier mit ihm vor? *Transzendenz*! Die Energiekugel wollte ihn nicht verschlingen, sondern ihn stark machen, ihn mit einer Machtfülle jenseits aller Vorstellungskraft segnen! Er trank die Energie, nahm immer mehr davon in sich auf, mehr und mehr und mehr … *Ich bin nicht mehr der Gott von Yalah, sondern der Gott, der das Universum geschaffen hat! Ich bin der oberste und mächtigste aller Götter!*

Kasdi ließ von ihm ab und kehrte auf der Energieleine zu ihren Truppen zurück. Sie hoffte, weit genug von Gyasiros entfernt zu sein.

Selbst aus hundert Kilometern Entfernung sahen sie eine gewaltige Explosion. Ein riesiger Blitz, dem Sekunden später ein dumpfer Knall folgte.

Ein erschütterter Soldat neben Kasdi fragte mit aschfahlem Gesicht: »Was, im Namen all dessen, was heilig ist, hat sich dort zugetragen?«

»Energieüberladung«, antwortete sie müde. »Ich habe ihm alle Kraft des Kampfes und neunzig Prozent der verbliebenen Energie zugeführt. Er war so gierig danach, daß er alles sofort in sich aufsaugen mußte. Doch auch der stärkste Körper kann nur eine begrenzte Energiemenge in sich aufnehmen. Was darüber hinausgeht, läßt sich nicht mehr beherrschen. Als dieser Punkt bei Gyasiros überschritten war, konnte er die Energie nicht mehr halten, und sie löste sich in alle Richtungen hin auf. Dabei jagte sie ihn in die Luft.«

»Ich hätte so etwas nie für möglich gehalten«, stöhnte der Soldat.

»Er selbst hat mich auf die Idee gebracht. Und diese Anregung habe ich dann wörtlich genommen. Wißt Ihr, im Kern sind alle diese Flux-Herren instabil.«

Heilige des Schicksals

Es war alles andere als leicht, eine Heilige zu sein. Das traf nicht nur darauf zu, wie einen die großen Volksmassen sahen, sondern auch darauf, wie man sich selbst in sein neues Leben fügte. Je weniger sie dieses Leben mochte, desto mehr begriff sie die Notwendigkeit, sich so wie sie es tat, zu verhalten.

Kasdi saß im Tempel von Hoffnung in ihrem Büro. Eine Übertreibung, denn in dieser Kammer befanden sich lediglich ein alter Holzstuhl, der reichlich abgenutzt wirkte und jede ihrer Bewegungen mit einem Ächzen begleitete, und ein schäbiger Schreibtisch, auf dem eine verbeulte alte Öllampe, diverse Papiere, ein Füllfederhalter und ein Tintenfaß standen. Ansonsten war der Raum leer, klein und ohne jegliche Dekoration. Die Steinwände und der Boden erinnerten mehr an eine Mönchszelle als an die Zentrale einer der mächtigsten Personen der Welt.

Zwar waren der Tempel, ja, das ganze Fluxland mit dem Namen Hoffnung ihre Schöpfung, doch für die eigene Bequemlichkeit hatte sie keine Zauberkraft aufgewandt. Obwohl man im Tempel viele weniger spartanische Arbeitsräume und Quartiere finden konnte, mied Kasdi diese Kammern. Als einzigen kleinen Luxus leistete sie sich ein kleines Fenster hinter dem Tisch, aus dem sie auf den Tempel und das Land jenseits hinausschauen konnte.

Sie wußte am allerbesten, daß diese selbstgewählte Kargheit weniger von der vollkommenen Unterwerfung unter den Glauben herrührte, sondern ihren Grund in der Erinnerung an den Tod eines Mannes hatte: Der Stromreiter Matson, den sie geliebt hatte, war in einer Schlacht mit den

Höllenmächten umgekommen. Gefühle waren der pure Motivationsschub, der die Stärke eines Zauberers um ein Vielfaches steigern konnte. Und kraft der furchtbaren Erinnerung an das Ende dieses Mannes war Hoffnung entstanden. Dennocht gab es Momente, in denen Kasdi ahnte, daß ihr Tun zu einem göttlichen Plan gehörte, in dem sie als eine Art Schlüsselfigur die wesentlichen Züge ausführte.

Die Kirche war im Lauf ihrer jahrhundertelangen Geschichte immer stärker korrumpiert worden. Sie hatte ihre heilige Mission der Erlösung pervertiert zu einem System der Bespitzelung und Unterdrückung und war damit zum Instrument der Flux-Herrscher geworden. Die Kirchenführerinnen hatten nicht einmal davor zurückgeschreckt, die Heilige Schrift zu fälschen und umzuschreiben, um ihre Machenschaften zu decken.

Daher war es auch eine der ersten großen Aufgaben von Kasdi gewesen, die Schrift und möglichst viele der anderen alten und versteckten Dokumente aus den Kellern der Kirche zu holen oder aus den Fluxländern zu bergen. Danach hatte sie ein Institut ins Leben gerufen, in dem die besten Scholaren und Übersetzer dieses Material sichten und kodifizieren sollten. Eine gewaltige Aufgabe, und so würden noch viele Jahre vergehen, ehe dieser Kodex fertig wäre. Aber das bereits gesichtete Material konnte schon jetzt genutzt werden.

Kasdis Mentor, Mervyn von Pericles, der über sechshundert Jahre alt war und zu den mächtigen Neun Wächtern gehörte, nannte diese ganze Entwicklung eine Revolution. Doch nach Kasdis Ansicht traf diese Interpretation nicht den Kern der Sache. Sie bewirkte nicht so sehr eine Revolution, als vielmehr eine Restauration, indem sie die Menschheit an die Stelle zurückführte, von wo aus sie vom rechten Pfad abgewichen war.

Um ihre Ziele zu erreichen, brauchte sie einen ehrlichen und loyalen Klerus, der sich gegen die Korruption unempfänglich zeigte, wie sie von der alten Kirche praktiziert wurde. Und dafür war Kasdi auf die Hilfe der Magie angewiesen. Die Ordinierung der Priesterschülerinnen bedeutete daher mehr, als sich nur mit einem Gelübde an die Kirche zu binden.

Weil dem so war, hatte Kasdi sich entschlossen, von Anfang an ein Beispiel zu geben. Sie mußte wie eine Heilige leben, denn von ihr kamen die Zaubersprüche, die die jungen Frauen an die Kirche banden. Als höchste Kirchendienerin mußte sie ein Leben führen, in dem es noch weniger Luxus gab als in dem der anderen. Wie sonst könnten die anderen Opfer bringen und sich an Verpflichtungen halten? Ihr Beispiel, ihre Taten hatten vor allem den Zweck, den anderen ihre eigene Bürde als vergleichsweise gering erscheinen zu lassen. Und Kasdi lag mit dieser Einstellung richtig. Selbst Mervyn, der sie den einzigen unaufhebbaren Bann gelehrt hatte, den man sich nur aus freien Stücken selbst auferlegen konnte, war sich nicht ganz sicher, ob sie sich für das richtige Leben entschieden hatte. Er war der Ansicht, daß sie zu weit gegangen war, daß sie sich einem ungeheuren Druck aussetzte, der sie schließlich um den Verstand bringen würde. Sie widersprach ihm stets, und in den siebzehn Jahren, seit sie unter diesem unaufhebbaren Bann stand, hatte sie ihn ständig perfektioniert und vervollständigt, wann immer sie auf eine Lücke gestoßen war.

Kasdi hatte zwar ein Armutsgelübde abgelegt, aber das hieß keinesfalls, daß ihre Kirche unvermögend war, ganz im Gegenteil. Doch sie verwendete ihre Mittel zur Verbreitung ihrer Botschaft, zur Erhaltung der Tempel, Kirchen und Missionen, zur Wohltätigkeit und zur Durchführung ihrer anderen Aufgaben. Die Priesterinnen selbst besaßen allerdings nichts. Sie hatten nur unbegrenzten Zugang zu allen Kircheneinrichtungen und erhielten kostenlos Kleidung, Nahrung und andere Güter des täglichen Bedarfs. Die Priesterinnen lebten nicht wie die Reichen oder gar die Fluxland-Zauberer, aber sie waren mit ihrem Los zufrieden.

Kasdi besaß buchstäblich nichts. Keine Erinnerungsstücke an ihre Vergangenheit, keine Bilder, Photographien oder Andenken. Sie schlief in den erstbesten freien Zellen, die sie fand, und bereitete sich dort ein Lager aus Stroh. Und wenn kein Stroh zur Verfügung stand, schlief sie eben auf dem nackten Steinboden. Sie verfügte weder über Zofen noch sonstige Bedienstete. Nicht selten sah man sie auf Händen und Knien den Boden schrubben. Sie nahm nur die allereinfachsten Speisen aus der Gemeinschaftsküche zu sich und wusch danach ihr Geschirr ab. Sie badete entweder im Fluß oder stellte sich unter die Gemeinschaftsdusche der Priesterschülerinnen. Ihre schmucklose Robe war alt und abgetragen. Sie wusch das Stück jede Nacht. Auch das bescheidene Inventar ihres Büros, der Stuhl, der Schreibtisch und die Lampe stammten vom Müll des Ankers. Sie hatte sie, so gut es ging, repariert und wiederhergestellt.

Sie hatte ausdrücklich verboten, daß jemand sie bediente, und sie nahm niemals ein Almosen an. Und wenn in Flux oder in einem Anker war, ließ sie sich nur dann etwas zu essen reichen, wenn sie die Überzeugung gewann, dies geschehe aus purer Freundlichkeit und sei nicht mit irgendwelchen Hintergedanken verbunden. Kasdi rauchte nicht, trank nicht und fluchte nicht; solches ließ der selbstauferlegte Bann nicht zu. Und ihre Keuschheit war absolut. So vollzog sich ihr Leben, und so wollte sie es bis ans Ende ihrer Tage halten.

Sie hatte all dies nicht nur auf sich genommen, um den anderen ein gutes Beispiel zu geben. In Wahrheit befreite diese Lebensweise sie vom Alltag und dessen Verlockungen. Sie hatte alles, was sie sich wünschte, was sie brauchte. Ihr einziges Streben bestand darin, die Kriege zu beenden und die gesamte alte Kirche zu reformieren. Sie besaß nichts, das bei einem anderen Neid hervorrufen konnte, abgesehen vielleicht von ihrer ungeheuren Zauberkraft, mit der sie jedoch sehr sparsam umging. Sie wußte, daß viele in hohe und höchste Kirchenämter drängten, aber niemand wollte ihre Stellung einnehmen, nicht, solange ein so karges Leben dazu gehörte.

Kasdi nahm keinen Anteil an den tagtäglichen Routineangelegenheiten des Tempels oder der Institution Kirche. Sie hatte frühzeitig erkannt, daß sie für Verwaltungsarbeiten nicht geeignet war. Ihre Aufgabe, ihre wahre und einzige Bestimmung bestand darin, die Reformierung auf Welt voranzutreiben, den Glauben aufrecht und rein zu halten und die Herzen der Gläubigen zu stärken.

Sie bediente sich ihrer Zauberkunst nur dann für sich selbst, wenn sie sich vor dem Verhungern oder Verdursten bewahren wollte, oder wenn sie sich allein durch die Leere auf die Reise zu einem Anker machte. Die Menschen neigten leider dazu, den Stellvertreter für den eigentlichen Herrn zu halten. Kasdi wurde von den meisten wie eine echte Göttin verehrt. Dieser Umstand war ihr unangenehm, aber bislang hatte sie es nicht versucht, diesen Kult um ihre Person auszulöschen. Deshalb mußte sie sich, wenn sie auf Reisen ging, verkleiden. Sie verwandelte sich dann in eine Priesterin niederen Ranges und veränderte ihr Aussehen. Nur so war es ihr möglich, eine gewisse Anonymität zu wahren; doch auch in dieser Tarnung verzichtete sie nicht auf ihre entbehrungsreiche Lebensweise.

Nun gab es allerdings etwas, daß gegen sie verwendet werden konnte. Sie hatte eine Tochter geboren und seitdem alles unternommen, die Identität des Mädchens geheimzuhalten. Offiziell hatte sie eine Totgeburt zur Welt gebracht. Damals hatte sie ihre Schwangerschaft nicht verborgen halten können. Obwohl sie mittels ihrer Magie Narben und anderen Anzeichen eliminiert hatte, wußten doch zu viele Menschen, daß sie in einem Anker niedergekommen war.

Wäre die Tochter in Flux zur Welt gekommen, hätte das für die Mutter eine schmerzlose, mühelose Geburt bedeutet. Nur hätte sie dort keine Fehlgeburt vortäuschen können. Ironischerweise ließen die trügerischen Kräfte des Flux bei einer Zauberin kein unvollkommenes Gebären zu. Nur in einem Anker konnte ein Kind tot zur Welt kommen. In Wahrheit war Kasdis Tochter gesund und munter gewesen. Und die, die Zeuge dieser Geburt geworden waren, hatten sich freiwillig einer Gedächtnisveränderung unterzogen, um danach die offizielle Version zu verbreiten. Mervyn hatte diese Operation durchgeführt. Heute wußten nur vier Personen, daß das Kind lebte und wo es sich aufhielt: Allen voran natürlich Kasdi, die Mutter, dann ihre Cousine Cloise, die das Kind angenommen und in Anker Logh aufgezogen hatte, weiterhin der Zauberer Mervyn und schließlich die Schwester Generalin Tamara, gleichzeitig ihre älteste und beste Freundin.

Sie hatte dem Kind den Namen Spirit gegeben. Das Mädchen wußte, daß sie adoptiert war – die Geburtslisten des Ankers hätten sie sofort verraten, wenn sie dort eine Fälschung versucht hätten –, aber sie wuchs in dem Glauben auf, ihre richtigen Eltern seien im Krieg umgekommen, der zur Zeit ihrer Geburt geherrscht hatte. Glücklicherweise sah Spirit weder Kasdi noch Matson ähnlich. Nun, Kasdi hatte etwas nachgeholfen. Denn Feinde würden natürlich in Kasdis alter Heimat Nachforschungen anstellen und dabei auch Familienangehörige nicht unbehelligt lassen, bloß um etwas zu finden, was sich gegen das Oberhaupt der Reformierten Kirche einsetzen ließe.

Spirit war mittlerweile zu einer jungen Frau herangereift. Sonnengebräunt, wohlproportioniert und mit einer Figur versehen, von der die Mutter in ihrer Jugend nur hatte träumen können. Sie war atemberaubend schön, trug langes schwarzes Haar und hatte sanfte braune Augen. Allen jungen Männern in Anker Logh schlug das Herz schneller, wenn sie über die Straße ging.

Schwester Kasdi seufzte stets, wenn sie an Spirit dachte, und das war immer dann der Fall, wenn sie nicht gerade mit einer Arbeit beschäftigt war. Sie war sehr stolz auf ihre Tochter: Spirit besaß einen klugen Kopf und liebte wie die Mutter Tiere und Natur. Doch in den Stolz mischten sich auch Schuldgefühle. Obwohl die Tochter in einer weitaus besseren Atmosphäre und Umgebung aufgewachsen war als ihre Mutter, hatte sie doch nie leibliche Eltern gehabt. Natürlich besuchte Kasdi die Tochter, wann immer ihr das möglich war. Sie gab sich dann als Cousine der verstorbenen Mutter aus. Und mehr konnte sie leider nicht tun.

Die Hohepriesterin hatte sich in ihren Gedanken verloren, als sie ein Räuspern in die Wirklichkeit zurückrief. Schwester Karla stand vor ihr und machte ein entschuldigendes Gesicht. »Es tut mir leid, Euch stören zu müssen, Schwester, aber draußen wartet der Zauberer Mervyn, der mit Euch sprechen möchte.«

Kasdis Miene wurde heiterer. »Nur herein mit ihm! Und zögert in Zukunft nicht mehr, mich zu stören. Es tut mir nicht gut, wenn ich zuviel grüble.«

Die Priesterin war kurz verwirrt, drehte sich dann aber um und verließ den Raum. Einen Moment später trat der alte Mann ein, blieb kurz hinter der Tür stehen und sah sich prüfend um. Er zählte mehrere Jahrhunderte. Sein Haar war schlohweiß, ebenso wie der lange Bart. Er trug eine cremefarbene Seidenrobe mit golddurchwirkten Säumen. Keine Kirchenuniform, denn nur Frauen konnten Priesterin werden, sondern mehr das passende Kleidungsstück zu dem Bild, das er gern von sich vermittelte. Nur die hellen und wachen Augen, die alles gleichzeitig aufzunehmen schienen, verrieten die ungeheure Kraft, die hinter den uralten Zügen verborgen lag.

»Hm … Wie ich bemerke, gibt es hier keine Sitzmöglichkeit für Besucher.« Er machte eine rasche Handbewegung und ließ sich dann auf einem komfortablen, gepolsterten Sessel nieder, der aus der Luft hinter ihm erschienen war. Er betrachtete Kasdi kurz. »Du siehst furchtbar aus«, erklärte er dann.

Sie kicherte: »Wie immer das Inbild an Takt, nicht wahr?«

»Nach sechshundertundsiebenundvierzig Jahren habe ich mir das Recht erworben, auf die törichten Formen der Höflichkeit verzichten zu dürfen. Du bist wie alt? Sechsunddreißig, oder? Jedenfalls siehst du heute halb so alt aus wie ich.«

»Die letzte Zeit war nicht sehr einfach für mich, wie du dir vielleicht denken kannst. Die Yalah-Expedition vor einer Woche hat arg an meinen Kräften gezehrt. Danach habe ich drei Tage lang durchgeschlafen.«

Er erhob sich ohne Mühe, trat an den Tisch und sah auf das Blatt, das vor Kasdi lag. Eine Karte von Welt, ein sehr einfacher Plan, den die Priesterin mit ein paar handschriftlichen Notizen ergänzt hatte. Eine Weltkarte hatte es noch nie gegeben, und auch wenn dieses Blatt noch recht unvollständig war, mußte ein solches Projekt als unerhört angesehen werden. Als der alte Mann den Plan betrachtete, sagte er sich, daß Kasdi darin mehr sah als ein bloßes geographisches Werk. Diese Karte der Welt stellte so etwas wie ihre Autobiographie dar, siebzehn ihrer Jahre harter Arbeit und viele persönliche Opfer steckten darin.

Die Karte zeigte sieben Anker-Gebiete. Sie setzten sich aus vier Städten zusammen, die jeweils ein Quadrat bildeten, in dessen Zentrum ein Höllentor lag. Die Anker verteilten sich symmetrisch über die Oberfläche der Welt, was auf einen göttlichen Plan schließen ließ. Vier der Anker-Gruppen gehörten zur Reformierten Kirche, und die Fluxländer dazwischen oder entlang der Leiner-Routen, die alle Lebensräume miteinander verbanden, befanden sich unter der Kontrolle von Kasdi oder waren per Vertrag oder mit einem Nichtangriffspakt mit ihr verbunden. Daneben lagen dort draußen einige seltsame Magie-Regionen, die von wahnsinnigen Zauberern wie dem unbeweint verstorbenen Gyasiros beherrscht wurden, aber fast alle hatten die Stärke der neuen Kirche erkannt und sich entschlossen, dieser Macht nicht im Weg zu stehen.

Die Uneinsichtigen waren durch eine Verbindung von Truppen und Magie untergegangen, wie jüngst Gyasiros. Am Anfang war Kasdi damit nur mühsam vorangekommen. Viel Blut war vergossen worden, und sie hatte manch vertracktes Zauberer-Duell bestehen müssen. Doch jetzt kam es nur noch selten zu einer solchen Auseinandersetzung. Die Gerüchte von der Stärke der Reformierten Kirche hatten die letzten Winkel erreicht, und alle Herrscher-Zauberer, bis auf die paranoidesten Egomanen, hatten in ihrem verdrehten Geist noch eine gesunde Nische gefunden, aus der heraus sich für sie ein Kompromiß zwischen den Forderungen der Kirche und den Wünschen ihres eigenen Egos finden ließ. Natürlich hatte sich die alte Kirche das Vordringen der unerwünschten Konkurrenz gewehrt. Doch seit der Schlacht von Balacyn vor vierzehn Jahren, in der sich Truppen von über einer Million Mann in Flux gegenübergestanden hatten, hatte die Gegenseite keinen größeren Angriff mehr gegen Kasdis Bewegung begonnen. Doch schon die nächsten Anker konnten sich als uneinnehmbare Festung erweisen – nie war ein Anker der Reformierten Kirche kampflos in die Hände gefallen – und von beiden Seiten die bittersten und größten Opfer verlangen.

»Ich sorge mich darum, wie lange wir diesen Weg noch beschreiten müssen«, erklärte Kasdi müde. »Wie viele Jahre, wie viele Menschenleben noch?«

»Ich sorge mich viel mehr darum, was nach dem endgültigen Sieg geschieht«, entgegnete Mervyn.

»Wie bitte?«

»Wir gründen hier eine neue Welt. Die Wissenschaft erblüht wieder in den Ankern, und ein befreites Volk arbeitet an neuen Institutionen, Formen und Wegen, wie wir sie uns früher nie erträumt hätten. In absehbarer Zeit leben wir in einer nie gekannten Goldenen Ära. Und bis dahin hast du dich so sehr abgeschottet, daß du daran überhaupt keinen Anteil mehr nimmst. In deinem Bemühen, die Welt voranzubringen, hast du dich selbst auf das primitivste aller Leben zurückgezogen. Hast du dir eigentlich darüber schon einmal Gedanken gemacht?«

»Nein«, antwortete sie aufrichtig. »Wenn ich wirklich die neue Welt errichten soll, von der du sprichst, darf ich nicht eine Sekunde an meine eigene Zukunft denken. Die nächste Schwierigkeit, der nächste Marsch, der nächste Feldzug, die nächste Bedrohung dessen, was wir bereits erreicht haben, das sind die Dinge, die mich ganz und gar beschäftigen müssen.« Sie seufzte. »Ich schätze, wenn alles vorüber ist, reiche ich meinen Rücktritt ein. Als Pensionärin durchwandere ich die Welt von einem Ende zum anderen und schaue mir alles an, was es auf diesem Planeten zu sehen gibt. Vielleicht halte ich Vorlesungen, vielleicht ziehe ich als Wanderpredigerin durch die Lande … Ich weiß es nicht. Dieser Zeitpunkt liegt in so weiter Ferne.«

»Kann sein, kann auch nicht sein.«

»Aber du bist nicht zu mir gekommen, um mit mir über die Zeit danach zu reden. Dafür kenne ich dich zu gut. Also, heraus mit der Sprache, was führt dich zu mir?«

»Das Böse ist wieder in Bewegung. Ich schätze, eine seiner wesentlichen Stoßrichtungen zielt gegen dich.«

Sie runzelte die Stirn. »Du meinst doch nicht etwa die Sieben Wartenden? Ich dachte, wir hätten ihnen einen empfindlichen Schlag versetzt, von dem sie sich so rasch nicht wieder erholen. Und in den letzten Jahren hat das Böse sich doch wirklich ruhig verhalten.«

Der alte Zauberer seufzte. »Die Sieben sind weder empfindlich getroffen, noch ist deine Einschätzung richtig. In der Regel hält sich das Böse stets im Hintergrund und läßt Agenten für sich arbeiten. Daß der Magier Haldayne sich offen gezeigt und alle Aufmerksamkeit auf sich gezogen hat, war eine der seltenen Ausnahmen, und auch das war lediglich Teil ihres Plans. Was glaubst du denn, gegen wen wir in den ganzen Jahren in Wahrheit gekämpft haben?«

»Wieso? Gegen die alte Kirche natürlich!«

»Und wer genau verbirgt sich hinter der alten Kirche? Kann denn eine Korruption so immensen Ausmaßes von ganz allein entstehen? Ich bin kürzlich an ein paar sehr interessante Informationen gelangt. Diese lassen den Schluß zu, daß es sich bei Ihrer Perfekten Hoheit, der Königin des Himmels, um die ältere Schwester von Gifford Haldayne handeln könnte.«

Diese Neuigkeit entsetzte Kasdi. »Was? Ich kämpfe ja nun schon seit vielen Jahren gegen die alte Kirche, aber ich hätte nie vermutet, daß ich in Wahrheit …«

»Doch, die Quellenlage ist eindeutig«, fuhr er rasch fort. »Keiner von uns wäre darauf gekommen, und ich will ja auch nicht behaupten, daß die alte Kirche in ihrer Gesamtheit ein direkter Agent der Sieben ist. Wenn man das nachweisen könnte, würde dir der Rest von Welt wie eine reife Frucht in den Schoß fallen, ohne daß du dafür einen Finger krümmen müßtest. Doch der Fisch fängt am Kopf zu stinken an, wie es im Volksmund heißt. Die Korruption hat sich an der Spitze der alten Kirche ausgebreitet. Wie konnten die Hohepriesterinnen denn sonst die Torzugänge in ihren eigenen Tempeln, direkt unter den Fundamenten entdecken? Oder anders ausgedrückt, wie ist es möglich, daß das Böse in einen Tempel eindringt? Wie, wenn nicht durch Versuchung und Korruption?«

»Aber das wäre ja fürchterlich!«

»Ja, so kann man es nennen. Doch wie dem auch sei, bislang haben wir daraus einen Vorteil ziehen können. Den Sieben sind drei Höllentore geblieben, dank ihrer subtilen Kontrolle über die Kirche. Sie werden alles daransetzen, keines dieser Tore mehr zu verlieren. Wenn wir ihren Plan nicht enttarnt hätten, kurz nachdem sie selbst erst auf die Tempelzugänge gestoßen waren, und ihnen nicht mindestens ein Tor genommen hätten, hätten sie ihren alten großen Plan in die Tat umsetzen können. Niemand hätte etwas davon bemerkt, bis eines Tages die Horden der Hölle über uns hergefallen wären. Deshalb ist dein Seelenreiter ja auch nach Anker Logh geeilt, um das Schlimmste zu verhüten. Und nachdem das bewerkstelligt war, mußte er sofort weiter, um einen weiteren Brand zu bekämpfen. Seitdem haben die Sieben alles Erdenkliche getan, um ihren schwindenden Besitzstand zu halten. Dabei wurden sie nicht gerade von Erfolg verwöhnt. Wenn du jahrelang einen Angreifer abwehren müßtest und dir dabei klar wäre, daß du am Ende nicht siegen kannst, würdest du dann nicht nach anderen Möglichkeiten suchen?«

»Ja, selbstverständlich«, antwortete sie. »Eigentlich hätte ich mir schon vor einiger Zeit Alternativen überlegt.«

Mervyn nickte: »Ich gehe fest davon aus, daß die Königin des Himmels der Kopf der Gegenseite ist oder es zumindest war. Sie hat die Sieben kontrolliert, weil die Kirche die Quelle ihrer Macht war und sie alles eingesetzt hat, um diese Macht zu behalten. Doch inzwischen berichten meine Agenten, daß die Sieben gegen sie meutern, der Himmelskönigin ihr Versagen vorwerfen und sie zum Handeln drängen. Gerüchten nach soll es zu einer Versammlung der Sieben gekommen sein, meines Wissens das erste Treffen, an dem alle Wartenden teilgenommen haben. Dort muß wohl alles zur Sprache gekommen sein, was sich bei ihnen an Ärger und Frustration angestaut hat. Unsere Freundin, die Königin des Himmels, wird ihren alten Weg weitergehen und dabei bestimmt auf viele Verbündete zählen können. Doch daneben soll es einen neuen Weg geben. Es heißt, die Sieben wollen zuerst dich ins Stolpern bringen, bevor sie ihren eigentlichen Plan verwirklichen.«

»Wollen sie mich herausfordern und im Zweikampf besiegen? Das wäre mir mehr als willkommen. Ich würde es auch mit mehreren von ihnen gleichzeitig aufnehmen.«

»Nimm die Sache nicht auf die leichte Schulter. Bei den Sieben handelt es sich um die besten Zauberer der Welt, mit Ausnahme von dir. Ich fürchte, zwei oder drei, ganz sicher aber vier von ihnen wären dir überlegen. Aber davon einmal ganz abgesehen, entspricht es nicht ihrer Art, dich zu einem offenen Duell herauszufordern. Neben einigen anderen Unannehmlichkeiten für sie würde das auch sofort die Neun Wächter auf den Plan rufen. Das wissen sie und wollen es tunlichst vermeiden. Soweit sind sie noch lange nicht, als daß sie es mit uns allen gleichzeitig aufnehmen könnten. Die Bösen besitzen eine unendliche Geduld. Sie haben so viele Niederlagen einstecken müssen, daß sie nun mit größter Umsicht ans Werk gehen, um ihre Risiken so klein wie möglich zu halten. Und sie sind gewappnet, tausend kleinere Schläge hinzunehmen, wenn sie dadurch ihrem Endziel näher kommen. Und sie besitzen diabolische Verschlagenheit. Du solltest also auf der Hut sein.« Er schwieg für einen Moment und strich sich über den langen Bart. »Ich fürchte, daß sie die einzige Schwäche, die du hast, ausnutzen werden.«

Eiseskälte fuhr Kasdi durchs Rückgrat. »Aber wie könnten sie davon erfahren haben? Und wenn sie es tatsächlich wissen, warum haben sie dann nicht schon längst zugeschlagen?«

Er zuckte die Achseln. »Ich habe keine Ahnung, ob sie es bereits wissen oder nicht. Vielleicht ist ihnen diese Erkenntnis gerade erst gekommen ... Wie ich schon sagte, verfügen sie über eine unfaßbare Geduld. Und das führt uns zu einer unangenehmen Frage, die sich leider nicht vermeiden läßt: Was würdest du tun, wenn sie das Kind in ihre Gewalt brächten und dir einen Handel vorschlagen würden?«

Kasdi erbebte bei dieser Vorstellung am ganzen Leib. »Ich weiß es nicht. Ganz ehrlich, ich habe keine Ahnung ...«

»Man wird dir keine Entscheidungsfreiheit lassen«, warnte er sie. »Die Neun würden dich natürlich beschützen, komme was da wolle. Aber du bist ein Symbol, auf das wir im Moment nicht verzichten können.«

»Das wissen die Sieben doch auch. Halte ich damit nicht eine gewisse Absicherung in Händen?«

Er schüttelte langsam und traurig den Kopf. »Vielleicht. Aber du darfst ihre unerhörte Verschlagenheit nicht außer acht lassen. Auf militärischem Weg sind sie gescheitert. Um die gesamten sieben Tore unter ihre Kontrolle zu bringen, müssen sie uns infiltrieren und die Reformierte Kirche korrumpieren. Um das zu erreichen, müssen sie dich irgendwie außer Gefecht setzen.« Er schüttelte traurig den Kopf. »Wir könnten deine Tochter natürlich noch stärker überwachen lassen. Aber gerade die verstärkte Präsenz von Wachen könnte sie auf die richtige Spur bringen, falls sie Spirit noch nicht aufgespürt haben. Wir könnten das Mädchen auch hierher bringen. Hoffnung ist der sicherste Ort.«

Kasdi schüttelte heftig den Kopf. »Was für ein Leben würde sie hier erwarten? Bis jetzt hat sie noch keinerlei Neigung für das Amt einer Priesterin gezeigt, dafür um so mehr für Jungs. Ich fürchte, hier in Hoffnung würde sie vor Langeweile eingehen.«

»Als du in ihrem Alter warst, konntest du dir auch eine Menge schönerer Dinge als ein geistliches Amt vorstellen. Zur Not gibt es ja immer noch das Land Pericles, dort wäre sie auch in Sicherheit.«

»Schon allein die Tatsache, Spirit dorthin gebracht zu haben, würde die Aufmerksamkeit aller erregen. Dann wüßten die Sieben definitiv Bescheid. Spirit wäre in Pericles gefangen, solange ich für das Böse eine Bedrohung darstelle, und das dauert noch einige Jahrzehnte ...«

»Dann lassen wir alles so, wie es ist«, sagte der Zauberer unbewegt. »Das gefällt mir zwar nicht, aber nach Lage der Dinge bleibt uns kaum etwas anderes übrig. Eines könntest du jedoch für sie tun ... Du solltest ihr ihre wahre Herkunft aufdecken.«

Dieser Vorschlag erschreckte sie. »O nein ... noch nicht. Sie würde es nicht verstehen, könnte es nicht verstehen. Und sie würde mir nie verzeihen.«

»Wenn sie in Gefahr schwebt, muß sie die ganze Wahrheit erfahren und die Gründe für ihre Lage kennen. Schließlich muß sie sich im Notfall selbst wehren können. Wir können sie auch nicht länger ablenken und mit erfundenen Geschichten abspeisen, und wir dürfen sie nicht lebenslang in Anker Logh festhalten. Spirit fängt an, Fragen zu stellen; auch sie möchte sich die Welt ansehen. Ich denke, der rechte Zeitpunkt ist gekommen. Du hast so viele Opfer gebracht, soviel Leid ertragen. Nun mußt du noch einmal einen schweren Gang antreten, wenn auch zugunsten eines anderen Menschen.«

Kasdi senkte den Kopf. »Ich will meditieren und beten. Mehr kann ich dir im Moment nicht versprechen.«

»Meditiere und bete nicht zu lange«, mahnte er. »Das Böse hat wieder sein Haupt erhoben, und je mehr es sich in die Enge getrieben fühlt, desto entschlossener, teuflischer und gefährlicher wird es zurückschlagen.«

Morgen sollten im Tempel von Hoffnung die Novizinnen ordiniert werden. Wann immer Kasdi sich dort aufhielt, übernahm sie den Vorsitz über die Feier, obwohl mittlerweile viele weitere Magier-Priesterinnen im Kirchendienst standen, die die Bann-Riten genausogut durchführen konnten. Aber Kasdi liebte diese Veranstaltung. Sie erhielt dabei eine Bestätigung für die Richtigkeit ihres Wirkens und erfreute sich an jungen Gesichtern, die ohne Falsch und aus vollem Herzen die Eide leisten wollten.

Früher hatte man junge Frauen mehr oder weniger in das Priesterinnen-Amt gezwungen, solange sie über besondere Talente oder Fähigkeiten verfügten, die für die Kirche nützlich waren. Man ordinierte sie gleich von Anfang an, so daß sie für immer an die Kirche gebunden waren. Dem folgten drei Jahre der Indoktrination; gemeinhin auch Gehirnwäsche genannt. Kasdi hatte damit Schluß gemacht, als sie den barbarischen und furchtbaren Beschneidungs-Ritus aus ihrer neuen Kirche verbannte; dieser schreckliche Ritus, der sie aus dem Anker nach Flux verstoßen hatte. Seit damals hatte Flux einiges von seinen Schrecken und seiner Bedrohung verloren. Und die Bevölkerungszahl, die früher durch den entsetzlichen Beschneidungs-Ritus reguliert worden war, wurde heute durch freiwillige Veränderungen im Gleichgewicht gehalten. Diejenigen, die an sich Flux-Kraft feststellten – also über falsche Magie, in der aller Zauber nur Illusion war, oder echte Magie, in der die Sprüche tatsächlich etwas bewirkten, verfügten –, meldeten sich in der Regel von selbst, um sich für Flux ausbilden zu lassen und dorthin auszuziehen.

Den jungen Frauen, die heute zur Kirche kamen, zeigte man, was eine Priesterinnenschaft für sie bedeuten würde. Die Gemeinde war in einem Anker stets das Zentrum des sozialen Lebens. Und eine Priesterin wurde allseits respektiert und geachtet, in diesen Zeiten noch mehr als früher. Wenn eine junge Frau sich also für das Amt einer Priesterin interessierte, konnte sie auf Kosten der Kirche nach Hoffnung reisen und dort zwei Jahre als Schülerin verbringen.

Das Leben verlief für sie dann recht einfach und spartanisch, während sie sich gleichzeitig der strengen Disziplin des Unterrichts beugen mußte. Erst nach Absolvierung der Schule stellte sich die Frage der Ordinierung. Wenn eine junge Frau bis dahin feststellte, daß der genügsame Lebensstil ihr nicht zusagte, konnte sie um ihren Abschied bitten und wurde dann, ebenfalls auf Kosten der Kirche, wieder in ihre Heimat gebracht. Wenn eine junge Frau die Glaubensunterweisungen langweilig fand oder aus anderen Gründen damit nicht zurechtkam, konnte sie ebenfalls gehen. Die Mädchen aber, die blieben, wurden das Leben als Priesterin vorbereitet.

Für den nächsten Tag stand eine Gruppe von achtzig Frauen zur Ordination an. Den meisten würde sie ohne Umstände erteilt werden, aber mit einigen Kandidatinnen wollte Kasdi sich noch am Vorabend unterhalten. Es waren jene, bei denen die Lehrer in ihren Gutachten zu dem Schluß gelangt waren, daß sie für das Amt nicht unbedingt geeignet seien. Nun saß Schwester Kasdi in ihrem karg eingerichteten Arbeitsraum und wartete auf die erste der neun jungen Frauen, die sie zur letzten Prüfung empfangen wollte. Mervyn hatte seinen bequemen Sessel wieder aufgelöst, als er sie verließ.

Eine Schülerin trat ein. Sie trug die schmucklose, einfache Robe, die die Priesterinnen-Kandidaten kennzeichneten. Die junge Frau war groß und hager und wirkte nicht sonderlich attraktiv. Sie blieb vor dem Tisch stehen und sah die Heilige schüchtern an. Trotz der spartanischen Einrichtung empfand die Kandidatin Ehrfurcht.

»Mein Kind, sag mir doch, warum du den Wunsch verspürst, Priesterin zu werden?« begann Kasdi freundlich. Alle im Tempel sprachen Schülerinnen mit ›mein Kind‹ an. »Ich möchte wissen, was dich dazu gebracht hat, hierher zu kommen und die anstrengende Ausbildung auf dich zu nehmen, wo du es doch woanders einfacher hättest antreffen können?«

»Nun ja, Schwester, ich ... ich habe im Anker-Chalee

kein sehr angenehmes Leben geführt. Ich hatte nie Freundinnen, und Jungs haben sich auch nicht für mich interessiert. Daher wollte ich meinem Leben einen anderen Sinn geben, damit die Menschen mich wahrnehmen und anerkennen. Meine Noten sind gut, wenn auch nicht außerordentlich. Ich glaube, hier endlich den Ort gefunden zu haben, an dem ich mein Ziel verwirklichen kann.«

Kasdi nickte. Sie hätte sich eines Wahrheits-Zaubers bedienen können, unterließ es in diesem Fall aber. Das Mädchen hatte erfrischend offen gesprochen, war vielleicht sogar ein wenig zu ehrlich gewesen. Sine Motive waren an sich nicht zu verdammen, nur enthielten sie keine Hinwendung zum Glauben, zur Sache der Kirche.

»Du warst ehrlich, also will auch ich offen zu dir sprechen«, entgegnete die Heilige. »Deine Lehrerinnen erkennen bei dir keine Hingabe zur Heiligen Mutter. Statt dessen kommen sie zu dem Schluß, daß du lediglich Sicherheit und Geborgenheit suchst. Was hast du dazu zu sagen?«

»Die beiden Jahre im Tempel waren die schönsten in meinem ganzen Leben.«

»Das mag sein, aber könnte das nicht daran liegen, daß du dich hier zum ersten Mal in deinem Leben respektiert gefühlt hast? Ich muß dir allerdings zugute halten, daß du alle Kurse besucht und gute Leistungen gezeigt hast. Daher können wir dich nicht einfach vor die Tür setzen. Ich würde dir jedoch zu einer weiteren Prüfung raten.«

Die Schülerin schluckte. »Noch eine Prüfung, Ehrwürdige Schwester?«

»Ja. Ein Leiner-Zug verläßt morgen abend Hoffnung. Er reist zwar nicht nach Chalee, aber ins Anker Logh, und für deine letzte Prüfung ist jedes Anker geeignet. Man händigt dir Geld und neue Kleidung aus, und dann reist du mit dem Zug. Du bleibst im Anker und machst dort Urlaub. Melde dich nicht bei der Kirche und erzähle niemandem, daß du Priesterinnen-Schülerin bist. Du verbringst dort mindestens zwei Wochen, darfst aber gern auch länger bleiben. Befolge nur deine Eide! Bemühe dich, allen Versuchungen zu widerstehen. Und wenn eine gewisse Frist verstrichen ist, kannst du dich fragen, ob du nach Hoffnung zurückkehren willst.«

»Ja, Ehrwürdige Schwester.«

Kasdi konnte an der Miene der Schülerin deren Gedanken lesen. »Du glaubst, das ist keine schwere Prüfung. Doch ich habe meine Magie eingesetzt, um dich zu verändern. Schaue dich an.«

Ein Spiegel erschien an der Wand. Die junge Frau drehte sich herum und erstarrte. Kasdi hatte ihr ein ansprechendes, angenehmes Äußeres verliehen. Die Schülerin betrachtete sich voller Erstaunen, bis der Spiegel wieder verschwand.

»Wenn du nicht mehr zu uns zurückkehrst, behältst du dieses Aussehen. Wenn du dich aber doch für uns entscheidest, verwandle ich dich zurück. Betrachte es als eine Art Geschenk, das die Kirche dir macht. Es ist außerdem deine Probe, mit der sich feststellen läßt, wie stark deine Hingabe an die Kirche ist. Wenn du nichts lieber willst, als Priesterin zu werden, kehrst du auch zurück. Dann erhältst du die Ordination.«

Die Schülerin verbeugte sich und verließ rasch die Kammer. Kasdi erwartete nicht, sie jemals wiederzusehen.

Die zweite Schülerin wirkte auf den ersten Blick wie ein völliges Gegenbild der ersten.

Selbst in der großen weißen Robe wirkte sie noch atemberaubend schön, weiblich und bezaubernd. Jeder Mann hätte sich nach ihr umgedreht. Ihre Stimme war ebenso sanft und angenehm wie ihr Äußeres. Es verwunderte Kasdi sehr, warum jemand mit einem solchen Aussehen sich in das Amt einer Priesterin flüchten wollte. Es hatte Momente in ihrem eigenen Leben gegeben, in denen sie eine solch schöne Frau aus Neid hätte umbringen können.

»Mein Kind, warum bist du nach Hoffnung gekommen und warum willst du Priesterin werden?«

»Das ist nicht ganz einfach zu erklären, Ehrwürdige Schwester.«

»Man hat dir diese Frage doch sicher schon öfter gestellt.«

Das Mädchen seufzte. »Nun, wann immer ich darauf geantwortet habe, haben die Leute nur mit dem Kopf geschüttelt. Wißt Ihr, ich sehe gut aus. Das ist nicht Eitelkeit oder Einbildung, ich weiß, wie ich auf Männer wirke. Schon seit meiner Kindheit haben die Menschen meine Schönheit bewundert. Ich konnte nie irgendwohin gehen und eine Tür öffnen, ohne daß ein halbes Dutzend Männer aufgesprungen ist, um mr die Tür aufzuhalten. Ich konnte überhaupt wenig selbst tun. Ich habe mich für etliche Stellen beworben und auch alle Prüfungen bestanden. Aber wenn ich mich dann vorstellte, sah man nur auf meine Schönheit und hielt mich für ungeeignet, weil schöne Frauen nach landläufiger Meinung ja gleichzeitig dumm sind. Aber ich bin nicht dumm, sondern habe einige Fähigkeiten. Wenn die Menschen mich doch nur nach meiner Persönlichkeit und nicht nach meinem Aussehen bewerten würden ...«

Kasdi dachte lange darüber nach. »Aber warum dann ausgerechnet der Wunsch, Priesterin zu werden?«

»Eines Tages spazierte ich an einem Tempel vorüber, und da kam mir blitzartig eine Idee. Vielleicht ist es mir auch so vorherbestimmt. Ich sagte mir also, ich kann der Heiligen Mutter und gleichzeitig der Menschheit dienen, und zwar nicht mit meiner Schönheit, sondern mit meinem Verstand. Und wenn meine Attraktivität mir zusätzlich einen Vorteil verleiht, indem die Sünder mir eher zuhören, wäre das ja nur um so besser für die Sache. Meine Schönheit würde mir dann wieder die Türen öffnen ... könnt Ihr das verstehen?«

Kasdi nickte. Sie hatte sich ihre Meinung gebildet. »Ich habe dich zu mir kommen lassen, um letzte Zweifel auszuräumen. Wir zweifeln nicht an deinem Wunsch, der Kirche dienen zu wollen. Wir fürchten nur, du könntest auf Dauer Schwierigkeiten haben. Der Zölibats-Eid ist absolut, aber er verwandelt dich nicht in ein geschlechtsloses Wesen. Nach dem Eid spüren wir Schwestern immer noch die gleichen

Gefühle, Nöte und Wünsche wie jede normale Frau. Das Verbot, diesem Drang nachzukommen, kann zu einem enormen physischen Druck führen. Wir fürchten um deine seelische Gesundheit. Hast du je darüber nachgedacht?«

Die Kandidatin nickte. »Jawohl, Ehrwürdige Mutter. Wenn der Weg einfach wäre, hätte es dann Sinn, ihn zu beschreiten? Nur weil einige andere Frauen weniger anziehend für Männer sind als ich, verspüren sie doch die gleichen physischen und psychischen Wünsche wie ich, oder? Wenn ich also der Heiligen Mutter dieses Opfer nicht zu bringen vermag, dann bin ich wirklich nur die hirnlose schöne Puppe, die so viele in mir sehen.«

Kasdi wurde von diesen Worten angerührt. »Dann ist es dir also Ernst mit deinem Entschluß?«

»Ja, ich fühle mich berufen, den Willen der Heiligen Mutter zu verkünden.«

Kasdi lächelte. »Gut. Wir wollen dir nicht im Wege stehen, sondern dich als unsere Schwester aufnehmen. Komme morgen mit den anderen, um die Ordination zu erhalten.«

Das Mädchen wirkte überglücklich. »Der Segen der Heiligen Mutter soll ewig auf Euch ruhen, Ehrwürdige Schwester!«

Kasdi entließ die junge Schönheit und bat die nächste Kandidatin einzutreten. Als die Heilige das letzte junge Mädchen befragt hatte, erhob sie sich, löschte das Licht und begab sich in den Tempel. Sie verschwand in seinen Tiefen. Sie hatte den ganzen Tag über noch nichts zu sich genommen, denn als Leiterin der Feierlichkeit unterlag sie dem Fastengebot. Doch das störte sie nicht weiter.

Unter dem Tempel gab es viele leere Kammern, und so hatte Kasdi keine Mühe, einen Platz für die Nacht zu finden. Sie ging in einen Abstellraum und versorgte sich dort mit einem Eimer, einem Waschbrett und Seife. Damit begab sie sich in den Duschraum. Sie zog die Robe aus und wusch sie. Danach trat sie selbst unter die Dusche. Sie trocknete sich nicht ab, denn sie zog es vor, noch eine Weile die Nässe auf ihrer Haut zu spüren. Nun verbrachte sie fast eine Stunde damit, den Duschraum zu reinigen. Danach duschte sie sich noch einmal ab, zog die noch feuchte Robe über und suchte dann ihre Zelle für die Nacht auf. Sie betete lange Zeit und erflehte den Segen für die Schülerinnen, die morgen die Weihen erhalten sollten. Mit anderen Gebeten ersuchte sie um Trost und Rat für das, was sie tun sollte und zu tun beabsichtigte.

Sie, die mächtige wahnsinnige Zauberer bezwungen, einen Prinzen der Hölle in die Schranken verwiesen und die Kirche und deren Oligarchie besiegt hatte, erbat sich Mut, um ihrer eigenen Tochter gegenüberzutreten.

Die Weihen verliefen ruhig und würdevoll, worauf Schwester Kasdi auch ein Augenmerk legte. Später würden die junge Priesterinnen in ihr Heimat-Anker zurückkehren, um dort in ihrer Gemeinde öffentlich in ihr Amt eingesetzt zu werden. Erst diese Zeremonie machte sie wahrhaft zu Priesterinnen.

Der Zug trat durch die großen Türen ins Innere des Tempels und sang dabei einen alten Psalm, in dem der Himmel und seine Taten gepriesen wurden. Die Prozession verbeugte sich im Gang vor dem Altar, bevor jedes einzelne Mädchen seinen Platz auf den Bänken einnahm. Keine Unbeteiligten waren zu dieser Feier zugelassen. Nur die Schülerinnen und Kasdi als Leiterin der Zeremonie waren anwesend.

Sie wartete vor dem Altar auf die Kandidatinnen. Sie stand dort in ihrer prächtigen Purpur-Robe mit dem Goldbesatz, die sie als Kriegs-Priesterin kennzeichnete. Der Purpur wies darauf hin, daß der Sitz ihrer Macht sich in Flux befand. Die Robe selbst, die sie bei ihrer eigenen Ordination getragen hatte, wurde im Tempel-Museum aufbewahrt und nur zu besonderen Gelegenheiten hervorgeholt.

»Vor langer, langer Zeit kam es im Himmel zu einer Rebellion«, verkündete Kasdi. »Und am Ende hatte sich das Volk des Himmels geteilt, gemäß dem Willen der Herrin und Königin, der wir dienen.« Die Kandidatinnen kannten diese Geschichte alle, und doch war sie Bestandteil des Ritus.

»Diejenigen, die Ihr den Rücken zuwandten, wurden in die Hölle verbannt«, fuhr die Heilige fort. »Und danach versiegelte man die Sieben Tore zur Hölle. Diejenigen, die Ihr die Treue bewahrten, lebten fürderhin in einem noch schöneren Himmel, denn sie waren jetzt gereinigt genug, eine neue Schönheit zu schauen. Die übrigen wurden als Seelen auf die Welt geschickt. Hier sollten diejenigen, die unrein waren, aber in der Lage, der Versuchung des Bösen zu erliegen, die Freuden des Himmels, aber auch die Schmerzen der Hölle erkennen und Leben um Leben führen, bis ihre Seelen gereinigt genug waren, um in den Himmel auffahren zu dürfen. Oder bis die Tore der Hölle sich auftun würden und wir Menschen erneut vor der Entscheidung zwischen Gut und Böse stünden.«

Sie schwieg für einen Moment und fragte dann: »Was stellt in diesem Schicksalsplan die Kirche dar?«

»Die Kirche ist die Wächterin über allem, das gut und heilig ist«, antworteten die Kandidatinnen im Chor.

»Welches ist die Aufgabe der Kirche?«

»Gut und Böse zu unterscheiden, damit die Menschen ihre eigene Wahl treffen können.«

»Was sollen die Priesterinnen tun?«

»Durch sie führt die Heilige Mutter Ihren Göttlichen Plan aus.«

»Wer sind die Priesterinnen?«

»Die Soldatinnen der Heiligen Mutter, die Wächterinnen der Kirche und die Verkünderinnen des göttlichen Willens.«

»Der Weg, den ihr gegangen seid, war steinig und hart«, fuhr Kasdi fort. »Viele halten sich für berufen, aber wenn alle Prüfungen durchgeführt sind, bleiben nur wenige von diesen übrig. Diejenigen, die alle Prüfungen bestanden haben, ihr also, sind die Besten der Besten, die wahre

Zukunft der Kirche und der Menschheit. Und die Seelen der Menschen liegen von nun an in eurer Pflege und Verantwortung. Alle von euch sind aus freiem Willem diesen Weg gegangen. Doch wenn eine unter euch sein sollte, die auch nur den leisesten Zweifel daran hegt, dies sei die richtige Entscheidung für ihr Leben, dann sollte sie vortreten und der Ordination entsagen. Denn sobald die Weihen erteilt sind, hat das Schicksal seinen Lauf genommen. Ich frage also, hat jemand auch nur einen leisen Zweifel?«

Die Heilige schwieg und ließ den Blick über die Versammlung schweifen. Es kam gelegentlich vor, daß eine oder zwei Schülerinnen in einem solchen Moment aufstanden und den Tempel verließen. Doch heute rührte sich niemand.

Die Ehrwürdige Schwester nickte erfreut. »Gut. Das Leben einer Priesterin ist hart und die Anforderungen groß. Unser Amt verlangt Opfer. Nun müßt ihr eurem alten Leben auf immer entsagen.« Während sie die vorgeschriebenen Worte sprach, webte sie schon die komplexen mathematischen Strukturen, die in Flux die Basis für einen starken und bindenden Zauber waren. »Wisset nun, daß eure Antworten euch auf immer binden werden«, erklärte sie, »und daß ihr hier und jetzt nichts anderes tun dürft, als die vorgeschriebenen Antworten zu geben.«

In Wahrheit wurden sie nicht so sehr durch ihre Antworten an die Kirche gebunden als vielmehr von Kasdis unfaßbarer Zauberkraft. »Kniet nun nieder und wiederholt, was ich sage.«

»Ich wünsche, Priesterin der Heiligen Kirche zu werden. Ich strebe weder nach einer anderen Berufung noch nach einer anderen Aufgabe. Denn dies ist das einzige, nach dem ich jetzt und immerdar trachte.«

Sie hielt inne, damit die Versammlung Zeile für Zeile wiederholen konnte.

»Ich habe keine Familie bis auf die Schwestern der Kirche. Meine Eltern sind die Heilige Kirche. Alle Priesterinnen sind meine Schwestern, und ich gehöre zu keiner anderen Familie. Ich übergebe der Kirche meine Vergangenheit und alle meinen weltlichen Güter. Ich entsage dem Stolz und widme alle Kraft meinem heiligen Amt. Ich entsage dem Neid und der Eifersucht in allen ihren Formen.« Sie trug nun die Litanei der anderen Todsünden der Menschen vor.

»Ich bin die Braut der Kirche und habe keinen anderen Bräutigam neben ihr. Ich gelobe, keusch zu leben und mich für den Rest meiner Tage dem Zölibat zu ergeben, damit ich niemals meine Liebe zur Kirche teilen oder hintergehen muß. Ich gebe mich ganz und gar in die Hand der Heiligen Mutter, die mich mit allem versorgen wird. Ich gelobe der Heiligen Kirche absoluten Gehorsam und will ihre Doktrin und ihre Lehren befolgen. Und ich gelobe ebensolchen Gehorsam gegenüber den Schwestern, die die Heilige Mutter über mich gesetzt hat. Dies schwöre ich aus freiem Willem und in Gegenwart der Heiligen Mutter, meiner Schwestern und aller anderen, von nun an und auf immer bis in den Tod.«

Der Ritus war vollzogen. Ein mächtiger Zauber lag auf den Kandidatinnen, den nur ein erstklassiger Zauberer wieder aufbrechen konnte. Doch alle Sprüche ließen sich wieder aufheben, bis auf den selbstbindenen Zauber. Dennoch würde keine der Novizinnen auch nur den Versuch unternehmen, diesen Bann aufzulösen, weshalb auch ein feindlich gesinnter Zauberer große Mühe haben würde, wenn er gegen den Willen des Betreffenden etwas brechen wollte. Kasdis Zauber war ein sicherer Garant gegen die Art von Korruption, die sich in der alten Kirche entwickelt hatte.

Nun traten die jungen Frauen eine nach der anderen in den Mittelgang, entledigten sich ihrer weißen Robe und stellten sich vollkommen nackt hinter die Heilige. Während sie sich einzeln vor dem Altar verbeugten, gab ihnen Kasdi einen neuen Namen. Eine ganze Abteilung befaßte sich mit der Namensgebung für junge Priesterinnen, damit es weder zu Verwirrung noch zu Überschneidungen kommen konnte.

Bald war jene schöne Frau an der Reihe, mit der sich die Heilige in der Vornacht unterhalten hatte. Unbekleidet wirkte sie noch attraktiver, und Kasdi lächelte, als sie sprach: »Schwester Marigail.« Die junge Frau lächelte zurück und nahm ihren Platz ein.

Nachdem alle ihren neuen Namen erhalten hatten, wandte sich die Kriegs-Priesterin an die Versammlung. »Nun seht euch an. Eure Berufung ist jetzt alles, was euch geblieben ist.« Sie zog sich aus und stand nackt vor ihnen. »Und so trete ich ebenso nackt vor euch. Ihr wart immer meine Kinder, doch nun seid auch ihr meine Schwestern. Durch mich erteilt die Heilige Mutter euch die Ordination zur Priesterin Ihrer Heiligen Mutter Kirche. Sie erteilt euch nun Ihre Stärke, damit ihr in Ihren Namen tätig werden könnt, damit ihr die Messen und Riten durchführen könnt und die Sakramente erteilen dürft. Und in all dem dürft ihr nicht vom Weg abweichen, ganz gleich wie die Umstände auch sein mögen. Ich habe jeder von euch meinen Segen erteilt. Nun mögt ihr mir euren Segen geben und danach so von diesem Ort gehen, wie ihr gekommen seid, versehen aber mit dem, was euch heute zuteil wurde.«

Eine nach der anderen gingen sie, erteilten als ersten Akt ihres neuen Amtes der Heiligen ihren Segen und verschwanden dann nackt durch die Tür. Draußen erhielten sie Roben und Sandalen, alles in der gelben Farbe einer Priesterin-Novizin, damit sie schon eine Messe lesen oder Sakramente spenden konnten. Danach führte man sie in den Speisesaal des Tempels, wo sie die beste Mahlzeit ihrer zweijährigen Anwesenheit serviert bekamen. Schließlich gingen sie für zwei Wochen oder einen ganzen Monat, je nachdem, wie weit ihre Heimat entfernt lag, auf die Reise nach Hause. Und danach begann für sie die eigentliche Aus- und Weiterbildung.

Schwester Kasdi war wieder allein und stand seufzend vor dem Altar. Nachdem sie all die jungen Gesichter gesehen und dabei an ihre Tochter gedacht hatte, hatte sie einen Entschluß gefaßt. Natürlich hatte Mervyn recht. Wenn Spirit in Gefahr schwebte, mußte sie erfahren, in welcher Lage sie sich befand und was ihr drohte. Kasdi war sehr müde und kam sich ungeheuer alt vor, aber sie durfte sich keine Ruhe gönnen. Sie bezog Kraft aus dem Flux, verließ das Innere des Tempels und suchte ihren Arbeitsraum auf. Es gab keine Veranlassung, die Entscheidung noch einmal zu überdenken oder die Durchführung auf die lange Bank zu schieben. Wie die Novizinnen wollte auch sie sich dem Leiner-Zug anschließen.

Enthüllungen

Der Leiner trug den Namen Gorondon; doch dies war nur sein Leiner-Name, denn wie alle in seiner Zunft hielt er seinen wahren Namen geheim, damit niemand jemals etwas gegen ihn in der Hand haben konnte. Gorondon gehörte zu der kleinen Gruppe von Männern und Frauen, die Menschen, Waren und manchmal sogar Ideen zwischen Fluxland und Fluxland, Anker und Anker beförderten. Die Leiner waren eine abgeschottete Gruppe. Man mußte in ihr geboren sein, um jemals den vollen Leiner-Status zu erlangen. Sie verteidigten ihr Handelsmonopol eifersüchtig und, wenn es sein mußte, mit Gewalt. Doch ihr System funktionierte so gut, daß man sie, trotz allen Mißtrauens, gewähren ließ.

Gorondon war ein großer, starker Mann mit einem buschigen schwarzen Bart, einer breiten, flachen Nase und runden, braunen Augen. Er machte auf die, die ihn zum ersten Mal sahen, den Eindruck einer zum Leben erweckten Statue, die aus Granit gehauen und durch Magie aus ihrer Starre gelöst worden war.

Die eigentlichen organisatorischen und sonstigen Arbeiten in einem Leiner-Zug wurden von den Duggern erledigt, eigenartigen, oft mißgebildeten Wesen, die früher einmal ganz normale Männer oder Frauen gewesen waren. Bei den meisten von ihnen entsprach das entstellte Äußere der Verwirrung in ihrem Kopf, denn sie alle hatten in Flux ein furchtbares Schicksal erlebt. Dugger rekrutierten sich in der Regel aus dem Bodensatz der Gesellschaft: Menschen, die sich nicht an herrschende Zustände anpassen konnten oder geistig nicht gesund waren und deshalb freiwillig oder unter Zwang in den Flux gegangen waren. Seitdem sahen sie aus wie ihre eigenen, Fleisch gewordenen Alpträume. Doch unter dem strengen Regiment eines Leiners erwiesen sie sich als fleißige und zuverlässige Arbeiter. Sie waren ihrem Leiner in absoluter Treue ergeben und fürchteten sich vor nichts, außer wieder in die Leere verstoßen zu werden und dort ihrem eigenen Wahnsinn ausgesetzt zu sein. Für gewöhnlich waren sie Angestellte eines Leiners und erhielten ein regelmäßiges Gehalt. Sie hüteten die Tiere, lenkten die Wagen, nahmen die Fracht auf und luden sie wieder ab und wehrten mit ihren Waffen die Räuberbanden in Flux ab.

Gorondon hatte sich allein nach Hoffnung begeben, um dort seine Geschäfte zu tätigen und sich umzuhören. Dugger betraten nur selten die weiten, offenen Fluxländer, denn sie fühlten sich dort alles anderes als behaglich. Für gewöhnlich blieben sie mit dem Zug an der Grenze zurück und eilten höchstens dann ins Land, wenn sie zum Be- oder Entladen einer Fracht benötigt wurden. Hoffnung gehörte ganz gewiß nicht zu ihren beliebtesten Fluxländern. Ein Land, in dem eine matriarchalische Theokratie herrschte, war nicht nur den Duggern, sondern auch so manchem Leiner unheimlich. Die meisten von ihnen sahen wenig Unterschied darin, ein Sklave unter einem selbsternannten Magier-Herrscher oder eine Priesterin der Kirche zu sein.

Als Gorondon erfahren hatte, daß er nicht weniger als vierzehn Passagiere von Hoffnung ins Anker Logh transportieren sollte, hatte er Kutschen besorgt, die je acht Personen fassen konnten. Die Leere des Flux verfügte weder über Steigungen noch Schlaglöcher, und ein Zug bewegte sich nur langsam voran.

Kasdi bestieg die erste Kutsche, und weil sie so schmächtig war, nahmen drei weitere Frauen neben ihr Platz, während auf der gegenüberliegenden Bank nur drei Personen sitzen mußten. Wer immer erklärt hatte, in einer Kutsche könnten acht Reisende unterkommen, mußte wohl fünfjährige Kinder gemeint haben.

Kasdi hatte sich ihre übliche Flux-Tarnung aufgelegt. Sie erschien als Priesterin in der schwarzen Robe jener Schwester, die Recht sprachen. Sie hatte sich durch Zauberkraft kleiner gemacht und trug schulterlanges graubraunes Haar. Insgesamt wirkte sie so unattraktiv und gewöhnlich, daß keiner ein zweites Mal nach ihr sah. Noch nie war ihre Tarnung durchschaut worden, es gab sogar eine Akte über diese ›Schwester Janise‹, die so vollständig war, daß niemand an ihrer Existenz zweifeln konnte.

Die ›Schwester Janise‹ war eine brauchbare Verkleidung, vor allem wenn die Heilige Anker Logh besuchen wollte. Und nur eine sehr kleine Gruppe von Menschen wußte, wer sich hinter dieser Schwester verbarg: Mervyn, Tamara, die Schwester Generalin des Tempels in Anker Logh und Kasdis beste Freundin, ihr Vater und ihre Cousine Cloise, die als Ersatzmutter für ihre Tochter fungierte. Keiner von diesen würde Kasdi jemals verraten.

Weil den Leinern bewußt war, wie vertrackt es mitunter werden konnte, wenn man mit Priesterinnen unterwegs war, hatte der Duggerkutscher die sechs reisenden Schwestern und die Frau, die in Hoffnung die Schule besuchte, kurzerhand in einen Wagen gesetzt. Zu ihrem großen Amüsement fand Kasdi sich nun in einer Kutsche mit der neuen Schwester Marigail und der jungen Frau Matha wieder, deren Ordination sie aufgeschoben hatte, damit sie sich einer letzten Prüfung unterziehen sollte. Sie stellten sich kurz vor und machten ein paar höfliche Bemerkungen, ansonsten wollte die Konversation aber nicht so recht in Gang kommen.

Gorondon plante Anker Logh in etwas mehr als drei Tagen zu erreichen. Er ließ die Dugger in Schichten arbeiten und legte nur eine Rast ein, um Wasser und Nahrung einzunehmen und die Pferde auszuwechseln. Der Leiner lag hinter seinem Zeitplan zurück, den er vor Monaten für seine halbjährige Reise aufgestellt hatte. Er versuchte jetzt, soviel Zeit wie möglich aufzuholen. Wenn er sich zu sehr verspätete, kam ihm unter Umständen ein anderer Leiner zuvor und machte die Geschäfte an Gorondons Stelle.

Bei den Mahlzeiten kamen dann doch Gespräche auf, und die Passagiere standen oder saßen in kleinen Gruppen zusammen. Matha hielt sich dabei stets in der Nähe von Schwester Marigail auf, mit der sie in den letzten zwei Jahren im selben Schlafsaal gelegen hatte. Dank Kasdis Zauber war Matha in eine recht hübsche junge Frau verwandelt worden, obwohl sie sich noch lange nicht mit Marigail messen konnte.

»Mir will einfach nicht in den Kopf, wie jemand mit deinem Aussehen sich unter eine Robe verstecken will«, erklärte Matha ihrer ehemaligen Mitschülerin. »Wie fühlt man sich denn so als junge Priesterinnen-Novizin?«

Marigail zuckte die Achseln. »Nicht anders als vorher auch. Zumindest ist mir keine Veränderung an oder in mir aufgefallen. Na ja, eins wäre da vielleicht doch ... Dinge, die mir vorher unglaublich wichtig erschienen, haben nun deutlich an Bedeutung verloren. Wie diese Reise nach Hause zm Beispiel. Bis vor ein paar Tagen kam sie mir als einer der Höhepunkte meines ganzen Lebens vor. Du weißt doch, man kommt als geweihte Priesterin in die alte Heimat, alle sehen und bewundern einen, alle wollen einem die Hand schütteln und so weiter ... Jetzt erscheint mir diese Reise als eine simple Notwendigkeit, als etwas, das ich erledigen muß, bevor ich mich meiner eigentlichen Arbeit widmen kann. Aber wie steht es denn mit dir? Glaubst, du kehrst in unsere Reihen zurück, oder bleibt die Priesterinnen-Ausbildung für dich bloß eine Episode?«

»Darüber bin ich mir noch lange nicht im klaren«, antwortete Matha. »Die zwei Jahre in Hoffnung haben mir viel gegeben, und ich liebe die Kirche, aber ich weiß nicht, ob ich mein ganzes Leben danach ausrichten möchte. Doch wer vermag schon, in seine Zukunft zu sehen? Nach zwei Jahren im Kloster will ich mich erst einmal treiben lassen und mich amüsieren, so wie die Heilige es mir aufgetragen hat. Wenn es dir recht ist, würde ich allerdings gern zu deiner öffentlichen Einsetzung kommen.«

»Du bist mir herzlich willkommen. Die Zeremonie findet

in Tombar, außerhalb der Hauptstadt des Ankers, statt. Am ersten Heiligen Tag nach meiner Rückkehr.«

Kasdi lächelte leise in sich hinein. Sie war sich sicher, daß beide junge Frauen ihren Weg machen würden. Bei einer anderen Gelegenheit konnte sie eine geflüsterte Zwiesprache zwischen den zweien verfolgen, in der sie sich über Kasdi unterhielten und ihre Anmerkungen nicht immer nur von Vorteil für sie waren. Marigail beschrieb die Heilige als alte und verhärmt aussehende Frau, während Matha in ihr nur eine egomanische alte Vettel sah. Kasdi fühlte sich von den Äußerungen nicht sonderlich betroffen. Solche Bemerkungen halfen ihr im Kampf gegen ihren schlimmsten Feind: ihre blasphemische Vergötterung durch die Masse der Gläubigen.

Der Zug wälzte sich weiter durch das statische Energiefeld, das allgemein als die Leere bekannt war, auf Anker Logh zu und folgten dabei den Energiepfaden oder Leinen, die nur von Leinern und Zauberern gesehen werden konnten.

Spirit war eine quicklebendige junge Frau. Sie trug langes rotbraunes Haar, das ihr bis zu den Hüften hinabfiel, hatte große grüne Augen, einen sinnlichen Mund und ein ausdrucksstarkes Gesicht. Sie war sich ihrer Ausstrahlung bewußt und flirtete gern, ging dabei manchmal aber eine Spur zu weit.

Sie war recht intelligent, wenn auch nicht genial, und begegnete der Welt um sie herum mit einer gesunden Portion Neugier. Doch sie zog das Leben den Büchern vor und betrieb lieber Sport, als in der Klasse zu sitzen. Die Eltern hatten sie schon früh verwöhnt, und jetzt, als Teenager, sorgten ihre Schönheit und ihre Figur dafür, daß niemand ihr einen Wunsch abschlagen konnte. Sie war behütet und wohlversorgt aufgewachsen und hatte keinerlei Vorstellung davon, daß es nicht allen so gut ergangen war. Wenn es ihr überhaupt an etwas mangelte, dann an Ehrgeiz und Entschlossenheit. Sie hatte vor kurzem die Schule erfolgreich abgeschlossen und arbeitete jetzt auf der Gemeindefarm, auf der sie aufgewachsen war. Sie machte sich hier und da nützlich, doch wenn jemand auf ihr Berufsziel oder ihre Zukunft zu sprechen kam, wechselte sie rasch das Thema. Einige Hochschulen und Universitäten standen ihr offen, aber abgesehen von ihrer Liebe zur Natur wußte sie nicht, welche Richtung ihr lag oder für welches Fach sie sich entscheiden sollte. Nichts, was man ihr vorschlug, reizte sie.

Aber wenn sie das Studium ausschlug, müßte sie sich für ein Handwerk entscheiden. Das gefiel ihr noch weniger. Und am allerwenigsten wollte sie nur heiraten und Kinder in die Welt setzen. Sie hatte bereits mit sechzehn ihre Jungfräulichkeit verloren, wovon weder ihre Mutter noch der Rest der Familie etwas wußten. Es reizte sie jedoch viel mehr, Begierden hervorzurufen, als sich auf sie einzulassen.

Was sie wirklich wollte, wußte sie eigentlich recht genau: genug Geld, um sich alle Ecken der Welt anzusehen und das zu tun, was ihr gerade in den Sinn kam. Unglücklicherweise pflegte das Alltagsleben romantische Phantasien und Träumereien zu zerstören. Die Mutter machte für solche Schwärmereien nur ›das Leiner-Blut in ihr‹ verantwortlich.

Trotz aller Wünsche, Hoffnungen und Vorlieben spürte sie eine gewisse Leere in ihrem Leben, vor allem, wenn sie an ihre wirklichen Eltern dachte. Man hatte ihr erzählt, daß ihr Vater, ein Leiner, in Flux zu Tode gekommen war. Über ihre Mutter hatte sie erfahren, daß sie zu jenen Unglücklichen gehört hatte, die in den alten Zeiten aus dem Anker verstoßen und nach Flux in die Sklaverei geschickt worden waren. Was für eine rührselige, romantische Geschichte: eine Ausgestoßene und ein Leiner, die ihr Herz füreinander entdeckt hatten. Doch leider besaß diese Geschichte kein Happy-End. Der Vater war zu Tode gekommen, und die Mutter, die mit der Befreiungsarmee nach Anker Logh zurückgekehrt war, hatte kurz darauf bei einem Unfall ihr Leben verloren. Dank Spirit gab sich damit nicht zufrieden.

Zu viele Fragen blieben offen, und nach all den Jahren war es ihr noch immer nicht gelungen, Licht in das Dunkel zu bringen oder von denen, die etwas darüber wußten, mehr Aufklärung zu erhalten. Niemand kannte den Namen des Leiners. Auch wußte keiner mit Sicherheit zu sagen, ob der Vater wirklich Leiner gewesen war.

Über die Mutter selbst schienen weder Unterlagen noch Photographien zu existieren. Ihr Name, Helaina, war bis auf dem Totenschein nirgends aufgetaucht. Spirit gewann irgendwann den Eindruck, daß niemand mit ihr über die Mutter reden wollte, weil sie Schande auf sich geladen hatte! Ihr machte das nicht viel aus, doch sie verspürte öfter den Wunsch, hinaus in die Leere zu gehen und jemanden zu suchen, der mehr darüber wußte und bereit war, mit ihr darüber zu reden. Doch dieser Faszination, die Flux auf sie ausübte, stand ihre Furcht vor der Hölle und Unheimlichkeit der Leere entgegen. Sie hatte oft von den alten Mauern einen Blick hinein geworfen und eine glitzernde Wand aus Nichts erblickt, die sich bis in die Unendlichkeit zu erstrecken schien.

Spirit nahm sich einen Apfel und spazierte aus der Wohnung hinaus über den Feldweg zur Hauptstraße. Sie beachtete die Heilige Mutter über ihr kaum, hatte keinen Blick übrig für das gewaltige, amorphe Licht. So hatte sich der Himmel schon immer gezeigt. Es wäre höchstens etwas Besonderes gewesen, wenn dieses Schauspiel eines Tages ausbleiben würde. Der Tag war warm wie immer. Spirit trug eine Jeans, ein ärmelloses Hemd und ein Paar Reitstiefel mit hohen Absätzen. Auf ihrem Kopf saß ein hellbrauner Farmerhut.

Sie wußte, daß bald die Kutsche vom Westtor kommen mußte, in der Schwester Janise saß. Spirit sollte sie abholen. Sie fühlte sich in der Gegenwart der Priesterin stets unwohl; die Schwester kam ihr wie eine vertrocknete alte Jungfer vor. Spirit verstand nur nicht, in welchem Verhältnis die Priesterin zu ihrer Mutter gestanden hatte, dennoch hatte sie schon seit einiger Zeit das Gefühl, daß sie am ehesten von dieser Schwester etwas über ihre leiblichen Eltern erfahren konnte.

Kutschen waren nie pünktlich. Spirit dankte der Göttin, daß es nicht gerade regnete, und hockte sich am Straßenrand ins Gras, um zu warten.

Nach einer Weile kam Sucha Fane vorbeigeritten. Er entdeckte sie und stieg ab. Er war in ihrem Alter und sah nicht übel aus. Die beiden hatten ein paar Jahre lang in derselben Klasse gesessen. Spirit war nie mit ihm ausgegangen, was ihn jedoch nicht daran hinderte, sein Glück bei ihr immer wieder aufs neue zu versuchen.

»Hallo, Spirit. Warum sitzt du denn hier?«

»Ich warte auf die verdammte Kutsche. Meine gräßliche alte Tante hat sich wieder für einen ihrer nervtötenden Besuche angekündigt. Und was machst du so?«

»Ich bin unterwegs zur Gilden-Halle, um festzustellen, ob meine Nummer schon gezogen wurde. Du weißt doch, daß ich eine Lehrstelle als Elektriker in Aussicht habe?«

»Nein, ehrlich? Du Glücklicher. Das ist kein schlechter Job.«

Die Reform der Kirche hatte eine neue Blüte der Wissenschaft hervorgerufen. Viele Dinge durften jetzt erforscht werden, die früher verboten gewesen waren oder allein in den Händen der Kirche gelegen hatten. Unzählige Gelehrte gingen seitdem mit Feuereifer ihren Studien nach. Die Hauptstadt von Anker Logh war mittlerweile elektrifiziert, und es hieß, das Stromnetz solle über das ganze Land ausgedehnt werden, bis schließlich jeder Ort, jedes Dorf und jeder Hof daran angeschlossen waren. Spirits Farm gehörte zu den ersten, denn sie lag mit zwei anderen Höfen nicht weit von der Hauptstadt. Die elektrische Energie sollte nicht länger von der übernatürlichen Quelle im Tempel abhängig sein, sondern man wollte versuchen, sie aus der Flux-Energie zu erzeugen oder durch komprimierte Flux-Materie zu gewinnen.

Die alten Bücher und Schriften hatten etliche geheimgehaltene Wunder offenbart, darunter auch die Fernkommunikation durch elektrischen Strom, wozu nicht einmal Kabel oder Leitungen notwendig sein sollten. Das hörte sich unglaublich an, aber sie alle hatten Demonstrationen dieser Technik in der Schule und auf öffentlichen Plätzen in der Hauptstadt miterlebt. Die ganze Welt stand an der Schwelle zu einer technologischen Revolution, deren Auswirkungen sich durchaus mit der gewaltigen und gründlichen Reformierung der Kirche vergleichen ließ.

Es dauerte nicht lange, bis der junge Mann auf persönliche Dinge zu sprechen kam. Spirit gab ihm auch dieses Mal einen Korb. Sucha seufzte wie üblich, wenn sie ihn abblitzen ließ. Dann bestieg er sein Pferd und sagte lahm: »Ich muß mich beeilen, sonst ist die Gilden-Halle schon geschlossen.«

»Viel Glück, und paß auf dich auf«, entgegnete sie und warf ihm eine Kußhand zu.

Mit heiterer Miene ritt er davon.

Wie auf Stichwort rumpelte die Kutsche in Sicht. Spirit sah, wie das Gefährt näher kam, und er hob sich. Die Seitentür flog auf, und Schwester Janise stieg aus. Sie wirkte so vertrocknet und altjüngferlich wie immer.

»Hallo, Schwester Janise! Ist schon eine Weile her, seit du dich bei uns hast blicken lassen!« rief Spirit zur Begrüßung. Sie bemühte sich sehr, hocherfreut zu erscheinen.

»Ja, viel zu lange«, antwortete die Priesterin und umarmte das Mädchen. Wie stets konnte sie auch heute nicht darauf verzichten, Spirit herzhaft in die Wange zu kneifen. Die Kutsche rollte weiter, und die beiden sahen zu, wie sie in Richtung Hauptstadt entschwand.

»Alle warten auf dich«, erklärte das Mädchen. »Mutter kocht schon seit den frühen Morgenstunden.«

»Ich hoffe, ihr habt euch wegen mir nicht zu große Umstände gemacht. Es tut gut, euch alle wiederzusehen, aber ich bin eigentlich aus einem anderen Grund gekommen.«

Spirit runzelte die Stirn. »Sollen wir gleich zur Mutter gehen?«

»Ich denke, wir könnten zuerst einen kleinen Spaziergang um die Farm machen. Ich habe jetzt vier Tage in dieser Kutsche sitzen müssen ... und ich möchte gern ein paar alte Erinnerungen auffrischen.«

Gemächlich schlenderten sie weiter. »Ich kann dich gut verstehen«, sagte das Mädchen. »Du bist doch hier aufgewachsen, nicht wahr?«

Die Schwester nickte. »Ja, auf dieser Farm. Irgendwie angenehm, wenn man sieht, wie wenig sich hier verändert hat. Nur wird das nicht lange so bleiben. Gewaltige Veränderungen stehen in Anker Logh an. Ich frage mich, ob du oder ich diesen Ort in zehn Jahren noch wiedererkennen werden. Möglicherweise übertrifft dann die Magie der neuen Wissenschaft die Magie von Flux.«

Spirit hatte die Schwester noch nie so nachdenklich erlebt. In ihr wuchs das Gefühl, daß heute etwas Besonderes bevorstand. Janise blieb stehen. »Komm, wir wollen uns unter einen Baum setzen. Ich möchte mit dir reden.«

Sie hockten sich ins Gras. Die Schwester schwieg zunächst, doch dann begann sie ohne Umschweife: »Du hast dich doch schon oft gefragt, wer deine wirklichen Eltern waren, nicht wahr? Oder besser gesagt, wer sie sind ...«

Spirit zuckte zusammen, zwang sich aber, ruhig zu bleiben. »Ja, das stimmt.«

»Du bist zu einer jungen Frau herangewachsen. Ich denke, es ist an der Zeit, dir die Wahrheit zu offenbaren. Nur darfst du zu niemandem darüber reden.«

Ein eiskalter Schauer lief Spirit über den Rücken. »Die ganze Wahrheit?«

Janise nickte düster. »Ich habe mich dazu durchgerungen, dir die Wahrheit zu sagen, weil ich fürchte, andere könnten dein Geheimnis enttarnen. Andere, die dir nichts Gutes wollen und dir vielleicht gerade aufgrund deiner Herkunft böse mitspielen ... Von nun an solltest du auf der Hut sein.«

»Vor wem oder was soll ich auf der Hut sein? Was willst du mir eigentlich erzählen?«

»Du kennst doch die Geschichte der Kirchenreform. Damals gab es eine junge Frau namens Cass, die hier auf dieser Farm aufwuchs. Sie entdeckte durch Zufall die Korruption im Tempel und wurde daraufhin nach Flux verbannt. Sie entdeckte große magische Kräfte in sich und verliebte sich in einen Leiner. Als dieser Mann im Krieg gegen die Hölle fiel, wurde sie in den mächtigsten Zauberer transformiert, den die Welt je gesehen hat.«

»Ich wußte zwar nichts von dem Leiner, aber den Rest der Geschichte bekommen wir an jedem Heiligen Tag erzählt.«

»Nun, aus Cass wurde Schwester Kasdi. Sie schlug den bösen Zauberer Haldayne und verwandelte sein böses Reich in die Kirchenwelt Hoffnung, seit damals Hauptsitz der Reformierten Kirche. Ich schätze, auch das ist dir bekannt.«

Das Mädchen nickte.

»Ist dir nie die Parallele zu deiner eigenen Herkunft aufgefallen?«

Spirit verzog das Gesicht. »Nein, bis auf den Umstand, daß auch mein Vater damals in der Schlacht gefallen ist.«

»Schwester Kasdi hat im Anker eine Tochter zur Welt gebracht. Der Vater dieses Kindes war der gefallene Leiner. Und du – das ist das Geheimnis, das man stets vor dir und allen anderen verborgen halten wollte – bist die Tochter der beiden.«

Spirit spürte keinen Schock bei diesem Geständnis der ältlichen Schwester. Die Erklärung war einfach zu abwegig, um glaubhaft zu sein.

»Kasdi mußte zwischen dir und ihrem gesetzlichen Auftrag wählen, Spirit. Sie entschied sich für die Kirchenumgestaltung und tat damit für alle, außer sich selbst, etwas Gutes. Und sie traf außerdem umfangreiche Maßnahmen, um sicherzustellen, daß niemals jemand deine Identität aufdeckt und sie damit erpreßbar macht. Du wärst ein mehr als geeignetes Druckmittel für ihre Feinde.«

»Wenn das, was du sagst, wirklich stimmt, bezweifele

ich, daß ich für irgendwen von großem Nutzen sein könnte. Ich meine, immerhin hat Kasdi sich ja für die Kirche und gegen mich entschieden. Warum sollte sie sich jetzt auf einmal für mich interessieren?« Bitterkeit schwang in ihrer Stimme mit.

»Sie hatte keine andere Wahl«, verteidigte die Schwester ihre Herrin. »In Flux findest du keinen Schutz. Die alte Kirche und ihre Verbündeten hätten, insofern sie von Kasdis Tochter gewußt hätten, sowohl dich als auch die gerade erst im Entstehen begriffene Reformierte Kirche vernichtet. Daher konnte Kasdi nicht anders handeln. Aber ich kann dir versichern: In Gedanken war sie in all den Jahren immer bei dir.«

»Und welche Rolle spielst du in diesem Spiel? Bist du ihre Botin? Schickt Kasdi mir durch dich hübsche Geburtstagsgeschenke, damit du ihr danach berichten kannst, wie nett meine Party gewesen ist?«

»Das ist nicht sehr freundlich von dir. Sie hat dich schon mehrere Male gesehen. Doch als mächtige Zauberin kann sie ihr Äußeres verändern, und so suchte sie dich in einer Tarnung auf, damit ihre Feinde keine Rückschlüsse ziehen und hinter ihr Geheimnis kommen können.«

Spirit spürte keine Erleichterung über die Offenbarung der Schwester. Im Gegenteil, der Zorn in ihr wurde immer größer. »Und warum ist heute der große Tag? Warum darf ich heute erfahren, was in Wahrheit mit mir ist?«

»Die Gerüchte verdichten sich, daß ihre alten Feinde erfahren haben, daß du ihre Tochter bist. Vielleicht haben sie dich noch nicht im Visier, aber sie haben bereits einen bestimmten Verdacht. Im Moment darfst du dich nicht damit aufhalten, darüber nachzudenken, was deine Mutter dir angetan hat oder was sie hätte anders und besser machen sollen. Denk daran, daß die Mächte der Hölle nicht sie in die Hand bekommen wollen, sondern dich!«

Was für ein Trost! Spirit schüttelte den Kopf. »Das alles … kommt so plötzlich für mich … Ich meine, ich habe all die Jahre darüber gerätselt, wer meine wahren Eltern sind. Und heute kommnst du und erzählst mir eine solche Geschichte.«

»Wir haben uns bemüht, dir das zu ersparen. Wir haben wirklich die größten Anstrengungen unternommen. Und wenn die Lage sich in diesen Tagen nicht dramatisch geändert hätte, hätten wir dich auch weiterhin im unklaren gelassen. Es ... tut mir wirklich sehr leid.« Der Schwester fiel es von Minute zu Minute schwerer, ihre Tarnung aufrechtzuerhalten, aber sie hatte keine Wahl. Was für ein grausamer Scherz des Schicksals, daß sie hier neben ihrer Tochter saß und ihr nicht sagen konnte, daß sie ihre Mutter war.

»Ich verstehe immer noch nicht, warum meine Mutter mir nicht alles selbst erzählen konnte«, sagte Spirit verdrossen. »Sie hat recht eigenartige Methoden, jemandem zu zeigen, daß sie ihn gern hat.«

»Aber, Kind, begreifst du denn nicht? Damit hätte sie sich dir offenbaren müssen. Und ihre Feinde würden sich ins Fäustchen lachen, weil Kasdi sie selbst zu ihrer Tochter geführt hatte. Deine Mutter kann ungetarnt nirgendwohin. Das wirst du doch begreifen, oder? Nur in Flux könnte sie sich offen mit dir treffen, und selbst dort könnte sie dich nicht gegen einen Angriff der Hölle beschützen.«

Spirit konnte sich jedoch nicht darauf konzentrieren; zuviel Wut und Verbitterung brodelten in ihr. Gleichzeitig kam ihr alles wie ein verrückter Traum vor. Wenn man Waise war und sich lediglich Gedanken über seine Eltern machte, war man mitunter recht unzufrieden, aber eines Tages zu erfahren, daß man keine Waise war und zur Mutter eine echte Heilige hatte, war nicht mehr zu ertragen. Gar nicht erst zu reden von dem Umstand, daß diese Mutter entschieden hatte, sich der Tochter niemals zu zeigen. Und dann erklärte einem eine Vertraute der Mutter noch, man schwebe in Lebensgefahr. Wie sollte sie mit so vielen schlimmen Dingen fertig werden?

Drei Tage waren vergangen, und Spirit hatte sich noch immer nicht wieder beruhigt. Ihre Pflegemutter hatte ihr die ganze Geschichte bestätigt, dennoch war in Spirit das Gefühl zurückgeblieben, daß man ihr immer noch etwas verheimlichte. Sie suchte nach Unterlagen über Cass, und das, was sie dabei entdeckte, gefiel ihr weit besser, als sie erwartet hatte. Spirit war überrascht, wie normal Cass auf alten Photographien aussah, und sie schmunzelte, wenn sie hörte, daß die Mutter in ihrer Jugend mit den Jungen der Farm gerauft hatte. Schließlich machte sie sich auf den Weg zur Schmiede. Der Schmied war ihr vertraut. Sie hatte gewußt, daß sie entfernt miteinander verwandt waren, doch heute sah sie den kräftigen, silberhaarigen Mann mit anderen Augen an. Immerhin war er Cass' Vater.

Nachdem Kasdi ihre Tochter verlassen hatte, hatte sie gleich den Schmied aufgesucht und ihm alles erzählt. Als Spirit jetzt an der Schwelle stand, sah er von der Arbeit auf, legte die Werkzeuge beiseite, wischte sich mit einem alten Lappen den Schweiß aus dem Gesicht und trat auf sie zu. »Hallo, Spirit«, sagte er.

»Hallo ... Großvater«, antwortete sie zögerlich und wußte nicht, wie sie sich verhalten sollte.

Er verzog das Gesicht. »Sag das nie wieder, so gern ich es auch höre. Es könnte jemand in der Nähe sein. Komm mit, wir gehen an einen Ort, wo wir uns ungestört unterhalten können.«

Sie hockten sich unter den gleichen Baum, wo Spirit vor ein paar Tagen die Wahrheit erfahren hatte. »Ich habe gehört, du seist nicht sehr glücklich über die Neuigkeiten«, begann der alte Mann.

»Na ja, wie könnte ich auch?«

Er zuckte die Achseln. »Wie du dir sicher denken kannst, bin ich sehr stolz auf meine Tochter. Ich kann nicht unbedingt behaupten, daß ich sie immer verstanden habe, aber wir standen uns stets sehr nahe. Und das hat sich nicht geändert, als sie ihre neue Kirche gegründet hat, im Gegenteil ... Deine Mutter war von Kindheit an immer ein wenig anders, vielleicht sogar verrückt, aber sie besitzt einen ausgezeichneten Verstand. Er zwinkerte ihr zu. »Sie hat es aber noch nicht geschafft, mich wieder in die Kirche zu treiben. Und das ärgert sie maßlos.«

Spirit lachte, und damit brach das Eis zwischen ihnen. Bis heute hatte sie ihn nur flüchtig gekannt, doch jetzt stellte sie fest, daß sie ihn mochte. Besonders gefiel ihr die Ironie des Schicksals, daß der Vater der Heiligen Kasdi ein unbelehrbarer Ungläubiger war.

Er nickte langsam. »Jetzt geht es mir wohler. Weißt du, es hat mich wahrscheinlich noch verrückter gemacht als deine Mutter, daß ich mich dir nicht offenbaren durfte. Und dabei habe ich dich so gut wie jeden Tag gesehen. Doch die Gefahr darf nicht unterschätzt werden. Ich werde mich also weiter zurückhalten und meinen Stolz auf meine Enkelin nicht allzu deutlich zeigen.«

Der Schmied strahlte Vertrauen aus. Er stand im Ruf, grob und manchmal auch zu hart zu sein, aber hier und heute zeigte er sich freundlich und verständnisvoll. Sie erzählte ihm alles, was ihr auf der Seele lag, und er hörte ihr aufmerksam zu. Als sie ihre Sorgen ausgeschüttet hatte, seufzte er und machte eine nachdenkliche Miene.

»Deine Mutter ist Politikerin und Feldherrin. Das sind die beiden Tätigkeiten, die einem mehr Feinde einbringen als zehn andere Berufe zusammen. Ich handele mir nur Ärger ein, wenn ich nicht schnell genug arbeite oder ein fertiges Stück schadhaft ist. Aber nur selten ist jemand aus persönlichen Gründen auf mich böse. Die Menschen, die sie besiegt hat, hassen sie und dürsten nach Rache. Menschen, mit denen sie nie in Berührung gekommen ist, fürchten sich vor ihr. Und jemand, der einen fürchtet, wird schnell zum Feind. Kasdi hat sich nicht um ihr Amt gerissen. Ich glaube sogar, sie hat diese Stellung von Anfang an gehaßt. Sie ging ein paar gerissenen Politikern auf den Leim, die sie für ihre Zwecke einspannen wollten. Jetzt sitzt sie dort fest und kommt nicht mehr raus. Irgendwie eigenartig, nicht wahr? Dort steht sie, die mächtigste Frau der

Welt, und kann nichts von dem tun, wonach ihr eigentlich der Sinn steht.«

So hatte Spirit die Sache noch nicht gesehen. Sie war ganz fasziniert, als sie fragte: »Wonach steht ihr denn der Sinn?«

»Nun, sie saß schon in der Falle, bevor sie wußte, daß sie ein Kind erwartete. Man hätte es ihr natürlich sagen können – vor allem dieser überschlaue alte Mann Mervyn! –, aber sie brauchten deine Mutter. Sie setzten sie auf einen Posten, an dem sie ein paar wirklich wichtige Entscheidungen zu treffen hatte. Und als sie dann erfuhr, daß sie schwanger war, war es zu spät. Kasdi haßt die enorme Verantwortung, die auf ihren Schultern ruht. Sie hat mir einmal erzählt, daß sie am allerliebsten alles hinwerfen, sich verkleiden und durch die Welt wandern würde. Sie möchte sich alles ansehen und alles lernen, was es zu lernen gibt. Und nie wieder irgend jemandem für irgend etwas Rechenschaft schuldig sein.«

Das Mädchen kicherte. »Genau das würde ich auch am allerliebsten tun!«

Er nickte. »Der Apfel fällt nicht weit vom Stamm. Vor einiger Zeit hat Kasdi mir gesagt, daß sie dich am liebsten mit auf eine große Weltreise nehmen würde, damit ihr beiden Zeit und Gelegenheit hättet, euch besser kennenzulernen.«

»Und? Warum können wir das nicht?«

Er seufzte. »Wie ich vorhin schon gesagt habe, sitzt sie in der Falle. So viele unauflösliche Eide hat sie mittels Zauberei über sich gelegt. Kasdi hat schon ein paarmal versucht, mich nach Flux zu locken, hat behauptet, sie könne dort etwas für meine müden alten Knochen tun und mich wieder jung machen. Aber eher würde ich wieder in die Kirche gehen, als an mir herumpfuschen zu lassen. Man weiß ja nie, was aus einem wird. Kasdi darf nur wie eine Heilige leben und sieht aus wie die Hölle. Du kennst doch Bilder von ihr. Sie sieht ja so alt aus, als wäre sie die Schwester meiner Frau und nicht meine Tochter.«

»Aber sie kann sich doch für mich tarnen, sich ein neues Aussehen verschaffen.«

»Ja, aber sie hat sich einen Eid auferlegt, nach dem sie nichts von dieser Zauberei für sich selbst benutzen darf. Sie kann sich nur verwandeln, damit deine Tarnung aufrechterhalten bleibt.«

»Aber vor wem will sie mich denn schützen?«

»Vor ihren Feinden. Einige von ihnen halten sich hier im Anker Logh auf. Sie würden dir, ohne zu zögern, weh tun, nur aus dem Grund, weil sie damit deine Mutter treffen könnten.«

Spirit seufzte. »Also sitze ich genauso in einer Falle wie sie. Meine Lage ist eigentlich noch schlimmer. An Kasdi kommen sie nicht heran, und ich verfüge über keine magischen Kräfte. Sie könnten mit mir alles anstellen, was ihnen beliebt.«

»Ja, aber ganz so furchtbar ist deine Lage nicht. Du kannst hier im Anker bleiben. Hast du eigentlich schon Pläne für deine Zukunft gemacht?«

Sie zuckte die Achseln. »Ja, schon ... aber nicht sehr intensiv. Ich weiß nur, daß ich noch lange nicht soweit bin, mir einen Mann zu suchen und eine Familie zu gründen. Für eine Universitätslaufbahn bin ich weder gescheit noch geduldig genug. Und ich besitze kein Talent für ein Handwerk oder einen kaufmännischen Beruf. Ich bin einfach noch nicht weit genug, meine Zukunft in die Hand zu nehmen.«

»Niemand will erwachsen werden und muß sich doch eines Tages mit der Tatsache auseinandersetzen. Früher bekam man gesagt, für welchen Beruf man geeignet sei, und wenn man sich dagegen sträubte, wurde man in die Sklaverei geschickt. Heutzutage stehen einem weitaus mehr Möglichkeiten offen, und nur Kriminelle schickt man noch in die Sklaverei. Woran hast du besonderes Interesse?«

Sie brauchte nicht lange nachzudenken. »Sport. Tanz ... und sonst nicht viel.«

»Na, dann überleg dir doch einmal, ob du nicht Gymnastiklehrerin werden willst. Oder Tänzerin? Nein, ich schätze, das würde nicht gehen. Du müßtest mit einem Ensemble durch Flux ziehen und an immer wechselnden Orten auftreten, sonst könntest du deinen Lebensunterhalt nicht bestreiten.«

Spirit grinste. »Mutter würde einen Schlaganfall bekommen, wenn sie davon erführe, nicht wahr?«

»Gewiß, und dein Großvater wäre auf jeden Mann eifersüchtig, der dir zu nahe kommt.«

Spirit spürte die Wärme in diesen Worten. Endlich war sie auf einen Menschen gestoßen, der sich um sie sorgte.

»Es gibt keinen Zweifel«, erklärte die Agentin ihrem Boß. »Ist man erst einmal auf sie gestoßen, paßt plötzlich alles wie durch ein Wunder zusammen. Sogar der Name ... Spirit. Und auch noch auf derselben Farm, in derselben Familie! Nicht sehr phantasievoll, oder?«

Der Mann, der ihr gegenübersaß, trank einen Schluck Bier und zuckte die Achseln. »Wieso? Ihr seid schon zu lange als Agentin tätig, da vermutet Ihr überall falsche Fährten und Tricks. Die Unterlagen wurden allesamt manipuliert, also konnte man dort keinen Hinweis aufspüren. Alle Personen, die in die Sache verwickelt waren, haben sich freiwillig einer Gedächtnisbehandlung unterzogen, so daß sie seitdem selbst an die getürkte Geschichte glaubte. Also war es kein zu großes Wagnis, sie dort aufwachsen zu lassen. Ich meine, selbst wenn wir glaubten, das Kind unserer Kontrahentin sei noch am Leben, mußten wir immer noch die ganze Welt absuchen, und es gibt tausend junger Frauen, die im richtigen Alter sind. Die Tochter lebt in einer Familie und fühlt sich ihr zugehörig. Das allein schon ist eine hervorragende Tarnung, denn sie fällt in einer solchen Umgebung nicht auf.«

»Ja, aber ...«

»Genug!« schnitt er ihr barsch das Wort ab. »Vergeßt

nicht, daß es uns viel Jahre gekostet hat. Und jetzt sind wir so gut wie am Ziel. Im nachhinein sieht alles immer etwas einfacher aus. Doch das soll jetzt nicht mehr unser Problem sein. Erzählt mir, wie es Euch gelungen ist, das Mädchen ausfindig zu machen.«

»Ich bin über Schwester Janise darauf gestoßen. Janise ist nichts weiter als eine Tarnung, eine erfundene Persönlichkeit. Janise ist nirgendwo, ist nie da. Nur wenn Schwester Kasdi verreisen mußte, tauchte plötzlich Janise auf und packte ihre Sachen.«

»Gut, an Schwester Janise mag einem einiges merkwürdig vorkommen. Aber deshalb muß man nicht notwendig von ihr auf die Heilige schließen, sie könnte alles mögliche zu verbergen haben, was gar nichts damit zu tun hat. Allerdings kam uns in diesem Fall ein gutes Timing zu Hilfe. Wir haben im rechten Moment die Nachricht gestreut, daß wir Kasdis Tochter auf die Spur gekommen sei. Wir haben uns dann einfach hingesetzt und verfolgt, wie Kasdi davon erfahren hat. Wir wußten zudem, daß sie es sich nicht nehmen lassen würde, persönlich die Ordinations-Feier zu leiten. Danach hat sie das getan, was wir von ihr erwartet hatten. Sie verließ so bald wie möglich Hoffnung, um nach ihrer Tochter zu sehen. Das Prinzip ist doch ganz einfach: Jemand, der eine Menge Geld mit sich herumträgt, schaut öfter nach, ob er die Summe auch noch bei sich hat – und teilt so dem Dieb mit, wo er sein Bares aufbewahrt. Ihr gehörtet zu einer großen Gruppe von Agenten, die überall postiert waren, um jeder Spur nachzugehen. Jetzt ist es an der Zeit, unseren nächsten Zug zu planen.«

»Ich habe zwei Jahre meines Lebens in diesem Loch verbracht«, erinnerte ihn die Agentin, »nun habe ich wohl Anspruch auf eine fette Belohnung.«

Er kicherte humorlos und leerte sein Glas. »Ihr besitzt keinerlei Flux-Kraft«, entgegnete er. »Ihr wart unansehnlich und beinahe fünfzig, als wir Euch diese Arbeit anboten. Wir haben Euch in eine Sechzehnjährige zurückverwandelt. Das ist doch ein hübscher Lohn für zwei Jahre in der Klosterschule. Ihr könnt Euer Leben von vorn beginnen, was verlangt Ihr da noch mehr?«

»Ihr könnt Euch ja nicht vorstellen, was ich alles über mich ergehen lassen mußte!« platzte es aus ihr heraus. »Die täglichen Demütigungen, die spartanischen Lebensbedingungen, die ständigen Vorschriften ... Ihr könnt mir gar nicht genug geben, um das wiedergutzumachen!«

»Aber Ihr würdet trotzdem etwas annehmen, nicht wahr?« entgegnete er voller Sarkasmus.

»Da könnt Ihr drauf wetten! Ich will endlich all das haben, was mir mein Leben lang versagt geblieben ist! Ich möchte, daß die Männer bei meinem Anblick den Verstand verlieren! Ich will mir nie wieder über irgend etwas Sorgen machen müssen!«

Er dachte einen Moment nach. »Und natürlich wollt Ihr in einem Anker leben, nicht wahr?«

»Selbstverständlich! Was soll ich ohne Zauberkräfte in Flux?«

»Aha, ich glaube, ich weiß jetzt, worum es Euch im Prinzip geht.« Er machte eine eigenartige Handbewegung, und die Agentin erstarrte zur völligen Reglosigkeit. »Ihr wißt zuviel, und in Eurem unvernünftigen Zorn könntet Ihr etwas Unüberlegtes tun. Aber wir sind Euch einen Gefallen für Eure geleisteten Dienste schuldig. Und das, was Ihr verlangt, läßt sich leicht bewerkstelligen.« Er wob in Gedanken die mathematischen Sprüche und sandte sie in energetischer Form über die Frau. »Zuerst löschen wir die letzten drei Jahre aus Eurem Gedächtnis. Damit kann niemand mehr darauf kommen, daß Ihr einmal mit uns Kontakt hattet. Des weiteren schenken wir Euch Körperformen, die in jedem Mann die Lust entfesseln. Wir halbieren Euren Intelligenzquotienten, damit Ihr nur noch in einspurigen Bahnen denken könnt und Euch ansonsten vor allem danach richtet, was Euer Körper braucht. Ihr werdet häufig kichern, aber Ihr denkt kaum über den Augenblick hinaus. Und ein neuer Name wäre nicht schlecht. Ein Name, der keine Erinnerung an frühere Zeiten auslösen könnte ...

›Honey‹, ja, das paßt.« Er schnippte mit den Fingern, und der Zauber war komplett.

Da es sich bei ihm um einen Meister-Magier handelte, trat die Wirkung augenblicklich ein. Eben noch hatte eine durchschnittliche Mahta vor ihm gestanden, jetzt hockte da eine üppige Schöne, aus deren Augen kein Funken Verstand leuchtete. Sie schüttelte den Kopf, so als erwachte sie aus einem Traum, und sah sich dann verständnislos um.

»Hallo«, grüßte er freundlich. »Wie heißt Ihr?«

»Honey«, antwortete sie mit rauchiger Stimme.

»Hallo, Honey, womit verdient Ihr Euren Lebensunterhalt?«

»Ich mache Männer glücklich«, erklärte sie und klimperte mit den Wimpern. »Kann ich etwas für Euch tun?«

»Gewiß doch«, sagte er gut gelaunt. »Und nachdem Ihr damit fertig seid, führe ich Euch zu einem Freund, dem ein gewisses Haus in Anker Logh gehört. Dort könnt Ihr viele Männer glücklich machen, Nacht für Nacht.«

Das erste Problem war damit erledigt. Nun stand die nächste Phase an.

Der Heilige Tag war angebrochen, obwohl Spirit heute kaum in Feiertagsstimmung geriet. Das Bildnis von Schwester Kasdi im Vestibül, das sie früher mit Wärme und Geborgenheit angefüllt hatte, kam ihr heute völlig deplaziert vor. Dennoch hatte sie sich auf den Weg zur Kirche gemacht, denn auf einer kleinen Farm waren die sozialen Zwänge sehr ausgeprägt. Sie fragte sich, wie ihr Großvater es all die Jahre lang geschafft hatte, sich diesem Zwang zu entziehen.

Ein Fremder hatte sich an diesem Tag in der Kirche eingefunden, der einige Aufmerksamkeit erregt. Natürlich kam es häufiger vor, daß Fremde hier eine Messe besuchten, denn man befand sich nicht allzu weit von der Hauptstadt entfernt. Aber dieser Mann wäre überall aufgefallen. Er war sehr groß, hatte einen sauber getrimmten braunen Vollbart und langes braunes Haar, das an den Schläfen ergraut war. Er trug Jeans, ein rotkariertes Hemd und abgetragene Stiefel. Es hatte fast den Anschein, als wollte er unbedingt auffallen.

Als die Glocke ertönte, strömten alle zu den Bänken, verneigten sich vor dem Altar und nahmen Platz. Die Messe begann. Die Priesterin liebte keine endlosen Predigten und führte die Messe nach der vorgeschriebenen Liturgie durch.

Anker Logh war ein friedliches, fast langweiliges Land. Als erstes Anker, das die Reformation erobert hatte, lebte es seit langem im Schatten der Konflikte und Kriegsschauplätze. Gelegentlich kam es zu kriminellen Vorfällen, und dann schritt die Polizei ein. Doch als Ausgangspunkt der Reformation und Geburtsort der Schwester Kasdi lockte dieses Land kaum Unruhestifter und Kriminelle an. Dafür gab es in Flux und in anderen Ankern weitaus lohnendere Orte. Und selbst wenn man hier etwas stahl, stand einem ein sehr langer Weg bevor, um der Heiligen, ihren Zauberern und Schwestern zu entwischen.

Wenige Momente vor dem Schlußsegen knieten die Gläubigen in den Bänken, während die Priesterin vor dem Altar stand. In diese Stille und Andacht platzte eine dunkle Männerstimme: »Ich schätze, ich habe mir jetzt genug von diesem Krampf angetan.«

Diese Ungehörigkeit ließ die Gläubigen entsetzt aufstöhnen. Alle sahen von ihren Bänken auf, und die Priesterin drehte sich herum. Der Fremde stand vor der Menge und richtete eine Pistole auf die Schwester. Als die Gläubigen ängstlich zum Ausgang blickten, bemerkten sie, daß an allen wichtigen Punkten Fremde standen und automatische Waffen in den Händen hielten. »Also, Schwester, Ihr kommt jetzt herunter und begebt Euch zu Eurer Herde«, befahl der Fremde.

Doch die Priesterin rührte sich nicht und zeigte auch keine Anzeichen von Furcht. »Was bewog Euch dazu, ein solches Sakrileg zu begehen?« fuhr sie den Mann an.

Der Anführer der Fremden lächelte hämisch. »Danke für das Kompliment, Schwester. Sakrilege sind meine Berufung, und da freut es einen doch, wenn die Arbeit anerkannt wird. Nun fordere ich Euch zum letzten Mal auf, Euch zu Euren Leuten zu begeben.«

»Das ist meine Kirche!« empörte sich die Frau, »und ich lasse mir nicht von irgendwelchem herumgelaufenen Pack Befehle erteilen!«

Ohne mit der Wimper zu zucken, drückte der Mann ab. Die Kugel traf die Priesterin in die Brust. Sie prallte gegen den Altar, und alles, was auf ihm stand, stürzte auf sie herab.

Jemand kreischte schrill. Die Menge wurde unruhig, doch ein paar Warnschüsse der Fremden ließen die Gläubigen rasch wieder verstummen.

»So, jetzt setzt ihr euch alle brav hin und verhaltet euch ganz ruhig. Dann wird auch keinem etwas geschehen. Wer sich aber bewegt, sonstwie Ärger macht oder uns nur blöde anglotzt, teilt das Schicksal der Priesterin. Das war meine erste und letzte Warnung. Haben wir uns verstanden?«

Die Gläubigen saßen starr wie Statuen da. Nur hier und da ertönte ein leises Schluchzen. Spirit, die etwa in der Mitte Platz gefunden hatte, war von dem unglaublichen Vorfall ebenso erschrocken wie die anderen, wußte sich aber keinen Reim darauf zu machen, was hier eigentlich vor sich ging. Sie sagte sich nur, daß diese Leute den Verstand verloren haben mußten, hier, mitten im Anker Logh, einen solchen Überfall durchzuführen. Wohin wollten sie fliehen? Es gab doch keinen Ausweg für sie.

Sie wurde abrupt aus ihren Überlegungen gerissen, als der Anführer ruhig, aber befehlsgewohnt sagte: »Ihr dort, Spirit! Erhebt Euch!«

Im ersten Moment sah sie den Fremden nur an. »Wer? Ich?«

»Ja, begib dich hübsch langsam zur Rückseite der Kirche.«

Soviel Autorität lag in dieser Stimme, daß sie augenblicklich gehorchte. Erst als sie schon im Mittelgang war, wurde ihr bewußt, daß diese Fremden Kasdis Feinde sein mußten, vor denen man sie gewarnt hatte. Aber wie hätte sie erwarten können, daß die Feinde so rasch und brutal zuschlagen würden? Die kalte Gleichgültigkeit, mit der der Anführer die Schwester niedergeschossen hatte, verwirrte sie noch mehr. Solche teuflische Gewalt lag jenseits ihrer jugendlichen Vorstellung.

»Herhören! Vor allem müßt ihr jetzt Ruhe bewahren. Mehr braucht ihr nicht zu tun. Ich darf mich vorstellen? Mein Name ist Coydt. Ihr gehöre zu den schaurigen Sieben, vor denen die Priesterin euch so eindringlich gewarnt hat.« Fast alle Gläubigen zuckten zusammen, als sie seinen Namen hörten. Der Anführer lächelte, er genoß offenbar seinen Auftritt. »Vielleicht fragt sich jetzt der eine oder andere unter euch, warum ich mich zu erkennen gebe. Nun, dafür besteht ein zwingender Anlaß. Ich darf euch mitteilen, daß eure heilige Schwester Kasdi, die dort draußen in ihrer Tempel-Festung sitzt, vor Jahren eine Tochter zur Welt gebracht hat. Sie und ihre Helfer haben die größten Anstrengungen unternommen, um dieses Kind geheimzuhalten. Offiziell hieß es, Kasdi habe eine Totgeburt erlitten. Aber das war eine Lüge. Um es noch einmal in aller Deutlichkeit zu sagen: Schwester Kasdi hat euch belogen. Ich hingegen sage euch die Wahrheit. Was für eine verkehrte Welt, werdet ihr jetzt denken, aber behaltet ruhig im Gedächtnis, wer von uns beiden die Wahrheit sagen kann und wer sich hinter einer Lüge verstecken muß. Übrigens, die junge Frau, die ich gerade aus der Reihe gebeten habe, ist Kasdis Tochter.«

Erneut wurde die Menge von Unruhe erfaßt. Viele der Anwesenden kannten Kasdi seit ihrer frühesten Kindheit.

»Nun versteht ihr vielleicht auch, warum wir hier sind. Ihr braven Bürger braucht keine Angst zu haben. Wenn eure sogenannte Heilige es schon einmal geschafft hat, sich ihrer Tochter zu entledigen, wird sie kaum ihre Kirche oder Anker Logh ausliefern, um ihre Tochter zurückzuerhalten.

Natürlich kidnappen wir das Mädchen und verlangen ein Lösegeld für sie. Hernach dürft ihr natürlich von diesem unglaublichen Vorfall berichten. Sagt doch bitte, daß Coydt sich melden wird. Spirit wird kein Haar gekrümmt, solange niemand sie zu befreien versucht oder sich mir und meinen Helfern in den Weg stellt. Nun, abgesehen von den Frauen und Männern, die ihr hier mit den Waffen seht, stehen draußen noch andere, die ihr noch gar nicht bemerkt habt. Wenn ihr jetzt noch eine Stunde im Tempel bleibt, seht ihr uns oder die Männer draußen nie wieder. Doch jeder, der vor Ablauf dieser Frist auch nur die Nase aus der Tür steckt, wird niedergeschossen. So einfach ist das, meine Damen und Herren. Also bleibt ruhig sitzen, und diskutiert von mir aus, wie es möglich ist, wenn eine Göttin im Himmel sitzt, daß einer wie ich hier unten anstellen kann, was ich will. Und damit verabschiede ich mich.«

Mit diesen Worten marschierte Coydt zum Ausgang. Die anderen Fremden folgten ihm, die Waffen im Anschlag.

Im ersten Moment rührte sich niemand vom Fleck. Dann sprangen ein paar Männer auf und eilten zum Altar. Doch viel konnten sie für die Priesterin nicht mehr tun. Coydts großkalibrige Waffe hatte ihr die Brust aufgerissen. Sie mußte im selben Moment gestorben sein, in dem sie getroffen worden war.

Im nächsten Augenblick verwandelte sich die Kirche in ein Irrenhaus, aber keiner wagte sich in die Nähe der Tür. Der Zweite Vorsitzende des Gemeinderats, der nur zufällig an der Messe teilgenommen hatte, versuchte, Ordnung in das Chaos zu bringen. Sein Name war Miklos Ransom, und er war sich in dieser Minute sehr wohl bewußt, daß seine Karriere als Politiker auf dem Spiel stand.

»Ruhe!« rief er mit dröhnender Stimme. Er ließ den Blick über die Menge schweifen. »Ist jemand von Spirits Familie hier?«

Alle sahen einander an, aber kein Verwandter des Mädchens war unter den Tempelbesuchern. Sie würden an einer späteren Messe teilnehmen.

»Wir sollten uns ruhig verhalten. Möglicherweise stehen draußen Wachen. Ich möchte kein Menschenleben riskieren ...«

»Ich wage es!« rief ein kräftiger Farmer, und andere stimmten ihm zu. »Vielleicht sehen wir diese Schurken noch heute am Strick baumeln.«

»Nein!« widersprach Ransom heftig. »Es gibt einen besseren Weg. Zida, Ihr seid doch der Glöckner. Lauft in den Glockenturm und läutet, als ginge es um Euer Leben. Das wird die Menschen auf die Straßen bringen. Wir warten zehn Minuten Sturmgeläut ab, dann schicken wir den ersten Freiwilligen nach draußen.«

Der Glöckner verschwand durch die Sakristei in den Glockenturm.

Ransom sah sich um. Die Kirche besaß drei Ausgänge: die Haupttür und zwei Notausgänge. »Rasch, ein Mann an jede Tür!«

Die Glocken begannen zu schlagen.

Früher war Anker Logh befestigt gewesen. Eine mächtige Steinmauer mit Wachstationen, zusätzlichen Befestigungen und einer Wallspitze, auf der vier Soldaten nebeneinander hergehen konnten, verlief rund um das Staatsgebiet. Die Mauer war zwanzig Meter hoch und verfügte lediglich über zwei Tore. Doch die Tage, in denen man im Anker Flux gefürchtet hatte, waren vorüber, auch wenn nur wenige sich ins Nichts wagten. Die Tore wurden längst nicht mehr verschlossen, und auf den Wachtürmen drängten sich heute statt Soldaten vornehmlich Touristen, die sich den geheimnisvollen Nebel ansehen wollten.

Coydt hatte sich schnelle Pferde beschafft. Er kannte sich in Anker Logh genauso gut aus wie an vielen anderen Orten der Welt. Er war über fünfhundert Jahre alt und hielt sich durch seine enormen Flux-Kräfte jung.

Coydt wollte rasch nach Flux, wo ihn die Zauberkräfte unverwundbar machen würden. Doch es war ihm klar, daß seine Verfolger ihm auf dem Weg eine Falle stellen wollten. Als er die Glocken hörte, erriet er augenblicklich, was es damit auf sich hatte. Der mächtige Magier verwünschte sich, weil er nicht an die Glocken gedacht hatte. Er gehörte nicht zu denjenigen, die die Entschlossenheit und Willensstärke der Anker-Bewohner geringschätzten.

Schon mancher Mann, den er in seinem langen Leben kennengelernt hatte, war zu Schaden gekommen oder gar gestorben, weil er die Anker-Menschen als Dümmlinge verachtet hatte.

Seine Bande hatte sich nach dem Überfall in alle Winde zerstreut, die Kleider gewechselt und die abgesprochenen Routen nach Flux genommen oder sich im Anker versteckt. Jeder von ihnen verfügte über ein hieb- und stichfestes Alibi. Coydt ließ sich nur von seinen treuesten und engsten Helfern, Zekah und Yorek, begleiten, die ein wachsames Auge auf Spirit hielten.

Während die Pferde vorangaloppierten, dachte das Mädchen einige Male an Flucht. Wenn sie Glück hatte, konnte sie eine Farm oder einen Ort erreichen, wo die Bewohner ihr sofort helfen würden. Aber die beiden Helfer führten Maschinenpistolen mit sich, und das Mädchen wußte zu gut, daß man sie damit auch auf einige Entfernung hin vom Pferd schießen konnte.

Coydts Zeitplan war perfekt. Er war zunächst zu einer anderen Kirche geritten und hatte dort ein Feuer gelegt und den Ausgang verriegelt. Er konnte sich leicht ausrechnen, wie lange eine in Panik geratene Gemeinde benötigen würde, Hilfe zu rufen. Danach mußte jemand in die Hauptstadt eilen, dort den Vorfall melden und eine Täterbeschreibung liefern, die daraufhin vervielfältigt und mit Brieftauben an alle Außenposten rund um Anker Logh versandt wurden. Coydt kannte die Standorte der Außenposten und auch alle Landstraßen. Er wußte, wie lange die Soldaten benötigen würden, um an ihren Abschnitt zu gelangen. Obwohl seine Flucht dadurch eine Stunde verzögert wurde, wandte er sich an die Stelle, die für die Wächter am schwierigsten zu erreichen war. Verbündete warteten dort auf ihn.

Jemand stand auf der Mauer und gab mit einer Fackel und einem Spiegel ein Signal. Sie hielten die Pferde unter der Brüstung an und stiegen ab.

Vom Wall wurde eine stabile Strickleiter herabgelassen. Zekah kletterte als erster hinauf, während Yorek weiterhin Spirit bewachte.

Das Mädchen zögerte kurz, als sie an der Reihe war. Doch sie hatte keine andere Wahl. Eine Flucht war schlechterdings unmöglich. »Verdammt, beeil dich!« rief ihr Zekah zu. »Der Meister hat sehr schlechte Laune.«

Spirit hatte kaum Gelegenheit, sich auf der Mauer umzusehen, da wurde sie schon auf eine andere Strickleiter hinuntergestoßen. Diese zweite führte hinab auf das Vorland, die sogenannte Schürze. Spirit lief ein kalter Schauer den Rücken hinab; sie ließ alle Hoffnung auf Flucht fahren. Allein die Vorstellung, von einem dieser Wesen berührt zu werden, war ihr schon unerträglich.

Die Leere, die hinter der Schürze lag, wirkte wie eine feste Wand aus einem leuchtenden bernsteinfarbenen Material. Weder Formen noch Flächen ließen sich erkennen, doch wirkte die Leere auf rätselhafte Weise lebendig. Tausende Funken stoben wie Libellen durch die Wand. Als Schülerin hatte sie auf der Mauer gestanden und einen Blick auf das Gebilde geworfen. Auch später war sie als Tourist gekommen, doch auch heute noch wirkte Flux auf sie kalt und verboten.

Coydt und Yorek erschienen hinter ihr. Zekah war auf der Mauer geblieben, um ihren Abstieg zu decken. Seit der Entführung waren vier Stunden vergangen.

Yorek rannte, ohne zu zögern, in die Leere und kehrte mit drei Pferden zurück. Sie mußten dort gewartet haben, aber von der Schürze aus blieben sie unsichtbar, bis sie auf festen Boden gelangten.

Coydts Mißstimmung verging rasch, und beim Anblick der Reittiere verlor er viel von seiner nervösen Anspannung. Er warf einen Blick auf sein Opfer und grinste: »Wie ich sehe, magst du meine kleinen Monster.«

»Sie sind grauenhaft«, murmelte Spirit.

»Früher waren sie ganz normale Menschen, aber aus irgendwelchen Gründen haben sie sich allein in die Leere von Flux begeben. Beide verfügen über etwas Flux-Kraft, doch wenn man allein draußen in der Leere ist, aber nicht weiß, wie man mit seiner Magie umzugehen hat, werden alle Alpträume wahr. Man dreht buchstäblich durch, und die äußere Form eines solchen Unglücklichen spiegelt die innersten Ängste wider. Behalte das im Gedächtnis, solange wir in Flux sind. Sobald du dich in der Leere aufhältst, bist du ohne Hilfe verloren. Du würdest nie einen Weg hinaus finden. Ich lege dir daher eine magische Leine an, damit ich dich verfolgen kann, egal, wohin du gehst. Solltest du dich wirklich für eine Flucht entscheiden, überlasse ich dich eine Weile deinem Schicksal, bevor ich dich rette. Du bekommst dann eine Vorstellung davon, wie es diesen beiden Wesen hier ergangen ist. Vergiß das nicht, und denk an die Monstren. Sobald wir in die Leere eingedrungen sind, bin ich der einzige Schutz, den du hast.«

Sie bestiegen die Pferde und ritten über die Schürze. Flux ragte drohend vor Spirit auf, kam immer näher und schien bald alles auszufüllen. Das Mädchen konnte den Drang nicht unterdrücken, noch einen Blick zurückzuwerfen. Der Wall und das Grün des Landes waren kaum noch zu erkennen ... Dann hatten sie die unsichtbare Grenze überschritten und befanden sich im unheimlichen Reich von Flux.

In der Leere wurden Schallwellen kaum übertragen; man hörte nichts, nicht einmal die Hufe der Rösser. Darüber hinaus verlor man jeglichen Orientierungssinn. Das funkelnde Energiefeld schien einen überall zu umgeben. Selbst die Rufe der Männer hörten sich dumpf und verzerrt an, so als wollte die Leere alles schlucken, was in sie geraten war.

Der Zauberer rief einen Befehl, und die kleine Gruppe kam zum Stehen. Er sah Spirit eigentümlich an und verzog dabei das Gesicht. »Verdammt, das habe ich nicht erwartet!« rief er schließlich. »Das bringt Komplikationen mit sich, aber ich schätze, daß wir auch damit fertig werden. Seht sie euch an, Männer. Erkennt ihr die doppelte Aura um Spirit? Unsere Gefangene beherbergt einen Seelenreiter!«

Seelenreiter

Eine Erfahrung, wie ich sie noch nie erlebt habe und wie auch meine Brüder sie nicht kennen. Wir, die Geister von Flux und Anker, die die Menschen Seelenreiter nennen, wohnen in Menschen, teilen ihr Schicksal und nehmen wahr, was sie wahrnehmen. Wir können uns nicht aussuchen, in wen wir eindringen. Dies entscheidet ein unsichtbarer Herr über unser Schicksal, dessen Identität und Natur uns immer verborgen bleiben.

Unsere Mission besteht darin, denen einen Strich durch die Rechnung zu machen, die versuchen, die Tore zur Hölle zu öffnen. Wir spüren die jeweiligen Mitglieder der Sieben die Vorher Kamen auf, die auch als die Sieben Wartenden bekannt sind. Wenn es uns möglich ist, vernichten wir sie. Da wir über keine körperliche Existenz verfügen, können wir unser Wissen über die Macht von Flux und die Gesetze der Anker nur dem jeweiligen Wirtskörper zugänglich machen. Alle meine Träger sind früher oder später einem oder mehreren der Sieben über den Weg gelaufen. Woher unser unsichtbarer Lenker weiß, welcher Mensch irgendwann einem der Bösen begegnet, ist für uns nie ersichtlich. Doch bis heute hat er sich nicht ein einziges Mal geirrt.

Es wäre denkbar, daß unsere Wirte wegen ihrer Zauberkraft oder ihres Intellekts ausgewählt werden, denn wir können nur das einsetzen, was unser Träger zu bieten hat. Möglich auch, daß unsere Menschen durch eine unerklärliche Macht erst dazu gebracht werden, den Weg eines der Sieben zu kreuzen. Aber auch in diesem Punkt können wir nur vage Vermutungen anstellen.

Ich bin in jedem Menschen, in den ich eingedrungen bin, für eine längere Periode geblieben. Die meisten von ihnen sind durch Gewalt gestorben, doch einige von ihnen haben sich auch zu bedeutenden Persönlichkeiten entwickelt, in denen ich jahrzehnte-

lang gewohnt habe, auch wenn die eigentliche Mission längst abgeschlossen war. Vielleicht sollte ich den Wirt auch weiterhin beschützen oder ihm dabei helfen, auf seinem Weg noch weiter voranzukommen.

Etwas Ähnliches erwartete ich auch bei meiner Wirtin Cass aus dem Anker Logh. Sie besitzt eine titanische Flux-Kraft und ist zur mächtigsten Politikerin seit Menschengedenken geworden. Doch bei ihr lief es völlig anders ab. Ein radikaler Wechsel vollzog sich, dessen Gründe ich auch heute noch nicht verstehen kann.

Als Cass achtzehn war, wurde ich von ihr angezogen. Damals war sie noch ein ahnungsloses Mädchen, das vor nichts mehr Angst hatte, als aus ihrem Anker verstoßen und von einem Leiner in die Sklaverei verkauft zu werden. Die Kirche bediente sich damals solcher Methoden, um den Bevölkerungszuwachs unter Kontrolle zu halten. Ich war schon in Cass, als sie durch Zufall entdeckte, wie korrupt die Kirche damals war, und in die Leere verbannt wurde. Ich ritt in ihre Seele, als Truppen der Hölle den Leiner-Zug angriffen und sie gefangennahmen. Ich aktivierte ihre angeborene Flux-Kraft und ermöglichte ihr damit die Flucht. Doch es gelang ihr dank ihrer raschen Auffassungsgabe und Intelligenz ganz allein, den teuflischen Magier Haldayne zu demaskieren, der zu den Sieben gehörte und die Tore zur Hölle öffnen wollte. Cass errang ihre Freiheit wieder und bekam sogar eine Anstellung in dem Zug ihres Leiners Matson. Zusammen nahmen wir am Angriff auf das von Haldayne beherrschte Fluxland Persellus teil. Wir kämpften zusammen in der Armee aus Flux und Anker, die von drei der mächtigsten Magier aus den Reihen der Neun Wartenden angeführt wurde. Dabei mußten wir mit ansehen, wie Matson getroffen von seinem großen Pferd sank. Vor ihren Augen verlor Cass den einzigen Geliebten ihres Lebens.

Doch es gelang mir, ihren Schmerz und ihr Entsetzen in Energie umzuwandeln und ihre geballte Kraft gegen Haldayne zu schleudern; Cass ganz allein griff den Bösen an und schlug ihn. Wieder einmal waren die Pläne der Hölle zunichte gemacht worden.

Als Cass die Priesterschaft übernahm und die überfällige Reformierung der Kirche einleitete, stärkte ich ihrer Entschlossenheit und ihrem Pflichtgefühl den Rücken. Sie errichtete auf den Trümmern von Persellus ihre neue Kirche und nannte diesen Ort Hoffnung.

Allerdings war ihre Beziehung zu Matson nicht ohne Folgen geblieben. Keiner hatte mit ihrer Schwangerschaft gerechnet, und daraus erwuchs unter anderem das Wunder, das mich immer noch verwirrt.

Cass brachte ein Mädchen zur Welt, und ich verspürte wie sie die Schmerzen einer Geburt; nicht zum ersten Mal machte ich eine solche Erfahrung mit, aber an jenem Tag war es anders. Ich fühlte, wie der neue Befehl kam, die Aufforderung in mathematisch magische Formeln, meinen Wirt zu verlassen. Und als das Kind das Licht der Welt erblickte, wurde ich von ihm angezogen. Somit wurden wir in gewisser Weise zusammen geboren.

Ein völlig neues Erlebnis für mich, das mich auch heute noch mit Ehrfurcht erfüllt und ängstigt, denn das Gebären ist genauso mit Schmerzen verbunden wie das Geborenwerden. Während der ersten ereignislosen Jahre nahm ich mir viel Zeit, über diesen Vorfall nachzusinnen und die Logik dahinter zu erkennen. Allerdings muß ich gestehen, daß ich nie die Gründe dafür begriffen habe, warum ich gerade in diesen oder jenen Wirt einfahren mußte; erst im Moment der Begegnung mit dem Bösen verstand ich ein wenig mehr. Andererseits waren die Erfahrungen der kindlichen Entwicklung sehr interessant für mich. Doch dieser Prozeß kam mir auch vage vertraut vor, so, als sei ich vor urlanger Zeit ebenfalls geboren worden und als Menschenkind aufgewachsen. Falls wir wirklich die Seelen von geläuterten, gereinigten Kriegern sind, die im Reinkarnations-Zyklus die höchste Stufe erreicht haben, dann würde das alles wenigstens einen Hauch von Sinn ergeben.

Die ersten Jahre gestatteten mir den Luxus, den gesamten Körper meiner Wirtin zu testen und auszuprobieren, ihn Zelle für Zelle, Molekül für Molekül zu erforschen. Nie zuvor habe ich einen Träger in physischer und psychologischer Hinsicht so genau kennengelernt wie Spirit. Nie zuvor hatte ich solche Möglichkeiten, das Schlechte zu ersticken und das Gute zu bestärken. Ich habe Ablagerungen im Blutkreislauf entfernt, Gifte umgelenkt und eliminiert und sogar ein wenig mentale Kontrolle über sie gewonnen. Doch nie habe ich Spirits Leben kontrolliert, das entspräche auch gar nicht meinen Wünschen. Aber ich konnte sie vor einigen Dummheiten bewahren. Ich vermochte es, durch eine milde Stimulation ihrer Freuden- und Schmerzzentren bestimmte Aktivitäten bei ihr auszulösen.

Spirit war sich auch stets meiner Anwesenheit bewußt. Nur dachte sie nie länger darüber nach. Es kam ihr einfach nicht in den Sinn, daß andere Menschen keinen Seelenreiter in sich tragen, daß in ihrer Umgebung niemand über zwei Bewußtseine verfügte. Sie glaubte, jeder besäße einen inneren Wächter, und erklärte sich einige Diskrepanzen damit, daß die meisten Menschen sich ihres Seelenreiters nie bewußt werden. Sie hat sich nie gegen mich gewandt, sondern mich stets als Teil ihrer selbst begriffen; schließlich hat sie ja in keiner Sekunde ohne mich auskommen müssen.

Heute ist sie eine junge Frau. Seit achtzehn Jahren sind wir zusammen, und obwohl ich stets wachsam war, hat sich in der ganzen Zeit nie etwas ergeben, was mein Einschreiten erfordert hätte. Ich bin mir nicht im klaren darüber, ob sie über Flux-Magie verfügt, denn man hat es ihr nie gestattet, die Grenzen ihres Geburts-Ankers zu überschreiten. Doch da ihr Vater ein starker falscher Zauberer gewesen ist und ihre Mutter über die gewaltigste Magie verfügt, die sich je in einem Menschen angesammelt hat, wäre es nicht auszuschließen, daß auch ihre gemeinsame Tochter über besondere Energien verfügt. Nur sind sie latent und nicht erprobt. Ganz gewiß braucht ihre Mutter mich nicht mehr. Der Meisterzauberer Mervyn selbst hat ihre Kräfte weiterentwickelt.

Doch ich darf meine eigentliche Bestimmung nicht vergessen. Meine wahre Mission scheint unmittelbar bevorzustehen. Ich fühle die Veränderung in den Energieströmen, spüre die Spannung, die sich bis zur Unerträglichkeit aufbaut. Der uralte Konflikt setzt sich fort, und vielleicht liegen diesmal am Ende des Kampfes endlich die Antworten auf meine Fragen.

Schwarze Magie

Sie ritten einige Zeit lang schweigend durch die Leere. Coydt war in seinen Gedanken versunken. Spirit zweifelte keinen Moment daran, daß alles, was der Magier über Flux gesagt hatte, der Wahrheit entsprach. Sie hatte keine Vorstellung, wie lange sie hier schon ritten oder wie weit sie gekommen waren. Doch hatte sie großen Hunger, wollte es aber nicht zugeben, um sich vor diesen hartgesottenen Männern keine Blöße zu geben. Solche Männer akzeptierten nur Stärke und Macht.

Unter den Anker-Menschen gab es viele romantische und märchenhafte Geschichten über die Leere von Flux. Daß man auch hier an Langeweile leiden konnte, war jedoch zu Hause noch niemandem in den Sinn gekommen. Nachdem sie ein gutes Stück in die Leere eingedrungen waren, fiel alle Anspannung von den drei Männern ab. Sie schenkten ihr immer weniger Aufmerksamkeit und hatten auch wenig Anlaß dazu, denn Spirit dachte beileibe nicht an Flucht. Der Gedanke daran, in dieser schrecklichen Öde herumirren zu müssen, bis man verhungerte oder sich in ein Monstrum verwandelte, machte ihr große Angst.

Sie ergab sich also ihrer Gefangenschaft, zumindest für den Augenblick. Die junge Frau hatte keine Ahnung, was die Verbrecher vorhatten. Zum Glück hatten die Männer sie bislang weder bedroht noch belästigt, wenn man einmal von den unangenehmen Begleitumständen der Entführung absah. Manchmal kam ihr all das wie ein Traum vor, und sie fragte sich, ob ihr das wirklich zugestoßen war. Doch dann riß sie sich in die Realität zurück und wußte wieder, wie gefährlich die Kidnapper ihr werden konnten.

Endlich hielt die kleine Gruppe an. Während die zwei Helfer und Spirit abstiegen, ritt Coydt weiter. Vielleicht mußte er noch etwas erledigen, vielleicht wollte er nur die Umgebung erkunden.

Spirit sah sich um und entdeckte nichts anderes als Leere. Die Pferde wirkten erschöpft und durstig, genau wie sie, aber an den Sätteln hingen keine Taschen, in denen man Vorräte hätte unterbringen können. Zekah, ein schlanker junger Mann, den sie unter anderen Umständen vermutlich als ganz nett empfunden hätte, trat zu ihr. »Hast du Hunger?«

Sie nickte. »Genau wie die Tiere.«

»Dann sieh gut zu.« Er drehte sich um, deutete auf eine beliebige Stelle ein paar Meter vor ihm und machte ein paar eigenartige Fingerbewegungen. Ein Loch öffnete sich in der Flux-Masse, das sich langsam, aber stetig mit klarem Wasser füllte. Der Helfer begab sich zum Rand, ging in die Knie, schöpfte mit beiden Händen Wasser und trank. »Sehr gut«, sagte er schließlich. »Yorek, führ die Pferde her. Du, junge Frau, still deinen Durst.«

So erlebte Spirit zum ersten Mal die Flux-Magie. Sie trank von dem Wasser und erklärte den Männern, daß das Naß köstlich sei. Es konnte ja nicht schaden, sagte sie sich, wenn sie ihren Aufpassern ein wenig um den Bart strich.

»Das war noch gar nichts«, prahlte Zekah und machte wieder ein paar merkwürdige Handbewegungen. Im nächsten Moment standen vor ihnen drei Stühle und ein Klapptisch, auf dem sich warme und kalte Speisen und eine Karaffe Wein befanden. Zögernd trat Spirit näher und berührte vorsichtig den Tisch. »Der ist ja echt!« entfuhr es ihr.

»Natürlich ist er das! Nun komm schon und iß, bevor der Meister zurückkehrt.«

Eine wahrlich seltsame Mahlzeit. Da saß sie mitten in der Leere und nahm mit zweien ihrer Kidnapper ein opulentes Dinner ein. Doch sie dachte nicht allzu viel darüber nach, sondern aß lieber. Sie mußte zugeben, daß alle Speisen köstlich schmeckten.

Nachdem sie sich gestärkt hatten, waren die beiden Männer guter Stimmung. Spirit sagte sich, daß sie jetzt am ehesten versuchen konnte, etwas aus ihnen herauszulocken.

»Habe ich das richtig gesehen? Ihr wedelt einfach mit der Hand, und schon sind all diese Dinge da?« fragte sie und setzte ein einfältiges Lächeln auf.

»Na ja, ein bißchen komplizierter ist es schon«, antwortete Yorek. »Eigentlich hängt alles von der richtigen Mathematik ab. Je mehr man sich auf mathematische Formeln versteht und je besser das Gedächtnis arbeitet, desto vielfältiger kann man zaubern. Flux-Kraft kann man nicht einfach so erwerben. Entweder man hat die Anlagen dazu in sich, oder man hat sie nicht. Aber wenn man über ein solches Potential verfügt, besitzt man wirkliche Macht. Und um nicht mehr oder weniger dreht sich alles hier im Flux.«

»Geld spielt hier keine Rolle«, warf Zekah ein. »Je mehr magische Energie man in sich hat, desto mehr Macht erlangt man. Was nun unseren Meister angeht, so besitzt er unfaßbar viel Zauberkraft. Ich schätze, es gibt keinen, der es mit ihm aufnehmen könnte. Wenn er sich ein Schloß mit hundert Bediensteten wünscht, schnippt er nur einmal mit dem Finger, und schon steht es vor ihm.«

Spirit dachte darüber nach. »Ich kann mir vorstellen, daß es nach einer Weile recht langweilig wird, ein so allmächtiger Gott zu sein. Was bleibt einem denn noch anderes zu tun, nachdem man alles hat, was einem je als Wunsch in den Sinn gekommen ist?«

»Du hast völlig recht«, erwiderte Yorek. »Die einzige Freude des Meisters besteht darin, anderen seine Macht vorzuführen. Wir beide sind bei ihm, um vom Meister so viel wie nur eben möglich zu lernen. Doch er betrachtet uns nicht als Lehrlinge. Menschen bedeuten dem Meister nicht mehr als Dinge, als Spielzeug, das nur dazu da ist, ihn zu erheitern.«

»Ich könnte mir vorstellen, daß einen so etwas von Zeit zu Zeit etwas nervös machen kann.«

»Eigentlich nicht. Weißt du, im Grunde genommen

braucht er uns, denn wir sind sein Publikum. Was nützt einem die schönste und größte Macht, wenn niemand in der Nähe ist, der einem dafür applaudieren kann? Die einzigen Personen, die er ernst nimmt, sind die, die über ähnlich viel Magiekraft verfügen. Wenn er einem solchen Menschen über den Weg läuft, fordert er ihn zum Zweikampf heraus. Bislang hat er noch nie verloren. Deshalb langweilt ihn Flux auch immer mehr. Er verbringt seine Zeit viel lieber in einem Anker, wo es mehr auf die Stärke des Verstandes ankommt als auf die Magie. Ich schätze, sogar die anderen Mitglieder der Sieben sind vor ihm auf der Hut, denn er glaubt an nichts anders als an sich selbst.«

»Was? Er glaubt nicht an die Hölle? Und ich dachte, das sei Sinn und Zweck des Bundes der Sieben?«

Zekah schmunzelte. »Ja, für die anderen sechs. Und weil der Meister bei ihnen gelandet ist, hat auch die Hölle für ihn eine gewisse Bedeutung. Aber eine andere. Er sagt, an der Hölle sei nichts Übernatürliches. Sie sei nur ein Ort, an dem Wesen wohnen, die etwas anders aussehen als wir. Vor langer Zeit hat es wohl einen großen Krieg zwischen ihnen und den anderen gegeben, und sie mußten eine Niederlage hinnehmen und wurden in die Hölle verbannt. Natürlich sehen sie die Hölle nicht als ihre Heimat an. Sie möchten dieses grausliche Exil verlassen, doch dazu müssen sie hier hindurch. Da sie den Flux erfunden haben, wissen sie am besten darüber Bescheid, was man aus der Leere herausholen kann. Es gibt wohl auch einen Handel oder zumindest ein Angebot: Öffnet die Tore und befreit die dort Eingeschlossenen, dafür erhaltet ihr im Gegenzug das Wissen um die Eigenheiten und Möglichkeiten zur Nutzung von Flux. Wer über dieses Wissen verfügt, kann sich die ganze Welt untertan machen.«

Spirit fröstelte. »Selbst wenn es ein solches Angebot gäbe, glaube ich nicht, daß jemand den Sieben so weit über den Weg trauen würde, um es anzunehmen. Wenn man mich ein paar tausend Jahre lang in ein Gefängnis gesteckt hätte, wäre ich bestimmt nicht sehr nett zu den Nachfahren jener, die mich einst eingesperrt haben.«

»Sicher«, antwortete Yorek. »Doch du darfst nicht übersehen, daß es sich bei den Sieben um Zauberer wie Coydt handelt. Jeder von ihnen zählt einige hundert Jahre, und alle langweilen sich sehr. Sobald jemand sie freigelassen hat und sie wieder zu Kräften gekommen sind, werden sie gewiß nicht zögern, alle Konkurrenz aus dem Weg zu räumen und sich zu den Herren der Welt zu machen. Und damit kommen wir zu dem einzigen Motiv für Coydt, mit den anderen einen Waffenstillstand zu halten. Um die Höllentore zu öffnen, benötigt man einen bestimmten Code, und jeder von den Sieben besitzt einen Teil davon.«

Diese Unterhaltung kam Spirit unwirklich vor. Was sie da zu hören bekam, klang zum einen wie ein Märchen, zum anderen wie ein Alptraum. Sie saß als Gefangene bei einem reichlichen, aber magischen Mahl in Flux und pflegte mit ihren Kidnappern eine freundliche Konversation.

»Und was habe ich mit all dem zu tun?« wollte sie jetzt erfahren. »Ich habe keine Erfahrung mit Magie, und meine Mutter wird für mich kaum das Lösegeld zahlen, das Euer Meister für mich fordert. Meine Mutter ist sowieso eine eigenartige Persönlichkeit. Ich denke über sie fast so wie Ihr über Euren Herrn.«

Zekah zuckte die Achseln. »Irgendein großes Ding ist in der Mache. Eine Geschichte, die jahrelanger Vorbereitung bedurfte. Deine Mutter ist nicht das einzige Hindernis auf dem Weg, den die Sieben gehen wollen. Der Meister hat vor, sie zum Zweikampf herauszufordern. Aber er kann sie nie allein erwischen. Und so dumm ist er bestimmt nicht, gegen sie und ihre befreundeten Magier anzutreten. Wir wissen nicht, worum es bei dieser Sache in Wirklichkeit geht, aber eines steht fest: Du spielst eine gewisse Rolle darin. Doch vergiß nicht, daß Menschen für ihn nur Dinge sind. Er hält schon nicht viel von Männern, aber Frauen zählen für ihn erst recht wenig. Er denkt, Frauen seien von Natur aus allen Männern unterlegen. Es wäre für dich sicher besser, wenn deine Mutter einen Sohn zur Welt gebracht hätte.«

Coydt kehrte zurück und betrachtete stirnrunzelnd die Szene. »Ich hoffe doch, die jungen Herren haben dich zu unterhalten verstanden. Immerhin bist du mein Gast.«

»Ich bin nicht Euer Gast, sondern Eure Gefangene«, giftete sie ihn an. »Ich weiß nicht, was Ihr mit dieser Entführung bezweckt, aber Eure Rechnung wird nicht aufgeben. Meine Mutter hebt nicht einmal den kleinen Finger, um mich zurückzubekommen.«

»Da wäre ich mir an deiner Stelle nicht so sicher. Aber du spielst ohnehin nur eine Nebenrolle in meinem Spiel. Und um die Wahrheit zu sagen, das Interessanteste an dir kam uns erst nach der Entführung zu Bewußtsein. Und nun aufs Pferd, Herrschaften. Wir haben noch einen harten Ritt vor uns, der keinen Aufschub duldet.«

Die Nachricht traf Kasdi wie ein Pfeil ins Herz. Alle ihre Schuldgefühle brachen plötzlich wieder hervor. Die Entführung löste eine riesige Fahndung durch Flux und sämtliche Anker aus. Boten, die in Flugwesen verwandelt wurden, sausten durch die Leere und brachten die Nachricht zu allen Fluxländern, Ankern und sogar den Leiner-Zügen. Bald wußte das gesamte von der Reformierten Kirche kontrollierte Gebiet von dem Vorfall. Doch war von diesen Maßnahmen kaum ein größerer Erfolg zu erwarten. Coydt verfügte in der Leere über eine so gewaltige Macht, daß er mit Leichtigkeit jeder Verfolgung und Entdeckung entgehen konnte.

Mervyn kam wenige Stunden nach Erhalt der Nachricht in Anker Logh an. Er hatte sich kundig gemacht, aber mit Neuigkeiten über den Fall konnte er nicht aufwarten.

»Coydt ist in einem Anker aufgewachsen«, erklärte er Kasdi, »als jüngstes von fünf Kindern. Als sein ältester Bruder im Beschneidungs-Ritus vom Los gezogen wurde und das Anker verlassen mußte, schwor Coydt der Kirche Rache und arbeitete so offen gegen sie, daß man auch ihn verbannte. Er haßt die Kirche und widersetzt sich jeder Art von Glauben. Außerdem legt er für Frauen eine fast krankhafte Verachtung an den Tag. Das beste für Frauen wäre seiner Ansicht nach, sie würden den Männern gehorchen und ihnen nicht im Weg stehen. Man kann ihn nicht im eigentlichen Sinn als unmoralisch bezeichnen, denn für ihn gibt es so etwas wie Moral nicht. Unglücklicherweise ist er nicht nur kalt, sondern verfügt auch über einen brillanten Verstand, wie allein schon an der Entführung ersichtlich wird.«

»Gegen ihn nimmt sich Haldayne ja wie ein Unschuldsengel aus. Und Spirit ist bei ihm ...«

Der alte Zauberer nickte. »Ja, leider. Ich schätze, es steckt noch mehr dahinter. Die Entführung war nicht nur der Versuch, dich daran zu erinnern, daß die Sieben nicht schlafen. Ich fürchte, das Kidnapping ist die erste Stufe einer größeren Unternehmung der Höllen-Agenten.«

Kasdi blieb die nächsten fünf Tage bei Cloise, Spirits Pflegemutter; sie tröstete sie und empfing Trost von ihr. Die Boten brachten keinerlei Neuigkeiten, obwohl man sich in ganz Anker Logh über nichts anderes unterhielt als die Entführung und den Anschlag auf die Kirche. Die Bürger betrachteten alle Fremden argwöhnisch. Niemand durfte das Land verlassen, und nur wenigen Reisenden wurden die Grenzen geöffnet. Und dennoch glaubten die Einheimischen in jedem unbekannten Gesicht einen der Entführer wiederzuerkennen.

Endlich, dann kam eine Nachricht. Ein Brief, der in der Hauptstadt aufgegeben worden und an Cloise adressiert war. Das Schreiben war handschriftlich verfaßt und lautete:

> Werte besorgte Mütter,
> nehmte bitte meine Versicherung, daß Eure Tochter Spirit sich in Sicherheit befindet. Sie hat es warm, erhält genug zu essen und ist unverletzt. Zwecks einer befriedigenden Verständigung über ihre weitere Zukunft ersuche ich um ein Treffen auf der Schürze. Bitte erscheint eine Stunde nach Einbruch der Dunkel-

heit, an der Stelle, die auf der beigefügten Landkarte markiert ist. Betretet Flux nicht, sondern bleibt auf dem Wall. Ich plane keine Tricks und will Euch in keiner Weise schaden. Zu einem späteren Zeitpunkt würde ich allerdings gern feststellen, wie mächtig die heilige Schwester Kasdi wirklich ist. Für den Augenblick aber gestatte ich Euch nur, mich vom Anker aus zu sehen. Alle anderen Zauberer müssen sich mindestens einen Kilometer vom Treffpunkt entfernt halten. Sollte einer näher kommen, muß Spirit für die Verletzung meiner Anweisung bezahlen.

Bis zum Treffen verbleibe ich
mit vorzüglicher Hochachtung
Coydt van Haaz

Kasdi wollte kein Risiko eingehen. Sie bestand darauf, allein zur Unterredung zu erscheinen, und ließ sich nur dazu bewegen, einen Trupp Soldaten mit automatischen Waffen am Wall zu postieren – für den Fall, daß Coydt doch eine Schurkerei plante. Mervyn und zwei weitere Zauberer wollten in gebührendem Abstand in Flux warten, um notfalls eingreifen zu können.

Die Nacht war warm. Kasdi wartete dort, während die Soldaten Fackeln auf dem Wall und auf der Schürze entzündeten. Eine Stunde verging, doch pünktlich auf die Minute ertönte ein lauter Ruf. Alle Augen starrten auf Flux, das an dieser Stelle nur zwanzig Meter von der Mauer entfernt lag.

Coydt wußte, wie man einen wirkungsvollen Auftritt gestaltete. Ein beeindruckendes Glühen war in der Leere zu sehen, das wenig später zu pulsieren begann, so als würden leuchtende Winde dort wehen. Die Luftströme vereinigten sich zu einem riesigen Gesicht. Dessen laute, dröhnende Stimme gehörte unzweifelhaft Coydt.

»Wie schön, daß Ihr es rechtzeitig schaffen konntet«,

begrüßte er Kasdi. »Wir unterhalten uns gleich hier, wenn Ihr nichts dagegen habt.«

»Wo ist meine Tochter?« fuhr sie ihn an.

»In Sicherheit. Ich schätze, mittlerweile hat jeder Betroffene mein Persönlichkeitsprofil gelesen. Ihr dürftet daher wissen, daß ich stets zu einem gegebenen Wort stehe und nie ohne zwingenden Grund lüge. Eigentlich sollte ich darüber kein Aufhebens machen, aber es ist immer wieder ärgerlich, wie wenig Vertrauen die Bürger einem in dieser Hinsicht entgegenbringen. Die Menschen sind der festen Überzeugung, daß jemand, der über dem Gesetz steht, nur durch Lug und Betrug ans Ziel gerät. Um diesen Unsinn nicht mitzumachen, halte ich stets mein Wort.«

»Was verlangt Ihr?«

»Ich habe Eure Tochter. Ihr habt vier Höllentore. Ich verlange den Zutritt zu ihnen. Den Zutritt in den Tempeln.«

»Ihr wißt sehr gut, daß ich Euch das nicht gestatten kann. Selbst wenn ich es wollte, würden gewisse Kräfte das nie zulassen.«

»Dann ein kleiner Austausch, Ihr gegen sie?«

»Das würde mir persönlich am besten gefallen. Und ich bin mehr als geneigt, Euch in einem Zweikampf gegenüberzutreten. Aber die Neun würden auch einem solchen Handel nie zustimmen. Und das wißt Ihr genausogut wie ich.«

Coydts Riesengesicht verdüsterte sich ein wenig. »Tja, was sollen wir dann tun? Es hat den Anschein, als säße ich auf einer Ware, für die keine Nachfrage besteht. Ihr könnt oder wollt nicht den geforderten Preis bezahlen.«

»Laßt sie einfach frei. Ich sorge für ein Treffen zwischen uns, bei dem wir unseren Disput beilegen können.«

»Eine verlockende Idee, doch haben wir entdeckt, daß Eure Tochter einen Seelenreiter beherbergt. Die Ausschaltung dieses Parasiten stellt uns vor ein großes Problem.«

Diese Neuigkeit erschreckte Kasdi zuerst, doch dann machte sich große Erleichterung in ihr breit. Wahrscheinlich war Kasdis Seelenreiter auf ihre Tochter übergegangen. Über diese seltsamen Wesen wußte man nur, daß sie ihre

Wirte beschützten und bedingungslos auf der Seite des Guten standen.

»Dann könnt Ihr sie nicht verwandeln, denn der Seelenreiter würde alle Veränderungen zunichte machen«, erklärte sie ihrem Gegenüber. »Ihr könnt kaum einen größeren Zauber an ihr versuchen, denn das ließe ihr Seelenreiter nicht zu. Und Ihr könnt sie nicht umbringen, denn dann wüßtet Ihr nicht mehr, wohin der Seelenreiter gekommen ist. Ihr hättet nur die Gewißheit, daß er hinter Euch her wäre.«

»Wir haben viel dazugelernt, seit Haldayne sich an Euch versuchte. Aber kommen wir wieder zum Handel zurück: Gibt es irgend etwas, das Ihr uns im Tausch für Spirits Freilassung anbieten könntet?«

»Das einzige, was ich anzubieten hätte, wäre, alle Anklagen gegen Euch und Eure Helfershelfer fallenzulassen. Und natürlich die Zusage, mich mit Euch zu einem Zweikampf zu treffen.«

»Also dann vernehmt meinen Vorschlag: Ihr könnt meine Helfer nicht aufspüren, gleichwohl sitzen sie in der Falle. Ich verlange daher, daß jeder, der Anker Logh verlassen möchte, das im Laufe des morgigen Tages tun kann, ohne belästigt oder von der Polizei behelligt zu werden. Die Grenzen sollen wie früher geöffnet bleiben. Im Gegenzug schicke ich Spirit nach drei Tagen zum Anker zurück. Vielleicht habe ich bis dahin den einen oder anderen Zauber an ihr versucht, doch sie bleibt in jedem Fall körperlich unversehrt und stellt auch für niemand anderen eine Gefahr dar. Aber Ihr seid selbst eine Magierin und könnt Euch entsprechend um sie kümmern. Einverstanden?«

Kasdi runzelte die Stirn. »Ja ... einverstanden.«

»Dann bis zum nächsten Mal«, verabschiedete er sich. Das Riesengesicht schrumpfte zusammen, bis es nur noch ein winziger Punkt war. Und im nächsten Moment war es ganz verschwunden.

Die Heilige schüttelte in einer Mischung aus Verwunderung und Argwohn den Kopf. Sie hegte keinen Zweifel daran, daß mehr hinter seinen Worten steckte. Warum sonst hätte er all die Mühe auf sich nehmen sollen, wenn er dafür nicht mehr erhielt als die Freilassung von ein paar Helfershelfern, auf die er leicht verzichten konnte?

Der Ort wurde Tasche genannt. In gewisser Hinsicht handelte es sich dabei um ein Fluxland. Die Tasche besaß Substanz und war von einem Zauberer geschaffen worden. Der einzige Unterschied lag in der Größe. Eine Tasche hingegen war meist so klein, daß man mühelos von einem Ende zum anderen sehen konnte.

Diese Tasche verfügte über viele Bäume, ein Haus, vor dem ein Bach floß, und einen hellen, weißgrauen Himmel. Das Haus besaß zwei Stockwerke und sechs Zimmer. Die Tasche hätte von jedem entdeckt werden können, wenn nicht der Umstand bestanden hätte, daß Coydt allein die Energieleinen kannte, die zu ihr führten. Und sie lag fernab aller Leiner-Routen, auch wenn man von ihr aus in einem knappen Tagesritt nach Anker Logh gelangen konnte.

Spirit hatte freien Zutritt zu allen Räumlichkeiten, bis auf die beiden Privatzimmer Coydts, und konnte sich in der ganzen Tasche ungehindert bewegen. Man gab ihr ein eigenes Zimmer, das über eine Dusche und eine Toilette verfügte.

Und wenn man davon absah, daß sie immer noch die Kleider trug, die sie am Morgen ihrer Entführung getragen hatte, erging es ihr nicht schlecht.

Coydt hatte eine kleine Reise unternommen und war soeben zurückgekehrt, als Yorek an ihrer Tür klopfte. »Der Meister wünscht, Euch zu sehen«, verkündete er knapp, und Spirit wußte, daß sie diesem Befehl sofort nachkommen mußte.

Der Magier saß in einem gepolsterten Sessel und rauchte eine Zigarre. Als sie eintrat, studierte er gerade einige Zahlenkolonnen. Im ersten Moment nahm er sie gar nicht wahr. Dann sah er auf, seufzte, entließ Yorek und legte die Papiere zur Seite.

»Es ist an der Zeit, einen Handel abzuschließen«, erklärte er.

Spirit war verdutzt. »Was denn für ein Handel? Ich habe doch nichts zu bieten!«

»Hört mir zu. Haben die Männer dich darüber unterrichtet, was es mit einem Seelenreiter auf sich hat?«

Sie nickte langsam. »Ich bin mir allerdings nicht sicher, ob ich alles verstanden habe. Der Seelenreiter ist schon immer in mir, und manchmal glaube ich, ich kann seine Gedanken hören.«

»Interessant. Das hängt vielleicht mit dem Umstand zusammen, daß er bereits seit deiner Geburt in dir ist. Er und du seid euch so nahe, daß ihr praktisch zu einem Wesen zusammengewachsen seid. Das macht dich noch gefährlicher.«

»Wenn er tatsächlich so mächtig und gefährlich ist, warum befinde ich mich dann noch in Gefangenschaft?«

Er grinste. »Ein Seelenreiter ist kein Mensch, also denkt er auch nicht wie ein Mensch. Er weiß, daß eine große Verschwörung im Gange ist. Und ihm ist klar, daß es dein Leben kosten würde, wenn er mich direkt angriffe. Ein Seelenreiter ist vor allem neugierig. Er agiert erst dann, wenn er alle Fakten beisammen hat. Solange aber dein Leben gefährdet sein könnte, hält er sich tunlichst zurück. Denn noch kann er sich nicht erlauben, dich zu verlieren. Übrigens ist dir aufgefallen, daß du während unserer kleinen Unterhaltung deine Kleidung abgelegt und völlig nackt dasitzt?«

Spirit fuhr wie von der Tarantel gestochen auf. Sie sah sich um und entdeckte ihre Kleider am Boden. Doch aus irgendeinem Grund war es ihr nicht möglich, sie aufzuheben und wieder anzulegen.

»Nun hast du einen Eindruck davon gewonnen, wie mühelos sich ein Zauber weben läßt«, erklärte er ihr. »Wenn du einen Moment nachdenkst, wirst du feststellen, daß du dich weder schämst noch dich unbehaglich fühlst. Diese Nacktheit kommt dir ganz normal vor, obwohl du andererseits weißt, wie wenig schicklich ein solches Betragen ist.«

Der Mann hatte recht. Die Vorstellung, Kleidung tragen zu müssen, kam ihr unsinnig und widernatürlich vor. Doch am Rand ihres Bewußtseins hielt sich das Wissen darum, daß der Wille des mächtigen Zauberers diese Veränderung bewirkte.

Wenn er versuchte, sie einzuschüchtern, so hatte er damit großen Erfolg.

»Ich führe nur meine Macht vor«, sagte Coydt. »Und diese kleine Demonstration ist sehr simpel, eher Kinderkram. Wenn ich wollte, könnte ich dich dazu bringen, mich zu lieben und alles tun zu wollen, nur um mich zu befriedigen. Ich könnte dich zu meiner Sklavin machen, und du würdest jede Sekunde davon genießen.« Er erhob sich abrupt. »Auf die Knie, Sklavin!«

Sie kniete schon mit gesenktem Kopf vor ihm, bevor sie noch wußte, wie ihr geschah. »Ja, Herr?« fragte sie demütig.

»Nun erhebe dich und strecke den rechten Arm aus.«

Ihr Arm flog hoch, und Spirit verfolgte entsetzt, wie die Extremität sich in einen schleimigen, mit Saugnäpfen überzogenen Tentakel verwandelte. Sie stank aus jeder Pore nach Aas und Verwesung. Sie wollte schreien, doch kein Ton kam über ihre Lippen. Zum Glück verging die Illusion rasch wieder. Ihr Arm war wieder menschlich, aber sie zitterte am ganzen Leib.

»Das war kein Trick. Der Tentakel war echt. Ich könnte dich in einem Moment in ein Monster verwandeln und dich auch noch Freude daran empfinden lassen. Ich kann alles aus dir machen: eine alte Frau, ein Kind, einen Mann, ein Tier oder ein Ungeheuer. Alles, was mir gerade beliebt. Bist du jetzt davon überzeugt?«

Sie konnte nur nicken. Das Zittern lähmte ihre Stimme.

»Und ich kann noch mehr. Hier in Flux hat nur wenig

Bestand. Nur in einem Anker bleibt alles so, wie es ist. Deine Mutter und der Seelenreiter machen sich nur wenig Sorgen darum, was ich dir mit meiner Zauberkraft antun könnte. Denn es dürfte ihnen nicht schwerfallen, die Veränderungen, die ich dir auferlegen könnte, wieder rückgängig zu machen. Allerdings könnte ich einen Bann auf dich legen, der es dir unmöglich macht, nach Flux zu gelangen. In einem Anker würdest du ganz normal leben, aber du könntest nie wieder in die Leere zurück. Solange du dich nicht in Flux befindest, könnte dieser Zauber nie entdeckt, geschweige denn aufgehoben werden. Nun, wie soll ich dich zu deiner Mutter zurückschicken?«

Die Frage war nur rhetorisch und erforderte keine Antwort.

Er ließ sich in seinem Sessel nieder und zündete sich eine neue Zigarre an. »Und damit kommen wir zu unserem kleinen Handel. Wenn du nicht einwilligst, lasse ich meiner Phantasie freien Lauf. Wäre dir das recht?«

Sie schüttelte heftig den Kopf. »Bitte ... nein!«

Er grinste. Offensichtlich hatte er Gefallen an diesem Spiel. »Fein. Die Alternative sähe für dich so aus, daß du dich einem kleinen Experiment unterwirfst. Im Grunde genommen sind Menschen nichts anderes als Tiere, auch wenn sie sich nicht unbedingt so sehen. Ich denke schon seit einiger Zeit darüber nach, wie es wohl wäre, wenn man sich nur noch als Tier zu fühlen und sich ansonsten keine Sorgen zu machen brauchte. Zurück zum Anfang, leben wie die ersten Menschen. Zu diesem Zweck habe ich einen besonders vertrackten Zauber ersonnen, der sich auf verschiedene ältere Banne stützt. Ein solcher Zauber kann nicht aufgehoben oder gebrochen werden. Das liegt zum einen daran, daß die dafür notwendigen mathematischen Formeln sich zu einem gordischen Knoten verwirren. Viel wichtiger aber ist, daß der Betroffene diesen Bann freiwillig annimmt und zustimmt, daß nur der Zauberer, der ihn ausgesprochen hat, ihn wieder lösen darf. Der Spruch ähnelt dem, den Eure Mutter sich auferlegt hat, um zeitlebens eine Heilige zu bleiben.«

Ihr Magen ballte sich zu einem Klumpen zusammen. »Was ... bewirkt dieser Zauber?«

»Äußerlich bleibst du unverändert. Deine Gedanken und Erinnerungen unterziehen sich einer Umwandlung in eine andere Sprache. Du selbst nimmst keine Veränderung wahr, denn du bist der festen Überzeugung, es sei schon immer so gewesen. Nur besteht die neue Sprache nicht aus Worten. Du vermagst nicht mehr zu sprechen, zu verstehen, zu schreiben oder zu lesen. Du könntest allerdings hören, was andere zu dir sagen. Kunstwerke, Maschinen, Werkzeuge, kurz alles, was von Menschenhand gemacht ist, bleiben dir für immer ein Buch mit sieben Siegeln. Der physische Teil des Zaubers schützt dich und sorgt dafür, daß du überall überleben könntest. Hast du mich soweit verstanden?«

»Ihr verwandelt mich in eine Art Tier, nicht wahr?«

»Nicht direkt. Du verfügst weiterhin über einen freien Willen, besitzt Verstand und Erinnerungsvermögen. Du bist eine gesunde junge Frau. Auch deine Schönheit erleidet keinen Schaden. Du könntest dich zur Wehr setzen und bist in gewisser Weise gegenüber physischen Attacken kaum verwundbar. Es besteht nur eine einzige Möglichkeit, diesen Zauber aufzuheben. Ich offenbare sie dir natürlich nicht, verrate aber soviel: Du selbst bist nicht in der Lage, von dieser Möglichkeit Gebrauch zu machen. Falls deine Mutter oder einer der Neun dieses Geheimnis lüftet und bereit ist, den dafür erforderlichen Preis zu zahlen, würdest du dein früheres Wesen zurückbekommen.«

»Das ist also der Haken an der Sache. Ihr wollt, daß meine Mutter ein großes Opfer bringt.«

»Na ja, die Freiheit hat eben ihren Preis, ganz gleich, ob es dabei um deine oder ihre geht. Aber davon abgesehen, bleiben dir nach meinem Bann Jugend, Schönheit und Verstand erhalten. Du bist nach dem Zauber in der Lage, die Energie-Leinen in der Leere zu erkennen und dich mit Wasser und Nahrung zu versorgen. Das ist mein Angebot. Du nimmst es an, oder du schlägst es aus. Ich wette, das Opfer für deine Befreiung kann nie gebracht werden. Daher bleibt dein Seelenreiter in einem fast unsterblichen Körper gefangen, der sich nur sehr begrenzt der Flux-Energie bedienen kann. Doch wenn das Opfer kommt, sei es bald oder in ferner Zukunft, wird damit die Arbeit für den Seelenreiter nicht einfacher. Ich stelle dich nun vor die Entscheidung: Willst du dich auf meinen Vorschlag einlassen, oder soll ich meine schrecklichsten Vorstellungen an dir ausprobieren?«

Spirit lehnte sich zurück und schloß die Augen, um in Ruhe nachzudenken. *Also, Seelenreiter, oder wer auch immer du bist, was hältst du davon?* Doch sie erhielt keine Antwort, nur ein Gefühl, sich in das Unvermeidliche fügen zu müssen. Auf nahezu ewig als grauenhaft entstelltes Wesen im Anker festsitzen oder frei wie ein Tier leben, verbunden mit einer sehr vagen Hoffnung, diesen Zauber irgendwann einmal zu zerbrechen. Der Agent der Hölle hatte ihr ein furchtbares Angebot gemacht, und im Grunde genommen blieb ihr keine Wahl.

»Ich will mich Eurem Experiment zur Verfügung stellen«, erklärte sie schließlich.

»Ich habe gehofft, daß du zu dieser Einsicht gelangen würdest. Übrigens wirst du weder mich noch meine Helfer wiedererkennen, es sei denn, wir offenbaren uns dir. Vergiß also alle romantischen Vorstellungen von Rache, und finde dich lieber so rasch wie möglich mit deinem neuen Leben ab. Ich muß gestehen, ich bin selbst neugierig auf den Verlauf des Experiments. Und ich würde gern erfahren, ob der Seelenreiter diesen Zauber in irgendeiner Weise brechen kann.«

»Wann ist es soweit?« fragte sie leise.

»Jetzt«, antwortete er. »Entspanne dich bitte. Ich setze keinerlei Zwang ein, aber ich kann dir die ganze Sache ein wenig leichter und einfacher machen. Selbst mit geschlossenen Augen vermagst du nun zu sehen, was geschieht.«

Und sie sah hin und entdeckte ein ungeheuer komplexes Spinnennetz von ineinander verwobenen Linien, die sich in Knotenpunkten trafen.

»Das ist das, was du in deinem Kopf tust. Ergreif es und webe dann ein möglichst ähnliches Muster. Denke es durch, verfolge Bahn für Bahn.«

Eine ähnliche Masse entstand, doch in ihr zeigten sich nur wenige gerade verlaufende Linien. Spirit konzentrierte sich darauf und stellte sich ein Duplikat davon vor. Die Linien und Bahnen verschoben sich, bis nur noch ihr neues Selbst übrigblieb.

»Wenn du jetzt bereit bist, dich freiwillig meinem Zauber hinzugeben, dann verbinde dein Muster mit meinem, und denke dabei: ›Ich nehme den Bann aus freiem Willen auf mich‹. Mehr brauchst du nicht zu tun.«

Zwei Knäuel, das eine winzig, das andere gewaltig, verwoben sich ineinander, bis kein loses Ende mehr übrigblieb. Ich nehme den Bann aus freiem Willen auf mich, dachte sie, ohne das alles recht zu verstehen. Plötzlich fühlte sie sich benommen und schwindlig, so als würde sie stürzen, aber sie konnte sich nicht darauf konzentrieren. Es war ihr unmöglich, darüber nachzudenken, und sie fiel immer weiter …

Stumme Zeugin

Sie war verwirrt und mit Mühe auf einer feuchten Wiese erwacht. Es verging eine Weile, ehe sie sich aufsetzen konnte. Sie hatte nicht die geringste Ahnung, wo sie sich befand. Als sie endlich aufstand und ein wenig herumlief, gelangte sie an eine Straße. An deren Ende erhob sich eine gewaltige Mauer mit einem alten, dicken Tor. Das Westtor von Anker Logh, schoß es ihr aus unerklärlicher Quelle durch den Sinn.

Der Anblick verwirrte sie, dann kamen Erinnerungen. Die Kirche, die Ermordung der Priesterin, die Entführung, der lange Ritt, der Aufenthalt in der Tasche, die furchteinflößende Machtdemonstration von Coydt. Sie entsann sich auch eines Handels, ohne sich jedoch an Einzelheiten zu erinnern. Sie hätte sich jetzt einen Spiegel gewünscht, aber das, was sie von ihrem Körper erkennen konnte, sah gesund und unverändert aus. Was immer der böse Magier ihr angetan hatte, es schien nicht so schlimm ausgefallen zu sein.

Unweit des Tores arbeiteten Menschen. Sie lief ruhig und entschlossen zu ihnen. Ihre Familie mußte doch erfahren, daß sie unverletzt zurückgekehrt war. Plötzlich sah einer der Arbeiter auf. Er bemerkte sie, fing an zu schreien und deutete auf sie. Die Leute liefen auf sie zu, und ein Mann erklärte einer Frau aufgeregt etwas, das wie Hundegebell klang. Spirit bemühte sich, ihm in der gleichen Weise zu antworten. Sie mußte herausfinden, was diese Menschen so sehr in Erregung versetzt hatte; denn sie fürchtete einen weiteren Trick Coydts. Aber sie war unfähig, auch nur ein Wort zu formen.

Die Frau kläffte etwas. Ein Mann nickte und warf ihr aus unbegreiflichen Gründen eine Jacke über die Schulter. Spirit kreischte und riß sie sich vom Leib. Der Stoff brannte wie Feuer auf ihrer Haut. Die umstehenden Menschen starrten sie verblüfft an, denn auf Spirits Schultern zeigten sich tatsächlich Brandmale. Der Schmerz war furchtbar, verging aber rasch. Dieser Vorfall verwirrte sie und die Arbeiter gleichermaßen. Dann besann sich einer von ihnen und führte sie in einen Raum im Tor. Sie sah sich in dem Zimmer um, ahnte, daß es sich um ein Büro handelte. Alles um sie herum schien sich in ein Tollhaus verwandelt zu haben. Sie fühlte sich inmitten des Menschenandrangs sehr einsam und verloren. Die Wände rückten näher, als wollten sie sie erdrücken. Panik stieg in ihr auf, und sie bekam keine Luft mehr.

»Sie will nicht im Innern eines Hauses bleiben«, erklärte der Zöllner. »Als wir ihr eine Decke umlegten, schrie sie, und auf ihrer Haut zeigten sich Brandmale, die nach Entfernung der Decke rasch verschwanden. Sie kann und will nicht mit uns reden, scheint uns auch gar nicht zu verstehen. Wir haben es mit Zeichensprache versucht und uns so ein wenig mit ihr verständigen können. Sie hatte großen Hunger, und als wir ihr etwas zu essen vorsetzten, verschlang sie es gierig, ohne jedoch von Messer und Gabel Gebrauch zu machen. Es kam uns so vor, als wüßte sie mit diesen Utensilien nichts anzufangen. Außerdem schien sie nicht in der Lage zu sein, sich aus einem Krug Wasser in ein Glas zu gießen. Statt dessen hat sie immer wieder eine Hand in den Krug getaucht und abgeleckt. In all meinen Jahren an der Grenze nach Flux habe ich so etwas noch nicht erlebt.«

Mervyn und Kasdi wirkten nach diesen Worten sehr betroffen. Der Bericht des Grenzoffiziers ließ nur den Schluß zu, daß jemand mehr als nur einen Zauberbann über Spirit gelegt hatte.

»Und als sie Wasser lassen mußte, verzeiht den Ausdruck, Schwester, ignorierte sie unser Bad völlig, hockte sich lieber draußen hin und befreite sich von ihrer Not. Eine unangenehme Geschichte. Dabei sind wir hier doch mit allem sanitären Komfort ausgestattet.«

Kasdi und Mervyn ließen den Grenzer stehen und eilten hinaus zu einem Baum neben der Straße, unter dem Spirit saß.

Als das Mädchen die Heilige bemerkte, entflammten die widersprüchlichsten Gefühle in ihr. Einerseits sah sie endlich ihre leibliche Mutter, was sie mit Freude erfüllte. Auf der anderen Seite hatte die Hohepriesterin sie in all die Schwierigkeiten gebracht, in denen sie jetzt steckte ... Ein Greis kam mit Kasdi, den sie aber nicht erkannte.

Spirit erhob sich und trat ihrer Mutter entgegen. Sie war ziemlich überrascht, wie sehr sie die kleine Frau überragte. Von lebenden Legenden erwartet man kaum, winzig und schmächtig auszusehen. So standen die beiden einen langen Moment da, blickten sich hilflos an und wußten nicht, was sie jetzt tun sollten. Endlich umarmte Kasdi ihre Tochter.

Mervyn beobachtete die Szene aus einiger Entfernung. »Interessant«, murmelte er. Der Zollbeamte stand neben ihm und fühlte sich angesprochen.

»Was, bitte, ist interessant?«

»Wie? Ach so, die Kleider.«

»Aber sie trägt doch nichts am Leib!«

»Sie nicht, aber Schwester Kasdi. Ihr habt uns doch erklärt, daß Textilien bei dem Mädchen Brandmale hervorrufen. Aber nun, da sie mit der Robe der Heiligen in Berührung kommt, tut sich nichts dergleichen. Anscheinend ist dieser Zauber recht spezifisch. Ich fürchte, wir haben eine harte Nuß zu knacken. Coydt scheint ein ebenso mächtiger wie phantasievoller Zauberer zu sein.«

Die Sprachlosigkeit jedoch blieb. Sie konnten sich tatsächlich nur durch Zeichen mit Spirit verständigen. Die Tochter erkundigte sich, wo ihre Familie abgeblieben war.

Geduldig erklärte Kasdi, daß Spirit ihre Pflegeeltern erst später sehen könne. Zuerst müsse sie mit ihr und dem Zauberer Mervyn nach Flux. Spirit zeigte sich enttäuscht, gab sich aber damit zufrieden, daß ihre Familie und der Großvater zumindest Nachricht von ihrer Rückkehr erhielten. Sie begriff schließlich, daß man sie untersuchen mußte, um festzustellen, was Coydt ihr angetan hatte.

Kasdis Besorgtheit wirkte eigentümlich auf Spirit. Nach all der Ablehnung, die sie von ihrer Mutter erfahren hatte, verwirrte sie die Liebe der Heiligen. Deren Gefühle waren echt, das spürte Spirit, doch blieb immer noch eine gewisse Fremdheit zwischen ihr und der Mutter.

Man führte Pferde herbei, aber Spirit weigerte sich aufzusteigen. Sie erinnerte sich, schon öfters geritten zu sein und diese Tiere zu mögen, doch heute konnte sie sich einfach nicht überwinden, auf einen Pferderücken zu steigen. Kräftige Wachen hoben sie mehrmals auf ein Tier, nur konnte Spirit nie ihr Gleichgewicht halten und fiel stets wieder herunter. Schließlich gab man es auf.

Also begaben sie sich zu Fuß auf die Schürze und nach Flux, um die Veränderungen, die Coydt an Spirit vorgenommen hatte, zu analysieren. Das Mädchen forderte ihre Begleiter auf, die Pferde zu besteigen.

Sie selbst verfiel in einen Dauerlauf und rannte neben den Tieren her. Mervyn und Kasdi wunderten sich, daß Spirit bei all der Anstrengung nicht außer Atem geriet.

Mervyn drängte Kasdi mehr als einmal weiter, als sie aus Sorge um ihre Tochter anhalten wollte. »Wir wollen lieber feststellen, wo die Grenzen des Mädchens liegen.«

»Aber diese Anstrengung geht über die Kräfte eines Menschen hinaus.«

Als sie die erste Leiner-Wasserstelle erreichten und anhielten, wirkte Spirit überhaupt nicht erschöpft. Keine Schweißperle zeigte sich auf ihrer Haut. Sie eilte lediglich zum Wasser und trank in großen Schlucken.

»Dieser Zauberbann hat den Charakter eines Alptraums«, stöhnte die Heilige. »Ich versuche schon seit einiger Zeit, ihn zu entwirren, aber ich verliere den Faden immer wieder. Wie kommst du voran?«

»Ich entdecke gerade ein gewisses Grundmuster darin, aber ich brauche noch sehr viel Zeit … und Ruhe.«

Sie erreichten Hoffnung in weniger als drei Tagen, schliefen unterwegs nur wenig, und auch jetzt zeigte Spirit kaum Anzeichen von Erschöpfung. Da sie großen Unwillen an den Tag legte, wenn sie ein Gebäude betreten sollte, gab man ihr ein Stück des Tempel-Parks und sperrte ihn für alle Neugierigen ab. Eine ganze Woche lang untersuchte Mervyn mit mehreren Assistenten das Mädchen. Man beobachtete sie Tag und Nacht und registrierte alle ihre Reaktionen. Spirit wußte, was diese Menschen von ihr wollten, und unterstützte sie, weil sie ja selbst gern erfahren wollte, was mit ihr geschehen war. Mervyn gönnte sich kaum Ruhe und wälzte Bücher und Schriften aller Art, bis er endlich glaubte, das Rätsel gelöst zu haben.

»Weißt du, wir gebrauchen oft den Begriff ›diabolisch‹, wenn wir von den Taten der Hölle sprechen. Doch dabei machen wir uns eigentlich nie klar, was dieser Terminus wirklich bedeutet. Und das, was mit Spirit geschehen ist, ist wahrhaft diabolisch.«

Kasdi runzelte die Stirn. »Also gut, klär mich auf. Und erspar mir nichts.«

»In gewisser Weise haben wir hier ein Paradebeispiel für Coydts besonderen Sinn von Humor vor uns. Er hat sich der Tochter der ersten Herrin der Kirche bedient, um aus ihr die Erste Frau zu machen. Coydt hat deiner Tochter jegliches Bewußtsein für Gut und Böse genommen. Sie ist damit nicht asozial oder verbrecherisch, sie wird nicht bedenkenlos töten oder sonst ein Schwerverbrechen begehen, sie hat nur jegliches Sozialverhalten verloren. Ich nehme an, vieles davon ist lediglich unterdrückt, anderes mag aber auch gänzlich verloren sein. Verschiedene Zusatzzauber verstärken dieses neue Verhalten. Sie verträgt keine Kleidung und ist nackt zu den Arbeitern am Tor marschiert, weil sie Blöße nicht als etwas Unanständiges begreift. Man könnte auch sagen, sie besitzt kein Schamgefühl mehr.

Des weiteren arbeitet ihre Verdauung normal, und in ihr genehmer Gesellschaft wird sie nicht auf die Idee kommen, sich vor allen zu entleeren. Andererseits empfindet sie nicht die geringste Scham dabei, sich ihrer Exkremente zu entledigen. Wenn sie einen diesbezüglichen Drang verspürt, wird sie ihm nachgeben, ohne sich Gedanken darüber zu machen, ob ihr jemand dabei zusieht. Ich fürchte außerdem, daß sie auch in anderer Hinsicht wenig Zurückhaltung zeigen wird. Wenn ein junger Mann ihr gefällt und ihr nicht abgeneigt ist, wird sie kaum etwas davon abhalten können, mit ihm in aller Öffentlichkeit den Geschlechtsakt zu vollziehen.

Sie ist durch den Zauber in perfekter physischer Verfassung. Spirit kann schneller rennen, höher springen, schwerer tragen und besser klettern als jede andere Frau auf der Welt. Ich habe mit eigenen Augen gesehen, wie sie fast aus dem Stand auf einen vier Meter hohen Ast gesprungen ist. Und dann ist sie im Baum herumspaziert, als befände sie sich auf der Erde. Sie bezieht alle Energien aus Flux und kann sie offenbar wochenlang speichern für den Fall, daß sie sich in einem Anker aufhalten muß. Der Zauber, der über sie verhängt wurde, bewirkt eine effektive und rasche Regeneration. Es wird für jeden Gegner außerordentlich schwer, sie ernsthaft zu verletzen. Und ich bin mir nicht einmal sicher, ob man sie überhaupt töten kann, sei es nun in Flux oder in einem Anker. Die Regeneration wirkt so gründlich und absolut, daß man sie körperlich für nahezu unsterblich ansehen muß. Sie wird auf sehr lange Sicht die junge Frau bleiben, als die wir sie heute erleben.«

»Aber wie steht es denn mit der schwierigen Verständigung?«

»Das ist der besondere Clou dieses Zaubers. Coydt muß eine neue Art von Sprache entdeckt oder entwickelt haben, die auf einem sich bewegenden mathematischen Abstraktum basiert, von dem aus die Gedanken und Erinnerungen bewirkt werden. Der Grund-Code verändert sich nach einem Zufallsfaktor mehrmals in der Minute. Ich nehme an, Spirits Erinnerungen sind noch vorhanden, nur ist ihre sprachliche Ausdrucksmöglichkeit so komplex und abstrakt, daß sie mit unserer Sprache keine Ähnlichkeit oder Gemeinsamkeit mehr aufweist. Und da der Grund-Code sich immerzu ändert, ist es mit unseren Mitteln nicht möglich, ihn zu entschlüsseln. Wenn ich einmal spekulieren darf, so erscheint mir ihre Sprache eher für Maschinen als für Lebewesen geeignet. Allerdings übersteigt es meine Phantasie, wozu Maschinen eine Sprache brauchen könnten. Ich habe auch keine Vorstellung, wie Coydt darauf gestoßen ist. Selbst wenn wir den Sprachzauber duplizieren könnten, würde uns das nur helfen, wenn uns der Code bekannt wäre, den sie gerade im Moment benutzt. Und selbst bei einem solchen außerordentlichen Glücksfall müßten wir unseren Verstand umorganisieren. Derjenige, der mit ihr in Kontakt treten will, muß in Spirits Sprache denken, nicht aber in einer eigenen. Und beide sind absolut inkompatibel. Schließlich wäre es auch nicht möglich, mit ihr zu reden, denn ihre Sprache ist so anders, daß keine menschliche Zunge sie sprechen kann. Spirit kann weder schreiben noch lesen, noch reden. Und da ihr linguistisches Bezugssystem sich so ungeheuer von unserem unterscheidet, kann sie noch nicht einmal unsere, also ihre alte Sprache wieder neu lernen.«

»Das ist wahrhaftig diabolisch«, erklärte Kasdi. »Ich wüßte allerdings gern, woher eine solche Sprache stammt. Ich kann mir nicht vorstellen, daß ein Mensch sie einfach erfindet.«

»Ich versichere dir, daß wir uns dieser Frage ausgiebig widmen werden. Leider geht das Teuflische eines Zaubers noch viel weiter. Aufgrund ihrer andersartigen Sprache und der damit verbundenen Denkstruktur fehlt Spirit jegliches Verständnis für menschliche Werkzeuge, nein, eigentlich für alles, was von Menschenhand gemacht ist. Spirits Leben besteht aus nicht mehr als den menschlichen Grundbedürfnissen. Alles andere übersteigt ihr Vermögen.«

»Mein armes Kind! Was haben sie ihr nur angetan? Wie hält sie das geistig nur aus?«

»Coydt hat auch in diesem Punkt Vorsorge getragen. Spirit schläft sehr viel, und gemäß meinen Beobachtungen denkt sie nie lange über irgend etwas nach. Sie kann stundenlang dasitzen und eine Biene oder einen Schmetterling betrachten. Das soll nun nicht heißen, daß sie schwachsinnig ist. Spirit ist eine gute Schülerin und hat alles rasch begriffen. Aber wir haben ihr nur simple Dinge beigebracht, und mehr wird sie wohl nie verstehen können. Uns kommt entgegen, daß sie über ein so ausdrucksstarkes Mienenspiel verfügt. Wir können ihr stets genau ansehen, in welcher emotionalen Verfassung sie sich befindet.«

»Wie lange dauert es denn, bis du diesen Bann gebrochen hast?«

»Dieser Bann ist nicht zu brechen.«

»Das ist doch unmöglich! Selbst ein Coydt kann nicht so mächtig sein!«

»Ist er ja auch nicht. Wenn er ihr den Zauber einfach auferlegt hätte, könnte man ihn Schicht für Schicht wieder entfernen. Doch Coydt hat ihr den Bann nicht auferlegt. Spirit hat sich ihm freiwillig unterworfen.«

Kasdis Augen weiteten sich. »Aber das geht doch nicht! Sie hat doch keine Ahnung von der Magie, erst recht nicht von einem solchen Zauber!«

»Ist dir bekannt, daß sie einen Seelenreiter beherbergt?«

»Ja, nur ... willst du damit sagen, er hat das bewirkt?«

»Nein. Soweit wir erkennen konnten, verhält sich der Seelenreiter noch passiv. Und der Umstand, daß er Coydt nicht attackiert hat, läßt den Schluß zu, daß wir hier nur den ersten Teil einer viel größeren Verschwörung miterleben. Und damit kommen wir zur dunkelsten Seite dieses Zaubers: Es besteht die Möglichkeit, den Zauber zunichte zu machen.«

»Aber gerade hast du mir doch erklärt, daß ein Bann, den man freiwillig auf sich nimmt, nicht wieder zu brechen ist!«

»Nun, es gibt eine Möglichkeit, auch wenn sie sehr viele

Schwierigkeiten mit sich bringt. Ich schätze, Coydt weiß davon. Wenn jemand mit gleicher oder überlegener Zaubermacht den Bann freiwillig auf sich nimmt, kann das Opfer davon erlöst werden. Das war vermutlich Coydts Plan. Er hat sie drei Tage lang durch die Schrecken von Flux gejagt und ihr dann diesen Bann als Ausweg angeboten. Sie hat sich dafür entschieden. Wenn ich an ihrer Stelle gewesen wäre, hätte ich es wahrscheinlich nicht anders gemacht.«

Die Heilige sackte sichtlich zusammen. »Ich glaube, ich verstehe jetzt, worum alles geht. Coydt schickt sie mir in einem solchen Zustand zurück und weiß genau, vor welche Entscheidung er mich damit stellt.«

»Ganz zu schweigen von der psychologischen Niederlage«, erklärte der alte Zauberer. »Im ganzen Reich wird es heißen, daß du mit irgendeinem Flux-Herren spielend fertig wirst, aber nicht einmal deine eigene Tochter retten kannst. Daraus erwachsen in unseren Reihen Nervosität und Unsicherheit.«

Sie schüttelte den Kopf. »Stimmungen kommen und vergehen. Bald wird man sich im Reich über etwas anderes die Mäuler zerreißen. Viel schlimmer ist der Umstand, daß nur Spirit oder ich diesen Bann auf uns nehmen können ... oder habe ich dich mißverstanden?«

»So verhält es sich. Denkst du ernsthaft darüber nach?«

»Ich bin müde, Mervyn. Erschöpft und müde. Wenn unsere Bewegung ohne mich nicht weiterkommt, dann war sie die ganze Mühe nicht wert. Schulde ich meiner Tochter nicht, sie zu befreien?«

»Ich will mich nicht mit dir über Politik streiten. Coydt weiß selbst gut genug, daß damit sein Krieg nicht gewonnen wird. Er hat sich lediglich einen teuflischen Scherz mit uns erlaubt. Sieh es doch so: Der selbstauferlegte Bann ist immer gleich und stets recht simpel. Viel wichtiger sind die Zaubersprüche, die folgen. Falls du Spirits Bann auf dich nehmen solltest, würdest du wie sie, und sie würde wie du eine Heilige.«

Kasdi seufzte. »Verstehe«, sagte sie leise. Spirit wäre an all die Treueeide zur Kirche gebunden, die Kasdi sich einst auferlegt hatte. Ein solch karges, freudloses Leben konnte sie ihrer Tochter nicht wünschen. »Was können wir nur tun?« fragte sie mutlos.

Er nickte. »Ich sehe im Augenblick keinen Ausweg. Meine einzige Hoffnung besteht im Seelenreiter. Vergiß nicht, daß er auch dich schon aus schwierigen Situationen gerettet hat. Coydts Methode, einen Seelenreiter zu fesseln, verrät zwar Phantasie und Genie, aber sie wurde noch nie ausprobiert. Da ein Seelenreiter nur durch seinen Wirt aktiv werden kann, hat Coydt ihren Zugang zur Flux-Energie deutlich limitiert. Spirit verhält sich absolut passiv. Sie kann weder Energie einsetzen noch Zauberei bewirken. Ihre Flux-Kraft dient lediglich zur Selbsterhaltung. Das ganze Bündel von Zaubern und Bannen ist auf komplexe Weise ineinander integriert. Um einen zu brechen, müssen alle gebrochen werden. Coydt verläßt sich darauf, daß dieses Gebilde hält. Der Seelenreiter säße damit in einem unsterblichen Körper gefangen und könnte seine Kräfte und Fähigkeiten nie einsetzen, auch nicht gegen die Sieben.«

»Kann er sich darauf verlassen?«

»Das wissen wir nicht. Wir müssen abwarten, ob der Seelenreiter etwas dagegen unternimmt ... und ob er damit Erfolg hat. Eine andere Möglichkeit bestände darin, einen Schlüssel zu Spirits Sprache zu finden. Wenn wir die Herkunft oder den Ursprung dieser Sprache entdecken, geraten wir vielleicht in die Lage, die einzelnen Zauber abzuschwächen oder aufzuheben. Doch bis dahin solltest du sie ziehen lassen.«

»Was soll ich?«

»Sie ziehen lassen. Die Kunde von ihrem Schicksal breitet sich bereits in Windeseile aus. Binnen Tagen weiß die ganze Welt von ihrem Zustand. Spirit befindet sich in keiner Gefahr. Sie ist gegen die Kräfte des Flux so immun wie kein anderer. Laß sie das tun, was sie schon immer tun wollte. Laß sie die Welt durchwandern und sich alles anschauen, was es zu sehen gibt.«

»In diesem Zustand?«

»Sie muß lernen, damit zu leben. Die Menschen erkennen sie überall wieder und tun ihr nichts zuleide. Sie werden bei ihr Dinge tolerieren, zu denen sie sich selbst nie überwinden könnten. Denk lieber daran, wie rastlos deine Tochter jetzt schon ist. Früher oder später verläßt sie uns. Laß sie ziehen. Soll sie sich ebenso an die Welt gewöhnen wie die Welt an sie. Immerhin wird sie noch recht lange in diesem Zustand leben.«

Die Vorstellung machte Kasdi ganz krank.

Eine Bar in einem Fluxland namens Hjinna, irgendwo im Norden. Wie viele Fluxländer, die in der Wildnis liegen, beherbergte auch dieses kleine Reich hauptsächlich Menschen und Wesen, die mit der Leere zu schaffen hatten: Schwächere Zauberer, Leiner im Ruhestand, arbeitslose Dugger und viele Flüchtlinge. Gewöhnlich schufen mächtige Ex-Leiner solche Orte, um dort ihren Lebensabend zu genießen. Und überlicherweise herrschten sie nur mit lokkerer Hand über ihr Land.

Die Spelunke hieß Flandys Bar. Im Schankraum vertrieben sich ein paar Männer und Frauen mit Trinken und Glücksspielen die Zeit.

Die Schwingtür flog auf, und ein kräftiger Mann trat ein. An seiner violetten Hautfarbe, dem verunstalteten, haarlosen Gesicht und dem blöden Grinsen war er unschwer als Dugger zu erkennen. Andernorts hätten die Gäste sich entsetzt vor ihm zurückgezogen oder ihn unverhohlen angestarrt, aber nicht so in Hjinna. Zu viele Dugger, die sich von der Arbeit zurückgezogen hatten oder zwischen zwei Leiner-Touren etwas Urlaub machten, hielten sich hier auf, als daß einem solchen Wesen noch große Beachtung geschenkt worden wäre. Keiner kannte diesen Dugger, nur ein älterer Mann, der schon kräftig dem Alkohol zugesprochen hatte. Er musterte den Fremden unsicher und bekam es dann mit der Angst zu tun. Rasch schlich er zum Hinterausgang. Mit der Flasche in der Hand trat er hinaus auf eine Seitengasse.

Niemand ließ sich auf der Straße blicken. Der Mann wandte sich nach links und stand plötzlich vor einer festen Mauer, die vorher noch nicht dagewesen war. Er schrie entsetzt und machte auf dem Absatz kehrt, bloß um gegen eine zweite Mauer zu prallen. Es gab nur einen Ausweg für ihn: zurück in die Spelunke.

Die Hintertür öffnete sich, und ein in Schwarz gekleideter Mann erschien. Er war groß und trug einen hängenden Schnauzbart. An seiner Kleidung war er als Leiner zu erkennen. Er trug auch die übliche Peitsche und eine Schrotflinte mit abgesägtem Lauf. Sein Haar war grau, Fältchen zogen sich um seine Augen.

»Ihr!« krächzte der Trinker. »Aber Ihr seid tot! Über hundert Menschen waren Zeuge, wie Ihr vor zwanzig Jahren Euer Leben auf dem Schlachtfeld ausgehaucht habt!«

»Achtzehn«, korrigierte der Schwarzgekleidete. »Achtzehn Jahre und drei Monate, um ganz genau zu sein. Wenn ich also ein Geist bin, Gilly, solltet Ihr Euch vor mir in acht nehmen.«

»He, Mann, ich habe Euch stets gehorcht!« Der Alte hielt einen Moment inne. »Das ist doch ein Trick, nicht wahr? Wer seid Ihr wirklich?«

»Spielt das eine Rolle? Viel wichtiger ist, was ich will, Gilly. Ich will Coydt treffen, und zwar in einem Anker.«

Gilly nahm einen tiefen Schluck aus der Flasche, um sich zu beruhigen. »Coydt? Seid Ihr von Sinnen, Mann? Niemand kann Coydt fertigmachen, und das wißt Ihr sehr gut.«

»Ich kaufe ihn mir trotzdem, Gilly. Denn er wird nie wissen, wer hinter ihm her ist, auch dann nicht, wenn Ihr es ihm erzählt.«

»Ich sage kein Wort zu Coydt. Mit diesem Mann kann man sich nicht gutstehen.«

»Ihr wißt, wo er sich aufhält, Gilly. Ihr kennt die Verstecke von ihnen allen. Ihr habt viel zuviel Angst vor ihnen, um darüber nicht informiert zu sein.«

Gilly leerte die Flasche in drei großen Zügen. »Er hält

sich irgendwo in Anker Logh auf. Eine halbe Welt von hier entfernt.«

»Ja, er hat dort ein Ding gedreht, aber diesmal ist er zu weit gegangen. Mit der Geschichte hat er Tote aus dem Grab geholt, Gilly, und jetzt gehe ich zu ihm.«

»Was habt Ihr denn mit der Sache zu schaffen?«

»Er hat sich meine Tochter geschnappt, Gilly. Ich wußte bis dahin selbst nicht, daß ich eine habe. Jetzt muß ich dafür sorgen, daß sich in Zukunft nie wieder jemand an meinen Leuten vergreift. Ihr kennt den Code, Gilly. Man setzt die Parole in Umlauf. Man teilt sie jedem Dugger mit, den man unterwegs trifft. Genau das werdet Ihr jetzt tun. Das, was ich hören will, gelangt dann an mein Ohr. Wenn die Information brauchbar ist, habt Ihr etwas bei mir gut, Gilly. Wenn ihr mich jedoch hintergehen wollt, seid Ihr tot, Mann.«

Gilly lachte schrill. »Wie könnte ich Euch hintergehen? Wer würde schon glauben, daß nach so vielen Jahren ein Toter aus dem Grab steigt, um Coydt vor die Flinte zu bekommen?«

»Ihr könnt es ihm ruhig stecken, Gilly. Der Bursche ist so aufgeblasen und eingebildet, daß er wahrscheinlich von sich aus ein Treffen vorschlägt, bloß um sich mit eigenen Augen davon zu überzeugen, was an der Geschichte dran ist. Macht Euch auf den Weg, Gilly. Erzählt Coydt, Matson sei wieder da!«

Alte Freunde

Leiner suchten selten um eine Audienz bei Schwester Kasdi nach, wenn sie sich in Hoffnung aufhielten. Daher eilte die Heilige heute mit einiger Neugier in die Empfangshalle, um nachzusehen, wer sie sprechen wollte. Aus vielfältigen persönlichen Gründen waren ihr diese Einzelgänger sympathisch, die zwischen Flux und Anker den Handel und Austausch besorgten. Ein wenig beneidete Kasdi sie auch um ihre Freiheit.

Zwei Gestalten warteten im Salon des Tempels. Bei der einen handelte es sich um einen kleinen und schmächtigen jungen Mann, der noch nicht einmal Kasdis Größe erreichte. Er trug die Kleidung eines Leiners. Die andere Gestalt war sogar noch kleiner, dafür wies sie eine unfaßbare Leibesfülle auf. Das lange und dichte schwarze Haar fiel ihr bis über die Schultern hinab. Sie trug schwarze Jeans, die sehr abgetragen aussahen, und ein T-Shirt in Übergröße.

»Suzl!« entfuhr es der Heiligen, und sie stürmte auf die fette, kleine Frau zu, um sie zu umarmen und zu küssen.

»Cass, du siehst mitgenommen aus«, erklärte Suzl, als sich die Frauen wieder getrennt hatten.

Kasdi lachte schallend. Von allen Menschen, gleich ob Freund oder Feind, nannte nur Suzl sie bei ihrem ursprünglichen Namen. »Du bist recht dick geworden«, gab sie unhöflich zurück.

»Na ja, ich genieße halt das Leben. Ach so, Cass, das ist Ravi, mein Boß, wenn man so will, und mein Lebensgefährte.«

Darauf war Kasdi nicht gefaßt gewesen. »Dein Lebensgefährte?« Sie wußte natürlich, daß der Freundin vor Zeiten ein Mißgeschick widerfahren war. Suzl war zwar durch und durch Frau, doch es gab einen Schönheitsfehler. Sie besaß ein männliches Geschlechtsteil und mußte daher auch als Mann angesehen werden.

Ravi machte eine für einen Leiner reichlich nervöse Miene, gab aber keine Erklärung ab.

Die Heilige erkannte, daß Ravi homosexuell sein mußte. Und das war sein Problem. In Flux tolerierte man die Liebe zwischen Männern, doch in den Ankern war sie verboten. Die Kirche verurteilte sie, da sie nicht dem Zeugungsakt entsprach. Doch Kasdi hatte jetzt wenig Lust, eine Predigt zu halten. Sie war viel zu glücklich, Suzl wiederzusehen, die einzige Person, die ihr gegenüber frank und frei aussprach, was sie dachte, auch wenn es manchmal grob oder unhöflich klang.

»Kommt mit, ihr beide. Wir wollen uns dort hinsetzen und miteinander schwatzen«, forderte die Heilige sie auf. »Wie lange haben wir uns nicht gesehen?«

»Ein paar Jahre«, antwortete die Freundin. »Wir waren vor zehn Monaten oder so schon einmal hier, aber da mußtest du unbedingt einen Flux-Diktator besiegen. Um die Wahrheit zu sagen, Hoffnung liegt nicht auf unserer Route. Aber als ich von dieser bösen Geschichte erfuhr, mußte ich einfach vorbeischauen.«

Kasdi nickte. Die Freude verging ein wenig, nachdem die unangenehme Wirklichkeit ins Spiel gebracht worden war. »Ja, entsetzlich. Dann hat sich die Kunde davon also bis in die entlegensten Winkel verbreitet.«

Zum ersten Mal meldete sich Ravi zu Wort. Er hatte eine außergewöhnlich dünne, schrille Stimme. »Die ganze Welt weiß mittlerweile davon. Aber nicht nur durch die Kirche. Coydts Männer selbst verbreiten die Geschichte, um daraus ihren Vorteil zu ziehen.«

»Das sieht ihm ähnlich«, entgegnete die Heilige wütend. »Eines Tages stehen wir beide uns gegenüber, und dann wird er den Preis für seine Taten bezahlen.«

»Du bist nicht die einzige, die Coydt im Visir hat, Cass«, verkündete Suzl. »Irgend jemand hat das ganze Leiner-Netzwerk rebellisch gemacht, um Coydt aufzuspüren.«

»Oh! Wer denn?«

»Die Geschichte wird dir nicht gefallen.«

Die Heilige spürte ein fröstelndes Prickeln auf ihrer Haut. »Wieso? Was meinst du damit?«

»Nun, diejenigen, die diesen Fremden gesehen haben, schwören, er sehe aus wie Matson. Und der Mann behauptet das auch von sich.«

Kasdi hatte diese Auskunft gefürchtet und gleichzeitig erwartet, trotz aller Unwahrscheinlichkeit und trotz der langen Zeitspanne, die seit damals verstrichen war. »Du weißt so gut wie ich, daß Matson tot ist. Er starb in meinen Armen.«

Die Freundin nickte. »Natürlich weiß ich das, obwohl ich es nicht mit eigenen Augen gesehen habe. Aber es gab genügend andere Zeugen, und ich zweifle nicht an seinem Ableben. Offiziell ist er tot, das steht fest. Wer auch immer sich hinter diesem neuen Matson verbergen mag, er kennt sich ziemlich gut mit allem aus, sogar mit dem Leiner-Code. Natürlich kann sich jeder, der in Flux über die entsprechende Macht verfügt, für alles ausgeben, was ihm beliebt. Doch Jomo steht treu zu diesem Mann.«

Vor ihrem geistigen Auge erschien sofort das Bild dieses äußerlich so grotesken, innerlich jedoch so sanften und verständnisvollen Duggers. Jomo war Matsons Zugleiter gewesen, der loyalste Mitarbeiter, den der Leiner je gehabt hatte. Kasdi hatte in den letzten Jahren nicht mehr viel von ihm gehört, bis auf die Nachricht, daß er sich bei keinem anderen Leiner mehr hatte einstellen lassen und nie wieder mit einem Zug gereist war. Es hieß, er habe sich in irgendeine Dugger-Gemeinschaft im Wildland zurückgezogen.

»Jomo könnte uns einiges erklären«, sagte die Heilige. »Er hat mich stets gemocht. Wenn er im Wildland jemandem begegnet ist, der mit Coydt noch eine Rechnung offen hat, dann hat er sich vielleicht überlegt, daß er auf diese

Weise Matson rächen und es dem Entführer seiner Tochter heimzahlen könnte.«

»Wäre möglich«, erwiderte die dicke kleine Frau nachdenklich. »Eines haben sie jedenfalls erreicht: Coydts Jungs laufen herum wie ein aufgescheuchter Bienenschwarm. Der Schurke setzt Himmel und Hölle in Bewegung, um hinter die wahre Identität des vermeintlichen Matson zu kommen. Es heißt, daß bereits drei seiner besten Mitarbeiter die Suche mit ihrem Leiner bezahlen mußten. Ich vermute, sie haben etwas zuviel herausgefunden.«

Die Sache interessierte Kasdi immer mehr. »Wißt ihr zufällig, wo Coydt sich gegenwärtig aufhält?«

»In Anker Logh«, antwortete der Schwarzgekleideten. »Er hat sein Aussehen verändert und sich in den Ankern südwestlich von hier herumgetrieben. Ihr könnt ihm in Flux keine Falle stellen, falls Euch so etwas vorschwebt. Und die Bürger in den Ankern, die ihn kennen, haben viel zuviel Angst vor ihm, um ihn zu verraten. Selbst Euch würden sie sich nie offenbaren. Verzeiht mir bitte meine Worte, aber es ist leider so, daß die Menschen draußen vor allem vor Augen haben, wie er Eure Tochter gekidnappt und sie mit einem unfaßbaren Zauber belegt hat.«

Kasdi nickte schwer. »Da erzählt Ihr mir nichts Neues. Er weiß aber, daß ich immer noch nach ihm suche. Und ihm ist klar, daß ihn noch ein anderer Gegner jagt. In gewisser Weise leistet Jomo mir einen großen Dienst. Wenn Coydt in einem Anker einen Hinterhalt von Jomo und dem mysteriösen Matson befürchtet, wird er sich lieber nach Flux zurückziehen, und irgendwann ergibt sich für mich die Gelegenheit, ihn dort zu stellen. Falls er aber die Zeit für einen Zweikampf mit mir noch nicht für gekommen hält, muß er in einem Anker bleiben, auch auf die Gefahr hin, dort von einem Mörder erwischt zu werden. Ich frage mich, ob er sich jetzt zum ersten Mal in seinem Leben seiner Haut nicht sicher fühlt.«

»Das glaube ich kaum«, entgegnete Ravi. »Coydt kennt solche Gefühle überhaupt nicht. Und denkt nicht, daß er sich vor Euch fürchtet, auch wenn er dazu allen Grund haben sollte. Er fürchtet nichts und niemanden. Nur die anderen haben Angst vor ihm. Und diese Furcht ist das einzige, was für ihn zählt.«

»Trotzdem steht er jetzt unter Druck. Und das kommt ihm ungelegen, weil er ja auch noch seinen teuflischen Plan vorantreiben muß. Seine Verschwörung ist gegen mich und die neue Kirche gerichtet. Jomo könnte ihm da ziemlich ins Gehege kommen. Auch wenn er keine Furcht kennt, so ist er doch sicher etwas nachdenklicher und vorsichtiger geworden.«

Suzl beschloß, das Thema zu wechseln. »Wie geht es denn deiner Tochter?«

»Sie hat sich ganz gut eingelebt. Am Anfang war es natürlich sehr schwer für sie. Doch es gefällt ihr ganz und gar nicht, hier festzusitzen. Von Tag zu Tag zeigt sie mehr Unrast. Mervyn ist der Ansicht, ich solle sie hinaus in die Welt ziehen lassen, aber dagegen sträubt sich in mir eigentlich alles. Spirit kennt weder Anstand noch Scham, versteht niemanden und kann sich nicht verständlich machen. Kommt mit und seht sie euch an. Dann begreift ihr sicher, was ich meine.«

Die Wochen im Tempel-Garten hatten Spirit genug Zeit gegeben, über viele Dinge nachzudenken. Der komplexe Zauber breitete sich immer mehr in ihr aus und wurde zu einem wesentlichen Bestandteil von ihr.

Coydt hatte nichts dagegen gehabt, daß sie den Bann verstand. Der Aufwand, den er in seinem Büro in der Tasche betrieben hatte, ließ kaum einen anderen Schluß zu. Während sie hier über ihr Leben und Verhalten vor dem Zauberbann nachsann, gewann sie eine ungefähre Ahnung von dem, was Coydt bei ihr bewirkt hatte.

Sie schlief sehr viel, und nach jedem Erwachen hatte sich wieder etwas in ihrem Leben verändert. Kleinigkeiten, die ihr früher nie aufgefallen waren, wie zum Beispiel der

Klang des Rauschens einer leichten Brise durch die Wipfel; die Vielfalt der Wolkenformen am Himmel; das Rascheln des Windes über eine Wiese. Schöne und unendlich faszinierende Dinge, die von anderen Menschen überhaupt nicht wahrgenommen, geschweige denn geschätzt wurden. Hingegen bedeutete Spirit das, was ihrer Umgebung wichtig erschien, überhaupt nichts mehr; selbst die Dinge die sie früher beschäftigt hatten, sagten ihr immer weniger. Sie stellte eines Tages fest, daß es ihr gar nicht mehr recht wäre, wenn der Zauber gebrochen oder aufgehoben werden würde. Sie hatte nur wenige und einfache Bedürfnisse.

Alle ihre Erinnerungen waren da, doch sie erschienen ihr ständig fremder, so als gehörten sie einem anderen. Und sie paßten ganz einfach nicht in das Leben, das sie nun führte. Zuerst hatte ihre Vergangenheit ihr einen gewissen Halt gegeben, doch mittlerweile kam ihr früheres Leben ihr so irreal vor, daß sie nichts mehr damit anfangen konnte. Eines Tages dachte sie überhaupt nicht mehr daran.

Spirit duschte unter einem kleinen Wasserfall im Zentrum des Parks, als ihre Mutter mit zwei Fremden erschien. Sie verließ das Wasser, marschierte ihnen entgegen und setzte eine verständnisvolle Miene auf. Spirit fühlte sich wie eine Riesin im Land der Zwerge. Der Mann in der Gruppe trug schwarze Kleidung, mußte also ein Leiner sein. Die Frau an seiner Seite war eine dickleibige Schlampe.

»Deine Tochter hat sich ja wunderbar entwickelt!« rief Suzl. »Hallo, Spirit.«

Die Nackte starrte sie mit leeren Blicken an. Kasdi erklärte: »Sie versteht kein einziges Wort. Wir haben eine Zeichensprache entwickelt, die einzige Art, sich mit ihr zu verständigen. Warte, ich bedenke dich mit einem kleinen Zauber, dann können wir uns ein wenig mit ihr austauschen.«

Danach kam so etwas wie eine Unterhaltung zustande, obwohl neben den Zeichen noch viele weitere Gesten notwendig waren. Ein Außenstehender wäre sicher auf die

Idee gekommen, im Park übten ein paar verrückte Pantomimen. Manchmal brauchten sie Minuten, um Spirit eine Frage begreiflich zu machen.

Hallo, Spirit. Deine Mutter und ich sind alte Freundinnen. Der Mann hier ist mein Boß und Lebensgefährte. Wir arbeiten als Leiner. Ihr seid sehr nett/anziehend/hübsch. Wir würden gern Eure Freunde sein.

Spirit lächelte und küßte die beiden auf die Wange. Sie grüßte sie, drehte sich dann um, entdeckte einen Baum und rannte zu ihm. Sie sprang hoch, bekam mit den Händen einen Ast zu fassen und zog sich dann mit artistischer Geschicklichkeit hoch. Über ihr hing ein Bündel bananenähnlicher Früchte. Sie riß die Staude ab, sprang damit auf den Boden zurück, lief dann mit den Früchten zu den Besuchern und bot jedem eine davon an.

Selbst Ravi zeigte sich von der Vorführung beeindruckt. »Wer sich so zu bewegen versteht, kann hervorragend auf sich selbst aufpassen«, erklärte er.

»Genau«, stimmte Suzl zu. »Cass, deine Tochter verliert noch den Verstand, wenn sie hier länger eingesperrt wird. Das dürfte auch dir klar sein.«

»Mervyn hat wohl mit dir gesprochen«, argwöhnte die Heilige.

»Richtig. Wir haben den alten Knaben in Globbus getroffen. Ich gebe es zu, und ich bin seiner Meinung. Vor allem jetzt, da ich sie mit eigenen Augen gesehen habe.«

»Aber in diesem Zustand? Was werden die Leute denken? Was werden sie mit ihr anstellen?«

»Die Menschen wissen mittlerweile über Spirit Bescheid«, erwiderte die kleine Frau. »Jedermann kennt ihr Gesicht und hat von ihrem Schicksal gehört. Du kennst dich mit diesem Zauberkram viel besser aus als ich. Du solltest daher wissen, daß es das beste für sie wäre, frei zu sein. Gar nicht zu reden vom Seelenreiter in ihr. Ich fürchte fast, du willst sie festhalten. Du hast sie nicht wirklich bei dir gehabt. Und jetzt, wo sie bei dir ist, willst du sie nicht mehr loslassen.«

Kasdi seufzte. »Vielleicht hast du recht, aber meine Sorgen sind nicht so leicht von der Hand zu weisen.«

Suzl dachte kurz nach. »Ist schon eine Weile her, seit sie zum letzten Mal ihre Pflegefamilie gesehen hat, nicht wahr?«

»Na ja, einige können nicht kommen, und die anderen fürchten sich vor der Leere.«

»Also gut. Wir müssen ohnehin nach Anker Logh. Wir arbeiten als Subunternehmer für den Leiner Laconner und klappern die hiesigen Anker ab.« Ein Subunternehmer war ein Neuling im Gewerbe, der noch nicht genug Kapital zusammen hatte, um seinen eigenen Zug zusammenzustellen, und noch keinen geeigneten Zauberer als Klienten und Sponsor gefunden hatte. Subunternehmer führten kleine Züge und bereisten die Seitenrouten. »Wir nehmen Spirit mit nach Anker Logh. Dort kann sie ihre Familie besuchen.«

Die Heilige dachte darüber nach. Vielleicht haben sie ja recht, sagte sie sich schuldbewußt. Vielleicht bin ich wirklich eine schlechte Mutter, die ihr Kind nicht aus dem Haus lassen will. »Einverstanden. Aber ihr bringt sie wieder hierher und fertigt einen ausführlichen Bericht an, bevor ihr weiterzieht.«

»Das machen wir.«

»Äh, Suzl?«

»Was gibt's denn noch?«

»Wieviel hat Mervyn deinem Boß dafür versprochen?«

Die fette Frau kicherte. »Nicht viel. Eigentlich nur einen Tip auf einen potentiellen Sponsor und einen eigenen Zug.«

»Ich hätte von dem alten Herrn auch nichts anderes erwartet. Wenn Spirit einverstanden ist, habt ihr meinen Segen.«

Suzl wandte sich an die Tochter, die alles Interesse an den Besuchern verloren hatte und statt dessen konzentriert die Schale einer Frucht betrachtete. Die Freundin zögerte erst und überlegte sich, was die junge Frau so daran faszinieren mochte. Dann tippte sie Spirit auf die Schulter und fragte sie in der Gebärdensprache: *Möchtest du gern mit uns reisen?*

Das Mädchen begann, vor Begeisterung zu tanzen. Sie war so voller Freude, wie man es selten bei einem Menschen erlebte.

Es wurde allen klar, daß Spirit nichts lieber wollte, als so rasch wie möglich von hier fortzukommen.

Rasch wurden die notwendigen Vorbereitungen getroffen.

Ravi kehrte zu seinem Zug zurück, und Suzl blieb jedoch noch eine Weile bei ihrer Freundin.

»Ich merke dir an, daß du nicht übermäßig begeistert von Ravi bist«, erklärte sie.

»Ich versuche, keine Vorurteile zu nähren. Und du weißt selbst, was für dich am besten ist.«

»Du hast dich für sehr lange Zeit von der wirklichen Welt isoliert, Cass. Du lebst hier in der Kirche und bist schon lange nicht mehr auf die Idee gekommen, durch die Leere zu reisen. Im Gegensatz zu dir verfüge ich über keine Flux-Kraft. Ich bin nicht mehr als ein gewöhnlicher Dugger. Wenn ich also herumziehe, brauche ich Schutz. Aus diesem Grund muß ich Kompromisse schließen.«

»Er ist ein großer Zauberer, aber er verfügt über Macht«, sagte die Heilige. »Ist dir bewußt, daß er dich mit dem einen oder anderen Bann belegt hat?«

Die dicke Frau zuckte die Achseln. »Ich habe mir so etwas gedacht. Er ist in Leiner-Kreisen geboren worden und aufgewachsen. Diese Leute lehnen es weitgehend ab, mittels der Flux-Energie an sich selbst Veränderungen vorzunehmen. Einen anderen heilen oder ihm aus einer Patsche helfen, ja, das ist in Ordnung, aber nicht mehr. Er sucht schon seit langem nach einem ihrn gemäßen Lebensgefährten. Bislang ist er immer nur an große, grobe Kerle geraten, die ihn ausbeuteten und herumkommandierten. Und er mußte sich stets in acht nehmen. Unter den Leinern sind Homosexuelle verpönt. Als wir beide uns dann über den Weg liefen, erkannte er gleich, daß ich das bin, was er braucht.«

»Dann war es also nicht nur übermäßiges Essen, was deine Brüste so groß hat werden lassen?«

»Nein. Aber sein Zauber hat mich auch mit den nötigen Muskeln ausgestattet, um diese Last tragen zu können. Aber um ganz ehrlich zu sein, mir ist es recht so. Ich liebe das Leben als Dugger, und viele Dugger müssen ein schlimmeres Schicksal ertragen. Ich arbeite für Ravi und tue so, als wäre ich seine Ehefrau. So hat er seine Tarnung, und ich kann mich sicher und geschützt durch Flux bewegen.«

Kasdi nickte langsam. »Vermutlich ist es für dich wirklich das richtige. Und du hast sicher recht damit, daß ich mich zu lange von der wirklichen Welt abgekapselt habe. An diesem Ort, an dem ich von diensteifrigen Frauen umgeben bin, vergißt man leicht, wie wenig sich wirklich geändert hat. Es kommt einem nicht in den Sinn, was die Menschen wirklich bewegt.«

»Die Menschen bleiben immer gleich, nur die Zustände haben sich verbessert. Flux ist für die Reisenden sicherer geworden. Die Anker werden menschenfreundlich regiert. Alle Menschen wollen lernen, die Welt ergründen. Und das ist dein Verdienst. Du hast den Menschen eine Zukunft gegeben, und die neuen Veränderungen und Bewegungen lösen noch immer Begeisterung aus. Die Menschen selbst hingegen kannst du nicht ändern, dazu müßtest du sie schon versklaven.«

Die Schwester seufzte. »Du bist der einzige Mensch, dem ich von meinen Zweifeln erzählen kann. Die Zweifel plagen mich immerzu. Tue ich wirklich das richtige? Geschieht das alles wirklich, oder erliege ich einem falschen Zauber? Vollziehe ich tatsächlich den Willen der heiligen Mutter, oder bin ich im Grunde nicht mehr als ein weiterer Flux-Fürst, der sich selbst zu wichtig nimmt? Ich finde nie eine Antwort auf solche Fragen. Wenn man mit großer politischer Macht ausgestattet ist, kann man kaum noch zwischen seinem eigenen Bewußtsein und der Wirklichkeit unterscheiden. Manchmal beneide ich Spirit. Sie kennt weder Sorgen noch Verantwortung.«

»Du leistest viel mehr, als du glaubst«, beruhigte Suzl die Freundin. »Allerdings hatte der alte Knabe in einem Punkt recht: Dein Leben besteht nur noch aus Arbeit und Verantwortung. Du hast keinen Spaß mehr, machst nie Urlaub, entspannst nicht. Und wenn du dir nicht bald eine Pause gönnst, brichst du eines gar nicht so fernen Tages zusammen.«

»Solche Gedanken sind mir auch schon gekomen, aber was soll ich denn tun? Wenn dir eine Antwort einfällt, laß sie mich wissen. Und bis dahin kümmere dich bitte um Spirit, ja?«

»Diese eine Sorge von dir ist nun wirklich unbegründet.«

Der große, muskulöse und behaarte Mann spielte Karten im Saloon Gotron im Anker Fhaxtrod, als ein junger Bursche eintrat. Der Mann spielte sein Blatt aus, gewann die Runde und entschuldigte sich dann bei seinen Mitspielern. Er verschwand mit dem Neuankömmling in einem Nebenzimmer.

»Und?«

»Nicht viel Neues. Nach unseren Untersuchungen und Berechnungen ist eine solche Brustwunde in jedem Fall tödlich. Und keiner der Augenzeugen hegt den geringsten Zweifel daran. Doch gibt es da eine Unstimmigkeit. Als die Leiner ihre Toten registrierten, war Matsons Leiche nicht mehr da. Und sie ist auch nie wieder aufgetaucht.«

»Und Jomo?«

»Er zeigte sich ein paar Wochen später in Globbus. Er hat die Überlebenden von Matsons Zug um sich versammelt, sie ausbezahlt und entlassen. Die meisten von ihnen haben sich anderen Leinern angeschlossen. Er selbst blieb eine Weile in Globbus und zog dann nach Norden ins Wildland. Er ist eine Weile in einem Laden in Tregia als Entertainer aufgetreten. In manchen Dingen beweist er wirklich

Geschick, in anderen hingegen stellt er sich dümmer und hilfloser an als ein Kleinkind. Nach unseren Recherchen reicht seine Intelligenz nicht aus, um sich eine solche Geschichte auszudenken. Jeder unserer Augenzeugen behauptet, bei diesem Fremden handele es sich wirklich um Matson.«

Coydt van Haaz kratzte sich am Kinn. »Dann hat sich jemand das Aussehen von Matson gegeben. Jemand, der ihn gut genug kannte oder so gründlich studiert hat, daß er überzeugend genug wirkte, um selbst engste Vertraute wie Jomo zu täuschen. Dieser Täuscher umgibt sich mit dem großen Dugger und fängt an, mich zu jagen. Nein, nein, die ganze Sache stimmt hinten und vorne nicht, Yorek. Falls Matson aber doch überlebt hat, wo ist er dann in all den Jahren gewesen? Er besitzt als falscher Zauberer keine wirkliche Flux-Macht. Kann ein solcher Mann einfach alles hinwerfen und sich vom Leiner-Dasein lösen, das doch bislang sein ganzes Leben ausgemacht hat? Nein, selbst wenn ihm das irgendwie möglich gewesen wäre, woher weiß er dann so gut über die gegenwärtigen Zustände in seinem ehemaligen Gewerbe Bescheid? Man kann es drehen und wenden, wie man will, nichts paßt so recht zusammen.«

»Wenn wir aber davon ausgehen, daß es sich um den echten Matson handelt, macht der Moment seines Wiederauftauchens Sinn. Spirit ist seine Tochter, auch wenn er Gilly erklärt hat, er habe erst durch die Entführung von ihrer Existenz erfahren. Er will Euch nach Leiner-Art jagen.«

Der Höllenprinz nickte: »Sei es in einem Anker oder in Flux, ich werde mit jedem fertig, der mir entgegentritt. Ich möchte nur nicht von irgendeinem Irren aus dem Hinterhalt abgeknallt werden. Wenn ich nicht so sehr mit dem großen Plan beschäftigt wäre, würde ich diesem Matson eine Falle stellen und ihn sofort ausschalten. Und danach könnte ich mir ein neues Aussehen geben und irgendwo in einem Anker leben. Aber im Augenblick ist es viel wichtiger, daß meine Leute mich wiedererkennen, wenn sie etwas mitzuteilen haben. Eine lästige Geschichte, Yorek.

Die alte Hexe Kasdi habe ich in die Enge treiben können, und da muß ich mich jetzt mit einem maskierten Killer herumschlagen, der irgendwo auf der Lauer liegt.«

»Ihr könnt Euch sehr gut selbst schützen. Der Killer hat ganz gewiß keine leichte Aufgabe vor sich, wer auch immer er sein mag. Aber wir forschen weiter nach ihm.«

»Grabt ihn aus, Yorek. Wenn Ihr ihn erwischt, machen wir uns mit dem Kerl einen großen Spaß in Flux, sozusagen als krönenden Abschluß für diese ganze Angelegenheit.«

Wundersame Wege

Das Experiment verlief für alle Betroffenen, mit Ausnahme von Schwester Kasdi, sehr gut. Spirit gefiel es im Leiner-Zug ausgezeichnet, und die Dugger kümmerten sich rührend um sie. Außerdem kannte jedermann mittlerweile ihre traurige Geschichte.

Da Spirit immer noch nackt herumlief, fühlten sich manche Männer versucht, ihr zu nahe zu treten. Doch wenn einer sie aufdringlich mit der Hand berührte, erhielt er einen schmerzlichen elektrischen Schlag. Niemand versuchte es dann ein weiteres Mal.

Spirit war von allem und jedem fasziniert. Sie sah Flux nun mit anderen Augen. Die zahllosen Energiefunken waren nicht mehr bloß schön, sondern offenbarten sich ihr jetzt in einem bestimmten Muster. Eine Struktur lag ihnen zugrunde, und so begann sie, die Leere zu verstehen.

Sie erlernte auch rasch die geheime Kunst der Leiner, sich in diesem scheinbaren Wirrwarr zurechtzufinden. Die Leere war eigentlich kein Nebel oder Nichts, sondern ein fein verschlungenes Netzwerk von schwachen, aber permanenten Energielinien. Diesen Linien zu folgen war genauso einfach, als würde man über eine Straße laufen. Das erkannte Spirit sehr schnell, nur fehlte es ihr an der Erfahrung der Leiner, die genau wußten, welche Linie wohin führte und wo sie sich gerade befanden. Später stellte sie zu ihrer Verblüffung fest, daß diese Energielinien nicht natürlichen Ursprungs waren. Irgendwann mußten Menschen sie geschaffen haben. Und trotz der Zauber, denen sie unterlagen, konnte sie die Linien verstehen. Spirit vermochte sogar, sie nach ihrer Wichtigkeit zu unterscheiden.

Die Hauptwege, die Abzweigungen zu Wasserlöchern und zu Depots führten, wiesen einen doppelten Code auf, eine Farbmarkierung und eine mathematische Strukturierung, die sowohl über das Ziel des Weges Auskunft gaben als auch die Handschrift ihres Erschaffers verrieten.

Jedes Mal, wenn jemand über eine Linie reiste, hinterließ er eine schwache Spur. An manchen Stellen waren Millionen Spuren zusammengekommen. Spirit begriff, daß man hier lückenlos nachverfolgen konnte, wer irgendwann einen Weg beschritten hatte. Die Spuren wurden im Laufe der Zeit immer blasser, vergingen aber nie. Wenn man sich lange genug damit beschäftigte, konnte man sogar die einzelnen Spuren auseinanderhalten und die Route ausmachen, die ein bestimmter Reisender zurückgelegt hatte. Spirit selbst hinterließ natürlich auch eine Signatur, einen individuellen mathematischen Code. Wenn man das Symbol eines Zauberers oder Leiners kannte, konnte man ihm auf allen seinen Wegen durch Flux folgen.

In den wenigen Tagen, die der Zug bis zum Anker Logh benötigte, lernte Spirit mehr über Flux und die Energielinien, als die meisten anderen jemals in Erfahrung bringen würden. Höchstens eine Handvoll Menschen wußten mehr darüber, und die hatten jahrelang Erfahrungen sammeln müssen. Davon wußte Spirit natürlich nichts, und sie erfuhr auch nie, daß selbst die besten Flux-Kundigen nur die jüngsten Spuren erkennen und lesen konnten. Alle älteren Signaturen waren für ihre Augen längst mit dem Ur-Code verschmolzen. Doch nicht so sehr die Flux-Kraft befähigte sie dazu, Millionen von Spuren zu erkennen und zu unterscheiden, vielmehr war die neue Form von Sprache und Kommunikation dafür verantwortlich, in der ihr Gehirn jetzt arbeitete.

Eine ähnliche Wunderwelt bot sich ihr in den Ankern. Ein bloßer Grashalm versetzte sie in außerordentliches Erstaunen. Für sie war er nicht ein schmales, grünes Blatt, sondern eine unendliche komplexe Struktur nach einem sehr spezifischen Muster. Spirit konnte in gewisser Weise in diese Struktur hineinsehen und ihre Bausteine und Bestandteile erkennen. Genau so verhielt es sich mit jeder Blume, jedem Baum und jedem Blatt. Das Verhalten der jungen Frau kam ihrer Umgebung oft sonderlich vor. Sie erschien ihnen wie ein kleines Kind, das mit großen, staunenden Augen zum ersten Mal die Welt erkundete. Doch in Wahrheit vollzogen sich dabei in ihrem Kopf die vertracktesten und kompliziertesten Prozesse. Sie sah die Dinge, wie andere Menschen sie nie sehen konnten.

Anker Logh offenbarte sich ihr als Welt voller Wunder und rief doch gleichzeitig Schmerz in ihr hervor. Hier war sie aufgewachsen, und hier kannte man sie besser als irgendwo sonst. Sie konnte die Tränen und den Kummer ihrer Familie kaum ertragen, und sie zermarterte ihren Kopf, um ihnen auf irgendeine Weise begreiflich zu machen, daß es ihr ausgezeichnet ging und daß sie nie wieder in ihr altes Leben zurückkehren konnte und wollte.

Wo immer sie sich im Anker zeigte, löste sie einen Menschenauflauf aus. Bedauern mischte sich hier mit verhaltener Neugier und betroffener Hilflosigkeit. Doch nie stieß sie auf offene Ablehnung. Die Kinder gefielen ihr dabei am allerbesten, denn sie behandelten die junge Frau wie eine Elfe. Sie spielte mit ihnen und fühlte sich von ihrem Lachen reich belohnt.

Doch noch immer war ihre Verwandlung nicht abgeschlossen. Je menschlicher sie sich in ihren Gefühlen zeigte, desto andersartiger wurde sie in allen anderen Bereichen. Mit jedem neuen Tag dieser Reise wandelte sich ihre Psychologie immer schneller. Die Begegnung mit der alten Heimat vertrieb die letzte Verbindung mit ihrer Vergangenheit. Sie mochte die Menschen und genoß es, mit ihnen zusammen zu sein. Doch sie verstand jetzt nichts mehr an und von ihnen. In Hoffnung hatte sie sich lediglich von den Menschen abgeschottet. Aber hier in Anker Logh löste sie die letzte Brücke zu ihrer ehemaligen Existenz. Sie konnte sich nicht mehr daran erinnern, wie sie früher einmal gewesen war. Als sie dann die Heimatfarm verließ und mit Suzl durch das Tor nach Flux zurückkehrte, war nichts mehr von der Vergangenheit in ihr.

Die allerletzte Verbindung zerbrach bei ihrer Rückkehr nach Hoffnung. Da Kasdi ihre Zauberkraft nicht dazu gebrauchte, die Tochter zum Bleiben zu bewegen, konnte sie nichts mehr aufhalten. Spirit war sich nicht einmal sicher, ob ihre Mutter so etwas überhaupt vermocht hätte. Die Schwester ergab sich dem Unvermeidlichen und ließ die Tochter ziehen.

In den nächsten Wochen blieb Spirit im Zug von Ravi und Suzl. Sie besuchte die drei Flux-Länder und ein anderes Anker, das sich deutlich von Anker Logh unterschied. Auch diese Reise bescherte ihre neue Wunder und faszinierende Erkenntnisse, aber mit der Zeit erfaßte sie eine immer größere Unruhe. Sie wollte den Zug verlassen und auf eigene Faust loswandern.

Eines Abends dann, als Spirit einen zufälligen Blick in Suzls Zelt warf, kam sie hinter das Geheimnis der Freundin ihrer Mutter und begriff auch, warum Suzl sich als Dugger verdingte. Suzl war keine Frau, sondern war ebenfalls ein Unwesen wie sie, denn sie besaß ein männliches Glied, das ihr jemand angezaubert haben mußte. Suzl erschrak, als sie Spirit bemerkte. Doch das ganz nackte Mädchen lächelte plötzlich. Irgendwie stand die dicke mißgebildete Frau ihr in diesem Moment näher als jemals zuvor.

Ich möchte den Zug verlassen, teilte Spirit Suzl in Gebärdensprache mit. *Ich kann die Linien erkennen und lesen. Das macht mich stark.*

Suzl nickte. Auch sie hatte schon oft sehnsüchtig daran gedacht, ganz allein und frei in Flux zu leben. Mit einiger Mühe gelang es ihr, sich verständlich zu machen. *Ich will auch fort. Aber ich kann die Linien nicht sehen. Ich verfüge nicht über Flux-Kraft. Allein wäre ich in der Leere rettungslos verloren.*

Spirit war verblüfft. Sie wäre nie auf die Idee gekommen, daß nur wenige über die Gabe verfügten, im Flux die Linien zu erkennen oder sich seiner Energie zu bedienen, um für sich zu sorgen. Plötzlich bedauerte sie all die Menschen wie

Suzl sehr, die auf die Gnade weniger Auserwählter angewiesen waren.

Meine Kraft reicht für zwei, gab sie Suzl zu verstehen. *Wollt Ihr mit mir kommen? Ihr könntet mein Sprachrohr zu den Menschen sein*. Denn so ganz allein wollte sie auch nicht auf die Reise gehen. Im Grunde genommen benötigte sie keinen Dolmetscher, aber sie machte ihr Angebot auch nicht aus bloßem Mitleid. Sie würde immer allein sein, die einzige ihrer Art, und wie wichtig wäre da eine Freundin.

Die kleine fette Frau wußte, daß sie nicht zu lange über ein solches Angbot nachdenken durfte, weil sie sonst schnell schwankend in ihrem Entschluß geworden wäre. Spirits Zauberkraft war auf ihre Selbsterhaltung begrenzt, und damit blieb sie davon ausgeschlossen. Seit achtzehn Jahren hatte sie unter Duggern und Leinern gelebt. Es hatte viel zu lachen, aber noch mehr harte Arbeit gegeben. Und Ravi war für sie von allem der beste Boß gewesen. Doch sie hatte zu lange mit der Lüge gelebt, eine normale Existenz zu führen. Sie war keine richtige Frau, sondern gehörte zu den Ausgestoßenen der Welt. Heute war sie sechsunddreißig und fester denn je in ihre Lebenslüge verstrickt.

Ich gehe mich Euch, gab sie dem Mädchen mit Zeichen zu verstehen.

Als Ravi etwas später in sein Zelt kam, wartete Suzl bereits auf ihn. »Spirit will uns verlassen und auf eigene Faust durch die Welt ziehen«, erklärte sie ihm ohne Vorrede.

»Ich habe früher oder später damit gerechnet«, antwortete der Leiner. »Und ehrlich gesagt, bin ich ihr gar nicht böse darum.«

»Ich gehe mit ihr.« Suzl sprach die Worte ganz ruhig aus, und ihre Miene blieb ausdruckslos.

Ravi geriet in einen Mahlstrom der Gefühle. Er hatte Mühe, überhaupt etwas zu entgegnen. »Du mußt verrückt sein ... Du hast doch gar keine Flux-Kraft. Spirit kann dich kaum vor bösen Zauberern schützen.«

»Was kümmert's dich. Spirit kann die Linien lesen und

mich sicher durch die Leere führen. Davon abgesehen glaube ich, daß sie mich braucht.«

»Ich brauche dich noch viel mehr!«

»Nein, du brauchst nur eine geschickte Tarnung. Spirit braucht mich auf eine ganze andere Weise. Sie braucht mich als Freundin.«

Ravi errötete. »Habe ich dir nie meine Liebe bewiesen? War ich nicht immer für dich da? Habe ich dir nicht oft gezeigt, wie sehr ich dich brauche, wieviel du mir bedeutest?«

Suzl behielt ihre gleichgültige Miene bei und schwieg.

»Und jetzt servierst du mich mit einem Fingerschnippen ab.« Er schüttelte den Kopf. »Ich weiß nicht, was ich sagen soll. Du machst mich furchtbar wütend. Am liebsten würde ich dafür sorgen, daß dich kein Leiner jemals mehr einstellen wird. Und hast du dir schon einmal überlegt, wie du die nächsten Wochen verbringen wirst? Du bewegst dich in einer für dich fremden Welt und kannst nicht einmal mit deiner Begleiterin reden.«

»Dugger sind schon zu allen Zeiten allein ins Wildland gezogen. Mein Entschluß steht fest, Ravi. Ich verlasse dich.«

»Warte nur, Liebste, ich gebe dir noch ein Abschiedsgeschenk mit auf den Weg. Da du dich bei mir ja immer so verstellen mußtest, will ich dich davon befreien. Wenn ich über etwas mehr Zauberkraft verfügte, würde ich dich in Spirit verwandeln ... Aber ich kann dir in einem anderen Punkt Erleichterung verschaffen. Die Kleider und die Unterwäsche haben dich ja immer gestört. Nun, sie sind alle aus meiner Magie gewoben, und jetzt hebe ich diesen Zauber wieder auf.« Er machte eine Handbewegung, und alles verschwand, was Suzl am Leibe trug. »Diesen Zauber zu bewirken war nicht schwer, doch du kannst ihn nur mit Mühe wieder brechen lassen. Ich habe etwas vom Bann deiner Freundin auf dich übertragen. Wie sie trägst du von nun an keine Kleidung mehr. Du wirst dich nie wieder bedecken können.«

Suzl verlor ihre Gelassenheit. »Bist du jetzt fertig, oder hast du noch mehr Gemeinheiten auf Lager?«

»Dein Entschluß steht immer noch felsenfest? Du willst es dir nicht noch einmal überlegen?«

»Nein, niemals! Nicht nach dem, was du mir heute angetan hast!«

»Dann nehme ich deine Kündigung an. Sie wird sofort wirksam. Da du noch Schulden hast, behalte ich deinen Restlohn ein. Dir und Spirit bleiben jetzt noch zehn Minuten, das Lager zu räumen und sich hier nie wieder blicken zu lassen.«

Er verließ das Zelt und Suzl ging, um Spirit zu suchen. *Kommt, wir wollen aufbrechen.*

Spirit starrte die unbekleidete Begleiterin verwirrt an. Dann erkannte sie den Zauber, der auf der Freundin lag und der sie beide miteinander verknüpfte. Sie mißdeutete das als besonderes Opfer, das Suzl gebracht hatte, um mit ihr zusammensein zu können. Sie umarmte die Frau dankbar.

Gemeinsam und im wahrsten Sinne frei von jeder Last marschierten sie in die Leere.

Sie wanderten tagelang durch die Leere und folgten einer Linie, die Spirit aufs Geratewohl ausgesucht hatte. Sie löste alle alten Leinen von Suzl und legte ihr ihre eigene auf, damit sie einander wiederfinden konnten, sollten sie sich in Flux verlieren. Trotz ihres massiven Körpers besaß die kleine Frau eine unerhörte Ausdauer. Spirit selbst fühlte sich jetzt frei genug, mit ihrem Zugang zur Flux-Energie zu experimentieren. Bislang war sie der Überzeugung gewesen, ihre Möglichkeiten seien begrenzt. Aber seit dem Abschied vom Leiner-Zug fragte sie sich immer häufiger, wo ihre Grenzen liegen mochten.

Jeder Versuch, Suzls Äußeres zu verändern, schlug fehl. Doch Spirit vermochte nicht zu erkennen, ob dafür Suzls Bann oder ihre eigenen Grenzen verantwortlich waren.

Allerdings konnte Spirit Flux-Energie auf die Freundin übertragen und mußte dazu nicht mehr tun, als sie an die Hand zu fassen. Dann nahm sie sich Ravis Verknüpfung zwischen ihnen beiden vor. Sie stellte fest, daß sie ihre Energie auch über diese Linie zu Suzl schicken konnte, ohne sie zu berühren.

So hatte der Leiner seiner ehemaligen Geliebten unwissentlich doch noch einen Gefallen getan. Sie konnte auch kleinere Wunden an der Freundin heilen und ließ eine alte Narbe an Suzls Arm verschwinden. Damit war es ihr in gewisser Weise möglich, die kleine Frau zu schützen.

Spirit zauberte Nahrung aus Energie, wann immer sie Hunger verspürten. Allerdings bedurfte es noch einiger Übung, denn zuerst brachte sie lediglich einen Brei zustande, der nur sättigte, aber nicht sonderlich schmeckte.

Suzl kam sich in der ersten Zeit wie eine Närrin vor. Sie fühlte sich allein und hilflos. Doch heute bereute sie ihren Schritt nicht. Seit langer Zeit verspürte sie endlich wieder Freiheit. Der Energiezustrom von Spirit trug zu ihrer hervorragenden Stimmung bei und gab ihr den nötigen Mut zum Weitermachen. Die beiden Frauen kamen zu dem Schluß, daß noch weitere Verbindungen möglich sein mußten. Von nun an verbrachten sie etliche Stunden damit, sich auf verschiedenen Ebenen zu nähern, ohne sich dabei allerdings verständigen zu können. Suzl bemerkte, daß Spirit etwas Bestimmtes im Sinn hatte, und versuchte, ihr dabei entgegenzugehen. Doch neben der Zeichensprache stießen sie nur auf eine zusätzliche Verständigungsmöglichkeit: die Musik. Suzl pfiff und klatschte Melodien, und Spirit tanzte danach.

Schließlich gelangten sie zu einer Tasche, einem hübschen Fleckchen, das als tropischer Garten angelegt war. Der Besitzer dieser Zuflucht ließ sich nicht blicken, und auch kein anderer hielt sich hier auf. Suzl vermutete, die Tasche gehöre einem Leiner, der sie hier als Rastplatz angelegt hatte, um sich zwischen zwei Reisen zu erholen.

Solange eine solche Tasche leer war, durfte jeder hinein, der gerade vorbeikam.

Suzl hatte lange genug als Dugger in Flux gelebt, um eine gewissen Erfahrung mit Menschen zu haben. Je länger sie mit Spirit zusammen war, desto mehr erkannte sie, daß das Staunen ihrer Gefährtin, ihre stundenlange Beschäftigung mit etwas, das jedem anderen als unwichtig vorgekommen wäre, seinen Sinn hatte und einem Zweck diente. In manchen Momenten wünscht sie, auch sie könnte die Wunder erblicken, die Spirit überall sah.

Immer häufiger bemerkte Suzl Veränderungen an sich. Bislang hatte sie sich immer als Frau gesehen, denn als solche war sie auf die Welt gekommen und erzogen worden. Doch seit dem Abschied vom Zug sah sie sich gelegentlich als Mann. Und eines Tages erkannte sie, daß sie zum ersten Mal wirklich verliebt war. Dachte sie früher vornehmlich an sich selbst, so schlug ihr Herz jetzt für einen anderen Menschen.

Spirit wiederum, die sich nie als andersartig gesehen und nur an schönen jungen Männern Gefallen gefunden hatte, spürte, daß Suzl ihr Gefühle wie Kameradschaft und Uneigennützigkeit beibrachte.

Sie konnte sich ein Leben ohne Suzl überhaupt nicht mehr vorstellen. Darüber hinaus verspürte sie nicht mehr den geringsten Wunsch, am Aussehen der Gefährtin irgend etwas zu ändern. Die kleine Frau wurde zum wichtigsten Menschen in ihrem Leben.

Und die Berechnungen des Seelenreiters erfüllten sich mehr und mehr.

Sie lebten immer noch in der Tasche, lagen träge im kühlen, frischen Gras, und als Suzl eine Hand ausstreckte und Spirits Hand fand, strömte etwas Unbeschreibliches zwischen ihnen hin und her. Die Liebe, die sich in beiden aufgebaut hatte, floß von einer zur anderen. In dieser Stunde bedurften sie der Zeichensprache nicht mehr. Ihre Verbindung war so tief, daß sie sich nicht einmal ansehen mußten. Nur die unterschiedlichen Denksprachen trennten sie noch voneinander. Doch davon abgesehen, erfuhren sie jetzt alles von sich und der anderen.

Beide waren sich bewußt, daß sich etwas Wichtiges vollzogen hatte; etwas, das über ihre eigenen Persönlichkeiten hinausging. Suzl bekam nun einiges von Spirits Staunen mit, und beide verloren die letzten Ängste und Unsicherheiten voreinander. Und so kamen sie eines Tages gleichzeitig zu dem Schluß, daß es an der Zeit war, diesen Ort zu verlassen und einer anderen Linie zu folgen. Eine ganze Welt wartete darauf, von ihnen entdeckt zu werden. Und eine unendliche Anzahl wundersamer Wege breitete sich vor ihnen aus.

Das erste Fluxland hieß Galikin und bestand im wesentlichen aus einem Wald, in dem die Menschen lebten. Manche wohnten in den riesigen Stämmen, die meisten jedoch lebten in Hütten, die sie sich auf den Ästen gebaut hatten. Die hiesige Herrscherin unterdrückt ihr Volk nicht und zeigte auch wenig von dem Wahnsinn, den ihre Kollegen so oft an den Tag legten. Dafür schien sie über wenig Phantasie zu verfügen und gab sich der Träumerei hin, eine Art Elfenkönigin des Waldes zu sein. Die Menschen hier trugen nicht nur grüne Kleidung, sie besaßen auch eine grüne Haut, und sie ernährten sich wie Pflanzen allein von Licht und Wasser. Wenn es hier einmal regnete, strömten sie alle ins Freie und stellten sich in den Regen. Den lieben langen Tag beschäftigten sie sich mit dem Beschneiden von Ästen, mit Aussaat und allem anderen, was zur Pflege und Hege eines Waldes gehörte.

Suzl gewann in diesem Fluxland einen guten Eindruck davon, wie die Umwelt auf sie und ihre Gefährtin reagieren würde. Die Menschen hier hatten von Spirit gehört und bestaunten sie, als sie jetzt leibhaftig vor ihnen stand. Doch Suzl rief noch größere Aufmerksamkeit hervor, was sie nicht unbedingt als schmeichelhaft empfand.

Spirit gefiel es in Galikin ausgezeichnet. Suzl hingegen

fand den Ort öde und langweilig. Zumindest waren die Menschen hier wohlgesittet, und die beiden Reisenden wurden kein einziges Mal belästigt.

Nach ein paar Tagen reisten sie weiter und folgten der Linie, die Spirit ausgesucht hatte. Einmal begegneten sie einem Leiner-Zug. Suzl stellte fest, daß die Nachricht von ihrer Kündigung bereits die Runde gemacht hatte. Niemand wollte sie mehr einstellen. Doch sie erfuhr auch, daß ein Restbetrag auf ihrem Konto verblieben war. Der Leiner erwies sich als recht störrisch; sie mußte lange mit ihm verhandeln, bis sie endlich für ihr Geld ein gesundes Muli erstanden hatte. Auch einen recht schäbigen Damensattel kaufte sie. Einige Dugger schenkten ihr zudem ein paar Ledergurte.

Mit dem Muli kamen sie erheblich besser voran; denn es machte Spirit überhaupt keine Mühe, mit dem Huftier Schritt zu halten.

Drei Tage später erreichten sie Anker Kaegh. Suzl näherte sie dem Land mit wachsender Unruhe. Früher hattte man Duggern den Zutritt zu Ankern strikt untersagt. Heute wurden sie zwar eingelassen, doch fürchtete und mißtraute man ihnen nach wie vor. Viele hingen noch dem alten Glauben an, bei Duggern handele es sich um Personen, die aufgrund ihrer Sünden vom Himmel mit Mißbildungen bestraft worden seien. Früher hatte Suzl sich unter ihrer Kleidung verstecken können, und jeder hatte sie lediglich für eine zu fette Frau gehalten. Heute hingegen konnte sie sich nicht mehr tarnen.

Sie traten durch das große Tor, das seit der Herrschaft der Neuen Kirche nicht mehr verschlossen wurde. Der Grenzbeamte konnte seinen Abscheu nur schlecht verbergen. »Name?«

»Ich heiße Suzl und komme aus Flux. An meiner Seite steht Spirit aus dem Anker Logh.«

Die Miene des Mannes erhellte sich, als er Kasdis Tochter wiedererkannte. Der Anblick der jungen Frau schien ihn zu erregen. Als er sich dann wieder an Suzl wandte, kehrte der alte Mißmut in sein Gesicht zurück. »Reist Ihr zusammen?«

»Ja. Ich kenne ihre Mutter sehr gut, wenn Ihr versteht.«

Der Grenzer verstand den Hinweis. Suzl ersparte sich damit eine Menge unnötiger Fragen. Allerdings ließ sich nicht übersehen, daß der Mann sich fragte, warum die Heilige ihre Tochter ausgerechnet einem Dugger anvertraute. »Zweck Ihres Aufenthalts in Anker Keagh?«

»Ich verfüge über ein Dugger-Konto und möchte ein paar Einkäufe tätigen. Und wir beide wollen uns im Tempel registrieren lassen, damit wir mit Papieren reisen können.« Solche Dokumente brachten sie in den Genuß von Bürgerrechten. In Flux waren Identitätsnachweise natürlich von wenig Nutzen, aber in einem Anker kam man ohne sie nicht weiter.

»Hm, ich kenne sie«, erklärte der Mann und deutete auf Spirit, »und weiß von ihrer Geschichte. Aber könnt nicht wenigstens Ihr etwas anziehen? Das würde Euch manches erleichtern.«

»Das würde ich wirklich gern«, gab sie zurück, »aber ich stehe leider unter einem ähnlichen Bann wie Spirit. Das ist ja auch schon einer der Gründe, warum wir uns registrieren lassen wollen.«

Sie wurden eingelassen und verbrachten die erste Nacht in einem abseits gelegenen Park. Jeder, dem sie begegneten, starrte sie ausgiebig an, aber darüber hinaus wurden sie wenig belästigt, bis sie am Ende des nächsten Tages durch eine Kleinstadt zogen. Eine Gruppe Jugendlicher lungerte an einer Straßenecke herum. Als sie die beiden Frauen sahen, riefen sie ihnen Beleidigungen und Schmähungen zu. Besonders Suzl wurde zur Zielscheibe ihres Spotts. Mutig stellte sich Spirit zwischen die Burschen und ihre Gefährtin. Drei der Jungs fingen lautstark an, darüber zu diskutieren, was sie mit der jungen Nackten anstellen wollten, und näherten sich ihr bedrohlich. Spirit gab dem Muli einen derben Klaps auf den Hintern. Das Tier galoppierte erschrocken davon. Nur mit Mühe konnte Suzl es wieder einfangen. Als sie dann wieder zu Spirit hinüberblickte, bekam sie ein ungewöhnliches Schauspiel geboten.

Nie zuvor hatte sie einen Menschen mit solcher Beweglichkeit und solchen Reflexen erlebt. Spirit wartete gar nicht erst ab, bis die drei Angreifer sie erreicht hatten, sondern stürmte ihnen entgegen. Den ersten traf ein Tritt vor die Brust, den zweiten ein Fuß in den Unterleib und den dritten ein Faustschlag gegen den Adamsapfel – und das alles in einer einzigen fließenden Bewegung. Doch das Schicksal ihrer Kameraden brachte den Rest der Bande nur noch mehr auf. Als sie Spirit umringten, machte sie einen gewaltigen Satz, übersprang einen der Burschen und sprintete zu Suzl, die jetzt ihr Tier zur Eile antrieb. Das Muli trabte rasch los, aber dennoch lief Spirit flink an ihm vorbei.

Nachdem ihre Verwunderung über Spirits Sieg sich gelegt hatte, fühlte sich Suzl sehr niedergeschlagen. Sie verwünschte sich für ihren unbeholfenen Körper, mit dem sie zu rein gar nichts nütze war. Sie konnte ohne fremde Hilfe nicht einmal das Muli besteigen. *Vielleicht hatte Ravi ja gar nicht so unrecht. Ich kann niemandem helfen und bin allen nur eine Last, selbst der einzigen Person, die ich mag.*

Die beiden mußten noch eine Menge Beschimpfungen und Beleidigungen über sich ergehen lassen, aber einstweilen ging niemand mehr mit Fäusten auf sie los. In der Hauptstadt begab sich Suzl gleich in den Tempel. Spirit mit ihrer Angst vor geschlossenen Räumen blieb auf dem Vorplatz, vergnügte sich dort mit den Tauben und zog viele Neugierige an.

Wenigstens erwies sich die Verwaltungs-Schwester als höflich. Suzl ließ eine Menge Fotos von sich schießen, die sie von vorn, von hinten und von der Seite zeigten. Dann stand die Gesundheitsuntersuchung an, die mehrere Stunden in Anspruch nahm. Endlich hielt sie ihren Paß in Händen. Sie studierte die Einträge. Höhe: 144,62 cm; Gewicht: 108,86 kg; Geschlecht: männlich. Sie, nein, er, denn jetzt war Suzl auch offiziell ein Mann, starrte düster auf die

Gewichtsangabe. Die Körpermassen stammten von den zusätzlichen Muskeln und Gewebemassen her, die Ravi ihm beschert hatte. Geradezu schockiert betrachtete er jedoch seine Körpergröße. Er war sechs Zentimeter kleiner geworden. Er wandte sich an die Schwester und teilte ihr sein Unverständnis mit.

»Ihr solltet einen Zauber-Arzt aufsuchen«, schlug sie ihm vor. »Es hat ganz den Anschein, als läge der eine oder andere Bann auf Euch, von dem Ihr nichts wißt.«

Die Schwester und ihre Mitarbeiterinnen verhielten sich auch in anderer Hinsicht freundlich. Sie erklärten sich bereit, für Suzl die Besorgungen zu erledigen, und zeigten ihm auf einer Karte den günstigsten Weg nach draußen, bei dem er auf die wenigsten Neugierigen stoßen würde.

Suzl bestellte zwei Kisten Zigarren, eine große Schachtel Streichhölzer, eine große Weltkarte und eine Oktarina, ein aus einem Kürbis angefertigtes Musikinstrument. Er hatte früher auf den Leiner-Routen damit Musik gemacht.

Die beiden benötigten zwei Tage, um auf dem von den Schwestern eingezeichneten Weg zum anderen Tor zu gelangen. Sie kamen tatsächlich ohne größere Schwierigkeiten voran. In Flux wandten sie sich nach Südwesten, um in vertrautere Gefielde zurückzukehren. Suzl sagte sich, wenn er schon einen Zauber-Arzt aufsuchen sollte, konnte er sich gleich an den alten Mervyn im Flux-Land Pericles wenden und so das Angenehme mit dem Nützlichen verbinden. Pericles war die Heimat des alten Freundes und einzigen bekannten Mitgliedes der Neun Wächter.

Das Land lag etwas abseits der Hauptrouten; nur wenige Besucher verirrten sich dorthin. Andererseits war Pericles das nächstliegende Flux-Gebiet an der Anker-Traube, zu der auch Anker Logh, das alte Zuhause von Suzl und Spirit, gehörte.

Die Karte, die man Suzl besorgt hatte, erwies sich als nicht sonderlich hilfreich. Sie zeigte zwar alle Anker, aber nur wenige Flux-Länder. Dennoch wäre auch eine so ungenaue Karte in der alten Zeit verboten gewesen. Die damalige Kirche und die Leiner hatten alle geographischen Kenntnisse tunlichst für sich behalten. Die Menschen damals hatten kaum mehr gekannt als ihr Heimatland.

Anker variierten in ihrer Größe und unterschieden sich auch in ihrer Form voneinander. Anker Logh zum Beispiel erinnerte an eine Erdnuß, während Anker Keagh einer unregelmäßigen Mondsichel glich. Alle achtundzwanzig Anker waren in Vierergruppen, den sogenannten Trauben, angeordnet.

Die Zentren der vier Ankergruppen lagen allesamt gleichweit vom Höllentor entfernt. Eine solche Anlage konnte nicht zufällig sein, und selbst Suzl geriet darüber ins Grübeln.

Die Hauptaufgabe der Neun Wächter bestand darin, die Höllentore geschlossen und versiegelt zu halten. Unweit einer Traube lebte jeweils einer von ihnen in einem privaten Fluxland. Doch nur einer von ihnen war jemals der Öffentlichkeit bekannt geworden. Mervyn war der älteste und der Primus dieser Gruppe. Er unterrichtete den Gebrauch von Flux-Engerie an der Universität von Globbus, wo Suzl auch vor einigen Jahren den ersten Bann auf sich gezogen hatte. Die meisten Fluxländer standen jedem Besucher offen. Einige wie etwa auch Pericles lagen jedoch unter einem permanenten Energieschild verborgen und konnte nur mit besonderer Erlaubnis betreten werden.

Von fern bekam man von Pericles nur eine gewaltige, reich verzierte Marmor-Brücke zu sehen, die zu einem schweren Bronze-Portal führte.

Als Suzl gerade anklopfen wollte, öffnete sich das Tor von ganz allein und offenbarte einen idyllischen Anblick: eine saftig grüne Landschaft mit einem Wäldchen und einer Unzahl von Blumen, die in allen Farben blühten. Insekten schwirrten zwischen ihnen umher, ein paar kleine Wolken standen am strahlend blauen Himmel, und die Luft war warm und angenehm. Kurz darauf näherte sich Suzl und seinem Begleiter ein eigenartiges Wesen. Kopf und Rumpf waren der einer jungen Frau, doch der Rest präsentierte sich als Pony. Die Gestalt trabte auf sie zu und blieb vor ihnen stehen. Spirit riß verwundert den Mund auf. Suzl blieb gelassen, denn er hatte in Flux schon sonderbarere Wesen gesehen.

»Ich heiße Euch in Pericles willkommen«, sagte die Zentaurin. »Mein Name ist Melana, und ich soll Euch zu Mervyn bringen.«

»Wir werden also erwartet«, schmunzelte Suzl.

Das Wesen lächelte. »Der alte Herr weiß alles, was er wissen will, und den Rest der Zeit ist er auf der Suche nach dem, was er noch nicht wissen könnte. Folgt mir bitte.«

Suzl ritt hinter der Zentaurin her, und Spirit lief neben ihr. Wie üblich sah sie sich alles, an dem sie vorbeikamen, gründlich an.

Hier und dort erhoben sich aus der Parklandschaft prächtige Marmorgebäude. Melana erklärte ihnen, daß es sich dabei um Museen, Bibliotheken und andere Archive handelte, in denen Mervyn Kopien von all dem unterbrachte, was er in seinen alten Büchern entdeckt hatte.

Weitere Zentauren bevölkerten das Land. Und an einem See tummelten sich Wesen, die halb Mensch und halb Fisch waren. Alle wirkten glücklich, fröhlich und zufrieden, worum Suzl sie beneidete. Er selbst hingegen glaubte von sich, daß er mit seinem mißgebildeten Körper nirgendwo hingehörte.

Mervyn begrüßte sie herzlich, dann führte er sie auf eine hübsche Lichtung neben einem seiner Marmorgebäude. Er wirkte heute alt und müde, und der lange weiße Bart war verfilzt. Dennoch durfte man sich von diesem Anblick nicht täuschen lassen, denn der alte Zauberer verfügte über eine ungeheure Macht.

Nachdem sie ein paar Neuigkeiten ausgetauscht hatten, schüttelte Suzl ihm sein Herz aus. Er berichtete ganz offen, wie er sich in seiner Lage fühlte, wie hilf- und nutzlos er sich vorkam und wie sehr er sich Spirit nahe fühlte, ja, sie fast schon verehrte. Mervyn hörte aufmerksam und geduldig zu und schien sich besonders für die Gefühle und die

Beziehung zwischen den beiden zu interessieren. Geradezu gebannt reagierte er jedoch auf die Zauber-Verbindung zwischen den beiden, über die sogar eine Kommunikation auf emotionaler Ebene möglich war.

Schließlich erklärte der Magier: »Hör zu. Während du mir alles erzählt hast, habe ich deinen Kopf und die Zauber, die auf dir liegen, untersucht. Ich hoffe, ihr beide bleibt noch eine Weile hier, denn ich möchte mich doch zu gern etwas intensiver mit dieser eigenartigen Verbindung zwischen euch befassen. Ich will keine voreiligen Schlüsse ziehen, aber mir scheint, daß sich dort etwas verbirgt, was Coydt nicht voraussah und was Kasdi nicht auffiel. Doch zu allererst wollen wir uns um dein persönliches Problem kümmern.«

»Ein weiterer Bann liegt auf mir, nicht wahr? Irgend jemand hat ihn über mich gelegt, als ich gerade einmal nicht aufgepaßt habe.«

»Das könnte sein. Fangen wir doch ganz von vorn an. Zu Anfang warst du eine normale junge Frau. Dann hast du versucht, Dars Geschlechtsbann aufzuheben und bist gescheitert, statt dessen bekamst du sein männliches Glied. Dieser Zauber ist ziemlich stark und erfordert einen erfahrenen Magier, was dir ja bekannt war.«

Suzl nickte. »Ich wußte Bescheid über meine Lage. Jeder, der versucht, daran etwas zu ändern, bleibt vermutlich als Leidtragender zurück. Ich habe meine Situation akzeptiert, auch wenn es mich viele Jahre gekostet hat, mich für eine Richtung zu entscheiden und meine Identität zu finden. Ganz anders hingegen die neue Geschichte ...«

»Du warst ziemlich am Ende, als du vor ein paar Jahren einen Arbeitsvertrag bei Ravi unterschrieben hast, nicht wahr?«

»Ja. Als Ravi mir die Stellung eines Vormanns anbot, habe ich gleich zugegriffen.«

»Nur hat er etwas dafür verlangt.«

»Na ja, damals kam mir das nicht so schlimm vor. Ich dachte, wenn er an einem solchen Körper seine Freude hat, will ich ihm nicht im Wege stehen. Ich hatte ja keine Ahnung , daß sein Zauber permanent bleiben würde.«

»Dieser Zauber stammt nicht von ihm. Er hat ihnen gegen Geld oder irgendwelche Dienste erworben. Als du dich zu den Veränderungen an dir bereit erklärt hast, wußtest du nicht, worauf du dich einläßt.«

»Wollt Ihr damit andeuten, es handelt sich dabei um einen ähnlich intensiven Zauber wie den, den Cass trägt?«

»Ja und nein. Ja, es deutet alles auf einen freiwillig angenommenen Bann hin. Nein, er ist beileibe nicht so absolut wie der von Kasdi oder Spirit, denn du verfügst nicht über Flux-Kraft. Der Zauber hat vor allem bewirkt, dein Äußeres zu manipulieren und Ravi die Kontrolle darüber zu geben. Er vermochte dich so zu verändern, wie es ihm beliebte, und jede Wandlung blieb permanent. Als du ihm gekündigt hast, hat er im Grunde nicht mehr getan, als die Kontrolle über diesen Zauber aufzugeben. Das hört sich zwar nicht schlimm an, aber Ravi wußte genau, was er tat. Da du, wie gesagt, über keinerlei Flux-Kraft verfügst, konntest du kein Gleichgewicht in dir aufrechterhalten, und da ist bei dir wohl einiges durcheinandergeraten. Das läßt sich vergleichen mit dem, was Duggern widerfährt, die sich in Flux verirren und dort in bizarre Wesen umgewandelt werden. Ich fürchte, das Geschlechtliche hat in deinem Leben eine zu große Rolle gespielt. Deshalb erfuhren die Sexualorgane in Flux auch eine besondere Stimulation.«

Suzl erschrak. »Und worauf ist meine wachsende körperliche Schwäche zurückzuführen?«

»Auf deine größten Sorgen. Du fühlst dich häßlich, abstoßend und zutiefst unglücklich. Du möchtest dich am liebsten verkriechen. Also macht Flux dich kleiner. Du fühlst dich völlig machtlos, und das wiederum verstärkt dein Minderwertigkeitsgefühl. Und auf der anderen Seite liebst du Spirit.«

»Ja, sie ist das wichtigste Wesen in meinem Leben. Ich könnte es nicht mehr ertragen, ohne sie sein zu müssen, Mervyn.«

Er nickte schwer. »Doch um mit ihr zusammenzusein, mußt du dich vollkommen unterwerfen. Sie versorgt dich mit Wasser, Nahrung, Liebe und Schutz ... merkst du bereits, worauf ich hinaus will? Du hast dich nie zuvor einem anderen Menschen unterworfen, doch nun stehst du vor der Wahl: Alleinsein oder Selbstaufgabe. Du hast deinen Selbsterhaltungstrieb und dein altes rohes Dugger-Verhalten abgestreift. Diese vielleicht sogar unbewußte Entscheidung spiegelt sich in deinem Äußeren wider. Du begreifst dich als hilflos und schwach, also bist du auch hilflos und schwach. In der Leere wärst du vermutlich bald so unfähig, daß Spirit dich füttern müßte.«

Suzl schluckte und fragte leise: »Was kann ich also tun?«

»Ravis Bann ist mit dem anderen Zauber verknüpft. Im Augenblick möchte ich mich noch nicht an eine Aufhebung wagen. Doch wenn du für eine Weile hier bleibst und ich mich mit anderen beraten kann, finden wir vielleicht einen geeigneten Weg. Ich glaube jedoch, schon jetzt die innere Logik in diesem Zauber zu erkennen. Gib mir noch etwas Zeit, dann weiß ich womöglich, wo die Schwachstelle liegt. Andererseits könnte daraus etwas entstehen, das dich nicht unbedingt begeistern muß. Nicht auszuschließen, daß du einen freiwilligen Bann auf dich nehmen mußt. Du wärest dann wieder eine Frau, müßtest aber für immer eine solche bleiben. Überlege dir gut, ob es das ist, was du wirklich willst.«

Suzl schüttelte den Kopf. »Noch bis vor einer Weile hätte ich keinen Moment gezögert. Aber seit einiger Zeit hat sich da einiges in mir verändert. Außerdem gibt es immer noch Spirit.«

»Ja, eure bisherige Beziehung ließe sich dann nicht mehr fortführen«, bestätigte Mervyn.

»Gibt es denn keine Alternative? Ich möchte Spirit nicht verlieren.«

»Es gäbe noch eine Möglichkeit, doch auch die ist recht vertrackt. Ich könnte deinen gegenwärtigen Zustand gewissermaßen fixieren und für einen bestimmten Zeitraum unveränderbar machen. Allerdings muß mein Zauber stark sein, damit dein Unterbewußtsein nicht wieder daran herumpfuscht und am Ende alles kaputtmacht. Danach wärest nur du allein in der Lage, den Bann wieder aufzuheben.«

Suzl stützte den Kopf auf die Hände und dachte nach. Er könnte sich in eine Frau zurückverwandeln lassen, dafür aber Spirit verlieren. Er könnte alles seinem Unterbewußtsein überlassen und sich von einem Freak in ein Monstrum verwandeln. Oder er könnte sich der dritten Möglichkeit unterwerfen und für immer in diesen gräßlichen Körper eingesperrt bleiben. Wie auch immer er sich entschied, er würde viel dabei einbüßen.

Plötzlich bemerkte er, daß Spirit neben ihm stand. Er drehte sich zu ihr um. Als sie ihn anlächelte, wußte er im selben Moment, daß es nur eine Möglichkeit für ihn gab.

»Friert mich in meinem jetzigen Zustand ein«, erklärte er dem alten Zauberer. Spirit lächelte noch wärmer und drückte seine Hand.

»Meinetwegen. Dann lehne dich zurück und versuche, an gar nichts zu denken. Dieser Zauber ist sehr komplex, und wenn man nur eine Kleinigkeit übersieht, können daraus die schlimmsten Folgen erwachsen.«

Die physische Verzauberung war der einfachste Bestandteil des Prozesses. Das Fett des Körpers mußte durch Muskelgewebe ersetzt werden. Die Hauptschwierigkeit bestand allerdings darin, daß Mervyn um bereits vorhandene Banne herum wirken mußte, statt seinem Patienten ungehindert neue auflegen zu können. Die Beine bedurften einer Verstärkung, und dafür nahm der Magier Gewebe von den Armen, die dadurch etwas kürzer gerieten. Dann veränderte er auch andere Körperpartien Suzls. Er straffte sie und machte sie dadurch ansehnlicher.

Irgendwann fiel Mervyn auf, daß Spirit interessiert seine Tätigkeit verfolgte. Sie schien jede Handbewegung zu verstehen, und in gewisser, wenn auch mysteriöser Weise machte sie sogar kleine Verbesserungsvorschläge.

Als die physische Komponente des Banns abgeschlossen war, machte sich der Magier daran, Suzls Psyche zu stabilisieren. Suzl war nur teilweise ein Mann; an diesem Punkt mußte er ansetzen. Er spürte, daß Spirit die weiblichen Aspekte an ihrem Gefährten gut gefielen. Suzl hatte sich nach Kräften bemüht, sich selbst als Mannwesen zu sehen, obwohl doch beide Geschlechter in ihm waren. Mervyn untersuchte, was Spirit in körperlicher Hinsicht für Suzl attraktiv machte, und verstärkte dieses Bild an den entscheidenen Stellen. Spirit schien diesen Prozeß zu verstehen. Was sah Spirit in Suzl? Sie sandte unverständliche mathematische Signale aus, und Mervyn nahm an, daß es sich dabei um ihre Wünsche und Vorstellungen betreffs des Gefährten handelte. Dankbar wob er diese Formeln in seinen Zauber ein. Spirit sah Suzl als ›sie‹, also verstärkte Mervyn auch diese Komponente in seinem Patienten.

Suzl liebte Spirit, aber sonst niemanden, nicht einmal sich selbst. Mervyn beließ es bei diesem Zustand. Von nun an drehte sich alles in Suzl um Spirit. Und solange Spirit mit Suzls Äußerem einverstanden war, blieb die Verbindung der beiden stabil. Damit hatte Mervyn die Lösung gefunden. Suzls Ego basierte nun allein auf Spirit.

Der alte Magier machte sich nur noch Gedanken darum, daß niemand Spirit verstehen oder ihre Gedanken erraten konnte. Momentan stand alles bestens zwischen den beiden, doch würde für Spirit immerzu alles so in Ordnung bleiben? Fand in ihr nicht immer noch eine Art Evolution statt? Die Antwort auf diese Frage erhielt Mervyn von einer unerwarteten Seite, und die Erkenntnisse ließ selbst einen so ausgefuchsten Magier erbleichen.

Etwas anderes übernahm die Kontrolle, etwas, das aus Spirit kam, aber nicht sie war. Mervyn war davon so verblüfft, daß er alles um sich herum vergaß. Und dann wußte er, was ihm widerfuhr. Zum ersten Mal stand er in einem Kontakt mit einem Seelenreiter. Er starrte auf die Doppel-Aura um Spirit und nahm wahr, wie der Seelenreiter durch sie wirkte.

Die mysteriöse und komplexe Sprachveränderung, die Coydt in Kasdis Tochter ausgelöst hatte, hatte sich zur Sprache der Seelenreiter fortentwickelt. Und noch etwas anderes kam hinzu. Zuerst wußte Mervyn nicht, was er davon halten sollte, denn eine übergeordnete Quelle mischte sich nun ein. Der Seelenreiter erhielt Anweisungen. Der Magier bekam zwar nicht mit, worum es dabei ging, denn die Kommunikation vollzog sich so rasch, daß kein Mensch ihr folgen konnte.

Der Zauberer spürte, daß er von dem fremdartigen Wesen wahrgenommen wurde. Der Seelenreiter lenkte Mervyns Aufmerksamkeit auf eine bestimmte Region in Spirit. Er sah hin, schluckte und verstand.

Der große Plan des Seelenreiters – oder auch der seines Herrn – wurde fortgesetzt: Spirit war schwanger von Suzl, trug das Kind schon seit einiger Zeit in sich. An ihrem schlanken Körper zeigte sich schon die erste Wölbung. Nur war das bislang noch niemandem aufgefallen. Nach dieser Erkenntnis brach der Kontakt zum Seelenreiter ab. Suzl schlief auf der Stelle ein.

Sie wachte erst nach drei Tagen wieder auf.

Hochzeitsgeschenke

Kasdi war völlig bleich geworden. »Ich kann es immer noch nicht recht glauben. Wie oft kommt es eigentlich vor, daß die beste Freundin sich in die Tochter verliebt? Ausgerechnet Suzl! Sie ist doch in meinem Alter!«

»Ich glaube nicht, daß die Altersfrage deine Hauptsorge ist«, entgegnete Mervyn. »Du liebst Suzl, und du magst Dugger. Aber Suzl ist auch eine Mißgeburt, und sie hat es mit deiner Tochter getrieben, wo sie sich doch auch leicht eine andere hätte suchen können.«

Sie starrte ihn giftig an, sagte sich dann aber, daß sie diesem alten Psychologen ja doch nichts vormachen konnte. »Gut, ich gebe es zu. Aber bei allem, was recht ist, ich kann an nichts anderes mehr denken. Ich hatte immer auf einen fähigen und hübschen Zauberer als Schwiegersohn gehofft. Spirit hat unzähligen jungen Männern den Kopf verdreht, und wenn sie doch einmal mit einem ausgegangen ist, handelte es sich stets um große, gutaussehende und männliche Verehrer.«

»Aber ihr Wesen hat sich grundlegend gewandelt. Hast du je miterlebt, wie sie eine Blume betrachtet? So als könne sie durch die Oberfläche hindurchblicken und die Schönheit der inneren Struktur schauen. So sieht sie alles und jeden. Ich schätze, wir wären erheblich besser dran, wenn wir etwas mehr von Spirits Sichtweise besäßen.«

»Aber ausgerechnet Suzl! Sie war immer so impulsiv und verantwortungslos!«

»Auch sie hat sich verändert. Nach all ihren Duggerjahren zwischen Monstern und Zaubersprüchen brauchte sie ganz dringend jemanden, der zu ihr hält. Sicher, sie hat sich immer burschikos und vorlaut gegeben. Aber das hat sie uns nur vorgespielt. Tief im Innern hat sie sich sehr schlecht gefühlt und sich selbst und die ganze Umwelt gehaßt. Heute ist das anders geworden.«

»Ich will die beiden trotzdem sehen, und zwar so schnell wie möglich.«

Der alte Magier grinste. »Das hat Suzl schon vorausgesehen. Sie erwarten dich. Und, Kasdi, misch dich nicht ein. Ich glaube zwar nicht, daß du den Zauber irgendwie verändern könntest, denn er ist sehr stark und von eigener Natur, aber ich bitte dich trotzdem, die Finger davon zu lassen. Die beiden sind wirklich glücklich miteinander.«

»Ich möchte lediglich mit ihnen reden.«

»Dann geh zu ihnen. Aber sei auf der Hut. Coydt ist untergetaucht. Will man den Gerüchten glauben, dann stehen die Herren der Hölle vor der nächsten, vielleicht sogar der entscheidenden Phase. Außerdem steckt weit mehr hinter Spirit und Suzl, als es auf den ersten Blick den Anschein hat. Vielleicht besteht sogar eine Art Zusammenhang ...«

Sie sah ihn nachdenklich an. »Du sprichst vom Seelenreiter?«

Er nickte. »Interessanterweise basiert die neue Verbindung zwischen deiner Tochter und Suzl auf einem ähnlichen Zauber wie dem, den Coydt bei Spirit angewandt hat. Ich vermute, daß der Bann nur noch scheinbar von Coydt stammt. Sicher, er ist auf den ersten Blick immer noch der Zauberer des Höllenprinzen, schließlich wird er ihn ja gegengeprüft haben. Aber es ist nicht mehr sein Bann. Die neue Sprache ist vom Seelenreiter adaptiert worden. Die reine Flux-Mathematik bewirkt jetzt Spirits Gehirntätigkeit. Und so denken deine Tochter und der Seelenreite in denselben Bahnen. Ich glaube, unser Seelenreiter hat etwas ganz Besonderes mit Spirit vor und mit Suzl ... und vielleicht auch mit unserem Freund Coydt.«

Kasdi fiel plötzlich etwas anderes ein. »Gibt es etwas Neues von Matson?«

»Nein. Er hat sich in der letzten Zeit hauptsächlich damit

beschäftigt, Coydts Agenten im Anker auszuschalten, ohne sich enttarnen zu lassen. Er benutzt Jomo als Lockvogel, und wenn Coydts Männer ihm dann auf den Leim gegangen sind, preßt er alle Informationen aus ihnen heraus und erledigt sie dann. Er muß Coydt ziemlich dicht auf den Fersen gewesen sein, bis der Höllenprinz untergetaucht ist. Seitdem ist unser geheimnisvoller Verbündeter ebenfalls spurlos verschwunden. Nur ein Umstand zwingt zum Nachdenken: Warum ist Coydt abgetaucht, statt seinen Gegner zu stellen? Ich denke, der Höllenprinz muß etwas Wichtigeres zu erledigen haben. Das Ganze verheißt nichts Gutes.«

»Sollen sie doch das Unheil heraufbeschwören«, erklärte die Heilige. »Sollen sie doch endlich mit offenen Karten spielen, dann fällt mir bestimmt etwas ein, wie ich ihre finsteren Machenschaften durchkreuzen kann. Ich respektiere ihre Macht und ihre Fähigkeiten, aber ich habe keine Angst vor ihrem Vorhaben. Doch jetzt sollte ich mich lieber auf den Weg machen. Es kommt schließlich nicht jeden Tag vor, daß die beste Freundin die Tochter schwängert.«

Suzl fühlte sich, als sei sie wiedergeboren worden. Sie war über alle Maßen glücklich. Es machte ihr nicht das geringste aus, was andere über ihr Aussehen oder ihre Verbindung sagen und denken mochten. Sie war auch bereit, ihr Glück mit Zähnen und Klauen zu verteidigen und all die zu attackieren, die sich ihr oder Spirit in den Weg stellen wollten. Und das galt auch für die alte Cass, deren Auftauchen unvermeidlich war.

Zauberer reisten nur in konventioneller Manier, wenn es ihren Zielen oder Wünschen nützte. Ansonsten verwandelten sie sich in Vogelwesen und gelangten so binnen Stunden an Orte, zu denen man normalerweise Wochen unterwegs war.

Als Kasdi in Pericles eintraf und sich in einen Menschen zurückverwandelte, machte sie sich unverzüglich auf den

Weg zu Spirit und Suzl. Die Freundin saß in einem Park auf einem Stein und spielte auf einer Oktarina. Eine Gruppe Satyre tanzte zu der Melodie. Spirit lag neben Suzl im Gras und streichelte die Gefährtin.

Suzl hörte auf zu spielen und erhob sich. »Hallo, Cass. Wir haben dich schon erwartet.« Die Fabelwesen hielten im Tanz inne und zogen sich verdrossen zurück.

Die Schwester registrierte erschrocken, wie Suzl heute aussah. Mervyn hatte sie darauf vorbereitet und ihr erklärt, die Freundin sei nicht mehr dieselbe wie früher. Nur das Gesicht erinnerte an die alte Kameradin, der Körper hingegen war kaum mehr als ein Torso. Suzl maß nur noch hundertvierzig Zentimeter, und ihre kurzen, stummelhaften Arme reichten nicht einmal mehr bis zu den Hüften hinab, insoweit so etwas wie Hüften überhaupt vorhanden war. Das dicke schwarze Haar reichte ihr bis zu den Fußknöcheln hinab, bedeckte sie fast wie ein Cape.

Spirit hatte sich dagegen kaum verändert. Nur ihre Brüste waren größer geworden, und darunter zeigte sich unübersehbar eine Wölbung. Sie sah so aus, als hätte sie eine Melone verschluckt. Aber sie wirkte in sich selbst zufrieden und glücklich.

»Willst du mir erzählen, wie es dazu kommen konnte?«

Suzl zuckte die Achseln. »Es ist einfach so gekommen ...«

»Du könntest ihre Mutter sein ... oder ihr Vater.«

Suzl grinste. »Ja, ich bin so alt wie du, aber ich sehe weder so aus wie du, noch fühle ich mich so. Nun komm schon, du weißt genauso gut wie ich, daß die Altersfrage wirklich keine Rolle spielt. Du störst dich vielmehr daran, was aus mir geworden ist. Nach dem Motto: ›Einige meiner besten Freunde sind Mißgeburten, aber ich möchte nicht, daß einer davon meine Tochter heiratet‹.«

Kasdi setzte zu einer empörten Entgegnung an, verzichtete aber dann darauf, Suzl hatte sicher recht mit ihrer Bemerkung, aber nichtsdestotrotz hatte sie nicht anders gekonnt, als diese Angelegenheit zur Sprache zu bringen.

»Also gut, ich akzeptiere die Situation. Aber liebt ihr beide euch genug?«

»Unsere Liebe ist mit Worten nicht mehr zu beschreiben«, antwortete Suzl. Kasdi bemerkte irritiert, wie Spirit nickte und lächelte.

»Kann ... kann sie mich denn verstehen?«

»Nicht in dem Sinne, wie das zwischen dir und mir möglich ist. Eigentlich versteht sie nur mich. Wir können nicht miteinander reden, aber wir kennen uns besser als jedes andere Paar. Nenn es meinetwegen Gefühlsübertragung, aber laß dir versichern, daß es sich dabei um die beste und tiefgehendste Kommunikation überhaupt handelt.«

»Wie ist es, wenn Ihr Euch in einem Anker blicken laßt? Wie reagieren die Menschen auf euch?«

Suzl grinste abschätzig. »Die Leute sind noch mehr schockiert als bei einem gewöhnlichen Dugger. Doch mir macht das nichts mehr aus. Die normalen Standards eines Ankers treffen auf einen Flux-Bewohner nicht zu, der unfreiwillig Opfer eines Zaubers wurde. Das gilt zumindest für die Anker in deinem Herrschaftsbereich. Ich bin vor einiger Zeit in einen Tempel gegangen und habe mich registrieren lassen. Ganz legal und offiziell bin ich jetzt ein ankergeborener Mann, der unter dem einen oder anderen Bann steht. Die armen Verwaltungsfrauen sind bald wahnsinnig geworden bei dem Versuch, mein Geschlecht zu bestimmen. Ich könnte mittlerweile wieder Kleidung tragen, unterlasse es aber, weil Spirit das nicht möchte.« Sie hielt kurz inne und betrachtete die Schwester sehr ernst. »Du wirkst betroffen. Bereitet mein Anblick dir wirklich einen solchen Schrecken?«

Die Schwester sah Suzl lange an und nickte dann langsam. »Tut mir leid, aber ja. Der Himmel möge mir vergeben, doch bei dir, gerade bei dir, kann ich nicht anders als ehrlich sein.«

»Na ja, mit diesem Körper ist das Reisen wahrlich keine reine Freude. Achtzehn Jahre mit den unterschiedlichsten Zauberern und Duggern haben mir dies angetan. Dafür habe ich mich doch noch ganz gut gehalten. Es macht mir nichts mehr aus, wenn ich dir oder dem Rest der Welt wie ein Ungeheuer vorkomme. In Spirits und auch in meinen Augen bin ich keine Mißgeburt, und das ist alles, was für mich zählt. Bemitleide weder sie noch mich. Wir haben nämlich noch mehr Mitleid für dich und deine Vorurteile.«

Kasdi war von diesen Worten sehr bewegt. Sie verstand nun. Schon die Art, wie Spirit ihren Gefährten ansah, ihn berührte und ihm zulächelte, bewies eindeutig, wie ihre Gefühle aussahen. Die Heilige wußte, daß sie nicht umhin konnte, diese Verbindung zu akzeptieren. Allerdings kannte sie Suzl sehr gut, wußte um ihr unstetes Wesen und fragte sich, wie lange diese Beziehung anhalten würde.

»Suzl, das hört sich jetzt vielleicht eigenartig an. Aber wenn ich mir alles so recht durch den Kopf gehen lasse, frage ich dich trotz deiner Ablehnung gegen alles, was mit Religion zu tun hat, dennoch: Ist dir Spirit so wichtig, daß du sie heiraten und im Flux einen Dauer-Zauber annehmen würdest?«

»Natürlich«, erfolgte die Antwort ohne ein Zögern.

Kasdi dachte nach. »Wie könnte Spirit den Eheschwur leisten? Sie versteht ja nicht einmal, worum es bei der Zeremonie geht.«

»Doch sie wird es verstehen. Wenn du dafür stark genug bist, schließen wir hier und jetzt den Bund der Ehe. Spirit versteht durch mich.«

Kasdi betrachtete ihre Tochter und hatte das eigenartige Gefühl, daß sie tatsächlich alles mitbekam.

»Einverstanden. Haltet euch an der Hand und tretet vor.«

Die Zeremonie erforderte nicht viel Aufhebens. Der Bann mußte freiwillig angenommen werden, um wirksam zu sein. Es handelte sich dabei nicht um einen gewöhnlichen Spruch, sondern vielmehr um die Festigung von etwas, das bereits vorhanden war. Und bei diesem Paar konnte es kaum Zweifel an der vorhandenen Zuneigung geben. Spirit nahm den Bann ebenso bereitwillig wie Suzl auf sich.

Plötzlich machte sich etwas bemerkbar, das nicht von den dreien herrührte. Kasdi spürte die neue Entität und erschrak. Der Dauer-Zauber verschmolz mit der besonderen magischen Verbindung, die zwischen den beiden herrschte. Suzl und Spirit würden sich bis ans Ende ihrer Tage nicht mehr trennen.

Das Paar umarmte und küßte sich. Die Zeremonie war damit beendet.

Als Mervyn erschien, zeigte er sich hocherfreut.

»Ich habe den beiden ein Hochzeitsgeschenk gemacht«, erklärte der Zauberer Kasdi. »Ein kleines Fluxland, das sich auf keiner Karte findet. Nur Spirit kann die Linie lesen, die dorthin führt. Ich zeige dir, Kasdi, wo es liegt, aber niemand außer Suzl und Spirit kann dort hinein, abgesehen natürlich von denen, die sie zu sich einladen. Das Land liegt in der Nähe deiner Anker-Traube, so daß wir sie notfalls rasch erreichen können. Ich habe ihnen einen tropischen Garten beschert, mit einigen Seen, Wasserfällen und vielen Tieren. Das Land soll ihre Fluchtburg sein. Suzl hat mir erzählt, in welcher Umgebung das junge Paar sich am wohlsten fühlen würde. Ich habe das Land gemäß diesen Vortellungen geschaffen. Spirit kann es sicher erhalten. Ich gebe ihnen noch ein paar von meinen Zentauren und Meerjungfrauen mit, damit sie dort Hilfe und Zerstreuung finden. Wenn sie sie nicht mehr brauchen, können sie sie wieder zurückschicken.«

»Ich kann ja auch wieder reiten«, fügte Suzl hinzu, »und die drei Tage Reise stellen keine Probleme für uns dar. Wir möchten beide, daß unser Kind in unserem Fluxland geboren wird. Eine Flux-Geburt vollzieht sich ohne Schmerzen und Gefahren.«

»Gerade diese Reise beschäftigt mich ja«, erklärte die Schwester. »Du kannst reiten, aber was wird aus Spirit? In ihrem Zustand schafft sie es nicht, dorthin zu laufen.«

»Mach dir darüber keine Sorgen! Freu dich lieber darauf, daß du bald Großmutter bist.«

Spirit wußte, wohin sie sich zu wenden hatten, und führte die Gefährtin zu einer Hauptlinie. Sie bediente sich ihrer Flux-Kraft, um ohne Schwierigkeiten voranzukommen. Obwohl sich das Kind in ihrem Bauch dann und wann schon bemerkbar machte, fühlte Spirit sich wundervoll. Suzl war ihr Bezugspunkt und ihre Verbindung zu den Menschen. Sie wußte auch, daß ihre Gefährtin endlich ihren inneren Frieden gefunden hatte.

Dann schließlich verließen sie die Hauptlinie und bogen zu ihrem kleinen Reich ab. Ohne es zunächst zu wissen, näherten sie sich auf dieser Route der großen Senke, in der sich das hiesige Höllentor befand. Obwohl Flux so viele Jahre ihre Heimat gewesen war, hatte Suzl noch nie ein Höllentor gesehen und war daher mehr als neugierig.

An einer Stelle am Rand der riesigen, konkaven Bodenschüssel befand sich eine Leiter aus Metall. Suzl behagte die Vorstellung nicht, hinabsteigen zu müssen, aber schließlich bezwang sie ihre Angst. Außerdem stand ihr ja Spirit zur Seite.

Im Zentrum der Senke gähnte ein Loch, in dem sich eine weitere Leiter befand. Suzl fürchtete sich vor den Wächtern, grimmigen Wesen, die niemand, der noch unter den Lebenden weilte, jemals gesehen hatte. Sie tröstete sich nur mit dem, was Cass einmal berichtet hatte: Wenn man einen Seelenreiter in sich trug, behelligten die Wächter einen nicht.

Als Spirit den Boden erreichte, glühte ein verborgener Tunnel auf. Während die beiden durch den Tunnel liefen, leuchteten jeweils vor ihnen eine neue Wandsektion auf, während die bereits passierten wieder erloschen. Sie erreichten das Ende und erblickten einen Wirbel aus purer Energie, der sich nicht nach innen, sondern nach außen drehte. Er verschwand im Tunnel, ohne sie zu belästigen. Nun entdeckten sie eine breite Konsole mit einer Unzahl von Knöpfen und Schaltern. Ein leises Summen drang aus der Anlage.

Spirit trat direkt auf den Wirbel am Tunnel zu. Suzl fürchtete schon, sie würde in ihn eindringen, doch sie blieb kurz davor stehen. Spirit war als einziger Mensch in der Lage, die ungeheure Energiemenge zu fühlen, die aus diesem Wirbel strömte. Sie spürte sie, öffnete sich und ließ sie in sich eindrignen. Als sie sich wieder umdrehte, kam sie Suzl noch schöner und begehrenswerter als zuvor vor.

Liebe mich. Jetzt und hier. Mit aller Leidenschaft, zu der du fähig bist.

Alle Gedanken erloschen in Suzls Bewußtsein. Sie spürte nur noch die starke Anziehungskraft, die von Spirit ausging.

Alles, was ich geben kann, will ich dir geben. Zusammen werden wir eins und untrennbar miteinander verbunden.

Und sie gaben sich einander hin, Stunde um Stunde, bis beide die Besinnung verloren.

Suzl erwachte als erste, richtete sich auf und schüttelte den Kopf. Sie entdeckte Spirit auf dem Tunnelboden. Sie schlief tief und fest, wirkte aber unversehrt. Dann erblickte Suzl etwas, das sie noch nie zuvor gesehen hatte.

Mit ihnen beiden war etwas geschehen. Suzl erblickte Energielinien, die sie mit Spirit verbanden. Und sie gewahrte eine massive Energieströmung, die aus dem Wirbel in die Tunnelwand floß. Obwohl nur wenige Menschen jemals in ein Höllentor geraten waren und die meisten das nicht überlebt hatten, kannte sich Suzl mit der Örtlichkeit aus. Vier Ausgänge zeigten sich zwischen dem Wirbel und der Konsole, einer an jeder Wand, einer an der Decke und einer im Boden. Dann zog sich das Gebilde auseinander und öffnete sich zu einem Tor ins Anker.

Suzl runzelte die Stirn. Cass hatte davon berichtet, wie sie selbst einmal den Zutritt gefunden hatte, aber so hätte Suzl sich das nie vorgestellt. Energie strömte in den Keller des Tempels, wo sie gespeichert, in elektrischen Strom umgewandelt und nutzbar gemacht wurde.

Dann erkannte sie auch die wahre Funktion der Konsole.

Die Kirche hatte stets gelehrt, und die Wissenschaft ging immer noch davon aus, daß diese Anlagen die Höllentore versiegelten, um die Bösen an einer Rückkehr zu hindern. Aber das stimmte nicht. In Wahrheit bildete der Wirbel die große Barriere. Als freier Energiefluß war er so gewaltig, daß er alles und jeden vernichten konnte. Ein Mensch, der in ihn geriet, würde auf der Stelle atomisiert werden.

Die Aufgabe der Konsole bestand demnach darin, die Energie zu zähmen und durch ein Sicherheitsventil fließen zu lassen. Sie dirigierte den Strom und kontrollierte die Energiemenge.

So viele Gedanken eilten durch Suzls Kopf, und bald glaubte sie, die Antwort gefunden zu haben. So wie Zauberer aus ihrer Kraft Fluxländer schufen, so hatten die Erbauer dieser Anlage die Anker ins Leben gerufen und sie lediglich auf ihre Weise stabilisiert. Die Anker waren also genauso ein Fluxland wie Pericles. Der einzige Unterschied bestand darin, daß sie statt von einem Zauberer von einer Maschine stabil gehalten wurden und sich nicht veränderten.

Suzl ahnte, daß niemand auf der Welt davon wußte, dabei war es doch so offensichtlich, und wenn schon ein ungebildetes Menschenkind wie sie die Lösung erkennen konnte ...

Sie sah mit ihrer neuen Sicht in sich hinein und machte das Knäuel von Bannen und Zaubern aus, die ihr im Lauf der letzten Jahre so zahlreich auferlegt worden waren. Sie waren so ineinander verwoben, daß selbst die besten Magier davor kapituliert hatten. Doch Suzl hatte keine Schwierigkeiten damit. Sie attackierte das Knäuel mit einem Bündel von Gegenformeln und beobachtete, wie ein Zauber nach dem anderen schwächer wurde, sich auflöste und ganz verging. Sie fühlte sich benommen und matt, und als alles vorüber war, blickte sie an sich herab: Sie war wieder ein ganz normales, junges Mädchen. Es dauerte ein paar Momente, bis sich Entsetzen in ihr breit machte. Was hatte sie getan? Sie hatte doch bloß ein paar Formeln zusammengerafft und sie in ihr Inneres gesandt, und ... Alle Zauber waren fort. Bis auf einen. Die eigenartige Verbindung zu Spirit war geblieben. Sie war so fest und undurchdringlich, daß selbst ihre neue Kraft nichts dagegen ausrichten konnte. Diese Brücke kam ihr jetzt merkwürdig vertraut vor. Sie sah die Maschine und den Wirbel an und erkannte den Grund.

Dieser Zauber war von der gleichen Art, wie er von der Maschine erzeugt wurde. War am Ende der Seelenreiter gar kein Lebewesen, sondern die Projektion einer Maschine?

Spirit drehte sich plötzlich im Schlaf herum. Suzl begriff allmählich, was sie angerichtet hatte. Sie war nicht mehr die Gefährtin, die Spirit geehelicht hatte, sondern eine ganz normale Achtzehnjährige, an deren Weiblichkeit kein Zweifel bestehen konnte.

Oder war das am Ende vielleicht doch nicht so schlimm? Sie hatte freiwillig zugestimmt, für immer eine Mißgeburt zu bleiben, und nur darauf kam es an. Spirit hatte verstanden, welches Opfer die Gefährtin gebracht hatte.

Spirit hatte sie beide hierhergeführt, hatte eine unglaubliche Menge der hiesigen Primärenergie eingesaugt und weitergegeben. Nicht auszuschließen, daß der Seelenreiter dabei ein wenig nachgeholfen hatte, aber Spirit mußte gewußt haben, was sie tat. Suzl betrachtete die schlafende Schwangere und wußte, daß die Liebe und Hingabe immer noch in der Gefährtin wohnten, Suzl blickte ins Innere der Frau und gelangte über die Brücke bis zu Coydts Bann. Mervyn hatte richtig vermutet: Coydts Zauber lag nur wie Tünche über einem anderen, über einem Maschinen-Zauber. Sie entwirrte das Werk des Höllenprinzen und entfernte ihn, bis der alte Bann bloß dalag. Sie untersuchte ihn und entdeckte, daß er etwas mit der Kraft zu tun hatte, die die Anker einst geschaffen hatten. Deshalb konnte ein gewöhnlicher Zauber Spirit kaum etwas anhaben. In gewisser Hinsicht wurde sie ähnlich einem Anker stabilisiert.

Plötzlich begriff Suzl erschrocken, daß die Gefährtin über keinerlei Flux-Kraft mehr verfügte. Sie registrierte erleichtert, daß der Seelenreiter ihr noch innewohnte. Seine Aura entwarf ein eigenartiges Doppelbild von Spirit, so wie ein Magier sie sehen mochte. Alle Kraft Spirits war jedoch auf Suzl übergegangen – was ein einmaliger und völlig unglaublicher Akt war. Spirit mußte es gewußt haben, auch wenn der Seelenreiter sie vermutlich gelenkt hatte.

Tränen traten Suzl in die Augen, als sie jetzt begriff, welches Opfer Spirit ihr gebracht hatte. So ähnlich, wie Suzl sich in Pericles um Spirits willen selbst aufgegeben hatte, hatte auch die Gefährtin sich für Suzl selbst beraubt. Aber auch der Seelenreiter mußte dabei etwas gewonnen haben, denn Coydts schmutziges Spiel war damit durchkreuzt.

Nun wurde ihr auch klar, wer sie mit einem neuen Wissen, der neuen Sicht und der einfachen Handhabung der Kraft versorgt hatte. Der Seelenreiter war nicht länger auf einen Wirt angewiesen. Über die geistige Brücke konnte er von jetzt an auch durch Suzl wirken.

Wir sind eins … untrennbar.

Nun verfügte Suzl über Flux-Kraft, und Spirit wußte dank des Seelenreiters, wie diese Kraft einzusetzen war und welche Möglichkeiten in ihr steckten. Nur mit beiden Frauen gemeinsam besaß der Seelenreiter seine volle Stärke.

Spirit regte sich wieder, öffnete dann die Augen und betrachtete die Gefährtin. Suzl erwiderte angstvoll ihren Blick. Die Kommunikation zwischen den beiden durch die Brücke funktionierte immer noch.

Es hat geklappt! jubelte Spirit in ihrer nonverbalen, emotionalen Art.

Suzl nickte. *Ja, nur …*

Spirit setzte sich auf. Der gewölbte Bauch behinderte sie ein wenig. *So siehst du also in Wahrheit aus*.

Suzl nickte wieder.

Du machst auf mich einen netten, attraktiven und erotischen Eindruck. Sie faßte die Freundin am Arm. *Hast du etwa befürchtet, ich würde dich so nicht mehr lieben*?

Suzl begriff, daß die Gefährtin ihre Ängste längst wahrgenommen hatte. Spirit erschien eines noch stärkere Fähigkeit zu besitzen, in Dinge und Menschen hineinzublicken.

Ich habe mich äußerlich sehr geändert.

Aber im Innern bist du dieselbe geblieben.

Das Doppelbild schwankte und flackerte. Neue Muster gelangten über die Brücke zu ihr. Suzl erkannte sie und fühlte sich erleichtert.

Sie besaß eine Menge Flux-Kraft. Wenn Kasdi sich in ein Flugwesen verwandeln und ein Zauberer Menschen in Pflanzen oder Fabelwesen umformen konnte, warum sollte es Suzl dann nicht gelingen, sich mit einem Sexualorgan nach eigener Wahl zu versehen? Sie war zwar wieder die Ur-Suzl, doch sie konnte ihre Doppelnatur jederzeit reaktivieren. *Du kannst alles sein, was immer du willst,* empfing sie. Sie brauchte sich dafür nur von einem Zauberer oder auch dem Seelenreiter die richtige Formel geben zu lassen. Spirit mußte das die ganze Zeit über gewußt haben. Suzl benötigte etwas länger, all das zu erkennen, was ihr in der neuen Situation möglich war. Ihre Veränderung hatte nichts gemein mit Mervyns Zauber, der sie im Ist-Zustand festgefroren hatte, denn nun besaß sie magische Kraft. Und für Zauberer war die Frage des Geschlechts oder des äußeren Erscheinungsbildes genauso unwesentlich wie für Normalbürger die Frage, welche Beilage sie zu ihrem Essen wollten.

Suzl war nun vollkommen frei, sie besaß Liebe, und sie verfügte über Kraft. Sie fragte sich plötzlich, ob sie die Kraft über die Brücke zurückschicken konnte, und probierte es aus. Nicht die geringsten Schwierigkeiten ergaben sich. Also war Spirit doch nicht von aller Kraft abgeschnitten. Außerdem vermochte sie immer noch, in der Leere die Linien zu lesen. Die beiden Frauen ergänzten sich und brauchten einander mehr als je zuvor.

Wir sollten jetzt gehen.

Spirit stimmte zu, und die beiden wanderten durch den langen Tunnel zurück. Suzl ging voran, und als sie die oberste Sprosse erreicht hatte, ließ sie etwas innehalten.

Am Rand der Senke hielt sich ein Trupp Reiter auf.

Spirit spürte, daß etwas nicht stimmte, und zog sich ein Stück in den Tunnel zurück. Suzl wollte jedoch einen weiteren Blick riskierern. Insofern der Seelenreiter nichts dagegen hatte, würde sie doch gern wissen, was dort oben vor sich ging.

Vorsichtig schob sie den Kopf aus dem Loch. Es war nicht pure Neugierde, die sie dazu trieb, aber in den letzten Stunden hatte sich so viel ereignet, daß sie sich versichern wollte, ob Gefahr im Verzug war. Außerdem hatte sie ihr Muli an der Leiter angebunden. Sicher hatten die Reiter längst entdeckt, daß sie nicht allein waren.

Suzl konnte die Männer deutlich sehen, aber kein einziges Wort verstehen. Sie erkannte gleich, daß es sich bei den meisten von ihnen um große Magier handelte. Zwei hatten tatsächlich ihr Reittier entdeckt, standen davor und berieten offenbar, was sie davon halten sollten. Suzl betete darum, daß sie nicht die richtigen Schlußfolgerungen zogen.

»Ein eigenartiger Sattel. Gehört wohl einem umherirrenden Dugger oder so.«

»Muß ja ein wahres Monster sein, wenn er nur in einem solchen Gestell sitzen kann«, bemerkte der andere. »Wo mag er abgeblieben sein?«

»Vermutlich ist er hinabgestiegen und hat dort vom Wächter eine tüchtige Ladung verpaßt bekommen. Er hält sich ganz sicher nicht in der Nähe auf, sonst hätte ich ihn längst gespürt. Mir gefällt es hier aber trotzdem nicht. Gefahr liegt in der Luft. Sobald wir alles erledigt haben, werfe ich noch einen Blick ins Loch. Könnte ein verdammter Trick von einem Seelenreiter sein.«

»Warum seht Ihr nicht gleich nach?« fragte der erste.

Der Angesprochene machte ein knurrendes Geräusch. »Weil mein Abstieg ins Loch der eigentliche Zweck dieser Übung ist. Für den Augenblick stellt Ihr zwei Gewehrschützen hier an die Leiter, die auf alles feuern sollen, was aus dem Loch steigen will.«

»Klar doch, Coydt.«

Suzl ärgerte sich darüber, daß sie nichts verstehen konnte. Doch dann erkannte sie den Anführer. Sie fragte sich, ob der Seelenreiter sie bewußt hierher geführt hatte, weil er eine Begegnung mit Coydt wünschte. Vielleicht hatte er mit dem Energieaustausch nur seine Wirtinnen auf eine Auseinandersetzung vorbereiten wollen. Waren sie wirklich frei? Zu welcher schrecklichen Verschwörung waren all die Zauberer hier mit dem Höllenprinzen gekommen? Und wie sollten sie und Spirit mit den beiden Schützen fertig werden?

»Also, Herrschaften, leiht mir Euer Ohr!« rief Coydt. »Ihr alle kennt den großen Plan. Wir stehen kurz vor der zweiten Phase in diesem Spiel. Die erste Phase ist nunmehr abgeschlossen. Jeder einzelne von Euch ist ein Spitzen-Magier, und die meisten von Euch haben durch diese Hexen-Heilige ihr Flux-Reich verloren. Man kann sich an den Fingern abzählen, was passiert, sobald sie das letzte Reich erobert hat. Ihre Macht wird zu einer Tyrannei von bislang nicht gekannten Ausmaßen führen. Einer nach dem anderen von Euch wird kaltgestellt oder vernichtet werden, ganz wie es der sogenannten Heiligen Mutter gefällt. Und wer von Euch sein Leben nicht verliert, findet sich als versklavter Schriftgelehrter wieder, der nur das nachbeten darf, was andere ihm vorgekaut haben. Ihr wißt doch, wie es ist, wenn man über viel Macht verfügt. Versetzt Euch nur an Kasdis Stelle, dann könnt Ihr Euch leicht ausmalen, was diese Dame alles unternehmen wird.«

Das Argument zog bei den Versammelten, denn jeder von ihnen hätte an ihrer Stelle wie ein Despot geherrscht.

»Doch nun will ich Euch aufzeigen, wie wir diesem

Unheil begegnen können. Die Heilige predigte die Revolution, also soll sie erleben, wie wohl es tut, eine Revolution gegen sich mitansehen zu müssen. Ihr alle habt oder hattet Fluxländer. Diese waren nicht endlos groß. Und was war der Grund dafür? Jeder Magier kann nur ein bestimmtes Gebiet erhalten, schützen und verteidigen. Nun hat sich unsere teure Heilige ein so großes Stück von der Welt unter den Nagel gerissen, daß sie dieses Reich beim besten Willen nicht mehr schützen oder verteidigen kann. Wohlan denn, Freunde, brechen wir doch Brocken für Brocken aus ihrem schönen Imperium heraus. Ihr sammelt alles an Truppen zusammen, was Ihr anwerben könnt, und greift überall gleichzeitig an. Ihr schlagt kurz zu und taucht dann wenig später an einer anderen Stelle wieder auf. Damit demoralisiert man ein Riesenreich. Soldaten haben wenig Lust, mehrere hundert Kilometer weit zu marschieren, wenn sie wissen, daß zur selben Zeit ihre Heimat überfallen wird. Zauberer können ihre Reihen nicht geschlossen halten, wenn sie bald hierhin, bald dorthin müssen, um einen neuerlichen Invasionsversuch abzuwehren. Und eine Kirche gerät in arge Bedrängnis, wenn überall in ihrem Garten die Hölle ausbricht. Die Heilige kann sich dann nur noch mit repressiven Mitteln an der Macht halten. Das wird sie viele Anhänger kosten und unser Heer anschwellen lassen.«

»Das wissen wir längst!« rief jemand aus der Menge. »Aber wir sind immer noch nicht davon überzeugt!«

Coydt grinste. »Aber natürlich funktioniert es auf diese Weise. Zuerst habe ich mich in das Heimat-Anker der verdammten Heiligen begeben, dort am hellichten Tag ihr Töchterlein entführt und in eine unfaßbare Mentalkreatur verwandelt. Niemand konnte mich aufhalten, und keiner meiner Männer hat auch nur einen Kratzer abbekommen. Das hat Kasdi in Schwierigkeiten gebracht und auf Rache sinnen lassen. Seit der Entführung hat sie keine neue Eroberung gemacht. Als nächstes haben wir in den Fluxländern und den Ankern Soldaten angeworben. Wir verfügen heute über eine gewaltige Armee, die nur auf das Signal zum Losschlagen wartet. Es sind gute Männer. Keiner von ihnen würde wohl der Versuchung widerstehen können, ein Anker zu plündern.

Kommen wir nun zu meinem nächsten Trumpf: Ich will Euch zeigen, wir Ihr unentdeckt in einem Anker ein und aus gehen könnt. Die meisten von Euch müssen hierbleiben, aber ich selbst steige in das Loch dort im Zentrum und komme aus einem Anker wieder heraus, ohne daß ein Wächter mir auch nur ein Härchen gekrümmt hat. Zwei von Euch begleiten mich, um selbst mitanzusehen, wie einfach das ist. Nun, jeder von Euch darf es natürlich auch auf eigene Faust versuchen, aber ich warne den Betreffenden: Der Wächter ist auf der Hut. Ohne meine Anwesenheit nützt Euch alle Flux-Energie nichts gegen ihn. Das ist doch auch der Grund, warum wir zu ihnen und wieder fort können, ohne daß sie von unserer Anwesenheit erfahren und ohne daß sie folglich etwas gegen uns unternehmen können. Sobald ich wieder zurück bin, werdet Ihr vom Erfolg des großen Plans überzeugt sein. Dann obliegt es uns nur noch, Ort und Zeitpunkt des Zuschlagens zu bestimmen.«

Suzl beobachtete, wie zwei Zauberer von ihren Pferden stiegen und sich zu Coydt begaben. Sie erkannte ungefähr zwei Dutzend der Versammelten wieder. Einer von ihnen war Darien, der Fürst von Kaglash, angeblich ein Freund und treuer Verbündeter der Heiligen. Suzl hatte natürlich keine Ahnung, was die Versammelten genau besprochen hatten, aber die Zusammenkunft von Coydt mit einigen der mächtigsten Flux-Herren ließ sie nichts Gutes ahnen. Wenn sie nur zu Cass gelangen könnte!

Suzl verfolgte ahnungslos, wie Coydt und die beiden anderen grinsten und sich in drei Tempel-Priesterinnen verwandelten. Sie mußte nicht lange nachdenken, um zu erkennen, was die Verschwörer beabsichtigten. Coydt und seine Begleiter wollten durch das Höllentor, denn von dort gab es eine Verbindung zu den Kellergewölben des Tempels im Anker. In der Verkleidung einer Priesterin brauchten sie keine Enttarnung zu fürchten. Doch wie sollte es Coydt, einem Mitglied der Sieben, möglich sein, am Wächter vorbeizugelangen? Oder war der hiesige Wächter nicht mehr funktionstüchtig? Auch das mußte Cass dringend erfahren. Suzl eilte die Leiter hinunter zu Spirit, die die Furcht und Besorgnis im Gesicht ihrer Gefährtin las.

Sie kommen. Wir müssen durchs Tor in ein Anker.

Rasch liefen sie zu dem Wirbel und den vier Ausgängen. Die Konsole war nicht schwer zu bedienen, aber welcher Weg führte wohin? Die Antwort auf diese Frage war aus den verschiedensten Gründen wichtig, vor allem wenn man bedachte, daß auf Kasdis Anweisung hin alle Zugänge mit Zement und Steinen versperrt worden waren. Offenbar war zumindest ein Weg wieder frei, wie sonst hätte Coydt sein Glück versuchen können? Suzl bemühte sich, den Seelenreiter zu erreichen, um ihn um Rat zu fragen, doch das Wesen verhielt sich eigenartig still.

Etwas klapperte am anderen Ende des Tunnels. Die Männer kamen. *Zur Hölle damit*, dachte Suzl, *wir versuchen einfach den erstbesten Weg und müssen auf die Hilfe des Seelenreiters vertrauen.*

Sie konzentrierte sich auf den Ausgang an der rechten Wand, packte Spirit am Arm und trat mit ihr durch das, was immer noch wie eine feste Wand wirkte.

Im nächsten Moment fanden sie sich in vollkommener Finsternis wieder. Suzl spürte, daß ihre Gefährtin wieder an klaustrophobischen Ängsten litt. Die beiden Frauen hielten sich an den Händen, um sich ein wenig Sicherheit zu geben. Beide wünschten sich dringend, etwas sehen zu können.

Urplötzlich wurde alles in ein unnatürliches, unheimliches Licht getaucht. Suzl erkannte, daß sie sich immer noch diesseits des Tors befanden.

Sie sah sich rasch und aufgeregt um, weil sie befürchtete, Coydt und seine Begleiter müßten jeden Moment um die Ecke kommen. In höchster Not entdeckte sie an der Decke eine Falltür.

Suzl konzentrierte sich auf die Tür und schob sie mit ihrer Flux-Kraft auf. Im selben Moment verging die grelle Energiebeleuchtung. Nur mattes elektrisches Licht drang von oben zu ihnen. Spirit sprang durch die Öffnung, und zog Suzl mit einiger Mühe mit sich. Das war eine ziemliche Anstrengung für die Schwangere. An den Schmerzen erkannte sie, daß sie sich auf dem Boden eines Ankers befand, denn in Flux war solches Leid nicht unbedingt spürbar. Die beiden Frauen verschnauften.

Neben vielen anderen Neuerungen hatte Kasdi auch dafür gesorgt, daß in allen Gängen und an allen Treppen im Tempel Richtungspfeile angebracht wurden. Schließlich hatte sie sich einst, während des großen Kampfes gegen die Zauberer des Bösen, selbst im Tempel verirrt. Suzl konnte daher bequem den grünen Pfeilen folgen. Spirit hingegen wäre hier immer noch hilflos und verloren gewesen, denn ihr gewandelter Verstand konnte mit solchen Zeichen nichts anfangen.

Sie hatten erst eine kurze Strecke zurückgelegt, als sie in eine Verwaltungs-Priesterin rannten, die darüber viel mehr erschrak als die beiden Frauen. Suzl fürchtete schon, die Priesterin habe den Verstand verloren, weil sie unentwegt kreischte und sinnloses Zeugs stammelte.

Sie versuchte der Schwester begreiflich zu machen, wer sie waren und was sie hier wollten. Aber das gelang ihr nicht. Ihr Mund konnte die richtigen Worte nicht bilden. Dann kam ihr die Erkenntnis: Sie war Spirit ähnlicher geworden, als sie bislang vermutet hatte. *Jetzt kann ich nachempfinden, wie es Spirit die ganze Zeit ergangen ist*. Weitere Priesterinnen strömten herbei und produzierten ähnliche unverständliche Geräusche.

Der Seelenreiter hatte sich offenbar eine Kommunikationsmöglichkeit mit Suzl geschaffen. Da er nicht in ihr wohnte, hatte er nur beschränkten Zugang zu ihren Gedanken. Deshalb hatte er ihr seine Sprache eingegeben, die nonverbale Sprache Spirits. Die Sprache des Seelenreiters und der Maschinen.

Damit war Suzl in der Lage, das Innere der Automaten zu erfassen, ihr Innenleben zu begreifen, wie das vor ihr noch nie einem Menschen möglich gewesen war. Und damit vermochte sie auch, die Hilflosigkeit der Bemühungen der Magier zu erkennen, die sich einer Hilfs-Maschinensprache bedienten, die sie dann Zaubersprüche nannten. Doch andererseits war es Suzl nicht mehr möglich, sich mit Menschen zu verständigen. Jetzt begriff sie auch, warum sie nichts von dem aufgenommen hatte, worüber sich Coydt mit seinen Begleitern unterhielt.

Da stand Suzl nun; sie hatte soviel zu berichten und konnte nichts davon loswerden.

Heldentode

Mittlerweile stand Suzl kurz davor, Amok zu laufen oder sich selbst zu töten. Nur Spirit konnte sie noch ein wenig beruhigen. Zuerst hatte man sie im Tempel festgehalten, und Spirit hatte aufgrund ihrer Klaustrophobie Höllenqualen durchlitten. Dann erkannte eine Schwester die Tochter Kasdis, und sie machten sich große Sorgen um den Zustand der jungen Frau. Was sollten sie hier nun mit einer Schwangeren anfangen. Schließlich bemerkte eine Priesterin, daß Suzl ganz anders aussah als der Dugger, den man in ihrer Begleitung erwartete.

Eine andere Schwester äußerte die Befürchtung, Spirits Leiden könne ansteckend sein. Offenbar hatte nun auch die sonderbare junge Frau in ihrer Begleitung die Sprache verloren. Nach kurzer Beratung kam man zu dem Schluß, daß man die stummen Frauen in Quarantäne stecken sollte. Da man Kasdis Tochter nicht irgendwo einsperren wollte, brachte man die beiden Frauen außerhalb der Stadt in einen kleinen Park.

Suzl fand hier viel Zeit zum Nachdenken und kam zu dem Schluß, daß ihre jetzige Lage auch ihr Gutes hatte. In der Satteltasche am Muli, das sie an der Leiter zum Höllentor zurückgelassen hatte, befanden sich all ihre Papiere und Photos. Seit den Ereignissen am Tor sah sie ganz anders aus. Zumindest würden Coydts Handlanger jetzt nach einer Person suchen, die so gar nicht mehr existierte. Unglücklicherweise wußten sie aber, daß diese Person Spirit begleitete. Wenn sie also irgendwie in Erfahrung brächten, daß Kasdis Tochter in einem Park festgehalten wurde, könnten sie ihrer mit Leichtigkeit habhaft werden.

Die beiden Gefährtinnen befanden sich im Anker Nanzee, dem östlichen Anker dieser Traube, zu der auch Anker Logh gehört. Suzl hatte dieses Land einige Male zusammen mit Ravi aufgesucht. Ein felsiges und hügeliges Gebiet mit einigen Wäldern. In diesem Anker versuchten die Wissenschaftler, Elektrizität aus Wasser zu gewinnen. Suzl konnte sich nicht vorstellen, wie so etwas funktionieren sollte, wenn doch Wasser selbst ein Streichholz erlöschen ließ. Doch nach all ihren Jahren in Flux gab es kaum noch etwas, das sie für unmöglich hielt.

Suzl nahm es mehr und mehr mit, daß sie sich nicht verständlich machen konnte. Vor gar nicht allzu langer Zeit war sie eine wahre Mißgeburt gewesen, doch immerhin hatte sie sich anderen mitteilen können. Jetzt sah sie wieder normal aus, konnte sich aber nicht einmal mit Zeichen verständlich machen. Je angestrengter sie sich bemühte, desto lauteres Gelächter erntete sie.

Noch viel trauriger aber war, daß Spirit, da sie sich nun in einem Anker befand, alle Schmerzen und Unbilden der Schwangerschaft ohne Abschwächung verspürte. Suzl spürte die Leiden der Freundin, konnte sie geradezu körperlich nachempfinden, aber was hätte sie dagegen tun können?

Als nach vier Tagen die Heilige kam, fühlte sich Suzl sehr erleichtert. Auch Spirit freute sich, daß überhaupt jemand zu ihnen kam. Kasdi war sichtlich schockiert, als sie Suzl erblickte. Diese neue Freundin war ihr unheimlicher als die Mißgeburt, die sie im Pericles noch gewesen war.

Vergib mir, Göttin dachte die Schwester. *Ich habe meinen Segen zu einer lesbischen Verbindung meiner Tochter gegeben. Habe sie sogar mit dem Segen der Kirche bedacht!* Und ein Blick auf Spirit genügte schon, um deutlich vor Augen zu haben, daß diese Ehe auch vollzogen worden war. Von allen Suzls, die sie kennengelernt hatte, war ihr dieses Wesen hier am unangenehmsten. Die fette Dugger-Frau in den mittleren Jahren war mit sich und der Welt zufrieden gewesen. Das bannverwünschte Monster hatte zwar gräßlich ausgesehen, war aber herzensgut gewesen. Doch die heutige Suzl sah ganz so aus wie Kasdis ehemalige Schulkameradin in Anker Logh.

Offenbar war Suzl und Spirit auf ihrer Hochzeitsreise etwas Unglaubliches widerfahren. Kasdi konnte die Angelegenheit ganz sicher nicht an diesem Ort klären und wohl auch nicht in Hoffnung. Sie eilte mit den beiden nach Flux. Die Heilige beschloß, sich in das Vogelwesen zu verwandeln und die beiden auf ihrem Rücken zu tragen. Als Suzl ihr beim Zauber zusah, kopierte sie ihn. Sie wußte, daß Spirit niemals auf dem Rücken ihrer Mutter reiten würde, aber es wäre ihr vielleicht erträglich, von Suzls Klauen gehalten zu werden.

Während Suzl sich transformierte, verschlug es Kasdi den Atem. Die alte Freundin verfügte plötzlich über Flux-Kraft und wußte sie auch zu gebrauchen. Dabei war es doch völlig ausgeschlossen, daß jemand Flux-Kraft erwerben konnte. Entweder man hatte sie, dann blieb sie einem zeitlebens erhalten, oder man hatte sie nicht, dann blieb man ewig von ihr ausgeschlossen. Die Heilige sagte sich, daß sie sich für den Moment ins Unvermeidliche fügen mußte und flog in Richtung Perides.

Suzl hatte großen Spaß beim Fliegen. Fasziniert verfolgte sie mit den Augen den Leiner-Spuren in der Leere. Aus der Entfernung sahen sie aus wie einander kreuzende, vielfarbene Lichtbahnen, die sich in alle Richtungen ausdehnten. Irgendwo dort mußte auch die Linie von Ravi sein, dachte sie und bekam sofort schlechte Laune. Eines Tages würde sie diesem Burschen wieder begegnen und ihm alles heimzahlen. Immerhin hatte er sie bei ihrer Trennung sehr schmählich behandelt.

Mervyn war sichtlich überrascht von ihrem Besuch. Im ersten Moment zeigte er sich etwas ungehalten über die Störung. Doch dann erwies sich seine Faszination über die umfangreichen Veränderungen an Suzl doch als stärker. Bislang hatten strenge Gesetze sowohl in Flux als auch in den Ankern gegolten. Suzls Transformation dagegen war ein eindeutiger Beweis dafür, daß diese Grenze auch gebrochen werden konnte. Für den alten Magier war das mehr als erstaunlich. Aber Mervyn wäre nicht so alt und erfahren gewesen, wenn ihn diese Entwicklung nicht zu neuen geistigen Höhenflügen getrieben hätte.

In Pericles herrschte eine ungewohnte Hektik. Reiter und transformierte Flugwesen kamen und gingen, und selbst die Fabelwesen in diesem Fluxland verhielten sich anders als gewohnt. Kaum noch sah man sie irgendwo spielen oder fröhlichen Müßiggang nachgehen. Andererseits konnte man sie öfters dabei beobachten, wie sie hinter Säulen versteckt standen und alles nervös beäugten. Trotz allem, was hier vorgehen mochte, nahm sich Mervyn die Zeit, Suzl zu studieren. Er kam zu dem gleichen Schluß, zu dem auch schon die junge Frau gelangt war: Der Seelenreiter hatte Coydt überlistet und seinen Zauberbann zunichte gemacht.

»Mit Suzl verhält es sich anders als mit Spirit«, erklärte der Magier Kasdi. »Schon die ganze Art der Transformation weist darauf hin. Ganz zu schweigen von Suzls ebenso störender wie neuentdeckter Fähigkeit, sich brennende Zigarren zwischen die Lippen zu zaubern. Deine alte Freundin bemüht sich tapfer, irgendeine Form der Verständigung mit mir zu finden. Das ist ihr bislang noch nicht gelungen. Ich wünschte nur, ich könnte irgendwie in Erfahrung bringen, was sie mir mitzuteilen wünscht.«

»Da ich Suzl gut kenne, vermag ich mir vorzustellen, wie furchtbar es für sie ist, nicht mehr reden zu können. Mich verstört jedoch viel mehr, daß ich wieder die alte, ursprüngliche Suzl vor mir sehe.«

Mervyn grinste erschrocken. »Ich kann deine Gefühle gut verstehen. Aber ich möchte dich auf etwas hinweisen, was du überdenken solltest: Der Wirt eines Seelenreiters ist nicht mehr Herr über sich selbst, kann sein Schicksal nicht mehr bestimmen. Du solltest das eigentlich selbst am besten wissen. Spirit war allein und brauchte ganz dringend einen Gefährten. Suzl fühlte sich ebenfalls einsam und hat dann Spirit liebgewonnen. Beide sind einander nähergekommen, und der Seelenreiter hat die Brücke zwischen ihnen geschlagen, hat die Bedürfnisse beider Seiten erfüllt und sie einander so nahe gebracht, wie das kein Paar je zuvor erlebt hat. Natürlich hat der Seelenreiter damit seine eigenen Pläne verfolgt. Immerhin braucht er einen oder wie in diesem Fall mehrer Träger, um aktiv werden zu können.«

»Soll das etwas heißen, der Seelenreiter hat die beiden dazu gebracht, sich ineinander zu verlieben?«

»Er ist sicher nicht ganz unschuldig daran. Ohne seine Hilfe wäre alles vermutlich viel langsamer vonstatten gegangen. Ihre Liebe war tief und aufrichtig. Der Seelenreiter konnte das zuerst nur registrieren und hat dann seine Pläne darauf aufgebaut. Als dann Suzl und Spirit sich so nahegekommen waren, daß eine tiefe Verbindung zwischen ihnen bestand, schuf der Seelrenreiter die Brücke, damit die Energie von der einen zur anderen strömen konnte. Vorher fühlte Suzl sich schwach und nutzlos, heute ist sie rundum glücklich, wenn man von dem Verständigungsproblem absieht. Spirit spürte das innere Leiden ihrer Freundin und reagierte sehr verhalten, wenn nicht sogar verärgert auf meinen Zauber, der doch eigentlich Hilfe bringen sollte. Deine Tochter hat erkannt, durch welches Jammertal Suzl schritt. Und es blieb ihr daher auch nicht verborgen, daß die neue, die von mir festgefrorene Suzl nichts mehr als eine Lüge war. So schritt dann Spirit selbst zur Tat. Im Grunde hat sie aus reiner Liebe Suzl geholfen, denn in Wahrheit gefiel deiner Tochter das vorherige Aussehen der Gefährtin besser.«

»Ja und? Was sollen wir jetzt tun?«

»Tun? Nichts! Suzl ist im Gebrauch der Flux-Kraft nicht erfahren, und wir können ihr durch die Kommunikationsbarriere nichts beibringen. Doch sie ist schon in der Lage, von sich aus einige Zauber auszuprobieren. Ich vermute, der Seelenreiter hilft ihr dabei ein wenig auf die Sprünge. Man sollte sich ihn als übermächtigen Magier vorstellen, der in zwei Wirtskörpern zu Hause ist, die er beide zur Ausübung seiner Fähigkeiten benötigt. Zusammen befinden sie sich weder in Gefahr, noch können sie in größere Schwierigkeiten geraten. An deiner Stelle würde ich sie in ihr Fluxland ziehen lassen, um dort eine schöne Zeit zu verleben.«

Das gefiel der Heiligen nicht sehr, aber was hätte sie sonst tun können? Statt ihre Niederlage einzugestehen, wechselte sie rasch das Thema: »Was hat eigentlich dieses geschäftige Treiben hier zu bedeuten?«

»Komm mit in meinen Kartenraum, dann erkläre ich es dir.«

Suzl hatte die ganze Zeit dagestanden. Sie wußte, daß die beiden sich über sie und Spirit unterhalten hatten, auch wenn sie kein Wort verstehen konnte. Dennoch gab sie die Hoffnung nicht auf, irgendwann irgendeine Verständigungsmöglichkeit zu finden. Aus diesem Grund war sie auch in der Nähe von Kasdi und dem alten Zauberer geblieben, während Spirit es sich auf einer Wiese bequem gemacht hatte.

Mervyn führte die Heilige in ein pompös eingerichtetes Zimmer in einem der Marmorgebäude. Auf einem großen runden Tisch stapelten sich alle Arten von Papieren, Karten und Dokumenten. Ein Zentaur und zwei Nymphen waren gerade mit einigen Unterlagen beschäftigt. Der alte Magier zog ein dickes, gebundenes Buch aus einem Regal und schlug es auf. Auf jeder Seite war ein Mann oder eine Frau abgebildet, versehen mit einer handschriftlichen Beschreibung der jeweiligen Person.

»Das Verzeichnis aller Schurken der Welt«, erklärte er der Priesterin. »Der Band führte alle Flux-Fürsten auf. Jeder von ihnen pflegt, wie es sich für solche Herrschaften gehört, eine ganz besondere Form des Wahnsinns!«

»Bist du auch darin enthalten?« erkundigte sich Kasdi schelmisch grinsend.

Er nickte. »Ja, ich bin auch darin zu finden. Ich fürchte nur, meine Beschreibung ist nicht gerade objektiv. Aber du bist auch drin ... hier.« Er blätterte zurück, bis er die richtige Seite gefunden hatte. Die Heilige sah ihre Abbildung, statistische Daten und ein Dutzend handgeschriebener Anmerkungen.

Mit einer Bibliothek konnte Suzl im Moment am wenigsten anfangen, aber sie verfolgte trotzdem interessiert, was die beiden anstellten. Als sie dann Kasdis Bild zu sehen bekam, wuchs ihre Neugierde. Ohne auf die beiden Rücksicht zu nehmen, trat Suzl an den Tisch und blätterte durch die Seiten, bis sie eine Vorstellung davon gewonnen hatte, was dieser Band enthielt.

Kasdi wollte ihr das Buch aus der Hand nehmen, aber Mervyn hielt sie zurück. »Warte. Mal sehen, was passiert ...«

Leiner und Dugger kannten sich mit Flux-Fürsten aus. Das war für die Abwicklung ihrer Geschäfte auch dringend notwendig. Suzl erkannte die Gesichter wieder, denen sie auf ihren Reisen öfters begegnet war. Jetzt blätterte sie aufgeregt, so als suche sie eine bestimmte Person. Endlich hielt sie bei der Abbildung von Darien inne. Sie zeigte mehrmals auf ihn, und als Mervyn und Kasdi nicht begreifen wollten, strich sie sich rasch mit dem Zeigefinger waagerecht über den Hals, das Zeichen des Kehleaufschlitzens.

»Darien«, murmelte die Heilige. »Was will sie uns nur mitteilen? Ist der Fürst tot?«

Suzl erkannte an den Mienen der beiden, daß sie noch immer nicht verstanden hatten. Sie zeigte also wieder auf den Flux-Herrn und strich wieder mit dem Finger über die Kehle, doch diesmal an Kasdis Hals.

»Ich glaube, sie will dir mitteilen, daß Darien an einer Verschwörung gegen dich beteiligt ist«, brummte der alte Magier.

Das Entsetzen auf den Zügen der Heiligen sagte Suzl, daß sie endlich Erfolg hatte. Sie blätterte noch weiter durch den Band und hielt bei jeder Abbildung inne, die einen aus der Gruppe um Coydt am Höllentor zeigte, und wiederholte ihre Zeichen.

Mervyn runzelte bedächtig die Stirn. »Ich vermag es zwar kaum für möglich zu halten, aber offensichtlich haben sich einige Zauberer zusammengetan, um gegen dich zu revoltieren. Das kommt uns natürlich sehr ungelegen. Aber woher hat Suzl das in so kurzer Zeit in Erfahrung gebracht?« Er kramte auf dem Tisch herum, bis er eine Karte von der Traube um Anker Logh gefunden hatte. »Wenn sie gegen uns anrücken, dann am ehesten auf dieser Route ...« Er strich mit einem Finger über die Karte. Als er das Höllentor erreichte, packte Suzl sein Handgelenk und schob es direkt auf den versiegelten Eingang.

»Am Höllentor!« rief Kasdi. »Dann ist unser junges Glück also auf dem Weg zu ihrem Fluxland an diesem Höllentor vorbeigekommen. Und dort müssen sie die Versammlung der Verschwörer entdeckt haben.« Sie schüttelte verständnislos den Kopf. »Warum gerade dort? Das alles hört sich so widersinnig an. Keine zwei Flux-Fürsten können es länger auf demselben Fleckchen Boden aushalten, gar nicht erst zu reden davon, daß sie bei irgendeiner Sache zusammenarbeiteten. Andererseits kennen wir jetzt die Antwort auf die Frage, warum Suzl und Spirit im Tempel aufgetaucht sind. Ich dachte, wir hätten alle verborgenen Zugänge geschlossen ... Ob es unmöglich ist, die Tore ganz zu versiegeln?«

Suzl blätterte weiter, fand aber nicht, was sie suchte. Sie sah die beiden an, bewegte langsam den Kopf von einer Seite zur anderen und zeigte dann auf die Buchregale an der Wand.

Mervyn überlegte kurz. »Du willst noch mehr Bilder sehen? ... Oder warte, geht es dir am Ende gar nicht um die wahnsinnigen Zauberer? Moment mal ...« Er trat an ein Regal, zog einen Band heraus und legte ihn vor Suzl auf den Tisch. Hunderte weiterer Gesichter waren in diesem Buch aufgeführt. Suzl mußte nicht lange suchen. Sie zeigte auf einen gutaussehenden Mann mit einem Bart.

»Coydt von Haaz!« keuchte die Heilige. »Ich hätte es mir denken können!«

Doch Suzl war noch nicht fertig. Sie fand beim Blättern ein paar weitere Gesichter, über die sie etwas mitzuteilen hatte.

»Das sind also die Mitglieder dieser Verschwörung«, erklärte Mervyn der Schwester. »Suzl hat uns neben Coydt ein paar sehr starke Flux-Zauberer gezeigt, die auf dieser Seite der Welt wirken. Darüber hinaus macht sie uns auf Varishnikar Stromsk und Zeligman Ivan aufmerksam, zwei weitere Böse aus der Gruppe der Sieben. Diese Personen ergeben zusammen ein Machtpotential, mit dem man jedes Reich überrennen könnte. Ich denke, wir stehen vor einer gewaltigen Gefahr.«

Kasdi sah Mervyn besorgt an. »Du hast mir noch nicht erzählt, warum hier bei dir ein solches Kommen und Gehen herrscht.«

»Einige Männer, die direkt oder indirekt für Coydt arbeiten, haben in der letzten Zeit unermüdlich in den Fluxländern und den Ankern Soldaten rekrutiert. Sie konzentrieren sich bei ihrer Auswahl auf solche Personen, die entweder auf die Kirche oder auf die Regierung einen Zorn haben. Einer nach dem anderen sind solche Leute aus ihrer gewohnten Umgebung verschwunden. Die Sieben scheinen eine große Armee zusammenstellen zu wollen.«

»Und es gibt keinen Hinweis darauf, wo diese Truppen stehen?« fragte Kasdi entsetzt.

»Wir haben mit allen Mitteln versucht, Spitzel in diese Armee einzuschleusen. Doch sobald die Rekruten sich erst in Flux befinden und dort unter der Obhut der Sieben stehen, hat man unsere Agenten enttarnt. Von einigen haben wir nie wieder etwas gehört.«

Kasdi nickte ernst.

»Hast du keine Spione ausgesandt, die über Flux-Kraft verfügen?«

»Doch, einige falsche Zauberer und ein paar mit minimaler Kraft. Aber ich wollte dich noch auf einen anderen Punkt aufmerksam machen. Obwohl es ebenso viele weibliche wie männliche Flux-Fürsten gibt, hat Suzl uns nur

Männer gezeigt. Ein zusätzlicher Beleg dafür, daß Coydt hinter dieser Sache steckt.«

»Warum, haßt er Frauen?«

»Nein. Er hält Frauen nur für lebensuntüchtig und auf allen Gebieten den Männern unterlegen. Zu viele Emotionen und Launen, zu wenig Verstand und Logik. Man kann sich nicht auf sie verlassen, darf ihnen nur selten vertrauen. Wenn Coydt die Welt beherrschen würde, kämen Frauen nur als Dienerinnen, Sklavinnen und Gebärmaschinen vor.«

»Wie sollte ein solches Regime denn funktionieren? Ich will ja nicht behaupten, Männer und Frauen seien gleich, dafür gibt es zwischen den Geschlechtern zu viele Unterschiede. Und gerade diese Unterschiede machen die Geschlechter ja füreinander anziehend. Seit es die Welt gibt, wurde sie zu gleichen Teilen von Männern und Frauen regiert. Die alte Kirche ist doch unter andrem daran gescheitert, daß sie alle Macht für sich allein haben wollte.«

»Coydt ist alles andere als ein Freund der Kirche oder der heiligen Schriften. Er hat jedoch Zugang zu alten Schriftrollen, von denen wir nichts wissen. Seine Ideen erscheinen auf den ersten Blick radikal, aber ich schätze, sie sind in Wahrheit sehr alt.«

Kasdi schauderte. Die Vorstellung einer Welt, die allein von Männern regiert wurde, behagte ihr wenig. »Und was will er mit seiner Armee bezwecken?«

Mervyn zupfte sich am langen Bart. »Zuerst dachte ich, er wolle einen Anker erobern. Aber wenn ich alle Aspekte in Betracht ziehe, glaube ich, daß es um sehr viel mehr geht. Nicht ausgeschlossen, daß dein Reich Hoffnung sein Ziel ist. Nein, kein Anker. Was soll er mit einem Anker? Danach wäre aller Welt bekannt, wer sich da zusammengetan hat, und in einem Anker können die Flux-Fürsten nichts mit ihrer Zauberkraft anfangen.«

»Dann sollte ich mich sofort auf den Weg zurück in mein Land machen.«

»Ja, aber zuerst müssen wir noch die Frage beantworten,

warum Coydt gerade an einem Höllentor mit den anderen Verschwörern zusammengetroffen ist. Den Flux-Fürsten kann kaum daran gelegen sein, wenn die Tore geöffnet würden, mögen sie die neue Kirche auch noch so sehr hassen.«

»Nun, wir werden es sicher früher erfahren, als uns lieb sein kann. Vielleicht sollten wir unserem falschen Verbündeten Darien einen Besuch abstatten. Sein Reich liegt nicht weit von hier.«

»Ja, tu das. Ich kümmere mich inzwischen um Suzl und Spirit. Und heb dir deine Sorgen für die zu erwartende Schlacht auf. Das, was sich hier zusammenbraut, ist bestens dazu geeignet, dich aus deiner Trübsinnigkeit herauszureißen.«

»Ein neues Balacyn«, sagte sie tonlos. Sie dachte an die gewaltige Schlacht vor vielen Jahren. Damals war sie noch jung und voller Ideale gewesen. Ihre ganze Zukunft war zusammengebrochen, als sie Matson in der weniger bedeutsamen Schlacht um Persellus tödlich getroffen vom Pferd sinken sah. In der Zeit danach hatte sie nie wieder kämpfen wollen. Und damals wußte sie auch noch nicht, wie die neue Kirche sich entwickeln würde und über welche Macht die Neun verfügten.

Balacyn wurde ihre Feuertaufe. Alle Sieben waren zusammengekommen und brachten ihre Truppen mit. Ihnen zur Seite standen die alte Kirche und die besten Zauberer. Kasdi wurde von den Neun und motivierten Truppen unterstützt. Beide Armeen prallten in dem kleinen und ansonsten bedeutungslosen Fluxland Balacyn aufeinander. Drei Wochen lang tobte die Schlacht. Kasdis Seite hielt nur mit Mühe und Not ihre Stellung. Ihnen lag daran, die Rebellion gegen die alten Ordnung mit Stumpf und Stiel auszurotten. In jede Lücke, die die bösen Zauberer in Kasdis Reihen rissen, strömten unzählige Soldaten. Kasdis Getreue jedoch kämpften im Glauben an die gute und gerechte Sache.

Zu jener Zeit hielt die alte Ordnung die Kontrolle über den größten Teil der Welt. Doch diese Schlacht zehrte zu sehr an ihren Kräften. Nach Balacyn kam es zu weiteren Kriegen, die allerdings nie so grausam und blutig waren. Beide Seiten wußten aber, daß ein neues Balacyn ein noch größerer Blutzoll fordern würde und hielten sich daher mit ihren Operationen zurück. Und doch hatte die alte Ordnung fast alle kleineren Schlachten verloren. Ihre Reihen lichteten sich allmählich, weil die Klügeren und die Opportunisten erkannten, welche Seite am Ende als Sieger aus dem großen Kampf hervorgehen würde.

Wollte die traditionelle Kirche im Verein mit den Sieben jetzt doch ein neues Balacyn riskieren? Wenn man Suzl Glauben schenken durfte, hatten sie wieder recht viele Zauberer auf ihrer Seite versammelt. Ja, aber die alte Ordnung verfügte nicht über ausreichend Truppen. Eine Armee von ein paar tausend zu allem entschlossenen Männern reichte nicht aus.

Kasdi begab sich nach draußen, um sich von Spirit zu verabschieden. Plötzlich verharrte sie mitten im Schritt, weil eine sonderbare Ahnung sie befiel. Ein eigenartiges Gefühl, wie sie es nie zuvor gespürt hatte. Etwas, das ganz in der Nähe war, aber eigentlich nicht hierhin gehörte.

Suzl, die zufrieden darüber war, daß sie ihre Botschaft endlich übermittelt hatte, folgte der Heiligen. Sie sah, wie Kasdi abrupt stehenblieb und sich verwundert umsah. Dann marschierte die Schwester weiter, doch nicht auf Spirit zu, sondern über einen Weg, der zu einem anderen Marmorgebäude führte, das hinter einigen Bäumen verborgen stand. *Sie muß mit ihrer Magie etwas wahrgenommen haben,* sagte sich Suzl, *aber was? Und warum verspüre ich nichts davon?*

Kasdi schritt langsamer zu dem Haus. Das fremdartige Gefühl in ihr wurde immer stärker. Doch dann blieb sie vor dem letzten Baum stehen und trat in seinen Schatten. Eine Steintreppe führte zum Portal des Marmorhauses hinauf. Während die Heilige hinter dem Baum stand, erschien eine Gestalt in dem Portal, die sich ein wenig umsah, streckte und herzhaft gähnte. Ein Mann. Kasdi erkannte ihn sofort.

Niemand würde eine Begegnung mit ihm je wieder vergessen können. Die Schwester trat aus dem Schatten und eilte auf die Treppe zu.

Der Mann bemerkte sie zuerst nicht. Als er sich aber zufällig zu ihr umdrehte, starrte er sie an und zog sich dann schnell zum Eingang zurück.

Kasdi erkannte seine Absicht und schrie: »Jomo! Bleib stehen! Ich habe dich erkannt.«

Jetzt erblickte auch Suzl den Dugger, den sie vor so vielen Jahren kennengelernt hatte.

Jomo zögerte; er wußte offenbar nicht, was er tun sollte. Als Kasdi die Stufen erreicht hatte, setzte er sein unnachahmliches Grinsen auf, bei dem sich jeder zu Tode erschreckte, der ihn zum ersten Mal sah. »Hallo, kleine Cass. Wir haben uns ja ewig nicht mehr gesehen.«

So klein wirkte die Priesterin vor dem mächtigen, unförmigen Dugger, daß Suzl an eine Katze erinnert wurde, die vor einem Ungeheuer steht.

»Spiel mir nichts vor, Jomo!« fuhr Kasdi ihn an. »Wenn du dich wirklich freuen würdest, hättest du nicht eben versucht, dich vor mir zu verbergen. Wie lange weilst du schon in Pericles?«

Der Dugger zuckte die Achseln. »Noch nicht lange.«

»Jomo! Du weißt genau, daß man einen Zauberer nicht anlügen kann. Du bist bestimmt schon ein paar Monate hier, oder? Du benützt dieses Land seit langem als Basis und Zufluchtsort.« Und das hieß wohl auch, daß Mervyn erheblich mehr über diese Angelegenheit wußte, als er bisher zugegeben hatte.

Der Riese nickte. »Also gut, Meister Mervyn benötigte meine Dienste.«

»Wo steckt er, Jomo?« fragte die Priesterin mit fester Stimme, während sich in ihrem Innern eine unbezähmbare Furcht aufbaute.

»Soviel ich weiß, hält er sich in seinem Kartenraum auf.«

»Nicht Mervyn, Jomo. Du weißt sehr genau, nach wem ich frage.«

»Ich befreie dich aus deiner Verlegenheit, Jomo«, erklärte eine Stimme aus dem Dunkel im Eingang. »Es ist sowieso an der Zeit, in dieser Angelegenheit Nägel mit Köpfen zu machen.«

Ein Mann trat aus dem Gebäude ins Tageslicht.

»Matson!« keuchte die Heilige.

Er hatte sich natürlich in den achtzehn Jahren verändert: Falten hatten sich in sein Gesicht gegraben, und in dem langen Haar und dem dichten Schnurrbart zeigte sich viel Grau. Doch für einen Mittfünfziger sah er unwiderstehlich gut aus, vielleicht sogar noch attraktiver als damals auf dem Schlachtfeld, das er nicht mehr lebend verlassen hatte ... Er trug die schwarze Leinerkleidung, aber keinen Hut und keine Waffen.

Kasdis Knie wurden weich, und sie schwankte. Matson und Jomo sprangen zu ihr, fingen sie auf und legten sie auf eine Steinbank. Sie öffnete die Augen und sah in sein Gesicht. Tränen strömten auf ihre Wangen. »Ganz ruhig, Kleines«, sagte er streng, aber die Sorge in seiner Stimme war unüberhörbar.

Er schien zu verstehen, was in ihr vorging. Matson hatte sie als Sklavin vom Tempel übernommen und sie später aus der Sklaverei befreit. Er war der einzige Mann, den sie je geliebt hatte. Und sie liebte ihn auch jetzt noch.

Aber sie war die oberste Schwester der Neuen Kirche, war mit Eiden und Zaubern daran gebunden, solchen Gefühlen nicht nachgeben zu dürfen.

»Du bist in meinen Armen gestorben!« fuhr sie ihn an und kämpfte die Tränen zurück.

»Nein, kleine Cass«, entgegnete er und wischt ihr eine letzte Träne von der Wange. »O ja, ich war mehr tot als lebendig. Nichts und niemand hätte mich mehr retten können, wenn du nicht gewesen wärst.«

»Ich?« schniefte sie.

Er saß auf seinem Roß und dirigierte die Artilleriefeuer, als sie zu ihm gekommen war. Er rief ihr noch etwas zu und spürte im nächsten Moment die furchtbare Explosion in seiner Brust. Er fiel vom Pferd, und dann wurde alles dunkel. Die Angst war so groß, daß er nicht einmal Schmerzen verspürte. Nur Dunkelheit und ein eigenartiges Gefühl, so als würde man immer weiter verblassen. In seinem Bewußtsein herrschte selten erlebte Klarheit, und er wußte ganz genau, daß er im Sterben lag.

Plötzlich durchdrang ihre Stimme die Dunkelheit. »Aufhören«, rief sie. »Nicht länger soll dies andauern ...« Danach war er wie festgefroren, blieb in seinem jetzigen Zustand verhaftet.

»Jomo wollte mich nicht aufgeben und zog mich nach hinten zu einem Zauberer im Granaten-Depot«, erklärte Matson. »Ich selbst habe wenig davon mitbekommen und erst viel später alles erfahren. Der Magier bedachte mich mit einem Erhaltungszauber. Jomo warf mich auf einen Wagen und fuhr mit ihm zu einem ihm bekannten Leiner. Ich habe seinen Namen nie erfahren. Wir gelangten mit ihm bis nach Globbus, wo die Zauberer zu dem Schluß kamen, daß eine Rettung bei mir nicht mehr möglich sei. Aber ich bin nicht gestorben, konnte ja wegen deines Zaubers gar nicht sterben. Jomo hat die Magier immer wieder angefleht, bis sie sich doch um mich kümmerten. Als ich wieder zu mir kam, waren drei Wochen vergangen. Ich war auf dem Weg der Besserung. Die Rechnung hat mein halbes Vermögen aufgefressen.«

»Du hättest dann zu mir zurückkommen sollen oder mich wenigstens benachrichtigen können!«

»Was hätte das genutzt? Damals hattest du schon alle Eide und Zauber auf dich genommen. Ich hatte ernsthaft vor, zu dir zu gehen, und sei es auch nur aus dem Grund, dich wissen zu lassen, daß es mir gutginge. Aber da kam Mervyn zu mir und hat mich davon überzeugt, das lieber zu lassen.«

»MERVYN!« Nie gekannter Haß ballte sich in diesem Wort.

»Du warst gerade vollauf damit beschäftigt, die Neue Kirche aufzubauen, deine Revolution in die Wege zu leiten und die Gesellschaft umzuwälzen. Mervyn erklärte mir, daß du eine ganze Menge Eide auf dich genommen und dich auch auf andere Weise an das strenge klösterliche Leben gebunden hättest. Er klang sehr überzeugend, und ich war und bin davon überzeugt, daß er recht hatte. Sieh dich doch an, du zitterst wie Espenlaub.«

Sie riß sich zusammen und setzte sich auf. Sie konnte Matson nicht ansehen und starrte auf die Parklandschaft. »Dann war alles gelogen. Alles eine einzige gemeine und hinterhältige Lüge!«

Sie erinnerte sich, wie sie damals in Hoffnung Mervyn gegenüber eine große Verantwortung eingegangen war. Er hatte sie tatsächlich gefragt, ob sich für sie etwas ändern würde, wenn Matson noch lebte. Er hatte tatsächlich die Unverschämtheit besessen, ihr Matsons Überleben anzudeuten. Nur war sie damals so sehr vom Tod ihres Geliebten überzeugt gewesen, daß sie gar nicht an etwas anderes denken konnte. So hatte sie dann Mervyn versichert, daß sich nichts an ihrer Berufung ändern würde. Erst heute wurde ihr klar, daß der alte Magier sie hatte testen wollen. Er und seine Mitstreiter wollten die Revolution, auch wenn es Kasdi die einzige Liebe ihres Lebens kostete.

Mervyn war klar gewesen, daß er eine einmalige Chance in Händen hielt. Niemand anders als die siegreiche Kasdi konnte in jenem Moment eine Umwälzung beginnen und durchsetzen. Als sie ihm dann erklärt hatte, daß sie sich mit aller Energie für die Revolution einsetzten wollte und auch ein mögliches Überleben Matsons daran nichts ändern würde, wußte der Magier, daß das eine Lüge war. Nur sie hatte davon keine Ahnung gehabt.

Man kann einen Zauberer nicht anlügen.

Aber ein Zauberer kann einen anderen anlügen.

»Wo hast du denn all die Jahre über gesteckt?« fragte sie ihn tonlos.

»Ich habe mich vom Leiner-Leben zurückgezogen. Im Grunde drängte mich nichts mehr danach, irgendwo auf der Welt mit verändertem Aussehen und einem falschen

Namen als Leiner von vorn anzufangen. Nein, das ganze Gewerbe hielt keinerlei Verlockung mehr für mich bereit. Ich reiste nach Strongford, einem hübschen Fluxland im Norden, wo sich allerlei Personen tummelten, die vom Leiner-Leben die Nase voll hatten oder aus irgendeinem Grund von der Bildfläche verschwinden mußten. Jomo gab meinen Tod bekannt, zahlte die Dugger in meinem Zug aus und verzog sich dann ins Wildland. Er hat dort rasch Arbeit gefunden und einiges auf die hohe Kante gelegt.«

Strongford war ein sehr exklusiver Ort. Ein Energieschild, der von einer Gruppe Leiner aufrechterhalten wurde, sorgte für die nötige Absperrung. Jedermann durfte hinein, außer er war ein Zauberer, der nicht der Leiner-Gilde angehörte. Doch hinaus kam man nur mit einer besonderen Erlaubnis. Eine Menge Personen hatte sich aus den verschiedensten Gründen hier zurückgezogen. Das Land schwamm im Geld und hatte den Charakter eines einzigen Vergnügungspalastes, in dem alles erlaubt war und keine Fragen gestellt wurden.

»Warum bist du überhaupt zurückgekommen?« fragte Kasdi.

»Ich erhielt die Nachricht von der Entführung Spirits, und dann war es nicht mehr schwer, eins und eins zusammenzuzählen. Ich meine, dir fehlte es an Zeit und Gelegenheit, von einem anderen ein Kind zu empfangen, obwohl die Herren Zauberer in Globbus es wohl vergessen haben, mich auf diesen Umstand hinzuweisen. Sie ist genauso meine wie deine Tochter. Und daher kann ich diesem Dreckskerl seine Schurkerei nicht durchgehen lassen, auch wenn ich Spirit noch nie gesehen habe. Der alte Stankovitch, das Oberhaupt der Leiner in Strongford, sah ein, daß ich den Ort verlassen mußte. Ich legte meine alte schwarze Kleidung wieder an, gabelte Jomo auf und zog mit ihm nach Süden. Ich wollte Mervyn nicht gegen mich aufbringen, also habe ich ihm Bescheid gegeben, und seitdem hält er seine schützende Hand über mich.«

Er spielt mit ihm wie mit mir, dachte Kasdi in ungebremstem Zorn. Mervyn war klar, daß er Matsons und Jomos Wiederauftauchen nicht lange vor ihr geheimhalten konnte, also hatte er sie abgelenkt. Kein Wunder, daß er nicht sonderlich begeistert war, als Kasdi plötzlich auftauchte.

Wie aufs Stichwort erschien jetzt der alte Magier an der Treppe. Er trat zu ihnen und sah Kasdi an.

»Jetzt weißt du also Bescheid. In gewisser Weise bin ich sogar froh darüber. Ich muß gestehen, diese Last wurde mir immer schwerer.«

»Lügner! Heuchler!« schrie sie ihn an. »Du predigst Plattheiten über die Reinheit und Keuschheit der Kirche, während du selbst in diesem geschmacklosen heidnischen Fabelland lebst. Du lügst, wann immer dir der Sinn danach steht. Du glaubst kein Stück an die Lehren der Kirche. Du bist keinen Deut besser als Coydt, Haldayne und die ganze Brut. Dich interessiert nur die Macht. Eines Tages hast du eine Möglichkeit entdeckt, an noch mehr Macht zu gelangen, als du ohnehin schon zusammengerafft hattest, und die anderen aus der Gruppe der Neun stehen dir da in nichts nach, und da habt ihr mich zu eurer Marionette gemacht. Ich habe nach euren Wünschen funktioniert und euch das Reich beschert, das ihr haben wolltet!«

Mervyn wirkte sichtlich verletzt ob solch heftiger Vorwürfe. »Ich wünschte, die Dinge wären so simpel, wie du sie siehst. Nach all den Jahren siehst du die Welt immer noch durch die Augen eines dummen kleinen Mädchens. Kein Mensch ist nur gut oder böse. Und unser Konflikt mit den Sieben basiert ganz gewiß nicht auf einem solchen moralischen Antagonismus. Na ja, Coydt bildet da vielleicht eine Ausnahme, denn der Mann ist durch und durch böse. Aber die anderen sind ebenso überzeugt von ihrer Sache wie wir, die wir gegen sie stehen. Es spielt aber keine Rolle, böse oder verdorben zu sein, um auf der Seite der Sieben zu stehen. Ihre Ziele sind nicht gut für die Welt; das gleiche denken sie natürlich von unseren Zielen. Wie sah die Welt vor achtzehn Jahren aus: eine unbewegliche, absterbende Zivilisation und ein untergehendes Volk. Du hast der Welt wieder Leben eingehaucht.«

»*Und du hast mich meinen Lebens beraubt!*«

»Niemand hat dich gezwungen, eine Heilige zu werden. Wir brauchten nur einen Anführer. Du aber bist noch weiter gegangen und hast dir selbst alle die Eide und Banne aufgebürdet. Gegen meinen Rat und Willen, wenn du dich genau erinnerst. Das kleine Mädchen in dir konnte aber nur in Absolutheiten denken.«

»Oh, du bist der bösartigste und schlechteste Mensch von allen. Nicht nur hast du mein Leben und Matsons ruiniert, du hast auch Spirit ihres Lebens beraubt! Sie könnte heute ein ganz normales Leben führen, einen Beruf haben und mit jungen Männern flirten. Aber was ist statt dessen aus ihr geworden: eine Stumme mit einem im wahrsten Sinne des Worte verdrehten Gehirn, die darüber hinaus schwanger und mit einer siebenunddreißigjährigen Frau verheiratet ist, die zeit ihres Lebens außerhalb der Sozial- und Sexualnormen stand. Coydt hat sie nicht entführt und mit seinem Zauber belegt, weil sie die Tochter von Cassie und Matson war. Er hat das getan, weil Spirit die Tochter des Monumentes ist, das du errichtet hast. Und Spirit hat davon nichts gewußt. Du hast sie mir vorenthalten, hast sie nie in meine Nähe gelassen. Du hast mir wahrlich alles genommen: meine Tochter, meine Liebe, meine Chance auf auf normales Leben – ALLES! Und was habe ich dafür bekommen? Ich schlafe auf Steinböden oder Stroh, ich darf nicht lieben und werde nicht geliebt, sondern als Heilige oder Halbgöttin verehrt. Du hat mir nicht nur mein Leben genommen, du hast mich und Spirit unserer Menschlichkeit beraubt.«

Jomo sah sie traurig an. In seinen großen, vorgewölbten Augen erschien eine Träne. Matson hatte sich während Kasdis Tirade an die Säule gelehnt und sich eine Zigarre angezündet. Suzl hatte die Szene genau beobachtet. Sie verstand zwar kein Wort, spürte aber sehr genau, was dort vor sich ging.

»Bist du jetzt fertig?« fragte Mervyn nur, als Kasdi einen Moment schwieg.

»Ich habe noch gar nicht richtig angefangen!« brüllte sie. »Aber ich weiß eine Möglichkeit, es dir heimzuzahlen. Vermutlich ist es das einzige, was mir noch zu tun bleibt. Ich kann mein Leben nicht mehr verändern. Ich kann noch nicht einmal Hand an mich legen, daran würden mich die Eide hindern. Aber ich brauche mich auch nicht mehr für dich anzustrengen, alter Mann. Ich werde keine Ansprachen oder Predigten mehr halten. Ich bleibe zwar eine Priesterin, aber ich sage mich von meiner Heiligkeit los. Mögen die Kirche und das Reich untergehen oder aufblühen, ich habe nichts mehr damit zu schaffen. Ich werde für dich und deine Kumpane keine Länder mehr erobern.«

»Du hast einen hohen Preis bezahlt, Cass«, versuchte es jetzt Matson, »und du hast ihn nicht umsonst bezahlt. Der alte Magier mag nicht immer fair zu dir gewesen sein, aber er hat grundsätzlich recht. Die Welt lebt wieder, alles ist wieder ins Rollen gekommen. Die Menschen sind frei, können ihre Häupter erheben. Ich war ehrlich überrascht, was sich alles verändert und gewandelt hat, als ich von meinem Exil in die Anker zurückkehrte.«

Mervyn seufzte. »Also gut, wenn du nicht mehr für uns streiten willst, dann willst du vielleicht aus anderen Gründen weiterkämpfen.«

»Was für eine Schurkerei hast du jetzt wieder im Sinn?«

»Ich bin nicht hierher gekommen, weil ich euer Wiedersehen miterleben wollte. Ich bin gekommen, um euch mitzuteilen, daß Coydt losgeschlagen hat. Er hat Anker Logh erobert, und wir können nichts dagegen tun.«

»Wie bitte?«

»Irgendwie ist es ihm gelungen, einen mächtigen Zauberschild über das gesamte Anker zu legen. Bislang ist es niemandem gelungen, diesen Schirm zu durchstoßen. Und nun steckt Coydt mit tausend seiner wahnsinnigen Killer in dem Land und tut, was immer ihm in den Sinn kommt.«

Erkundungsmission

»Warum gerade meine alte Heimat?« fragte Kasdi, als sie sich im Kartenraum ein Bild von der Lage zu machen versuchten. »Es gibt auf der Welt achtundzwanzig Anker. Warum immer und ausgerechnet Anker Logh?«

»Ganz so verhält es sich nicht«, antwortete Mervyn. »Viele Anker sind angegriffen worden, und unseren Streitkräften ist es nur bei einigen gelungen, sie zurückzuerobern. Ich fürchte, was Anker Logh angeht, so hast wiederum du damit zu tun. Anscheinend hat Coydt diese Operation sehr sorgfältig mit den anderen Sieben geplant. Wenn es ihnen gelingt, Anker Logh zu halten, brauchen sie die siebenundzwanzig anderen gar nicht mehr einzunehmen. Sechs weitere Anker reichen völlig, denn dann haben sie Zugang zu sieben Höllentoren. Sie brauchen Logh nur für ein paar Tage oder Wochen zu halten, allein um zu beweisen, daß es ihnen möglich ist. Danach besteht für sie nur noch das Problem, alle sieben Tore innerhalb der vorgeschriebenen Frist von einer Minute zu öffnen. Ich schätze, das dürfte ihnen dann nicht mehr schwerfallen.«

»Dann haben wir es hier also nur mit einer Demonstration von Macht zu tun«, erwiderte Kasdi verärgert. »Coydt weiß sehr genau, daß alle Menschen, die mir etwas bedeuten, sich in Logh aufhalten. Er kann sich an den fünf Fingern ausrechnen, daß ich gar nicht anders kann, als dort zu erscheinen und mit ihm zu kämpfen.«

Der alte Magier nickte. »Ja, und er wird dafür sorgen, dich im Anker festzuhalten, wo er dir an Macht überlegen ist. Er will auch Euch, Matson. Er weiß zwar nicht, wer Ihr seid, aber Ihr habt ihn zu oft geärgert und ihn einiger seiner besten Mitstreiter beraubt. Er wird sich Euch im Anker stellen, aber auf einem Kampfplatz, den er vorher ausgesucht hat.«

»Zuerst müssen wir aber herausfinden«, bemerkte der ehemalige Leiner, »wie wir nach Anker Logh hineingelangen.«

Man kam schließlich überein, daß Mervyn und Kasdi nach Logh fliegen und die Lage erkunden sollten. Andere Mitglieder der Neun und weitere mächtige Zauberer versammelten sich derweil mit ihren Truppen an den Grenzen. Sollte der Schild aufgehoben werden, stünde Anker Logh einer Belagerungsstreitmacht gegenüber, wie die Welt sie seit Balacyn nicht mehr gesehen hatte.

Das ganze Land Anker Logh blieb unsichtbar für die, die nicht über Flux-Kraft verfügten. Dem normalen Betrachter zeigte sich dort lediglich eine undefinierbare graue Wand, ein festes undurchdringliches Gebäude inmitten der Leere.

Bedeutende Zauberer hatten sich hier bereits versammelt. Tatalane, der grüne, elfenähnliche Zauberer von gerade einem Meter Größe mit den spitz zulaufenden Ohren und den stechenden smaragdgrünen Augen. Krupe, der fette, glatzköpfige Zauberer, der sich nie allzu weit von seinem Weinvorrat entfernte. Die schöne Magierin MacDonna mit zweihundertfünfzehn Zentimetern Größe, flammend rotem Haar und unvergleichlichen blauen Augen. Die winzige, dunkelhäutige Kyubioshi mit dem kahlrasierten Schädel, die stets so ruhig wirkte, daß man sie mit einer Statue verwechseln konnte. Fünf Mitglieder der Neun Wächter waren hierher geeilt. Die restlichen vier hielten sich im Hintergrund. Es war ja nicht auszuschließen, daß es sich bei der Einnahme von Logh nur um ein Ablenkungsmanöver handelte.

»Der Schirm setzt sich aus mehreren Schichten zusammen und ist unglaublich dick«, erklärte Tatalane. »Da steckt kein besonders starker Zauberer dahinter. Ein solcher Schirm kann nur aus der Kombination einer mächtigen Gruppe entstehen.«

Kasdi schüttelte verwundert den Kopf. »Wie ist so etwas möglich? Zauberei wirkt nicht in einem Anker. Man kann einen solchen Schirm nicht um einen Anker legen.«

»Der Schild befindet sich nicht im Anker«, antwortete Krupe. »Dieser Zauber ist so simpel, daß ich mich frage, warum früher noch niemand darauf gekommen ist. Der Schild steht in Flux, exakt fünf Meter von den Grenzen des Ankers entfernt.«

»Es gibt einen ebenso einfachen Grund dafür, warum das früher noch nie versucht worden ist«, wandte Mervyn ein. »Niemals war jemand in der Lage, einen dreihundert mal dreihundert Kilometer weiten Schirm zu erschaffen und zu erhalten. Dafür muß man Coydt ein Kompliment zollen: Er ist der erste, der so etwas zuwege gebracht hat.«

Kasdi betrachtete aufmerksam den Schild. »Ich frage mich nur, wie sie wieder hinauswollen ... Schließlich können sie den Schirm nicht bis in alle Ewigkeit aufrechterhalten.«

»Ich fürchte, wir können die Magier der anderen Seite nicht stoppen«, brummte Krupe. »Der Schirm ist zu hoch, als daß wir ihn überfliegen könnten. Unsere Freunde von der anderen Seite hingegen brauchten bloß irgendwo, wo es ihnen paßt, ein Loch zu schaffen, um dort hinauszugelangen. Was die anderen unter dem Schild angeht, so weiß ich nicht, wie ihnen die Flucht glücken soll. Doch ich schätze, auch dafür wurde Vorsorge getroffen. Wenn ich an ihrer Stelle wäre, würde ich einfach eine gewisse Menge von unseren Uniformen bereithalten. Sobald wir in Logh eindringen, können die gegnerischen Soldaten die Uniformen anziehen und sich unerkannt unter unsere Truppen mischen. Wir würden es nie herausfinden, denn bei uns gibt es zu viele Soldaten, als daß wir alle auseinanderhalten könnten. Ich denke, da müssen wir uns etwas einfallen lassen. Am besten verändern wir unsere Uniformen. Na ja, auf jeden Fall haben wir ein ganzes Bataillon am Höllentor stationiert, falls die Herrschaften durch den Hinterausgang entwischen wollen. Zu dumm, daß wir das Tor nicht benutzen können.«

»Vor ein paar Jahren, als der Seelenreiter noch in mir wohnte, konnte ich dieses Tor passieren«, bemerkte Kasdi. »Aber selbst, wenn es heute noch einen Weg für uns gäbe, könnten nur ein paar von uns hindurch, und wir dürfen davon ausgehen, daß auf der anderen Seite ein sehr unfreundliches Empfangskomitee wartet.«

»Das ist kein Problem«, entgegnete Matson. »Wir schikken ein paar Bomben und Splittergranaten voraus. Die fegen die Korridore leer, und mit ein bißchen Glück zerstören sie auch die Energieanlage. Unsere Freunde auf der anderen Seite finden sich in völliger Dunkelheit wieder. Wir rücken dann mit automatischen Waffen nach und nisten uns im Tempel ein. Und dann veranstalten wir dort einen so gewaltigen Feuerzauber, daß der Gegner gar keine Gelegenheit mehr findet, eine Verteidigung aufzubauen. Unser einziges Problem bestünde darin, daß wir uns in der Dunkelheit nicht gegenseitig beschießen. Wenn ich mich nicht gewaltig irre, verfügt ein Tempel über keine Fenster.«

»Da hast du recht«, antwortete Kasdi, »aber die Finsternis muß sich nicht unbedingt zu einem Problem auswirken. Mit einem Zauber könnte man die Augen auf die Dunkelheit einstellen. Ich glaube fest, daß die Gegenseite dazu keine Möglichkeit hat. Der einzige Nachteil bestünde darin, daß solche Augen dann extrem lichtempfindlich wären.« Sie seufzte. »Aber warum zerbrechen wir uns darüber den Kopf, wenn wir ohnehin nicht in den Anker können?«

»Doch, es gibt eine Möglichkeit«, sagte Mervyn leise.

Sie starrte ihn an und riet dann seine Gedanken: »Oh, nein! Kommt überhaupt nicht in Frage. Im Namen des Himmels, sie ist so hochschwanger, daß ich jede Stunde mit ihrer Niederkunft rechne! Willst du jetzt meinen ungeborenen Enkel umbringen?« Sie wandte sich an Matson. »Das können wir nicht zulassen!«

Der Leiner strich sich über das stoppelige Kinn. »Ich will Coydt im Anker stellen. Falls ich hineinkomme, kaufe ich ihn mir. Aber darüber hinaus hat Anker Logh keine Bedeutung für mich. Früher oder später bekomme ich ihn doch, wenn nicht in diesem, dann in einem anderen Anker. Daher sehe ich nicht ein, jetzt das Leben eines Menschen zu gefährden.«

Kasdi funkelte Mervyn triumphierend an. »Hast du es gehört? Wir beide verbieten es. Punktum!«

»Kasdi, dein Vater ist in Logh«, erinnerte sie der alte Magier. »Zusammen mit deinen drei Schwestern, fünf Neffen und drei Nichten. Gar nicht zu reden von Cloise und Drunyon, Spirits Pflegeeltern, von deinen anderen Verwandten und von Schwester Tamara und den Priesterinnen im Tempel. Ich könnte mit vorstellen, daß Coydt gerade sie auf unvorstellbare Weise foltern läßt.«

»Vielleicht hat er sie auch schon umgebracht«, entgegnete Kasdi. »Doch wie dem auch sei, dein Vorschlag löscht meine Familie ganz und gar aus. Dafür wirst du bestimmt ein dickes Dankeschön von den Sieben erhalten.«

»Wir müssen doch bloß am Torwächter vorbei und das Ende des Tunnels erreichen«, erklärte Mervyn. »Sobald wir das hinter uns haben, kann Spirit gehen, wohin sie will. Das Risiko für sie wäre damit ziemlich gering.«

»Dann kommen zwei oder drei von uns in den Tempel. Was können die schon ausrichten?«

Matson begeisterte sich bereits für die Idee. »Man nennt so etwas einen Brückenkopf. Ich schätze, uns bleibt kaum eine andere Wahl. Wir können den Schild von außen nicht knacken, und selbst wenn wir ein Loch hineinbekämen, würden es unsere Soldaten nicht schaffen, sich von dort aus bis zur Hauptstadt durchzukämpfen. Wenn es uns aber gelingt, ein paar Leute in den Tempel zu schaffen, die sich dort auskennen und hervorragend bewaffnet sind, hätten wir einen Brückenkopf, den wir lange genug halten müssen, um einen ausreichend starken Trupp nachfolgen zu lassen. Unser Trupp eilt dann über das Land bis zu einer vorher vereinbarten Stelle an der Grenze. Dort schaffen wir ein Loch im Schild und lassen unsere Armee herein. Danach haben die Invasoren wenig Chancen, und der Fall ist für uns erledigt.«

Die Zauberer nickten. Sie alle beschäftigten sich viel mit Flux-Energie und Politik, aber ein Militärstratege fand sich nicht unter ihnen. Im Grunde sorgten sie sich auch kaum um die Nöte der Soldaten im Feld, die in der Regel das Gebiet besetzen mußten, das die Magier freigezaubert hatten.

»General Hawney hatte eine ähnliche Idee«, sagte Krupe, »aber dennoch bestehen einige Unwägbarkeiten. Wir sollten auf jeden Fall damit rechnen, daß Coydt den Tempel mit Todesfallen und Minen hat versehen lassen. Und selbst wenn man die überwinden könnte, darf nicht vergessen werden, daß es nur sehr wenige Wege aus dem Tempel hinaus gibt.«

»Mit der richtigen Bewaffnung kommt man überall hinaus«, bemerkte Watson trocken.

»Klar, und dabei veranstaltet man ein solches Spektakel, daß auch der letzte feindliche Soldat herbeigerannt kommt. Danach steht einem eine Hetzjagd durchs ganze Land bevor. Unsere Leute dürfen niemandem trauen, während die ganze Meute ihnen an den Fersen hängt. Außerdem sind die Standorte der Zauberer, die den Schirm aufrechterhalten, sicher besonders gut befestigt und gesichert. Nein, mir schmeckt das alles nicht so recht. Zu vieles kann schiefgehen.«

»Was würdet Ihr denn statt dessen vorschlagen, Krupe?« fragte der Leiner leicht verärgert. »Daß wir hier abwarten, bis der anderen Seite ihr Spiel langweilig wird und sie freiwillig aufgibt? Nun, dann sage ich Euch, daß der Gegner gar keine Veranlassung hat, Logh jemals zu verlassen. Ihr selbst habt eingestanden, daß man die feindlichen Magier nicht daran hindern kann, das Anker zu verlassen. Ansonsten halten sich dort falsche Zauberer, Dugger und Flux-Personen ohne Energie auf. Sie haben sich hier in gewisser Weise ihr eigenes Flux-Reich geschaffen, in dem ihre Gesetze gelten und in dem sie sich prima einrichten können. Ich habe jahrelang in einem Land gelebt, aus dem niemand so leicht wieder herauskam. Und das Schöne daran ist, daß auch keiner die Absicht hegte, dort wieder zu verschwinden.«

Bislang hatte man diese Möglichkeit noch nicht in Erwägung gezogen. Aber im Grunde lag es auf der Hand, daß der Schirm als eine dauerhafte Einrichtung angelegt war. Coydt hatte diesen Umstand gewiß in seine Planung einbezogen.

»Aber mächtige Magier sitzen selten lange herum«, wandte Kasdi ein. »Sie sind stets bestrebt, etwas Neues zu unternehmen, um so noch mehr Macht an sich zu raffen.«

Tatalane meldete sich zum ersten Mal zu Wort: »Das ist richtig, aber ganz gleich, wie lange sie zu bleiben beabsichtigen, sie können leicht ersetzt oder ausgetauscht werden. Und wir sollten uns vergegenwärtigen, daß die Sieben, solange sie dieses Anker halten, durch nichts daran gehindert werden können, sich einen weiteren einzuverleiben. Sie können ihre Magier konzentrieren, während wir unsere Kräfte aufteilen müssen. Je länger Logh in ihrer Hand bleibt, desto mehr verschlechtert sich die Lage für uns. Und wenn wir unsere Truppen weit genug zersplittert haben, wenn wir schwach genug geworden sind, taucht die alte Ordnung mit einer mächtigen Armee auf und vernichtet nacheinander eines unserer Heere nach dem anderen. Damit fällt nicht nur unser Reich, sondern die ganze Zivilisation geht unter. Wir müssen das Schild umgehend zerstören.«

Kasdi scherte das Schicksal des Reiches recht wenig. Aber sie fragte sich, in was für einer Welt ihr Enkel aufwachsen müßte.

Würden nicht alle Menschen im Moment des Triumphes des Bösen zu Sklaven degradiert?

Andererseits war die Welt sehr groß. Man konnte sich überall zurückziehen, ohne befürchten zu müssen, jemals aufgespürt zu werden. Flux-Zauberer konnten sich im Norden ihr Flux-Reich schaffen. Die Sieben würden sie kaum verfolgen. Sie hatten ganz andere Ziele. Sie brauchten die Anker, um die Höllentore zu öffnen.

»Aber nur bis zum Wirbel«, erklärte sie endlich, »und nur, wenn es Euch möglich ist, ihr die Lage begreiflich zu machen und ihre Einwilligung zu erhalten.«

In Flux fiel es nicht allzu schwer, Suzl die Situation darzustellen. Man schuf Bilder, die auch sie verstehen konnte. Suzl hatte auch keine Schwierigkeiten, Spirit über die geistige Brücke alles weiterzuvermitteln.

Doch Suzl erklärte sich mit dem Vorhaben nicht einverstanden.

Sicher, sie erkannte die Gefahr und begriff auch, daß es nur diese eine Möglichkeit gab. Anker Logh kümmerte sie nicht sonderlich, sie war dort verspottet und verhöhnt worden. Selbst frühere Freunde hatten sich von ihr abgewandt. Diese Schmerzen konnte sie nicht vergessen.

Ein weiterer Grund war die Schwangerschaft Spirits. Suzl beharrte darauf, daß nichts unternommen werden dürfte, bevor das Kind auf die Welt gekommen sei. In diesem Punkt blieb Suzl unerbittlich, und die Magier mußten schließlich nachgeben.

In regelmäßigen Abständen unternahm man Versuche, den Schirm zu brechen. Doch man schaffte nie mehr als zeitlich sehr befristete Lücken, die für einen Angriff nicht ausreichten. Coydts Verbindung mit seinen verbündeten Flux-Fürsten erwies sich als sehr stabil und zeigte noch nicht die geringsten Anzeichen einer Ermüdung.

Matson und die Wächter arbeiteten unentwegt an ihren Plänen. Jeder Tag, der verstrich, verrringerte die Siegesaussichten der Neuen Ordnung.

Matson blieb es vorbehalten, daran auch etwas Gutes zu erkennen. »Je mehr Zeit verstreicht, desto sicherer fühlen sie sich«, erklärte er. »Wenn wir schon am ersten Tag durch das Tor gegangen wären, hätten wir wohl kaum eine Chance gehabt. Aber ich wette, heute sind im Tempel nur noch zwei gelangweilte Posten stationiert, die dort Strafdienst tun müssen.«

Niemand vermochte abzuschätzen, wie viele Personen von einem Seelenreiter am Wächter vorbeigeschafft werden konnten. Aber es konnte nicht mehr als ein kleiner Stoßtrupp sein.

Matson sollte ihm auf jeden Fall angehören, Jomo jedoch nicht. Sein mächtiger Körper machte ihn zu auffällig. Die Gegner würden ihn sofort wiedererkennen und sich besonders auf ihn konzentrieren. Auch Kasdi sollte mit an der Expedition teilnehmen, obwohl sie keine rechte Lust zum Kämpfen mitbrachte. Matson wollte den Höllenprinzen im Anker stellen. Sie hingegen zog ein Duell in Flux vor. Sie ging mit, weil ihre Familie in Coydts Gewalt war. Und sie wollte an Matsons Seite sein, konnte die Vorstellung nicht ertragen, ihn noch einmal zu verlieren.

Matson wählte zwei kampferprobte Soldaten als Begleitung aus: Hauptmann Macree und Sergeant Zlidon. Beide hatten schon an einigen Feldzügen teilgenommen und auch in Ankern gekämpft. Macree war darüber hinaus Sprengstoff-Experte, während Zlidon sich ausgezeichnet auf automatische Waffen verstand. Zudem waren beide in Anker Logh zur Welt gekommen und aufgewachsen. Mervyn ließ es nicht zu, daß einer der Neun an der Expedition teilnahm. Auf der Gegenseite befanden sich höchstwahrscheinlich keine Spitzen-Magier innerhalb des Ankers. Und die Gefahr, daß einer der Neun durch eine Gewehrkugel getroffen wurde, war viel zu groß. Coydt hatte seine besten Zauberer vermutlich an den Grenztoren aufgestellt. Schließlich machte man sich daran, Freiwillige zu suchen. Viele Priesterinnen und eine große Gruppe erprobter Soldaten aus den Armeen der Magier meldeten sich.

Matson sollte die Freiwilligen in den Tempel bringen und die wichtigen Punkte einnehmen lassen. Kasdi unterstützte ihn dabei, da sie sich in den Räumlichkeiten am besten von allen auskannte. Gruppe um Gruppe sollte durch den geheimen Gang nach Anker Logh gelangen, bis man stark genug war, den Tempel abzuschotten und abzuriegeln. Danach würden kleinere Trupps in Begleitung eines Zauberers ausbrechen, zur Grenze vorstoßen und dort versuchen, Wall und Schild zu brechen.

Am zwölften Tag ging eine große Erleichterung durch das Lager. Spirit schenkte einem gesunden Knaben das Leben. Die Geburt verlief nicht ganz ohne Anstrengungen, aber völlig schmerzfrei. Zum Glück wirkte das Kind durch und durch menschlich. Aber es sah niemandem ähnlich, weder Suzl noch Spirit, weder Kasdi noch Matson. Da die Eltern stumm blieben, suchte Kasdi einen Namen für den Jungen aus. Sie nannte ihn nach ihrem Vater Jeffron, und unter diesem Namen trug Mervyn den Neuankömmling ins offizielle Register ein.

Suzl zeigte sich etwas verblüfft und irritiert, daß Spirit einen Knaben geboren hatte. Sie hatte so fest mit einem Mädchen gerechnet, daß ihr eine andere Möglichkeit gar nicht in den Sinn gekommen war. Und sie freute sich im stillen, daß der Seelenreiter bei Spirit geblieben war.

»Vielleicht kommt er nur mit Frauen zurecht«, überlegte Kasdi, »auch wenn wir das wahrscheinlich nie erfahren werden.«

Suzl gewöhnte sich immer mehr an ihr Kind und liebte es besonders, weil sie ihm auch die Brust geben konnte. Doch sie vergaß nicht, daß sie jetzt ihren Teil des Abkommens erfüllen mußte.

Inwieweit kannst du dich an deine Vergangenheit erinnern? fragte sie ihre Gefährtin.

Die junge Mutter hatte ihre gesamte Vergangenheit so weit verdrängt, daß es fast so schien, als hätte sie nie eine gehabt. Nach ihrem letzten Besuch in Anker Logh hatte sie alles entfernt, was ihr von ihrem früheren Leben noch erinnerlich war.

Suzl versuchte es daher auf einem anderen Weg. Sie erkundete, wie die Gegenwart ihrer Gefährtin aussah. Spirit konnte sich nur an wenig entsinnen. Die junge Muttter kannte nur die Gegenwart, und ihr Gedächtnis reichte eigentlich nur bis zu dem Moment zurück, in der ihre Flux-Kraft auf Suzl übergangen war. Sie hatte keine Vorstellung, jemals ohne die Ex-Duggerin gelebt zu haben, wußte andererseits aber auch nicht mehr, wie Suzl vor der Verwandlung am Höllentor ausgesehen hatte. Sie erinnerte sich allerdings an ihre Mutter – die leibliche Mutter – und an einen netten älteren Herren, der ihr Vater sein mochte. Suzl erkannte in ihm ihren Großvater, Kasdis Vater. Coydt dagegen war ihr völlig fremd, sie glaubte nicht, ihn jemals gesehen zu haben.

Doch das reichte Suzl als Ansatzpunkt. Sie vermittelte ihrer Gefährtin das Bild von einigen unschuldigen Personen, darunter auch der vermeintliche Vater, die von bösen Menschen bedrängt wurden. Daher müsse Spirit einen Rettungstrupp zu der Stelle führen, an der die Verwandlung sich vollzogen hatte.

Spirit stimmte zu und tat fortan alles, worum sie gebeten wurde, ohne irgendwie zu erkennen zu geben, daß sie auch nur das geringste davon begriff.

Anker Logh befand sich nunmehr seit sechzehn Tagen in der Gewalt des Feindes, als die Gruppe zum Höllentor marschierte. Noch immer hatte niemand hinter den Schirm blicken können. Man hatte keinerlei Vorstellungen, wie es im Anker aussah.

Spirit führte Suzl, Kasdi, Matson, Zlidon und Macree durch den langen Gang. Jomo blieb als Wache an der Öffnung zurück.

Alle in der Gruppe besaßen katzenähnliche Augen, die sich in der Dunkelheit zurechtfanden, solange nur eine Lichtquelle vorhanden war. Die veränderten Augen funktionierten bis auf zwei Einschränkungen ganz normal. Zum einen litten sie jetzt an Farbenblindheit, und zum anderen entstanden Schwierigkeiten mit der Fokussierung: Sie konnten entweder sehr weit oder sehr nah sehen, aber nie beides gleichzeitig.

Die drei Männer betraten zum ersten Mal ein unheimliches Höllentor. Und auch für Kasdi war es sehr lange her, seit sie an einen solchen Ort gelangt war. Zwar kam das Licht im Tunnel ihnen eigenartig vor, und ständig schien etwas an den Wänden hin und her zu huschen, aber nichts hinderte sie daran, zum Energiewirbel vorzudringen.

Suzl konnte alle Energiemuster problemlos lesen. Zu ihrem Erstaunen war außer ihr niemand dazu in der Lage, nicht einmal die Heilige. Doch Kasdi entsann sich noch sehr gut daran, welche Knöpfe und Schalter sie damals bedient hatte, um das Tor zu öffnen. Matson griff in den Rucksack, den Zlidon trug, und zog drei Bomben hervor. »Wenn ich das Zeichen gebe, öffnest du das Tor, und ich werfe diese drei Dinger hinein. Ich schätze, mittlerweile erwarten sie keinen Angriff von dieser Seite mehr. Wir zählen danach bis zwanzig, dann gehe ich hindurch und erkunde die Lage.«

»Nein«, widersprach Kasdi, »ich gehe. Am Ausgang ist vermutlich Flux-Kraft vorhanden. Du wärst bei Gefahr nicht in der Lage, sie rechtzeitig für dich zu nutzen, ich hingegen schon.«

Er sah sie ernst an, dann nickte er. »Einverstanden. Du gehst hinein, siehst dich rasch um und gibst uns ein Signal. Wenn die Luft rein ist, gehen wir alle hindurch. Wenn es Probleme gibt, veranstalten wir bei ihnen ein Feuerwerk, daß ihnen Hören und Sehen vergeht.«

Kasdi drückte die Öffnungskombination, und der Leiner machte die Sprengköpfe scharf. Eine Öffnung entstand, und Matson warf sie hindurch. Alle hielten den Atem an. Kasdi begann, von dreißig rückwärts zu zählen. Bei ›fünf‹ öffnete sie wieder das Tor, und bei ›null‹ sprang sie hinein. Jeffron in Spirits Armen fing an zu weinen. Sein Geschrei hallte im Gang wider.

Kasdi befand sich in einem Raum, an dessen Decke sich eine Falltür zeigte. Die Bomben hatten sie aufgesprengt. Drei Männer lagen oben in ihrem Blut. Sie hatten wohl auf der Falltür gehockt und Karten gespielt. Überall waren die Lampen geplatzt, doch der Generator summte noch. Kasdi beugte sich hinunter und rief: »Drei Tote, kein Licht, aber der Strom läuft noch.«

Matson nickte. »Auf geht's.«

Der Leiner und die beiden Soldaten liefen los. Suzl, die mit Spirit und dem Baby zurückblieb, sah ihnen nach und kehrte dann zum Tunnelanfang zurück. Dort warteten viele Männer, um Matson zu folgen.

Der Kopf des Leiners erschien in dem Loch, an dem sich vorher die Falltür befunden hatte. Er wuchtete sich hoch und half dann seinen Begleitern herauf.

Aus irgendeinem Gang im Gebäude ertönten Schreie. Füße trampelten, und jemand rief: »Licht! Wir brauchen hier Licht!«

Die Soldaten gingen in Stellung. Matson reichte Kasdi eine halbautomatische Waffe, die sie kaum glaubte, heben zu können. Zlidon gab ihr Magazine. Die Heilige war alles andere als eine gute Schützin, und sie verstand sich noch weniger aufs Töten. Aber jetzt riß sie sich zusammen und bereitete sich auf die Auseinandersetzung vor.

»Sollen wir den Generator hochgehen lassen?« erkundigte sich Macree leise.

»Nein«, antwortete der Leiner. »Er nützt uns mehr, wenn er uns intakt in die Hände fällt. Außerdem kommt dann keiner von draußen, um nachzusehen, was hier vorgefallen ist.«

»Ich hoffe nur, sie haben hier nicht fünfhundert Mann stationiert«, brummte Zlidon.

Überall waren für Stromausfälle Fackeln angebracht. Jetzt flammten zwei am Ende des Korridors auf. Sie erkannten fünf Wächter, die sich ihrem Standort näherten. Alle trugen Pistolenholster, doch keiner hatte seine Waffe gezogen. Sie hielten das Ganze wohl für einen Unfall und waren noch nicht auf die Idee gekommen, daß jemand sie angriff. Und das bedeutete, daß die Bewachung hier sehr nachlässig wurde oder daß diese Männer nicht übermäßig klug waren. Beides kam den Angreifern entgegen.

Sie ließen die Wachen näherkommen, bis sie Matson und Macree passierten. Als die Männer das Loch im Boden entdeckten, fingen sie an zu schreien und zogen ihre Pistolen. Doch sie hatten keine Chance. Die automatischen Gewehre mähten sie augenblicklich nieder, ohne daß sie auch nur einen Schuß abfeuern konnten.

Matson blieb noch eine Weile in seiner Deckung liegen und horchte. Dann sprang er auf und trat die Fackeln aus. Nichts war mehr zu hören. Schließlich sagte der Leiner: »Werft die Toten durch das Loch.« Zusammen mit Macree kippte er die Wächter über den Rand und warf die Fackeln hinterher. »Mal abwarten, wer als nächstes hier nachschauen will«, erklärte der Leiner.

Der zweite Trupp der Angreifer war bereits auf dem Weg, blieb aber erschrocken stehen, als sie die Leichen entdeckten. Sie fürchteten, dort läge Matson. Der Leiner bemerkte die zweite Gruppe jedoch rechtzeitig und rief ihnen die Parole zu, bevor sie die Granaten scharf machen konnten, die sie schon in den Händen hielten.

Als auch die dritte Gruppe eintraf, fühlte sich Matson sicherer. »Cass, geh doch wieder zurück und teil den anderen mit, wie es hier aussieht. Ich gehe mit einer Gruppe auf Erkundung.«

»Warum denn ausgerechnet ich? Hast du schon vergessen, daß das hier mein Tempel ist? Ich kenne mich hier besser aus als ihr alle zusammen.«

»Darum hast du ja auch mehrere Tage damit verbracht, uns wieder und wieder mit den Örtlichkeiten vertraut zu machen. Cass, du bist kein Soldat, sondern Magierin. Wir brauchen dich erst später.«

»Ich komme mit!« beharrte sie.

»Meinetwegen.« Er wandte sich an einen der Soldaten. »Dann geht Ihr eben zurück. Erstattet Bericht und gebt Order, daß die anderen so rasch wie möglich nachkommen sollen. Wir erkunden diese Etage. Sobald wir stark genug sind, nehmen wir uns die anderen Stockwerke vor.«

Die vier Personen, die die erste Gruppe ausgemacht hatten, schlichen durch den Korridor. Cass erreichte den geheimen Zugang zu den Gemächern der Schwester Generalin. »Das sollten wir uns später näher ansehen«, erklärte sie dem Leiner.

In den Gängen und Kammern stand altes Mobiliar, wie man es in einem Tempel erwarten konnte. Anscheinend hatte Coydt hier noch nichts verändert. Hier und da huschte eine Ratte vorüber, und überall krabbelten Wanzen und Käfer, aber sie stießen auf keine Menschen. Als sie die große Treppe am anderen Ende des langen Gangs erreichten, lauschte Matson. Nach einer Weile wandte er sich an seine Kameraden. »Nichts zu hören. Eigenartig ... Auch wenn sich niemand Gedanken macht, wo die fünf Männer abgeblieben sind, so muß doch in absehbarer Zeit die Wache an der Falltür abgelöst werden ...«

Sie kehrten zu den Wartenden zurück. Mittlerweile hatten sich über zwanzig Mann hier eingefunden. Matson stellte aus fünf Soldaten einen zweiten Trupp zusammen und schickte ihn hinauf ins nächste Stockwerk. »Seid leise und vorsichtig«, erklärte er ihnen. »Wenn das Alarmsystem noch funktioniert, werden sie früher oder später auf euch aufmerksam. Im Notfall dürft ihr von einer Granate Gebrauch machen. Falls man euch entdeckt und ihr euch nicht zurückziehen könnt, macht ihr soviel Lärm, daß wir euch hören müssen. Dann jagen wir den Generator in die Luft, um eure Gegner abzulenken.«

Er wandte sich an die Heilige. »Und jetzt sehen wir nach, was die Gemächer der Schwester Generalin zu bieten haben.«

Matson machte sich insgeheim Gedanken darüber, warum bisher alles so glatt verlaufen war. Wiegten sich Coydts Spießgesellen so sehr in der Sicherheit des undurchdringlichen Schirms?

Einer nach dem anderen liefen sie durch den geheimen Zugang. Behutsam öffnete Matson die kleine Tür, die in den begehbaren Kleiderschrank im Schlafzimmer der Schwester Generalin führte. Er horchte, spähte in den Raum und trat dann ein. Die anderen folgten ihm. Matson kam nicht weit. Ein entsetzlicher Gestank lag über diesem Zimmer.

Fünf tote Frauen befanden sich hier, und keine von ihnen

war eines natürlichen Todes gestorben. Man hatte sie entkleidet und an Gegenstände gebunden, um sie dort langsam und mit unvorstellbarer Grausamkeit zu foltern.

Eine Frau hatte man mit Drähten ans Bett gebunden. Der Ausdruck auf ihrem starren Gesicht kündete von unfaßbarem Grauen. Alle fünf Leiber wiesen bereits Merkmale der Verwesung auf.

»Große Göttin!« stöhnte Kasdi. »Das war Schwester Tamara!« Auch Matson erkannte die kräftige Frau wieder, die auf so bestialische Weise ermordet worden war. Er erinnerte sich, daß sie als Sklavin damals in seinem letzten Zug mitgelaufen war und später, nach dem Sieg, zur Schwester Generalin von Anker Logh ernannt worden war.

»Faßt sie nicht an!« befahl er barsch. »Ich möchte keine Hinweise auf unsere Anwesenheit zurücklassen. Später, wenn der Tempel zur Gänze in unserer Hand ist, können wir uns immer noch um sie kümmern.«

Sie untersuchten die anderen Privat- und Büroräume. Alles war verwüstet. Laden und Papiere bedeckten den Boden, Bilder waren von der Wand gerisssen worden. Alle religiösen Symbole und Kultgegenstände hatte man entfernt oder zerstört.

Macree sagte: »Die zweite Gruppe befindet sich eine Etage über uns. Wenn ich Eure Beschreibung richtig im Kopf behalten habe, Schwester, liegen dort weitere Büroräume.«

Sie nickte geistesabwesend, hatte kaum hingehört. Ihre Miene war wie aus Stein. *Verdammte Suzl*! bebte es in ihren Gedanken. *Wenn wir früher hier gewesen wären, hätten wir das Massaker vielleicht noch verhindern können*! Doch sie wußte selbst, daß sie unrecht hatte. Coydts Truppe hatte den Tempel zuerst eingenommen und kurzen Prozeß gemacht. Wenigstens in den ersten zwei Tagen nach Errichtung des Schilds hatte er diesen Ort scharf bewachen lassen. In jener Zeit hätte Matson mit seinen Soldaten kaum eine Chance gehabt.

Sie verließen die Gemächer und inspizierten die anderen

Kammern. Alle waren von den Angreifern verwüstet und verheert worden. Erschrocken fand sich Kasdi plötzlich in dem Raum wieder, in dem die damalige Schwester Generalin bei verbotener körperlicher Liebe der Achtzehnjährigen bestimmt hatte, die als Sklave verkauft werden sollten. Auch hier hatten die Abgesandten der Hölle alles zerschlagen und kurz und klein gehauen. Matson fiel jedoch ein Unterschied zu den anderen Räumen auf: »Sie haben nicht alles auf den Boden geworfen.«

»Die Unterlagen wurden mittlerweile auf Mikrofilm gespeichert«, erklärte Kasdi ihm.

»Ja, alle Daten von jedem, der in Logh wohnt. Aber wo sind die Filme?«

Jetzt begriff die Heilige, was er meinte. Alle Schränke und Ablagen waren umgestoßen und zerstört worden, doch sie waren alle leer. »Jeder Einwohner von Anker Logh war hier registriert, jeder, der damals hier gewohnt hat«, murmelte sie.

»Wenn die Burschen irgendwo einen Projektor haben, verfügen sie über alle Daten, die sie sich nur wünschen können. Wer wo welches Land besitzt, wer mit wem verheiratet ist, wer welche Kinder hat, wer welchen Beruf ausübt ... einfach alles.«

»Aber was wollen sie damit?«

»Das erfahren wir erst, wenn wir sie danach fragen«, antwortete Matson düster.

Kurz darauf trafen sie den zweiten Trupp. Auch er war auf keinen Widerstand gestoßen. Man hatte in einigen Räumen entstellte oder abgeschlachtete Frauen entdeckt, aber sonst nichts.

»An jedem Zugang zu diesem Stockwerk wird ein Mann postiert«, befahl Matson. »Wir legen Sprengsätze, für den Fall der Fälle. Und jetzt ins nächste Stockwerk.«

Die Etage, die sie jetzt betraten, war ein einziger Ort des Grauens. Hier befanden sich Büroräume und Zellen der Nonnen. Überall, sogar in den beiden kleinen Kapellen, lagen Tote. Der Gestank war so entsetzlich, daß Matsons

Trupp ihn nicht mehr ertragen konnte. Sie brauchten Schutzmasken, um diese Ebene genauer zu erkunden. Schwärme von Fliegen flogen aus allen Winkeln, und überall krochen Maden. Sie machten, daß sie so rasch wie möglich weiterkamen. Die nächste Etage befand sich direkt unter dem Inneren des Tempels. Matson wartete, ehe er sich diesem Stockwerk zuwenden wollte. Mittlerweile hatte sich am Durchgang eine ansehnliche Streitmacht versammelt, mit der der Leiner auch in größerem Rahmen operieren konnte. Matson schickte Trupp um Trupp hinauf in die Etage der Leichen, damit jeder sich einen Eindruck davon verschaffen konnte, gegen was für einen Gegner er antreten mußte.

Dem Leiner selbst bereitete ihr rasches Vorankommen Kopfzerbrechen. »Das sieht Coydt gar nicht ähnlich, seine Hintertür so ungeschützt zu lassen. Er kennt sich mit allen Taktiken und sonstigen militärischen Notwendigkeiten aus. Er hätte uns leicht stoppen oder vernichten können, als wir noch schwach und wenige waren. Das alles gefällt mir überhaupt nicht. Wir halten uns immer noch in diesem einen Gebäude auf. Möglicherweise wartete er nur auf den günstigsten Zeitpunkt, uns alle mit einem großen Knall zu erwischen ...«

»Du meinst, er will den ganzen Tempel in die Luft jagen?« entfuhr es Kasdi, und sie erbleichte. »Aber ... aber damit würde er sich selbst den Weg zum Höllentor versperren!«

»Sicher, aber er hätte uns ausgeschaltet. Ich lasse die Männer sofort alles absuchen. Eine einzelne Bombe reicht für den Tempel nicht aus, da bedarf es schon eines sehr großen Sprengsatzes.«

Matson stellte eine Abteilung zusammen, mit der er die Parterre-Ebene einnehmen wollte. Hier stießen sie auf Widerstand, der allerdings recht unorganisiert blieb. Überall ertönte Geschrei, und Granaten krachten. Matsons Truppe eroberte die Hallen, doch dann mußte jeder Raum einzeln erkämpft werden. Sie warfen Sprengtöpfe durch jede Tür, und dennoch tobte die Schlacht fast eine Stunde. Der Durchbruch kam erst, als jemand weiter unten den Generator ausschaltete. In der Dunkelheit besaßen Matsons Männer einen eindeutigen Vorteil. Trotzdem blieben zwölf Tote zu beklagen.

Auch Kasdi hatte auf die Männer in den Gängen gefeuert, und obwohl ihr bald die Arme schmerzten, fühlte sie sich nach dem Sieg erheblich wohler.

Endlich war die Straßenebene gänzlich in ihrer Hand. Sie sicherten alle Ausgänge und errichteten Barrikaden. Schwere Waffen gelangten durch das Höllentor. Matson ließ Geschütze vor dem Haupteingang, der auf den großen Platz führte, in Stellung bringen. Der Hinterausgang öffnete sich zu einer schmalen Straße, und sie konnten nicht mehr tun, als diese Gasse nach beiden Richtungen hin abzusichern.

Sie durchsuchten die restlichen Räume auf dieser Etage. Einige davon waren geradezu komfortabel mit Betten und anderen Möbeln ausgestattet. Hier wurden in normalen Zeiten die Gäste untergebracht. Bei dem Gefecht war niemand verschont worden, und so hatten auch ein paar Unbeteiligte ihr Leben lassen müssen. Die Soldaten stießen jedoch auf einige Überlebende, die allerdings so unter Schock standen, daß kein vernünftiges Wort aus ihnen herauszubringen war. Matson ließ sie auf Bahren legen und durch den Gang nach Flux bringen, um sie dort behandeln und schließlich befragen zu lassen.

Die Menschen, die sie hier fanden, waren zumeist nur spärlich bekleidet. Sie untersuchten eine Frau, die von einer Bombe getötet worden war. Die junge Frau war sehr geschminkt und schien in Parfum gebadet zu haben. Den Blicken der Neugierigen blieb nichts an ihr verborgen.

»Sie haben den Tempel in ein Beinhaus und ein Bordell umfunktioniert!« entsetzte sich die Heilige. »Coydts Haß auf die Kirche geht über jedes vorstellbare Maß hinaus. Seht nur, was hat sie denn dort auf dem Rücken?«

Macree zog den Strumpfhalter hoch, der ein seltsames

Mal verdeckte. »Eine Nummer und ein Wort«, vermeldete er. »Eine Tätowierung … wie früher bei den Beschneidungs-Riten …«

Eine Tätowierung wie damals … nach all den Jahren verspürte die Heilige wieder den Schmerz, der ihr damals zugefügt worden war. Erst Magie hatte sie von dieser Entstellung befreit. »Aber sie ist viel zu jung dafür. Warum die Zahl? Nein, das ist auch keine Ziffer, wie sie beim Ritus verwendet wurde … Bei allen Engeln! Das ist eine Registrierungs-Nummer!«

»Wie?«

»Diese Ziffer entspricht ihrer Ablage in der Zentral-Kartei des Tempels. Seht nur … Diese Zahlen zeigen an, daß sie in Anker Logh zur Welt gekommen ist. Nur Eingeweihte können sie lesen, denn diese Kodierung gilt als streng vertraulich. Und unter der Ziffer steht ihr Name … Johbee 19 … Letzteres deutete wohl auf die Abteilung hin, in der sie registriert wurde.«

Matson kam gerade von einem Inspektionsgang zurück. Er hörte zu, was Kasdi zu sagen hatte. Als sie fertig war. berichtete er: »Wir haben die Turnhalle eingenommen. Endlich haben wir ein paar Gefangene, die wir ausquetschen können. Ich fürchte nur, sie werden uns nicht allzu viel verraten.«

Sie folgten dem Leiner durch ein paar Gänge in den Teil des Gebäudes, in dem sich die Turnhalle befand. Zu früheren Zeiten wurden hier die jungen Männer und Frauen zusammengetrieben, die man beim Beschneidungs-Ritus gezogen hatte, um sie an diesem Ort für den Marsch durch Flux vorzubereiten. Seit die Neue Kirche die Macht innehatte, diente die Turnhalle wieder ihrem ursprünglichen Zweck, dem Spiel und der Körperertüchtigung.

Doch heute stand die Halle voller Betten, zwischen denen sich an die hundert Frauen aufhielten. »Nicht zu glauben!« flüsterte Matson der Heiligen zu und wandte sich dann an die nächste Schöne.

»Ihr da, kommt her!«

Die junge Frau lächelte ihn verführerisch an und bewegte sich hüftwackelnd auf ihren hochhackigen Schuhen zu ihm. »Ja, mein Herr?«

»Wie heißt Ihr?«

»Alle nennen mich Tabby, Herr.«

»Also gut, Tabby, was treibt Ihr hier?«

»Wir bereiten Herren Vergnügen, kümmern uns um ihre Bedürfnisse und Wünsche. Wir sind dankbar dafür, den Befehlen des Fürsten dienen zu dürfen.«

Der Leiner nickte. »Und wer ist dieser Fürst?«

»Aber, das wißt Ihr nicht? Der Fürst des Himmels, der die Erde geschaffen hat, Herr!« Sie schien jetzt erst Kasdi zu entdecken. »Warum habt Ihr Euch blasphemisch gekleidet, Schwester?«

Matson drehte sich zur Heiligen um. »Sieh sie dir alle an. Betrachte genau ihre Gesichter!« Kasdi trat näher an die jungen Frauen heran. Sie wußte nicht, was er damit bezweckte, und ärgerte sich über ihn, weil diese Szene sie fast so sehr anekelte wie der Anblick der übereinandergeworfenen Leichen in dem tieferen Stockwerk. Plötzlich erkannte sie ein Gesicht wieder und erschrak. Ein wunderschönes Antlitz, ein Körper, der jeden Mann um den Verstand bringen ließ. Matson bemerkte Kasdis Reaktion und rief die Schöne zu sich. »Wie lautet Euer Name?«

Sie lächelte und verneigte sich leicht. »Man nennt mich Marigail, Herr.«

»Schwester Marigail, erkennt Ihr mich denn nicht wieder?« rief Kasdi, erhielt zur Antwort jedoch nur eine Beschimpfung: »Ihr beleidigt den Fürsten mit Eurer blasphemischen Kutte, alte Vettel!«

Kasdi runzelte die Stirn. »Ob sie alle unter Drogen stehen?«

»Das bezweifle ich. Ich entdecke hier nur Frauen mit Traumfiguren und sehr ansprechenden Zügen. Davon abgesehen handelt es sich bei Ihnen um Priesterinnen, die einmal einen Zaubereid auf sich genommen haben. Drogen können ihnen nichts anhaben.«

»Marigail hat schon immer so ausgesehen, aber ich sehe, was du meinst. Sie können nur mittels Flux-Kraft so verändert worden sein ... und gerade das ist doch hier ausgeschlossen!«

»Na ja, eine erste Vermutung von mir wäre, daß sie jede einzelne diesen Frauen hinunter zum Höllentor geführt und sie dort mit einem Bann belegt haben. Wahrscheinlicher ist allerdings, daß sie die Schwestern alle zusammen hinaus auf die Flux-Schürze gebracht haben. Ein mächtiger Zauberer hat sie dann transformiert.«

»Widerlich!« konnte die Heilige nur sagen.

Er genierte sich ein wenig dafür, aber er mußte immer wieder einen Blick auf Marigail werfen. Laut erklärte er dann: »Ich kann mir allmählich zusammenreimen, was sich hier abgespielt hat. Zuerst sind Coydt und seine Truppe hier eingedrungen und haben alle Militärstützpunkte niedergemacht. Dann haben sie die ganze Hauptstadt besetzt und Widerstand erstickt. Die Bewohner, Farmer und Stadtbürger, die keine Waffen besaßen, haben sich den neuen Machthabern gebeugt. Vielleicht hat Coydt ein paar von ihnen öffentlich foltern oder hinrichten lassen, um den anderen ein warnendes Beispiel zu geben. Das aber war erst der Anfang. Möglich, daß es irgendwo noch ein paar Widerstandsnester gibt, aber die eigentliche Niederwerfung fand innerhalb der ersten zehn Tage statt. Inzwischen hat die zweite Phase eingesetzt: Anhand der Zentral-Kartei führen sie die Anker-Bürger hinaus nach Flux, um sie dort nach ihren Vorstellungen umzumodellieren. Bald wird die erste Stufe vollständig abgeschlossen sein. Dann kann Coydt alle Kräfte auf seine Umgestaltung konzentrieren ...«

»Und sie wollen alle Bürger in ... in so etwas umwandeln?«

»Nein. Wenn Coydt sich hier auf Dauer niederlassen will, benötigt er Menschen, die sich auf den Betrieb einer Farm, auf Handwerke und andere Berufe verstehen. Halt, eigentlich benötigt er dafür nicht die Umwandlung jedes einzelnen. Ein paar ›Vorbilder‹ reichen aus. Die anderen machen dann schon mit, weil ihnen ja doch nichts anderes übrigbleibt. Außerdem hält der Höllenprinz die Zentral-Kartei in Händen. Er kann Ehefrauen, Kinder oder sonstige Verwandte mit dem Tode bedrohen, um widerspenstige Bürger zur Räson zu bringen. In kurzer Frist wird die Angst einen jeden dazu bringen, Coydt zu gehorchen. Und je länger diese Neue Ordnung anhält, desto mehr gewinnt sie an Stabilität und Normalität. Mitläufer und Opportunisten gibt es überall, und Menschen benehmen sich am liebsten so wie ihre Nachbarn, um bloß nicht aufzufallen.«

Immer noch strömten Soldaten durch das Höllentor in den Tempel. Draußen hielten die Männer hinter den Barrikaden Wache. Coydts Truppe würde über den großen Vorplatz angreifen müssen. Seine Artillerie könnte vielleicht die mächtigen Tore zerstören, aber die Tempelmauern waren dagegen gefeit. Noch nie hatte jemand es vermocht, ein Stück aus einer Mauer zu brechen.

Ein Ausfall von Matsons Soldaten brachte neue Gefangene ein. Von ihnen und von denen, die man auf den Bahren nach Flux geschickt hatte, erfuhren Matson und Kasdi die ganze Geschichte von der Eroberung Anker Loghs.

Feldstudien

Alles war ohne Vorwarnung geschehen. Coydt hatte die ganze Unternehmung bis ins kleinste Detail vorhergeplant und durchgeführt. Diese Operation sei eine wissenschaftliche Übung, hatte er seinen Mitstreitern erklärt, eine ›Feldstudie‹ mit der er einige Theorien über Kriegsstrategien und politische Kontrolle überprüfen wollte. Die meisten seiner Mitarbeiter hatten kein Wort davon verstanden, kümmerten sich aber auch nicht weiter darum. Coydt war es recht so. Er versprach jedem Stellvertreter sein eigenes Fluxland, das ihm ganz allein so lange gehören sollte, wie es ihm beliebte.

Ob er übergeschnappt war oder ob er tatsächlich eine Methode gefunden hatte, ihnen ein sicheres Leben zu bieten, blieb vorerst dahingestellt. Auf jeden Fall köderte er jeden Verbündeten damit, daß er ihm genau das erzählte, was der Betreffende hören wollte. Er versprach den Flux-Herren, daß er der Neuen Kirche das Rückgrat brechen, sie demoralisieren, sie entmachten und ihr Reich zu Fall bringen würde. Die Ängste dieser Fürsten vor der Neuen Ordnung Kasdis waren so groß, daß selbst alte Intimfeinde unter ihnen plötzlich Hand in Hand für Coydt eintraten.

In Anker Logh lebten etwa eine Million Menschen. Das Land teilte sich in siebenundfünfzig Gaue auf, in denen jeweils etwa achtzehntausend Bürger eingetragen waren. Die Hauptstadt bildete einen eigenen Gau. Allen Arten von Feuerwaffen waren in Anker Logh strikt untersagt. Neben der Grenzwache würde man in diesem Land also nur auf ein paar Leiner oder andere Reisende stoßen, die vielleicht über eine Waffe verfügten.

Coydt hatte mehr Truppen aufbieten können, als Mervyn geschätzt hatte. Die Flux-Herren führten dem Höllenprinzen etwa zehntausend Kämpfer zu. Es handelte sich bei ihnen um kampferprobte Männer, die zusätzlich vor Beginn der Operation in geheimen Lagern in der Leere ausgebildet worden waren. Als der Tag X dann kam, drang ein Großteil der Truppen durchs Höllentor in den Tempel ein, während gleichzeitig andere die Grenztore und den Wall beschossen und besetzten. Binnen einer Stunde waren alle Arsenale und Depots des Ankers in Coydts Hand. Nennenswerten Widerstand trafen sie nur an der Grenze an, den sie allerdings rasch brechen konnten. Danach traten die Flux-Zauberer in Aktion und errichten den Schirm. Die meisten Magier hielten den Schild nur während der ersten Tage aufrecht, dann wurden sie von etwas ersetzt, das sie kaum begreifen konnten. Coydt schaltete an ihrer Stelle Maschinen ein, die nur von ein paar Magiern bedient zu werden brauchten.

Den Tempel eroberte man innerhalb von zwei Stunden. Viel Zeit ging jedoch dabei verloren, bis man ausreichend Kämpfer durch den geheimen Gang geschleust hatte. Nach dem Tempel kamen die Polizei-Reviere an die Reihe. Gemäß alter Traditionen waren die Beamten lediglich mit Schlagstöcken bewaffnet. Ein paar Schüsse reichten aus, diese Männer zur Aufgabe zu bewegen. Danach ließ Coydt den Strom abschalten.

Die Truppen auf dem Land besetzten einen Gau nach dem anderen und rückte in zwei starken Kolonnen auf die Hauptstadt an. Die Soldaten in der Stadt besetzten die Verwaltungsgebäude und das Wasserwerk.

Doch bei der Einnahme der Stadt verlief nicht alles so planmäßig. Eine ganze Reihe der Invasoren wurde vom Mob buchstäblich zu Tode geprügelt. Coydts Männer stellten jedoch rasch und brutal die Ordnung wieder her. Die Anführer der Aufrührer wurden niedergeschossen. Man trieb auch die zusammen, die sich an der Empörung beteiligt hatten, und richtete sie auf dem großen Platz vor dem

Tempel hin. Für jeden gefallenen Invasoren starben fünf Bürger. An die anderen wurde die Warnung ausgegeben, daß bei der nächsten Revolte hundert Bewohner für jeden toten Soldaten ihr Leben verlieren würden. Darüber hinaus wurde bekanntgegeben, daß das Land unter Kriegsrecht stand. Der ›Befreiungsarmee‹ sei unbedingter Gehorsam zu leisten.

Viele Bewohner wollten fliehen, kamen jedoch nicht weit. Spätestens am Schirm war die Reise für sie zu Ende. Coydt ließ eine Anzahl von ihnen als Warnung für die anderen exekutieren.

Nach zwei Tagen hatte die ›Befreiungsarmee‹ ganz Anker Logh unter Kontrolle. Beamte auf allen Ebenen arbeiteten mit den neuen Machthabern zusammen, drängten geradezu auf eine gedeihliche Kooperation. Alle größeren Straßen wurden zu Militärgebiet erklärt, und Reisende benötigten einen Spezialausweis vom Ortskommandanten, um sie zu benutzen; bei Zuwiderhandlung drohten Folter und Hinrichtung. Von der Abenddämmerung bis zum Morgengrauen herrschte striktes Ausgehverbot, das nicht nur für Städte, sondern für das ganze Land galt und streng überwacht wurde. Bis zum fünften Tag der Invasion hatten sich alle Einwohner bei ihrer jeweiligen Kirche zu melden. Dort überprüfte man ihre Daten anhand der Zentralkartei des Tempels. Danach wurde ein jeder abgelichtet, man nahm ihm Fingerabdrücke ab und händigte ihm schließlich einen neuen Ausweis aus. Zur großen Beunruhigung der Bürger wurde jeder einzelne von ihnen von einer Maschine tätowiert, wie man sie seit den Tagen des Beschneidungs-Ritus nicht mehr gesehen hatte.

Die Invasoren führten ein Überwachungssystem mit Spitzeln und Beobachtern ein. Vorzugsweise wählte man dafür verheiratete Männer mit Kindern aus. Am zehnten Tag wagte es niemand mehr, sich öffentlich über etwas anderes als die Arbeit oder das Wetter zu äußern. Am Ende der zweiten Woche hegte niemand mehr die geringste Hoffnung auf Hilfe von außen. Manche verfielen in Resignation, arbeiteten jetzt offen mit den Invasoren zusammen. Neue Gesetze und Verordnungen wurden erlassen. Die Kirche als Institution wurde aufgelöst. Die Priesterinnen, die den Angriff überlebt hatten, waren gleich zu Beginn kaserniert worden und kehrten jetzt als ›dienstbare Engel‹ zurück. Alle Frauen in Führungspositionen wurden abgesetzt. Von nun an war es verboten, daß Männer unter einer Frau arbeiteten. Frauen mußten zu Hause bleiben und durften sich nur für Einkäufe oder auf dem Weg zur Arbeit auf der Straße zeigen. Für alle anderen öffentlichen Auftritte waren sie auf die Begleitung eines Mannes angewiesen.

Den Männern erging es nun nur unwesentlich besser als den Frauen. Sie trugen direkte und persönliche Verantwortung für die unterschiedlichsten Dinge und Bereiche. Sie hatten dafür zu büßen, wenn ihre Frau sich beschwerte, abfällige Bemerkungen machte oder sonstwie negativ auffiel.

Hartnäckig hielt sich das Gerücht, einige der neuen Herren ließen politische Gefangene in die Wälder bringen, um dort Treibjagden auf sie zu veranstalten. Auch hörte man immer wieder von Massenorgien der Besatzer in den ehemaligen Tempeln. Und es hieß, demnächst sollte ein ›Neues Reich‹ mit einem Kaiser an der Spitze installiert werden.

Coydts Frauenhaß zog sich wie ein roter Faden durch alle Veränderungen. Aber er verfolgte ein weit größeres Ziel. Mit seiner Operation führte er vor, wie man ein Anker ohne größere Schwierigkeiten einnehmen und völlig verändern konnte. Er demonstrierte, daß die Kontrolle, die Flux-Fürsten über ihr Land ausübten, auch auf ein Anker übertragen werden konnte. Natürlich setzte der Höllenfürst auch Flux-Kraft ein, aber er gebrauchte sie nur in besonderen Fällen, hielt sie als letztes Mittel zurück. Er wollte nicht nur die Gleichberechtigung zwischen den Geschlechtern auflösen, sondern mit seinen absurden Verfügungen feststellen, wo die ultimaten Grenzen des Zusammenlebens von Männern und Frauen lagen.

Zur Durchführung seiner ›Feldstudien‹ standen ihm vor allem die unbekannten Maschinen zur Verfügung, die mit Flux-Kraft betrieben wurden. Niemand wußte, woher diese Apparate stammten, ob er sie selbst entwickelt oder irgendwo entdeckt hatte. Seine Maschinen konnten überall in Flux einen undurchdringlichen Schutzschild errichten, der niemanden hinausließ und jeden Angreifer den Weg versperrte. Er war durch ein Höllentor gegangen, ohne behelligt worden zu sein, ganz zu schweigen davon, daß ihm kein Seelenreiter zur Verfügung gestanden hatte. Warum war nur er dazu in der Lage, nicht aber die anderen Mitglieder der Sieben? Und besaß Coydt mit seinen neuen Maschinen eine so gewaltige Macht, daß er gar kein Interesse mehr daran verspürte, eines Tages die Höllentore zu öffnen? So viele Fragen – aber Coydt gab keines seiner Geheimnisse preis.

Coydt entwickelte sich mehr und mehr zu einer mysteriösen Gestalt. Äußerlich führte er sich auf wie ein Psychopath, der Menschen als Dinge betrachtete, die lediglich bei Experimenten sein wissenschaftliches Interesse erweckten. Hinter seinen Taten verbarg sich jedoch ein kalter und sehr scharfer Verstand, der Dinge herausgefunden hatte und Prinzipien verstand und anwendete, wie die Welt sie noch nicht gesehen hatte. Beide Seiten seiner Persönlichkeit ergaben eine schreckliche Kombination, und aus ihr erwuchs die eigentliche Tragödie für die Welt und ihre Bewohner.

Als Matson in den Tempel eindrang, befand sich Coydt schon seit fünf Tagen auf einer geheimnisvollen Reise, von der niemand wußte, wohin sie ihn führte und was er dort bezweckte. Die Bewachung des Gebäudes wurde nicht mehr streng gehandhabt, vor allem auch deshalb nicht, weil die verantwortlichen Offiziere sich mehr darauf konzentrierten, das restliche Logh bis in den letzten Winkel unter ihre Kontrolle zu bekommen. Die obersten Führer waren ohnehin vollauf damit beschäftigt, den Schirm aufrechtzuerhalten. Ein fähiger Offizier hatte das Kommando über den Tempel inne, aber er war bei seinen Leuten nicht sehr beliebt. Weil er zu sehr auf Drill achtete, war er kurz nach Coydts Verschwinden einem tragischen Unfall zum Opfer gefallen. Danach beschäftigten sich die Soldaten mit Vergnügen und Ausschweifungen aller Art, statt diszipliniert ihren Dienst zu versehen. So war es dann Matson ziemlich leichtgefallen, den Tempel zu erobern. Danach aber wendete sich das Blatt. Der Kommandant der Hauptstadt verstand sein Handwerk. Matson hielt zwar den Tempel, aber rings um das Gebäude hatten seine Gegner einen festen Verteidigungsring gezogen.

Der Leiner, Kasdi und die anderen Befehlshaber versuchten wieder die Initiative an sich zu reißen, aber alles, was sie versuchten, schlug fehl. Matson hatte geglaubt, man könnte ein Loch in die Tempelwand sprengen, um an einer unerwarteten Stelle einen Ausfall zu machen. Doch die Mauer widerstand selbst den stärksten Sprengstoffen. Damit waren sie auf die drei Ausgänge des Tempels angewiesen. Vor denen hatte der Stadt-Kommandant jedoch so starke Kräfte massiert, daß jeder Angriff Matsons an einer solchen Stelle in einem Massaker endete. Der Neuen Kirche war nicht mehr viel gelungen, als den Tempel zu besetzen und die Stadt von der Stromversorgung abzuschneiden. Eine quälend lange Woche verging.

Man hatte die ehemaligen Priesterinnen zurückgeschafft, um sie draußen in Flux von eigenen Zauberern untersuchen zu lassen. Der Bann, mit dem sie belegt worden waren, wies eindeutig Coydts Handschrift auf. Es gelang den Magiern zwar, diesen Schicht um Schicht zu lösen, aber eine Heilung der Priesterinnen war kaum möglich. Nachdem der Zauber von ihnen genommen war, setzten die Erinnerungen an den ersten Tag der Invasion ein: die Vergewaltigungen, die Demütigungen, die Mißhandlungen, schreckliche Erlebnisse, die allein schon das seelische Gleichgewicht eines jeden zerstören konnten. Noch nie hatte der Magier einen Zauber entdeckt oder entwikkelt, mit dem sich bestimmte Erinnerungen löschen ließen. So sehr es den Frauen auch geholfen hätte, Kasdis Zauber hatten nichts in der Hand, um sie von den Erinnerungen ab der Invasion zu befreien.

Die Generalstäbe fingen an, sich Sorgen um ihre Rückflanken zu machen. Fünfzehn weitere Anker galt es zu bewachen, bei denen eine ähnliche Invasion möglich wäre. Niemand wußte, wo Coydt oder die anderen der Sieben sich aufhielten. Auch die anderen Höllentore mußten bewacht werden. Der Neuen Kirche und ihren Verbündeten unterstanden zweihundertfünfzigtausend Mann und etwa eintausend Zauberer. Vor Anker Logh wäre es die größte Armee von Welt gewesen. Doch man mußte dieses Heer aufteilen, um auch die anderen in Frage kommenden Anker und Höllentore zu schützen. So stationierte der Generalstab schließlich Divisionen zu zwölfeinhalbtausend Mann und fünfzig Zauberern in allen betroffenen Gebieten. Die Alte Ordnung verfügte zwar nur über einhunderttausend Mann und dreihundert fähige Magier, doch sie konnte mit dieser geballten Macht an jedem beliebigen Punkt zuschlagen. Eine einzelne Division hatte dagegen nicht viele Chancen.

Kasdi verdroß diese Situation sehr. »Wir verfügen über soviel Macht, und doch sind uns die Hände gebunden.«

Suzl verstand zwar kein Wort von dem, was debattiert wurde, aber sie sah genug, um sich ein Bild von der Lage machen zu können. Sie hätte zu gern den Tempel aufgesucht, um sich einen genaueren Eindruck zu verschaffen, aber Spirit fürchtete sich sehr davor, einen geschlossenen Raum zu betreten. Allerdings blieb ihr die wachsende Unruhe ihrer Gefährtin nicht verborgen, und so erklärte sie auf ihre Weise Suzl, daß sie sich ruhig allein auf den Weg machen könne, wenn sie nur nicht zu lange fortbliebe.

Nun hielt Suzl nichts mehr zurück. Sie wußte, welchen Code man an der Konsole im Höllentor eingeben mußte, und war auf niemandes Hilfe angewiesen. Als sie durch die Öffnung trat, sah Spirit ihr besorgt nach. Suzl wußte, daß sie augenblicklich unter dem Tempel ankommen würde. Der Raum unter der ehemaligen Falltür wurde von Fackeln erhellt. Überall lag militärische Ausrüstung. Viele Uniformierte liefen hier herum, die allesamt nicht besonders begeistert wirkten, als sie die nackte Stumme entdeckten.

Suzl hatte nicht vor, irgendwen zu behindern oder sich in irgend etwas einzumischen. Sie hatte die Leichen gesehen, die man aus dem Tempel geschafft hatte. Eine davon war ihre alte Freundin Nadya gewesen, die später als Schwester Generalin Tamara hieß.

Suzl lief fast eine Stunde herum und sah sich alles an. Sie entdeckte nichts, was sie nicht erwartet hätte. Man ließ sie auch nicht in die Nähe der Ausgänge. Schließlich wanderte sie wieder in den Keller hinab. Sie wußte, daß sie sich nur selbst etwas vormachte, wenn sie glaubte, eine Lösung zu finden, nachdem allen anderen nichts mehr eingefallen war.

Sie schritt die Stufen der neuen Treppe hinunter, kehrte aber noch nicht auf die andere Seite zurück. Sie spürte die schwach vorhandene Flux-Kraft und wollte plötzlich feststellen, welchen Weg sie nahm. Diese Idee kam ihr wie aus dem Nichts, aber je länger sie darüber nachdachte, desto mehr begeisterte sie sich dafür. *Also, vom Wirbel am Tor,* begann sie zu überlegen, *und vom Tor in diesen Raum ...* Nein, so einfach nicht. Eine große Menge Energie strömte vom Wirbel hierher, während man hier nur lachhaft wenig davon wiederfinden konnte. Eines der unumstößlichen Flux-Gesetze lautete, daß nur eine begrenzte Menge an Energie und Materie zur Verfügung stand. Zwar konnte man Materie und Energie beliebig umwandeln, endlos aus dem einen das andere schaffen. Doch Materie oder Energie entstanden keineswegs aus dem Nichts, genausowenig wie man die vorhandene Menge verringern konnte. Also, wohin verschwand die Energie auf dem Weg hierher?

Suzl verstand nicht allzu viel von Elektrizität, wußte aber, daß es eines Transformators bedurfte, um die Energie zu speichern und in der gewünschten Menge in die Generatoren der Hauptstadt einzuspeisen. Die Energie war für sie sichtbar, und so folgte sie nun ihren Spuren. Sie entdeckte eine Lücke zwischen dem Tor und diesem Raum. Die Barriere, die von Kasdi angelegt worden war, vergrub den Punkt unter sich, an dem die Energie wieder zutage trat. Doch da waren die Kabel, die unter dem Boden zum Transformator führten. Die Energie im Kabel unterschied sich erheblich von der reinen Flux-Strömung. Ihre Menge war größer als die am Tor, aber immer noch ein bloßer Bruchteil der ursprünglichen Menge.

Suzl strengte alle ihre Sinne an und untersuchte Wände und Boden, um den Punkt zu entdecken, an dem die Wirbelströmung hier ankam. Sie fand ihn sehr schnell und auch die Stelle, an dem der Strom sich teilte ... vielleicht mittels eines Generators, der ins Fundament des Tempels eingelassen war? Dort stand das Tor, und hier verlief das Elektrizitätskabel. Nein, halt, das Kabel entsprang nicht direkt dem Teilungspunkt. Es kam von tief unten. *Unten!* Dorthin verschwand die fehlende Energie! Daher war das Rätsel bislang wohl auch noch nicht gelöst werden. Suzl folgte dem Fluß mit ihren Mentalkräften und fand sich plötzlich inmitten absoluter Finsternis wieder.

Hier gab es weder oben noch unten, weder vor noch zurück. Nicht der winzigste Lichtpunkt ließ sich hier ausmachen, und ebenso blieb jegliche andere sinnliche Wahrnehmung aus.

Doch Suzl war nicht allein.

Etwas fuhr in ihren Geist, etwas überaus Mächtiges und Furchteinflößendes. Nach dem ersten Schrecken erkannte Suzl jedoch, daß dieses Etwas ihr nichts zuleide tun wollte, sondern lediglich neugierig war. Im ersten Impuls hatte sie befürchtet, in die Hölle selbst geraten zu sein. Nun blieb ihr nichts anderes übrig, als abzuwarten und es über sich ergehen zu lassen. Sie spürte, wie alle möglichen Stellen ihres Geistes untersucht und erkundet wurden, die Erinnerungen hervorgeholt und lange zurückliegende Gefühle ausgegraben wurden. Sie sagte sich, daß das Etwas alles finden würde, was es bei ihr suchte, daß ihr selbst aber keine Möglichkeit zur Verfügung stand, mit diesem Wesen in Kontakt zu treten. Und sie gewann von irgendwoher den Eindruck, daß das Etwas ihr auch keine ihrer Fragen hätte beantworten können.

Unvermittelt zuckte ein Lichtblitz vor ihr auf. Sie war wieder im Tempel. Sie schwebte über dem Boden und besaß keine Körperlichkeit mehr. Das war jedoch im Moment ihre geringste Sorge, denn sie verfügte auch nicht mehr über die Freiheit, sich nach eigenem Willen zu bewegen. Sie gelangte in die gewaltige Generatoranlage, strömte hindurch und war dann das elektrische System des Tempels. Überall, wo diese Form der Energie hinfloß, war auch Suzl, überall im Gebäude. Trotz einer gewissen Furcht gefiel ihr dieses Erlebnis immer besser.

In einer Kammer hockte Kasdi und war über irgendwelchen Papieren eingeschlafen. In diesem Raum befand sich ein Telephon der Haussprechanlage, das nun so laut und beharrlich zu piepen begann, daß die Heilige schließlich davon aufwachte. Kasdi nahm den Hörer ab und meldete sich: »Ja?«

»Morgen abend um die gleiche Zeit schalte ich den gesamten Sektor aus, der der Tempel-Platz genannt wird«, antwortete eine unheimliche elektronische Stimme, die ihr dennoch irgendwie bekannt vorkam. »Das hält allerdings nur für eine Minute an, weil sonst die Grundstruktur des gesamten Ankers in Gefahr gerät.«

»Wer spricht denn da?« wollte Kasdi wissen. »Wer seid Ihr?«

»Der Vorplatz wird dann der Leere gleichen. Pure, reine Energie legt sich über den Sektor. Der Platz muß von allen geräumt werden. Da es sich hierbei um eine ungewöhnlich komplizierte Aktion handelt, kann ich nicht mehr als vier Personen in dieser Zone erhalten. Bewegt Euch vom Zentrum der Zone so rasch wie möglich fort, bis ihr in das Anker gelangt seid; denn sobald die Minute vorüber ist, wird alles wieder so sein wie zuvor. Nur wissen die anderen nicht, daß inzwischen Zeit vergangen ist. Mehr kann ich beim besten Willen nicht für Euch tun, es sei denn, ich wollte das Leben aller Menschen in diesem Distrikt ernsthaft gefährden.«

Trotz aller Verzerrungen in der Stimme erkannte Kasdi jetzt die Sprecherin wieder. »Suzl, du bist es, nicht wahr?« Die Heilige konnte sich nicht erklären, wieso plötzlich eine Kommunikation möglich war.

»Der Agent, den du Seelenreiter nennst, ist für die Niederringung des Schirms unbedingt vonnöten. Vernichte so viele Maschinen und Zauberer wie möglich, um den Schild zu schwächen. Der Translator wird dich mit der dafür nötigen Formel versorgen. Und vergiß nicht: Exakt zu diesem Zeitpunkt morgen abend!«

Kasdi drückte in höchster Erregung die Sprechtaste. »Warte! Sag mir doch, ob du es wirklich bist, Suzl!«

»Übertragung beendet. Bis morgen.« Und damit war die Leitung tot.

Suzl spürte, wie sie sich rasch aus den Leitungen und Kabeln zurückzog, wie Wasser, das einen Abfluß hinabrinnt. Sie hatte jedes Wort verstanden, selbst aber nichts gesagt. Das Etwas verschwand, und Suzl fand sich an der Treppe wieder. Als sie zufällig an sich hinabsah, bemerkte sie, daß ein matter Energieschimmer von ihr ausging. Sie runzelte die Stirn und begab sich nach oben. Bei jeder Bewegung ihres Körpers krachte und knackte etwas, aber ansonsten schien sie wieder ganz die Alte zu sein. Nur juckte es sie ganz entsetzlich auf der gesamten Haut. Als sie das Metallgeländer berührte, erhielt sie einen elektrischen Schlag, der sie von den Füßen riß. »Verdammt!« rief sie. Etliche Soldaten schraken auf.

»Die Stumme!« schrie ein Soldat. »Irgend etwas ist mit ihr!«

»Von wegen stumm!« brüllte Suzl zurück und schüttelte den Kopf. »Hol mich der Teufel, ich kann wieder sprechen.« Sie lächelte. »Jetzt brauche ich eine gute Zigarre und einen doppelten Drink!«

Die Botschaft wurde über alle Anschlüsse der Haussprechanlage übertragen, aber nur Kasdi hatte die Sprechtaste betätigen können. Alle Verantwortlichen fanden sich in der umfunktionierten Turnhalle wieder, um die Lage zu erörtern. Gerade als sie beginnen wollten, wurde Suzl hereingeführt.

Sie erzählte ihnen die ganze Geschichte. »Ich habe keine Ahnung, was genau mir da widerfahren ist«, kam sie zum Schluß, »aber bei allem, was recht ist, Cass, in diesem Komplex lebt ein unfaßbares Wesen. Ich schätze, es hält sich schon seit Urzeiten da unten auf. Oder was meinst du, habe ich vielleicht ein spirituelles Erlebnis gehabt?«

»Du ganz gewiß nicht«, entgegnete Kasdi. »Ich habe bereits nach Mervyn schicken lassen. Wir anderen sollten schon damit anfangen, Suzls Bericht zu ordnen und zu sortieren.«

Wenig später traf der alte Magier ein. Suzls Bericht bewegte ihn mehr, als man das jemals bei ihm erlebt hatte. »Ich kann nur eine Vermutung äußern, für die mir allerdings jeglicher Beweis fehlt. Mir scheint, du bist der erste Mensch, der dem Torwächter persönlich begegnet ist und dabei nicht vernichtet wurde.«

Anhand der Aussagen aller Versammelten setzte man die Botschaft zusammen. Etliche hatten sich sogar den exakten Zeitpunkt des ›Anrufs‹ gemerkt.

Suzl hatte noch mehr mitzuteilen: »Dieses und die drei anderen Anker unterscheiden sich im Grunde kaum von Fluxländern, nur wurden sie von dem Wesen erschaffen und nicht von einem Zauberer. Ich glaube wirklich, der Wächter und dieses Wesen sind ein und derselbe.«

Mervyn schüttelte den Kopf: »Ich kann mir wirklich nicht vorstellen, daß ein solches Wesen darauf angewiesen wäre, eine Maschine zu bauen. Es mag sich der Apparate bedienen, aber es baut sie nicht. Mir fällt bei dieser Gelegenheit ein, daß Kasdi vor vielen Jahren in einen Falken verwandelt wurde. Man hielt sie hier in diesem Tempel gefangen, aber irgendwie kam sie wieder frei und verwandelte sich in ein Flux-Wesen mit Zauberkraft. Erinnerst du dich?«

Die Heilige nickte. »Ich weiß nicht, wie es mir als Vogel ergangen ist. Mein Gedächtnis setzte erst wieder ein, als ich als Flugwesen durch Flux gereist bin.«

»Ich vermute, daß der hiesige Wächter dafür verantwortlich gewesen ist. Nur so ergibt sich ein logisches Bild. Und nun stehen wir vor einem neuen Berg Arbeit, um die unerwarteten Informationen zu verarbeiten.«

»Das muß leider noch warten«, wandte Matson ein. »Morgen abend um Punkt 22.09 will dieses Wesen seinen Nebel oder was auch immer über den Vorplatz legen. Vieren von uns steht dann genau eine Minute zur Verfügung, um die gegnerischen Linien zu überwinden. Danach sind wir auf uns allein gestellt. Wenn der Wächter die Wahrheit gesprochen hat, werden Coydts Soldaten überhaupt nichts davon mitbekommen. Was haltet Ihr davon? Können wir uns darauf verlassen?«

Der alte Magier nickte. »Unbedingt. Davon abgesehen muß ja niemand von uns nach draußen, wenn der Spezial-Nebel ausbleibt. Also, laßt uns jetzt lieber überlegen, wer von uns gehen soll. Das Wesen hat erklärt, der Seelenreiter sei erforderlich, um Coydts Maschinen zu zerstören. Suzl, Ihr wißt, was das bedeutet?«

»Nein, das geht nicht. Spirit würde in irgendein Schlamassel geraten, weil sie sich doch überhaupt nicht helfen kann. Ganz zu schweigen von unserem noch nicht einmal einen Monat alten Baby!«

»Es hilft alles nichts, sie muß gehen. Und du wirst sie begleiten. Du bist vermutlich der Translator, von dem der Wächter gesprochen hat. Verstehst du eigentlich noch die Sprache des Seelenreiters und deiner Gefährtin?«

Darüber hatte Suzl noch nicht nachgedacht. Zwar konnte sie sich jetzt wieder ganz normal mit Menschen verständigen, aber hatte sie dafür die Kenntnis der Maschinensprache verloren? Beklommen durchforschte sie ihren Geist, ging über die mentale Brücke und stellte zufrieden fest, daß sie die Anwesenden weder hören noch ansprechen konnte. Sie wünschte sich über die Brücke zurück, und schon drangen die Stimmen von Mervyn, Kasdi und Matson an ihre Ohren. »Ja, es geht, aber ich kann nur entweder das eine oder das andere. Beides gleichzeitig ist mir unmöglich.«

»Das reicht aus. Der Seelenreiter ist unabdingbar. Wahrscheinlich muß er sich Coydts Maschinen erst einmal ansehen. Sobald er die geeignete Formel gefunden hat, gibst du sie an uns weiter, damit unsere Zauberer sie ebenfalls benutzen können.«

Suzl zuckte die Achseln. »Okay, ich bin dabei. Aber bei Spirit sehe ich die größten Schwierigkeiten. Was machen wir zum Beispiel, wenn sie irgendwo auf einer Wiese einen Schmetterling sieht und sich das Insekt unbedingt ansehen will, vermutlich wenn uns gerade eine Horde Verfolger auf den Fersen ist?«

»Du mußt sie eben unter Kontrolle halten. Wenn du versagst, können wir gleich Anker Logh und die ganz Welt Coydt in die Hände geben.«

Suzls erste Versuche, Spirit zu überzeugen, fruchteten nichts. Also mußte der Seelenreiter weiterhelfen. Sie gab Jeffron in die Obhut einer Kinderschwester und begab sich mit Spirit an einen Ort, an dem sie ungestört sein konnten. Suzl sagte sich, daß es doch einen Versuch wert wäre, den Seelenreiter einmal so zu behandeln, wie sie es zufällig beim Wächter getan hatte. Beide Wesenheiten waren miteinander verwandt, und bei beiden handelte es sich um Lebewesen aus purer Energie, so unfaßbar diese Vorstellung auch sein mochte. Natürlich gab es Unterschiede zwischen den beiden, aber zumindest konnten sie mit Menschen in Verbindung treten, was im umgekehrten Fall kaum möglich schien.

Suzl nahm die Gefährtin an der Hand, stellte sich mit ihr in den Energiewirbel und konzentrierte sich auf nichts anderes als auf Spirit. Gefühle waren der Schlüssel, und je stärker die Emotionen, desto tragfähiger das Medium. Starke Gefühle blockierten den Verstand, noch stärkere schalteten alle Gedanken aus. Liebe oder Leidenschaft konnten eine solche Intensität gewinnen. Haß oder Zorn waren ebenso geeignete Emotionen. Doch Suzl wählte die mächtigste – die Liebe, die ja schon zwischen ihr und Spirit bestand.

Sie ließ die Liebe die beiden Frauen auf allen Ebenen miteinander verknüpfen. Endlich reagierte der Seelenreiter und bewegte sich auf diesem Mahlstrom der Gefühle.

Dann gesellte sich ein weiteres Wesen hinzu: ein Lichtball mit krachenden Tentakeln. Die Energie leuchtete so grell, daß die beiden Frauen nichts mehr sehen konnten.

Während seines langen Lebens hatte der Seelenreiter erst einmal einen Wächter gesehen; damals, als ein Wächter Cass aus der Gefangenschaft im Tempel befreit hatte. Zu jener Zeit hatte die Energie-Entität lediglich agiert, aber nicht kommuniziert. Diesmal wollte der Seelenreiter die Gelegenheit nicht ungenutzt verstreichen lassen und suchte in der leisen Hoffnung eine Verständigung mit dem Wächter, um in ihm seinen Herrn zu erkennen, der ihm immer wieder Direktiven und Befehle gab.

»Du hast versagt«, eröffnete der Wächter ihre Verbindung mit einem Vorwurf. *»Der Verlust des Ankers ist die schlimmste deiner Sünden!«*

Der Seelenreiter war froh, daß eine Kommunikation zustande gekommen war. Im gleichen Moment befiel ihn große Enttäuschung, denn der Wächter war eindeutig nicht sein unbekannter Herr.

»Mein Auftrag lautet, die zu suchen und zu zerstören, die die Höllentore öffnen wollen«, gab der Seelenreiter zurück. *»Ich würde annehmen, die Sicherheit des Ankers fiele in deine Verantwortung.«*

»Nein, nur der Erhalt seiner Stabilität, und nun bin ich gezwungen, diese Stabilität zu gefährden.«

»Du hast es einem der Sieben gestattet, in das Anker zu gelan-

gen. Hättest du ihm den Zutritt verwehrt, wäre eine solche Gefährdung jetzt nicht notwendig.«

»Derjenige, von dem du sprichst, kennt die Codes und Schaltfolgen so gut wie du. Ich hatte keine Möglichkeit, ihn aufzuhalten. Mir ist nicht bekannt, wie er in den Besitz dieses Schlüssels gelangen konnte. Er muß über eine gewaltige Macht verfügen.«

»Er ist ein Agent der Hölle. Mein Auftrag lautet, ihn aufzuhalten und unschädlich zu machen.«

»Dann mußt du deinem Wirt gestatten, durch meinen Nebel in das Anker-Land zu gelangen.«

»Der Geist meines Wirtes unterscheidet sich sehr von dem anderer Menschen«, erwiderte der Seelenreiter, *»jenes Wesen, das ich jage, hat sie aller Verständigung entzogen.«*

»Dann werde ich die entsprechende Matrix ändern. Mein Einflußbereich erstreckt sich auf diese Region und das Anker, also wird mein Eingriff nur innerhalb dieser Sphäre wirksam sein. Sollte sie mein Gebiet verlassen, setzt die alte Matrix wieder ein.«

»Das wäre uns schon eine große Hilfe. Auch wenn es sich dabei nur um einen Aufschub, nicht aber um eine Heilung handelt.«

»Du bist schon immer mit ihr zusammen. Ich bin bereit, dich bei einem uns gemeinsamen Ziel zu unterstützen, aber ich kann und will dir nicht deine Arbeit abnehmen.«

»Ich tue schon selbst, was ich vermag«, erklärte der Seelenreiter. *»Aber du gibst mir nicht viel Zeit.«*

»Wenn du damit nicht zurechtkommst, mußt du defekt sein und solltest ausgetauscht werden. So, nun ist die Matrix unterbrochen. Ich überlasse dich nun deiner Aufgabe.«

»So warte doch!« rief der Seelenreiter *»Nur noch einen Moment. Sag mir, wer du bist, wer ich bin und wer uns die Befehle gibt!«*

»Das brauchen wir nicht zu erfahren«, antwortete der Wächter und verschwand.

Der Seelenreiter wußte, daß er jetzt keine Zeit mehr verlieren durfte, und machte sich gleich ans Werk. Er konnte nicht umhin, die Arbeit des Wächters zu bewundern. Coydts Zauber war immer noch in Spirit, aber das Energiewesen hatte eine Art Sperre vorgeschaltet, der ihren Geist vom Bann löste und mit der Maschine verband, die die Energie des Wirbels in sich aufnahm, sie verarbeitete und in die vier Anker schickte. Solange Spirit im Einflußbereich dieser Maschine blieb, wurde Coydts Zauber abgelenkt und konnte keinen Schaden mehr anrichten. Doch sobald die junge Frau sich wieder in Flux aufhielt, wurde die Sperre unwirksam. Spirit müßte dann nach Anker Logh zurück, um sich erneut helfen zu lassen. Der Seelenreiter bezweifelte jedoch, ob der Wächter sich ein weiteres Mal dazu hergeben würde.

Da der Seelenreiter seit Spirits Geburt in ihr wohnte, besaß er dieselben Erinnerungen und Bilder wie sie. All diese vergangenen Sinneseindrücke konnte er jetzt in seine Wirtin zurückfließen lassen. Er beließ Suzl ihre Flux-Kraft, denn sie kam damit immer besser zurecht. Außerdem war sie nun die einzige, die sich mit ihm in seiner Sprache verständigen konnte. So mußten Suzl und Spirit beisammen bleiben. Das geeignete Mittel dazu waren ein paar falsche Erinnerungen, die er Spirit eingeben wollte. Diese Eindrücke würden die Liebe zu Suzl noch verstärken und die Erinnerung an die heterosexuelle Vergangenheit der Gefährtin löschen.

Zerstörte Heimat

Suzl saß im Tunnel und versuchte, sich zu orientieren. Sie erkannte die Barriere in Spirits Geist, die von ihr zur Maschine führte. Also hatte sie das alles nicht nur geträumt. Sobald Spirit aufwachte, wäre sie von Coydts Zauber befreit; zumindest so lange, wie sie sich innerhalb der Grenzen von Anker Logh aufhielt. Die Gefährtin konnte nicht mehr mit der Maschine kommunizieren, das blieb jetzt allein Suzl vorbehalten. Spirit konnte endlich wieder mit Menschen reden. Wie würde sie das aufnehmen? Würde sie mit diesem Schock fertig werden?

Spirit stöhnte, bewegte sich und öffnete die Augen. Im ersten Moment, schien sie nicht zu begreifen, wo sie war. Sie machte einen sehr verwirrten Eindruck. Sie setzte sich auf, sah Suzl an und schüttelte langsam den Kopf. »Was für ein beunruhigender, eigenartiger Traum«, sagte sie heiser und erschrak im selben Moment, als sie die Worte ausgesprochen hatte. »Mein Hals schmerzt.«

»Wenn du dich ausgeruht genug fühlst, kehren wir in das Anker zurück und besorgen dir Kleidung und etwas zu trinken«, bot Suzl an.

Spirit wehrte matt ab. »Nein, Liebling, im Moment bin ich noch zu verwirrt.«

Suzl durchfuhr es wie ein Stromstoß. Spirit hatte sie mit *Liebling* angeredet. Sie zauberte eine Kanne Wasser herbei und reichte sie der Gefährtin. Spirit trank in kleinen, vorsichtigen Schlucken.

Allmählich kam Spirit zu sich. Die Erinnerungen kehrten zurück, selbst an die Zeit, nachdem Coydt ihr den Bann auferlegt hatte. Nach dem letzten Besuch bei ihrer Familie im Anker allerdings setzte das Gedächtnis aus. Sie wußte nur noch, daß sie sich furchtbar allein und verwirrt gefühlt hatte. In schmerzlicher Weise losgelöst von allem, bis sie auf Suzl gestoßen war. Alles, was danach kam, bezog sich auf Suzl und das Baby.

Spirit war der Überzeugung, daß sie sich immer, auch in der Jugend schon, mehr zu Frauen hingezogen gefühlt hatte, doch aufgrund des Drucks von Familie und Nachbarschaft hatte sie diese Vorliebe unterdrückt und sich, wenn auch widerwillig, mit jungen Männern eingelassen. »Es schert mich nicht mehr, was die Leute von mir denken«, sagte sie plötzlich, »ich liebe nur dich, Suzl, und das darf die ganze Welt erfahren.«

Sie kehrten in den Tempel zurück und lösten überall helle Aufregung aus. Mit Spirit war mehr als nur eine Veränderung vorgegangen. Inmitten all des Trubels, der sie empfing, zeigte sie sich noch schöner als zuvor. Zwar freute es sie sehr, wieder mit den Menschen reden zu können, doch spürte sie jetzt auch die Vorbehalte, die man ihr und Suzl gegenüber empfand.

Spirits größter Wunsch war, ihr Kind zu sehen. Kasdi brachte ihr Jeffron, was die Frauen ziemlich in Verlegenheit brachte.

Als sie sich gegenüberstanden, wußte keiner von beiden, was sie sagen sollte. Die Mutter stand nur da und starrte ihre Tochter an.

Matson kam, entdeckte Spirit und grinste: »Willkommen bei uns einfachen Sterblichen«, rief er fröhlich und streckte die Hand aus. »Ich bin dein Vater.« Danach versuchte der Leiner mit Suzls tatkräftiger Hilfe der völlig entgeisterten Spirit die Lage zu erklären.

Spirit nickte schließlich. »Ich glaube, ich habe verstanden. Derselbe Teufel, der mich entführt hat, beherrscht nun Anker Logh.«

Matson grinste kurz. »Wir verlangen viel von dir, aber wir sind auf dich angewiesen. Unsere Chancen stehen eher schlecht. Doch wir müssen es wenigstens versuchen. Ganz gleich, was du im Augenblick von mir oder deiner Mutter hältst, wir brauchen dich.«

Spirit sah den kleinen Jeffron an, der in ihrem Schoß schlief. »Ich möchte ehrlich sein: Ich würde lieber hierbleiben und mich um unseren Sohn kümmern, aber dort draußen sind all die Menschen in Not, die mir in meinem Leben etwas bedeutet haben. Daher bleibt mir keine Wahl. Ich kann nur nach Flux zurückgehen und wieder zu dem werden, was ich einmal war, oder ich gehe mit Euch und gebe mein Bestes, diesem Terror ein Ende zu bereiten.«

Man fand rasch Kleidung und Schuhe für die beiden Frauen. Doch da sie so lange barfuß gegangen waren, vertrugen sie das Schuhwerk nicht. Spirit weigerte sich auch, eine Waffe in die Hand zu nehmen, erklärte sich aber bereit, einen der schweren Rucksäcke mit Ausrüstung und anderem Material zu tragen. Matson nahm den anderen Rucksack und besorgte sich eine Peitsche und eine abgesägte Schrotflinte. Suzl und Kasdi hängten sich je zwei Patronengurte um und bewaffneten sich mit Maschinenpistolen. Überdies zwängte sich Kasdi in eine Leiner-Uniform, um sie zu tarnen.

Endlich war der kleine Trupp bereit. Sie hatten keine Zeit mehr zu verlieren. Die Streitkräfte im Flux teilten sich in zwei gleichstarke Verbände auf, die vor dem Schild in Stellung gingen. Die beiden Stellen, vor denen sich die Streitkräfte konzentrierten, lagen an der Nordgrenze und waren etwa fünfzig Kilometer voneinander entfernt. Man vermutete, daß hier Maschinen den Schild speisten. Damit hielten sich die beiden Abteilungen nicht allzu weit voneinander entfernt auf und konnten im Notfall einander zu Hilfe eilen. Suzl und der Leiner kannten die Stadt und das Land, und Suzl hatte darüber hinaus in Flux genug erlebt, um sich gegen alle möglichen Widrigkeiten behaupten zu können. Matson, der Strategie-Experte, sollte den Trupp anführen, bis sie Flux erreichten.

»Hat man dich in Kenntnis gesetzt, wie es wahrscheinlich draußen aussieht?« erkundigte sich Matson bei Spirit.

»Ich habe unseren Freund Coydt früher schon erlebt. Ich fürchte, ich kann mir ausmalen, was für eine Verheerung er angerichtet hat.«

Matson nickte. »Ich möchte wissen, was ihm gerade im Kopf herumspukt. Coydt ist bislang jedes Risiko eingegangen und hat immer Erfolg gehabt.«

»Das war auch in meinem Falle so«, lächelte Spirit grimmig. »Ich verstehe einfach nicht, wie ein Mann mit einem so brillanten Verstand auf der Seite des Bösen landen konnte.«

»Die Gerüchte besagen, daß ihm irgendwann in seiner Kindheit etwas Furchtbares zugestoßen ist. Er steckt voller Widersprüche. Einerseits gilt er als kaltblütiger Killer und sadistischer Zauberer, andererseits hat er noch nie sein Wort gebrochen. Wenn er etwas verspricht, hält er es im Guten wie im Schlechten ein. Wir wissen nicht, wie er sich Zutritt zu einigen Ankern verschaffen konnte, aber dort scheint es ihm besser zu gefallen als in Flux. Vielleicht ist ihm in der Leere alles zu leicht gefallen. Er liebt das Glücksspiel und hat sich, auch wenn es selten genug dazu kam, stets als guter Verlierer gezeigt. Ich bezweifle, daß irgend jemand jemals aus Coydt schlau geworden ist, und wenn doch, hat der Höllenprinz ihn vermutlich längst beseitigt.« Der Leiner warf einen Blick auf seine Uhr. »Alles bereit? Noch eine Minute!«

Kasdi hatte die ganze Zeit über dagestanden und tausend Höllenqualen durchlitten. Nicht allein das bevorstehende Abenteuer beunruhigte sie, vor allem die Anwesenheit ihrer Tochter machte ihr zu schaffen. Zum ersten Mal waren Mutter und Tochter zusammen, ohne Verkleidung, Tarnungen und Zauber, und Kasdi hatte noch keine Möglichkeit gefunden, mit Spirit allein zu sprechen.

Der Leiner trat an die Tür. »Bei zwei reiße ich die Tür auf. Wenn der Nebel ausbleibt, lauft ihr sofort in Deckung. Falls er doch eintreten sollte, muß jemand die Tür sofort wieder hinter uns schließen.«

Er sah wieder auf seine Uhr. »Fünf … vier … drei …

zwei!« Er öffnete die Tür, und im selben Moment fingen die MGs an zu bellen.

Um sofort wieder zu verstummen.

Draußen bereitete sich ein grauer Nebel aus, der alles verhüllte. »Los!« rief der Leiner. Sie alle rannten auf die graue Wand zu. In der Minute, die ihnen zur Verfügung stand, mußten sie eine Strecke von knapp hundert Metern überwinden. Spirit hielt Suzl an der Hand und zog sie buchstäblich hinter sich her. Kasdi und Matson blieben hinter ihnen zurück. Beide spürten leidvoll, daß sie nicht mehr die Jüngsten waren.

Im nächsten Moment erwachte der Tempelplatz wieder zum Leben. Maschinengewehre knatterten, Befehle wurden gerufen. Matson und Kasdi waren noch nicht in Dekkung gelaufen, aber es herrschte Nacht, und da der Generator im Tempel abgeschaltet war, brannten hier auch keine Lampen. Zum Glück richteten auch die Soldaten hinter den Stellungen ihre ganze Aufmerksamkeit auf den Tempel, in dem so plötzlich eine Tür aufgegangen war.

Die vier eilten eine Straße hinunter, die zum zentralen Einkaufsviertel der Hauptstadt führte. Sie tauchten in eine schmale Gasse ein und gönnten sich einen Moment Pause. Der Leiner keuchte, während Kasdi sich neben einer ziemlich erschöpften Suzl an die Wand lehnen mußte. Nur Spirit schien keine Anstrengung zu spüren.

Sie machten nicht zu lange Rast, denn längst war ja die Sperrstunde über die Stadt verhängt. Jeder, der um diese Zeit auf den Straßen angetroffen wurde, wurde ohne Vorwarnung beschossen. Ihre einzige Chance bestand darin, die Hauptstadt so schnell wie möglich zu verlassen. Matson übernahm nun die Führung. Sie huschten durch dunkle Straßen, drückten sich an schattigen Hausfassaden entlang und eilten von Deckung zu Deckung.

Einmal gelangten sie an einen Anschlag. Kasdi las die Bekanntmachung:

»PROKLAMATION Nr. 10.562,
erlassen vom Militär-Gouverneur des
FREIEN KÖNIGREICHS ANKER LOGH:

1. Alle Frauen im Alter von zwölf bis fünfundvierzig Jahren gelten als schamlos und verwerflich, insofern sie sich in der Öffentlichkeit nicht mit Make-up zeigen. Darunter fallen Lippenstift, Rouge, Lidschatten, Nagellack, Deodorant, Parfüm etc.
2. Zur Aufmachung für die Öffentlichkeit gehören fernerhin: Halsketten, Ohrringe, Armreifen und Schuhe mit hohen Absätzen.
3. Die Kleidung für Frauen, die ihr Haus, ihre Farm oder ihren sonstigen Wohnort verlassen, darf sich nur aus Materialien zusammensetzen, die vom Königreich hergestellt worden sind.
4. Da Handtaschen und andere Taschen Frauen untersagt sind und sie auch keine Zahlungsmittel mitführen dürfen (s. PROKLAMATION Nr. 3.126 und 4.164), müssen auf allen öffentlichen Plätzen Tische aufgestellt werden, an denen die Frauen ihr Make-up und ihre sonstige Aufmachung nachbessern und vervollständigen können.

Diese Maßnahmen treten mit dem Ende der Sperrstunde am 22. 8. 02 in Kraft und werden strengstens überprüft. Zuwiderhandlungen werden mit körperlichen Züchtigungen bestraft.«

»Das ist das Ungeheuerlichste, was ich jemals gelesen habe«, empörte sich die Heilige.

»Coydt, wie er leibt und lebt«, knurrte Matson. »Aber wenn es sich noch so unfaßbar anhört, dahinter steckt Methode. Anscheinend konnten etliche Priesterinnen untertauchen. Von denen ging wohl die meiste Unruhe aus. Diese Proklamation macht es für die Schwestern erheblich schwerer, denn ihre Eide hindern sie ja daran, den neuen Erlassen zu folgen.«

Sie schlichen weiter durch die Stadt. Einige Male konnten sie im letzten Moment vor Patrouillen wegtauchen, und noch häufiger wurden sie angerufen, aber nicht erkannt. Alle Polizisten oder Soldaten trugen Maschinenpistolen. Sie würden nicht lange fackeln und sofort von der Schußwaffe Gebrauch machen. Mehr als einmal krachte vor oder hinter dem kleinen Trupp ein Schuß.

Endlich erreichten sie den Stadtrand, stießen dort jedoch an einen dichten Stacheldraht. Sie gingen ein Stück an ihm entlang und kamen dann zu dem niederschmetternden Schluß, daß der Zaun die gesamte Stadt umspannen mußte. Eine ebenso simple wie wirkungsvolle Einrichtung.

Suzl starrte finster auf die Maschen. »Was können wir jetzt unternehmen? In einer Stunde wird es hell.«

»Wir graben uns unter dem Zaun hindurch«, erklärte der Leiner und zog einen Spaten aus Spirits Rucksack.

Zu ihrem Glück erwies sich das Erdreich als feucht und weich. Matson als der größte zwängte sich als erster hindurch. Ihm folgte Suzl. Dann rutschte Kasdi unter dem Zaun hindurch. Als Spirit die Rucksäcke nachschieben wollte, stellten sie fest, daß das Loch dafür nicht tief genug war. Sie gruben weiter, und schließlich befanden sie sich alle auf der anderen Seite.

Sie mieden die großen Straßen und marschierten querfeldein über Wiesen und Weiden. Im Südosten der Stadt lag ein dichter Wald. Dort suchten sie Schutz. Es dämmerte bereits.

»Ich würde vorschlagen, den Tag hier zu verbringen«, brummte Matson. »Mir gefällt es zwar nicht sehr, mich so nahe an der Stadt aufzuhalten, und über kurz oder lang entdeckt jemand das Loch unter dem Zaun, aber ich fürchte, im Moment bleibt uns keine andere Wahl. Zumindest glaube ich, daß niemand mehr unsere Spur vom Zaun bis hierher verfolgen kann.«

Spirit überlegte: »Wir könnten doch zur Farm weiterlaufen. Ich traue mir zu, uns durch den Wald dorthin zu führen. Von dort aus können wir ausgezeichnet die Straße im Auge behalten.«

»Eine gute Idee«, lobte der Leiner, und sie brachen abermals auf.

Der Marsch durch den Wald erwies sich als nicht so einfach, wie sie es erwartet hatten. Immer wieder mußten sie Minen und Stolperdrähten, die Alarm auslösten, ausweichen. Einmal verfing Spirit sich in einem Seil und mußte von den anderen befreit werden.

»Diese unangenehmen Überraschungen lassen darauf schließen, daß regelmäßig Patrouillen durch den Wald laufen«, warnte er. »Wir müssen also noch mehr auf der Hut sein.«

Noch vor der Mittagsstunde erklommen sie einen Hügel, von dem aus sie einen guten Blick auf die Straße zur Farm hatten. Einen Kilometer weiter lag die Hauptstraße. Hier hatten die Frauen ihre Kindheit verbracht.

Matson holte sein Fernglas aus der Tasche und überblickte die Szene. »Aha«, murmelte er. »Den Männern ergeht es kaum besser als den Frauen.« Er wandte sich an seine Begleiterinnen. »Seht Ihr die Pfähle, die man zwischen den beiden Straßen errichtet hat? Daran hängen Körper. Männerkörper.«

»Große Göttin! Mein Vater!« entfuhr es Kasdi. Sie riß dem Leiner das Fernglas aus der Hand.

»Von hier aus kannst du sie nicht identifizieren«, sagte Matson. »Und selbst wenn man vor ihnen steht, erkennt man sie sicher kaum wieder. Dafür hängen sie schon zu lange dort.«

»Dieses Schwein!« zischte Kaski. »Wenn wir den Anker befreit haben, sollen sie teuer, sehr teuer dafür bezahlen!«

»Am besten wir schlafen jetzt erst mal«, versuchte Matson zu beruhigen. »Ich übernehme die erste Wache. Und wer von euch auch nur den leisesten Schnarchton von sich gibt, ist als nächste dran.«

Der Leiner beobachtete mit dem Fernglas die beiden Straßen und erfuhr so einiges über das Leben unter der Neuen Ordnung. Regelmäßig, aber in unterschiedlichen Abständen zogen Bewaffnete über die Hauptstraße. Neben den Patrouillen tat sich wenig auf dem Verkehrsweg. Die Einheimischen, die sich auf die Straße trauten, gingen zu Fuß oder fuhren auf offenen Karren. Sehr selten befand sich eine Frau darunter, und wenn, dann ging sie stets ein bis zwei Schritte hinter ihrem männlichen Begleiter.

Der Geruch von gekochtem Essen, der zu ihrem Versteck drang, raubte ihnen fast den Verstand, während sie sich mit Konzentrat-Rationen begnügen mußten. Trotz der schweren Bewachung schien die normale Arbeit ungestört weiterzugehen. Knechte füllten wie eh und je die Viehtröge, aus der Schmiede ertönte das Klirren von Eisen, und die Pferde wurden auf die Weide hinausgeführt. Hin und wieder sah man auch Menschen, die zwischen den Gebäuden herumliefen. Weiter entfernt lagen die Äcker, auf denen man mehr Menschen bei der Arbeit sehen würde. Nach dem, was die vier zu sehen bekamen, waren Männer offensichtlich angehalten, Hüte zu tragen und sich Bärte wachsen zu lassen.

»Ich muß herausfinden, was aus meinen Eltern geworden ist«, sagte Spirit. »Und sei es nur aus dem Grund, sie wissen zu lassen, daß mit mir alles wieder in Ordnung ist.«

Ein plötzlicher Schmerz durchfuhr Kasdi, als sie Spirit von den Pflegeeltern als ›ihren Eltern‹ reden hörte. Matson wollte seine Tochter davon abbringen, aber sie gab nicht nach. Schließlich sagte er resignierend: »Also gut, aber nur einer geht. Falls etwas passiert, können wir dich unter Umständen nicht befreien. Und die andere Seite braucht nicht zu wissen, wie wenige wir sind.«

»Ich gehe«, erklärte die Heilige. »Und zwar allein. Ich erkundige mich für dich, Spirit, und erzähle dir später alles. Es wäre nicht gut, wenn zwei von uns gingen. Und im Moment bin ich von uns die Entbehrlichste.«

Spirit war damit nicht einverstanden, doch die anderen

stimmten sie um. Matson warnte Kasdi, daß man ihr nicht zu Hilfe eilen könne, falls sie in Not geriete. »Wir befinden uns im Südwesten«, fügte er hinzu. »Wir ziehen weiter zum nächsten Zielpunkt. Das gilt für den Fall, daß wir zusammenbleiben und nicht in eine Falle geraten. Wenn aber doch jemand von uns getrennt wird, gleich aus welchem Grund, treffen wir uns vor dem zweiten Ziel wieder. Alles klar?«

Die Frauen nickten. Kasdi gab allen einen Kuß und eilte los. Sie kam sich recht eigenartig vor, in dieser vertrauten Gegend mit einer Schußwaffe in der Hand herumzuschleichen und dabei zu wissen, daß eine Entdeckung ihren sofortigen Tod zur Folge hatte. Sie nahm sich vor, niemandem vorbehaltlos zu trauen. Die Dunkelheit war hereingebrochen, und Nieselregen setzte ein.

Ein berittener Soldat verließ die Hauptstraße und steuerte geradewegs auf die Stallungen zu. Ein Mann mit einem Gewehr kam aus einem Schuppen und begrüßte den Reiter. Sie unterhielten sich und lachten gelegentlich. Dann wendete der Soldat sein Pferd und ritt zurück. Kasdi war froh über diese Unterbrechung. Ohne den Reiter wäre ihr der Mann im Stall nie aufgefallen.

Sie hielt sich im Schatten und lief vorsichtig zum Wohnkomplex: Hier wohnten die, die mit dem Vieh arbeiteten. Die Heilige dankte dem Himmel dafür, daß Cloise und Dannon im Erdgeschoß zu Hause waren. Sie betrachtete das Gebäude von ihrem Versteck aus gründlich. In jeder Wohnung brannte ein Licht. Es wirkte besonders grell, weil anscheinend Vorhänge verboten waren. Kasdi bemerkte einige Bewohner, die in ihren Zimmern auf und ab gingen, aber nicht viele; offenbar nutzten die Farm-Leute ihre Stuben nur noch wenig. Sie entdeckte allerdings niemanden, der sich außerhalb des Gebäudes aufhielt. Um ganz sicherzugehen, warf sie Steinchen in verschiedene Richtungen, ohne daß jemand darauf reagiert hätte. Dann schlich sie auf die Veranda, lief geduckt an den Fenstern vorbei und erreichte endlich die altbekannte Tür. Sie richtete sich vorsichtig auf und spähte ins Fenster. Dann klopfte sie leise an. Einen Moment später erschien Cloise und öffnete die Tür. Als sie Kasdi erkannte, keuchte sie, zog sie rasch in die Wohnung und verschloß augenblicklich die Tür hinter ihr.

»Rasch! Nach hinten ins Schlafzimmer, ehe der Patrouillenmann dich entdeckt!« zischte sie und zog die Besucherin schon mit sich.

Dort angekommen verschnauften beide. Cloise war beinahe sprachlos vor Angst. Kasdi hätte die Frau fast nicht wiedererkannt, so sehr veränderte sie das dick aufgetragene Make-up. Zudem trug sie fast nichts. Aber alle Frauen, die Kasdi gesehen hatte, waren sehr leicht bekleidet gewesen, vermutlich eine weitere Anordnung Coydts.

»Warum bist du hierher gekommen?« wollte sie von der Heiligen wissen.

»Hauptsächlich, um ein paar Neuigkeiten loszuwerden«, antwortete Kasdi. »Mein Gott, in diesem sonderbaren Aufzug hätte ich dich beinahe nicht erkannt.«

»Man hat den Frauen alle Kleider abgenommen und ihnen dafür dieses Zeugs hier ausgehändigt. Du machst dir keine Vorstellungen, wie man sich darin fühlt.«

»Ich war auf so etwas gefaßt. Schließlich haben wir ein paar Leute gefangengenommen, und ich habe die Proklamationen gelesen.«

»Bist du allein gekommen?«

»Spirit ist auch in der Gegend. Ich soll dir ausrichten, daß es ihr gutgeht. Sie kann wieder sprechen und Kleidung tragen.« Die Heilige beschloß, nichts von Suzl zu erwähnen.

Cloise ließ sich in einem Sessel nieder. »Dem Himmel sei Dank. Ich wünschte nur, Spirit wäre in Sicherheit.« Sie machte ein nachdenkliches Gesicht. »Hast du von deinem Vater gehört?«

Kasdis Magen zog sich schmerzhaft zusammen. »Nein. Erzähl es mir.«

»Dein Vater hat zusammen mit einigen anderen eine Widerstandsgruppe gegründet. Sie haben ein paar Soldaten überfallen und sich ihrer Waffen bemächtigt. Das hat ihnen allerdings nichts genützt. Man hat sie rasch einen nach dem anderen aufgegriffen und an ihnen ein Exempel statuiert.«

Kasdi wurde das Herz schwer. »Gehört er ... zu denen, die dort draußen hängen?«

Cloise nickte und nannte etliche Namen, die Kasdi zumeist bekannt waren. Ihr Zorn auf Coydt und seine Bande wuchs ins Unermeßliche. Äußerlich blieb sie jedoch ruhig. »Wo ist Dannon ... doch nicht etwa ...«

»Man hat ihn zum Chefmechaniker befördert. Er besitzt eine Spezialerlaubnis, sich auch noch spät in der Nacht auf der Farm bewegen zu dürfen. Schließlich muß einer ja nachsehen, ob auch alles in Ordnung ist. Du solltest besser verschwunden sein, ehe er zurückkehrt.«

Die Heilige verzog das Gesicht. »Das hört sich so an, als würdet ihr mit diesen Schlächtern kollaborieren ...«

»Die neuen Herren haben absolute Kontrolle über uns. Die Verwaltungsleute, die nicht umgekommen sind, wurden fortgebracht. Etwas später kehrten sie in neuen Uniformen zurück und sind seitdem treue Soldaten des neuen Königreiches. Die Invasoren tragen alle eine Art Peitsche. Und mit diesem Züchtigungsmittel sind sie flink zur Hand. Diejenigen jedoch, die mit ihnen zusammenarbeiten, wurden und werden belohnt. Alles ist rationiert, aber diejenigen, die sich wohlverhalten, bekommen größere Anteile. Die Menschen hier haben sich nicht einfach mit der Neuen Ordnung abgefunden, sie haben vielmehr erkannt, daß das System der Invasoren funktioniert und etwas bewirkt.«

»Und du? Und Dannon?«

»Wer bist du, daß du über uns richtest? Du hast uns und Anker Logh diese Sache eingebrockt, aber du mußt nicht hier leben. Die neuen Herren haben ein Umerziehungsprogramm ins Leben gerufen. Wie in der Schule geht es da zu. Antworten müssen sofort erfolgen, sonst gibt's was mit der Peitsche. Man kommt ziemlich rasch dahinter, daß es für rasche und korrekte Antworten wichtig ist, ihre Denkungsart anzunehmen. Das fällt nicht einmal schwer, und es vereinfacht gewisse Dinge ungemein.«

Die Heilige war entsetzt. Wie konnte die Umwandlung so rasch und gründlich vonstatten gehen? Sie war sehr froh, daß Spirit nicht mit ihr gekommen war.

»Du willst hier Unruhe stiften, nicht wahr?« fragte Cloise streng.

»Draußen vor der Tür wartet eine ganze Armee darauf, Einlaß zu finden«, entgegnete sie.

»Kasdi, tu es nicht. Hast du nicht schon genug Unheil über Anker Logh gebracht?«

»Wie soll ich das denn verstehen?«

»Erst der Krieg, dann Spirit, dann die Invasion. Wir sind ein friedliebendes Volk, und einen weiteren Krieg übersteht unser Land nicht. Die neuen Herren werden bis zum Letzten kämpfen und uns alle mit in den Untergang reißen. Vielleicht siegst du wieder einmal, aber der Preis dafür ist unser aller Tod. Wenn du nur den Wächter dort draußen niedergeschlagen hättest, hätte man zehn aus diesem Wohnkomplex abgeholt und erschossen. Ich kann dich nur bitten, so schnell wie möglich wieder zu verschwinden.«

»Du möchtest lieber ein Leben führen, in dem Frauen nichts als Sklaven sind?«

»Was wäre die Alternative? Ein Massaker? Der vollkommene Untergang? Ja, da entscheide ich mich doch lieber für das Leben unter den Neuen Herren. Und wenn du dich in Anker Logh umhörst, wirst du rasch herausfinden, daß die überwiegende Mehrheit so denkt wie ich. Keiner wird deine Armee unterstützen, im Gegenteil, die Bürger werden deine Soldaten mit allem angreifen, was sie bekommen können. *Denn wir alle wollen am Leben bleiben*!«

Cloise erhob sich und marschierte ins Wohnzimmer. Sie tat so, als würde sie dort aufräumen. Dann löschte sie das Licht, damit es so aussah, als wollte sie zu Bett. In Wahrheit half sie Kasdi, im Schutz der Dunkelheit fortzukommen. Als die Heilige zur Tür hinausschlüpfte, flüsterte Cloise ihr zu: »Komm nie zurück, Kasdi!«

Das Nieseln hatte sich in einen kalten Regen verwandelt. Die Gefährten erwarteten sie.

Kurz und knapp berichtete die Heilige ihnen, was sie erfahren hatte.

»Das glaube ich nicht!« empörte sich Spirit. »So etwas würden meine Eltern nie tun! Unmöglich!« Sie wollte sofort zu Cloise eilen, aber Suzl, die viel besser begriffen hatte, was die Heilige erlebt hatte, hielt sie zurück.

Matson machte ein besorgtes Gesicht. »Ein Problem, mit dem ich nicht gerechnet hatte. Ich gehe davon aus, daß Cloise Kasdi nicht belogen hat. Wir sollten uns darüber Gedanken machen, bevor wir unseren Plan weiterverfolgen. Coydts Männer haben hier ein schlimmes Terror-Regime errichtet. In der Zeit, die wir brauchen, um unsere Truppen in Gang zu setzen und Richtung Hauptstadt marschieren zu lassen, sprengen Coydts Männer alle Gebäude, Straßenkreuzungen und Brücken in die Luft, brennen Felder, Wälder und Schuppen nieder und massakrieren so viele von den Bürgern, wie sie nur erwischen können. Und während wir uns über unwegsames Gelände bewegen, lassen sie den Schild an einer anderen Stelle herunter und fliehen nach Flux. Coydt macht es ganz gewiß nichts aus, hier eine Ödnis zu hinterlassen, auf der nie wieder Leben gedeiht. Ein solcher Verfall würde dein Reich so ins Wanken bringen, daß es einstürzt. Und die Kirche ginge dann mit unter.«

Kasdi ärgerte sich jetzt mehr als je zuvor über die Eide, die sie auf sich genommen hatte. »Das Schicksal von Reich und Kirche ist mir gleichgültig. Sie gehören mir nicht, und ich nicht ihnen. Die wahren Herrscher haben mich all die Jahre nur benutzt. Ich dachte, ich wäre mit allem fertig, als ich das herausgefunden habe. Ich konnte ja nicht ahnen, daß eine viel härtere Prüfung mich erwartet. Nun bin ich gezwungen, mich zwischen einer Million Toten und der Zerstörung meiner Heimat, oder der Duldung eines Systems zu entscheiden, in dem Frauen wie Sklaven gehalten werden ...« Sie sah betroffen zu Matson, Suzl und Spirit. »Was soll ich nur tun?«

Höllenprinz

Coydt hatte Spirit in nur fünf Stunden entführt und über die Grenze gebracht. Was bewies, daß er in Anker Logh alle Schleichwege kannte und entsprechend überwachen ließ. Da Reiten für Einzelpersonen verboten war, konnten sie sich auch keine Pferde stehlen, ohne sich verdächtig zu machen. Zwei Stunden waren seit Kasdis Rückkehr vergangen, und immer noch trotteten sie in Richtung Südwesten durch den Wald. Überall Patrouillen und Fallen, dazu der endlose Nachtregen …

Als sie noch etwa zwölf Kilometer von ihrem Ziel entfernt waren, brummte Matson: »Ich habe das ungute Gefühl, daß Coydt in jedem Fall am Ende als Sieger dasteht, ganz gleich, welche Maßnahmen wir treffen wollen. Indem er Frauen entwürdigt, ist es ihm gelungen, das soziale und moralische Gefüge zu zerstören. Er hat damit dem Glauben einen schweren Schlag versetzt. Wenn wir nicht einmarschieren, können Coydt und seine Leute ihr System stabilisieren, um daraus ein Muster für jeden Spinner und Größenwahnsinnigen zu schaffen, der glaubt, mit uns noch eine Rechnung begleichen zu müssen. Sie dürfen alle nach Logh kommen und sich die Veränderungen ansehen. Und da Coydt die Schirmmaschinen kontrolliert, kann niemand gegen seinen Willen wieder hinauskommen.«

»Also meinst du, man muß diese Brut vernichten, ganz gleich wie hoch der Preis dafür ist?«

»Wenn es uns wirklich gelingt, ein Loch in den Schirm zu brechen und uns festzusetzen, bleibt Coydt und seiner Bande immer noch genügend Zeit, Gegenmaßnahmen zu treffen. Coydts Männer haben nichts zu verlieren. Also werden sie bis zum letzten Mann kämpfen und Logh verwüsten. Und wie deine Cousine schon sagte, werden die Bürger uns nicht als Befreier willkommen heißen, sondern gegen uns kämpfen, in der vagen Hoffnung, damit selbst überleben zu können. Falls wir trotz all dem den Sieg davontragen sollten, blicken wir auf ein verbranntes Land zurück. Coydt hat in dieser Hinsicht keine Skrupel. Er und seine Spießgesellen haben sich bis dahin längst verzogen, um woanders von neuem ihr Glück zu versuchen.«

»Aber wir können ihm diese Verbrechen doch nicht einfach durchgehen lassen«, protestierte Suzl. »Ich meine, Frauen, die versklavt und unterdrückt werden, während die Männer in einem System von Kadavergehorsam leben, in dem sie jedem Befehl Folge leisten müssen ... Nein, das ist doch der blanke Wahnsinn!«

»Wenn Cloise tatsächlich recht hat – und nach allem, was wir bisher hier gesehen und gehört haben, dürfte daran kein Zweifel bestehen –, möchten die Anker-Menschen lieber in einer Tyrannei leben, als ihr Land, ihre Familien und ihre ganze Existenz zu verlieren. In den Fluxländern ist das schon immer so gewesen. Ich verstehe nicht so recht, warum es so erstaunlich sein soll, die gleichen Zustände auch in einem Anker vorzufinden.«

»Dann willst du sie also ihrem Schicksal überlassen?« fragte Kasdi unglücklich.

»Ich möchte sie in einer Art Quarantäne belassen. Wenn niemand erfährt, was hier vor sich geht, hat Coydt umsonst so ein gewagtes Spiel gespielt. Wenn es uns gelingt, alles geheimzuhalten, kann der Höllenfürst behaupten, was er will. Niemand wird ihm glauben, denn das, was er hier angerichtet hat, übersteigt jede Vorstellungskraft. Dem Reich wird sicher eine Erklärung für die Verhängung der Quarantäne einfallen. Die Herrschenden haben sich immer schon sehr gut darauf verstanden, ihre Untertanen alles mögliche glauben zu machen. Wir müssen Coydt und seinen Mitverschwörern einfach die Initiative entreißen.«

»Ich glaube, ich verstehe nicht ganz ...«

»Wenn man sieht, wie es hier zugeht, könnte man annehmen, Irrsinnige seien am Werk, die schleunigst hinter Schloß und Riegel gehören. Aber wenn man sich einmal die Zeit nimmt, auch die anderen Gesellschaftssysteme kritisch zu betrachten, kommt man leicht zu dem Schluß, daß alle Systeme etwas Verrücktes an sich haben, die einen mehr, die anderen weniger. Im alten wie im neuen Reich, zum Beispiel, unterscheiden sich die Geschlechter immer noch voneinander. Männer und Frauen kleiden sich nicht so, wie es für die Arbeit am sinnvollsten wäre. Warum sieht viel Make-up bei einem Mann unmöglich aus, wohingegen es eine Frau sehr attraktiv macht? Warum ist es Frauen unmöglich, in der weltlichen Verwaltung eingestellt zu werden? Warum können Männer trotz aller religiösen Inbrunst kein Priesteramt bekleiden? Warum muß eine Priesterin auf Sex und andere Vergnügungen verzichten? Warum wird von der Gesellschaft immer noch der Mann als Ernährer der Familie angesehen, auch wenn seine Frau mehr verdient? Einem Außenstehenden müßte das alles irgendwie irrsinnig vorkommen, oder?«

»Und du bist ja so eine Art Außenstehender, nicht wahr?« warf Suzl ein.

»Ja, in gewisser Hinsicht schon«, stimmte er zu. »In meinem Gewerbe kleiden sich Männer und Frauen gleich. Macht und Reichtum beruht bei uns auf Intelligenz und Tüchtigkeit. Im Streben nach Glück und Geld sind sich alle gleich.«

»Nun ja, du siehst alles aus der Sicht eines Leiners«, gab Suzl zurück. »Aber überleg dir doch einmal dies: Kann das, was bei kleinen Familien-Clans vielleicht funktioniert, auf große, vielschichtige Gesellschaften übertragen werden? Je höher entwickelt eine Gemeinschaft ist, desto komplizierter wird sie doch. Und ganz gleich, wo man ist, man braucht immer Macht, um sich hinaufzuarbeiten.«

»Ich besitze nicht sehr viel Macht, besaß sie nie, trotz meiner fünfzehn Leiner-Jahre«, erklärte er. »Macht bedeutet ja auch nicht unbedingt, schlauer, flinker oder gerissener als die anderen zu sein. Wir Leiner sorgen allerdings füreinander. Wenn einer einem Leiner etwas antut, stellen sich alle anderen wie ein Mann gegen ihn.«

»Mir scheint, du willst mit deinen Erklärungen auf etwas Bestimmtes hinaus«, bemerkte Kasdi.

»Ja, ich habe mir so meine Gedanken über den Zustand der Welt gemacht. Wir stehen an der Schwelle des Zusammenbruchs unserer gesamten Zivilisation, obwohl die Hölle noch nicht einmal ihre Pforten geöffnet hat. Das ist auch der Grund, warum die Leiner, die sich aus vielen Konflikten heraushalten, hier Partei ergreifen. Diese Wurzel kommenden Übels muß ausgerissen werden, damit sie sich nicht ausdehnen kann. Aber wenn man in Anker Logh einmarschiert und allen Widerstand niederwalzt, gewinnt man dadurch gar nichts, sondern verliert das Land und sein Volk. Und das führt dazu, daß die anderen Anker nur noch an ihren Schutz denken, die Grenzen schließen und damit das Reich zum Zusammenbruch bringen. Also müssen wir einen Kompromiß finden. Wir brechen ein Loch in den Schirm und bilden unseren Brückenkopf. Dann treten wir in Verhandlungen mit den hiesigen Machthabern. Sie dürfen behalten, was sie an sich gerissen haben, doch im Grunde werden sie vom Reich einverleibt. Niemand darf hinein, und niemand darf hinaus. Damit haben sie ihre Souveränität praktisch aufgegeben.«

»Du kannst so etwas leicht sagen, du bist ein Mann«, wandte Suzl ein. »Spirit, zum Beispiel, kann nicht wieder nach Flux zurück. Und von uns verlangst du doch wohl nicht, daß wir uns Tätowierungen anbringen lassen, uns verführerisch herrichten und uns einen Mann suchen, der gnädig genug ist, uns zu besitzen und uns Schutz zu gewähren?«

Matson sah sie eigenartig an. »Hat der Energie-Wächter nicht gesagt, sein Einfluß erstrecke sich auf alle vier Anker? Du brauchst mit Spirit doch nur durch das Tor in eines der drei anderen zu reisen.«

»Kehren wir lieber zum eigentlichen Thema zurück«,

erklärte die Heilige. »Welche Bedingungen würde die andere Seite deiner Meinung nach akzeptieren?«

»Nun, vor allem wollen sie eine Garantie für ihre Sicherheit und den Erhalt ihrer Macht. Alles, was darüber hinaus geht, bleibt unserem Kalkül überlassen. Wir müssen, zum Beispiel, in den Besitz der Schirm-Maschinen gelangen oder sie zumindest kontrollieren. Dafür versprechen wir den Machthabern, den Schild aufrechtzuerhalten. Wir behalten den Tempel als eine Art Garnison zum Schutz des Höllentors, ansonsten mischen wir uns nicht in die inneren Angelegenheiten von Anker Logh ein.«

»Meinst du, Coydt geht auf so etwas ein?« fragte Kasdi, die jetzt sichtlich gelassener wirkte.

Matson schüttelte den Kopf. »Nein. Auch seine Mitstreiter werden davon nicht begeistert sein, aber die verfolgen halt auch ihre Eigeninteressen und halten nur durch den Zwang zusammen, den der Höllenprinz auf sie ausübt. Damit unser Plan aufgehen kann, muß Coydt ausgeschaltet werden.«

»Dann sollten wir ihn stellen, bevor wir das Loch in den Schild reißen«, ereiferte sich die Heilige. »Doch wie können wir das bewerkstelligen? Niemand weiß, wo er sich aufhält.«

»Er ist hier ganz in der Nähe. Ich fühle seine Anwesenheit. Sein Gestank verpestet Anker Logh. Unser einziges Problem besteht darin, ihn zum Kampf zu zwingen. Ich denke ...«

Alle fuhren zusammen, als plötzlich eine Reitertruppe näherrückte. Berittene Soldaten mit Fackeln und Gewehren tauchten überall auf. Offiziere gaben Befehle, die von den Unteroffizieren ausgeführt wurden.

»Unsere Reise ist vorläufig zu Ende«, raunte der Leiner. »Anscheinend haben sie uns erwartet. Von nun an heißt es nicht mehr schleichen, sondern kämpfen.«

»Vergeßt nicht«, hörte sie den Befehlshaber rufen, »kein Schußwaffengebrauch, solange die andere Seite das Feuer nicht eröffnet. Wir brauchen sie lebend!« Die Reiter schwärmten aus. Bald waren auch die Schritte von Fußsoldaten zu vernehmen, die durch den Wald anrückten.

Matson dachte angestrengt nach, während das Netz sich um sie schloß. »Wir sollten uns in zwei Gruppen aufteilen. Die eine kämpft sich mit viel Lärm durch, um die Aufmerksamkeit der Soldaten auf sich zu ziehen. Sobald in den gegnerischen Linien eine Lücke entsteht, schlüpft die zweite Gruppe hindurch.«

Suzl blickte ihn an. »Und wer von uns soll sich die blutige Nase holen?«

»Cass und ich«, antwortete der Leiner. »Am allerwichtigsten ist es, den Seelenreiter zur Grenze zu bringen. Auf uns könnt ihr am ehesten verzichten. Trotzdem wollen auch wir versuchen, uns zum Ziel durchzuschlagen. Ihr beide drückt die Gewehre nicht ab, außer wenn ihr gar nicht mehr anders könnt. Gebt uns eine halbe Minute, nachdem der Feuerzauber begonnen hat, und dann lauft ihr los.«

Die beiden jungen Frauen nickten grimmig. Matson warf Kasdi einen kurzen Blick zu. Sie nahm ihre Waffe von der Schulter. Zusammen mit ihm verschwand sie zwischen den Bäumen.

Matson sah sich nach einer geeigneten Stelle zum Durchbruch um. Er entdeckte eine kleine Lichtung, auf der sich zwei Reiter und vier Infanteristen aufhielten. Er sah die Heilige an: »Du kümmerst dich um die Fußsoldaten. Ich knöpfe mir die Reiter vor. Sobald die Kerle umfallen, rennst du wie besessen los. Wenn wir Glück haben, gehen die Gäule nicht durch, und wir können sie uns nehmen.«

Kasdi entsicherte ihr Gewehr. Sie spürte keine Anspannung in sich. Zu oft hatte sie schon bösen oder wahnsinnigen Zauberern gegenübergestanden. Heute allerdings wollte sie diese Männer erschießen, wollte sehen, wie sie in ihrem eigenen Blut verreckten.

»Jetzt!« rief Matson. Beide eröffneten das Feuer. Matsons Kugeln rissen die Reiter asu den Sätteln. Die Tiere schlugen aus und stellten sich auf die Hinterläufe, waren aber zu verwirrt, um nicht in Panik zu fliehen. Kasdi gab eine Kugelgarbe auf die Infanteristen ab, die wie Kegel umfielen und dann zusammensackten.

Schon liefen die beiden zu den Pferden. Sie waren beide erfahrene Reiter, die auch mit aufgeschreckten Pferden umgehen konnten. Als die ersten Soldaten die Lichtung erreichten, hatten sie sich schon durch das Dickicht davongemacht. Einzelne Schüsse verfolgten sie, ohne zu treffen. Außerdem hatten die Männer ja den Befehl, ihre Opfer nicht zu töten.

Nach Beginn der Schießerei warteten Suzl und Spirit noch einen Moment und liefen dann in die Richtung, aus der die Schüsse gekommen waren. Sie nutzten die Verwirrung geschickt aus und entwischten durch die feindlichen Linien. Dann schlichen sie am Waldrand entlang. Hinter ihnen wurde gelärmt und gebrüllt. Ein Trupp Berittener jagte den Schützen nach, doch ein Offizier war erfahren genug, Infanteristen im Wald ausschwärmen zu lassen. Einige von ihnen näherten sich unwissentlich Suzl und Spirit, die dadurch gezwungen waren, sich in die Tiefe des Waldes zurückzuziehen.

Spirit stolperte über eine Wurzel und stürzte. Besorgt beugte Suzl sich über die Gefährtin. Spirit wollte sich aufrichten, verzog aber nur das Gesicht vor Schmerzen. »Verdammt, ich habe mir den Knöchel verstaucht.«

»Dann müssen wir im Unterholz Deckung suchen!« zischte Suzl. »Ich bringe dich dort unter und lenke die anderen ab. Dann schlage ich einen großen Bogen, und sobald ich sie abgeschüttelt habe, komme ich zu dir zurück.«

Sie half der Gefährtin und rannte los. Doch sie kam nicht weit. Ihre Hoffnung, Spirit könne unbemerkt bleiben, erwies sich als trügerisch. Ein Dutzend Soldaten richtete plötzlich ihre Gewehre auf Spirit.

»Ihr dort im Wald!« rief jemand. »Euch bleiben fünf Sekunden, mit erhobenen Händen herauszukommen.«

Suzl überlegte kurz, ob ihr eine Alternative blieb. Doch ihr fiel sofort Spirits verletzter Knöchel ein. Damit würden sie nicht mehr weit kommen. Sie warf ihr Gewehr zu Boden und schrie: »Einverstanden. Nicht schießen. Ich komme.«

Man führte die beiden Frauen in Handschellen zu der Farm, auf der sie aufgewachsen waren. Sie kamen an den Stallungen und dem Wohnbereich vorbei und hielten erst vor dem Verwaltungskomplex an. Man führte sie in ein Gebäude, wo ein Arzt Spirit eine Spritze gab, um die Schmerzen zu betäuben. Danach konnte sie sich humpelnd bewegen. Der Arzt untersuchte den Knöchel und stellte fest, daß es sich nur um eine Verstauchung, nicht aber um einen Bruch handelte.

Man trennte die beiden Frauen und führte sie einzeln in ein Zimmer, wo ein Mann in der erdbraunen Uniform der Invasoren ihre Gesichter und Fingerabdrücke mit den amtlichen Unterlagen verglich. Danach nahm man ihnen die Kleider ab, duschte sie und führte sie endlich in ein anderes Zimmer, wo Suzl sich einem Gerät gegenübersah, das sie in neunzehn Jahren nicht mehr erblickt hatte. Damals, als sie beim Beschneidungs-Ritus gezogen worden war, hatte man sie in einen ähnlichen Sessel gesetzt. Die Tätowierung schmerzte heute mehr als früher, schließlich hatte man sie seinerzeit unter Drogen gesetzt, um die Prozedur zu erleichtern.

Später mußte sie aufstehen und vor einen hohen Spiegel treten, in dem sie sich selbst sehen konnte. Die Tätowierung war erheblich größer als damals. In der ersten Zeile eine lange Nummer, wahrscheinlich ihre Registrierung in der Tempel-Kartei, und darunter SUZLETTE-C-04, Region C, Gau 4.

Sie erhielt eine hauchdünne Strumpfhose, durch die man die Tätowierung mühelos lesen konnte, und ein Paar leichter Sandalen. Schließlich durchstach man ihr die Ohrläppchen und setzte zwei Ringe ein, die sich nicht wieder entfernen ließen. Später sollte sie herausfinden, daß der Mann, dem sie einmal gehörte, Zauber in die Ringe einpflanzte.

Am linken Ohr ›trug‹ sie dann seinen Namen, am rechten seine gesellschaftliche Stellung.

Suzl gehörte nicht zu den Menschen, die sich in schwierigen Situationen in Selbstmitleid ergehen. Sie hatte schon zuviel erlebt und durchgemacht, um nicht zu wissen, in welcher Lage sie sich befand. Im Moment hatte es am allerwenigsten Sinn, einen Aufstand zu entfachen.

Nach einigen Minuten des Wartens führte man sie in den obersten Trakt des Gebäudes, wo alle Akten und Dateien untergebracht waren. Zusätzlich hatte man vor allen Treppen in den vierten und fünften Stock Eisengitter angebracht, die man nur mit verschiedenen Schlüsseln öffnen konnte. Die Fenster waren verbarrikadiert, und nicht einmal ein Vogel wäre hier durchgekommen. Gaslampen, die von einem hauseigenen Tank gespeist wurden, sorgten für helles Licht. Suzls Begleiter blieben vor einer Tür stehen und hießen sie, sich hineinzubegeben.

Das, was sie dort zu sehen bekam, hätte sie nicht erwartet: Ein komfortables Bett mit sauberen Laken, ein Tisch, ein Stuhl, ein Schminktisch mit Spiegel und ein Kleiderschrank. »Könnt Ihr lesen?« fragte einer der Wächter.

Sie schluckte die freche Antwort, die ihr auf der Zunge lag hinunter, und antwortete nur: »Ja, Herr.«

»Da auf dem Tisch liegt ein Handbuch über die hier herrschenden Regeln und Anordnungen. Morgen werdet Ihr verhört. Verstöße gegen eine oder mehrere der Anordnungen werden auf der Stelle bestraft.« Er schloß die Tür und sperrte ab.

Suzl hatte sich nie viel aus Schminkzeug gemacht. In den langen Jahren in Flux hatte sie so etwas nie gebraucht, und als sie jetzt vor dem Schminktisch stand, wußte sie im ersten Moment nicht, was sie damit anfangen sollte. Sie nahm statt dessen das Buch zur Hand und las es Seite für Seite durch. Was sie dort erfuhr, war schlimmer als alles, was sie erwartet hatte.

Suzl hatte das Neue Königreich für eine Art Militär-Regime gehalten, und das, was sie hier las, bestärkte sie in dieser Ansicht. ›Perfekte Disziplin‹ schienen die neuen Machthaber sehr wichtig aber auch eine ›natürliche Rangordnung‹ und eine ›Hierarchie von oben nach unten‹ war ihnen bedeutsam.

In Flux, hieß es in dem Buch, sorge die Natur dafür, wer Zauberkraft erhielt und wieviel. In einem Anker hingegen sei der natürliche Lauf der Dinge durch die Kirche ins Gegenteil verkehrt worden. Danach folgte eine Passage über die Bedeutung der Geschlechter. Frauen seien allgemein kleiner und schwächer als Männer, ihre Aufgabe bestünde darin, den Männern sexuell zu Willen zu sein, Kinder zu gebären und aufzuziehen. In einem Anker sei es daher dem verderblichen Einfluß der Kirche zu verdanken, daß den Frauen eine unnatürliche Rolle zugewiesen worden sei. Die Frauen der Kirche hätten eine Kultur entwikkelt, in der sie selbst das Sagen hatten, und daher waren die Anker-Gesellschaften in Stagnation verfallen. Das Neue Königreich nun sei geschaffen worden, um die natürliche Ordnung wiederherzustellen, in der die Männer die aktive Rolle übernehmen und die Frauen sich wieder auf ihre ursprünglichen Aufgaben beschränken sollten.

Das war also Coydts Weltsicht, sagte sich Suzl. Sie mußte ihm zubilligen, daß er eine geschickte Hand bei der Auswahl seiner Mitarbeiter gehabt hatte.

Dem Staat gehörte alles, besser gesagt, den Männern, die ihn leiteten. Eine Rangordnung quasi-militärischer Natur war in Anker Logh eingeführt worden, die bei ›00‹ für einen ungelernten Arbeiter begann und bei ›50‹, dem Staatsoberhaupt, endete. Alle Gegenstände des Lebensbedarfs, auch die Nahrungsmittel, waren streng rationiert. Und die Größe einer Ration hing von der Stellung ab, die man in diesem Rangsystem einnahm. Für die höheren Chargen war Polygamie erlaubt. Frauen ohne ›Beschützer‹ wurden in Staatsgewahrsam gehalten und regelmäßig bei einer sogenannten ›Parade‹ vorgeführt, einer Art Markt, auf der Männer sich diese Frauen anschauen und begutachten konnten, um sie in ihren Besitz aufzunehmen. Frauen, die oft genug bei einer solchen Parade durchgefallen waren, wurden nach Flux hinausgeführt.

Eine Stunde, nachdem man Suzl eingesperrt hatte, reichte man ihr eine warme Mahlzeit, die sie mit Heißhunger verschlang. Die beste Speise, die sie seit langer Zeit zu sich genommen hatte. Danach legte sie sich aufs Bett und versuchte, nicht an die düstere Zukunft zu denken. Sie fragte sich, was aus Spirit geworden sein mochte und ob Matson und Cass die Grenze erreicht hatten oder womöglich schon nicht mehr am Leben waren.

Nach dem Frühstück am nächsten Tag betrat eine Frau in einer grünschimmernden Strumpfhose das Zimmer. »Ich heiße Jerane«, erklärte sie, »und ich soll Euch auf das Verhör vorbereiten.« Suzl fiel auf, daß die Frau kleine Schildchen an den Ohrringen trug.

Die Vorbereitung bestand vornehmlich darin, Suzls Haar zu frisieren und ihr beim Auftragen des Make-ups zu helfen. Suzl empfand die Sandalen mit den ungwohnt hohen Absätzen als erstaunlich bequem. Weniger gefiel ihr hingegen die ständige Kritik Jeranes, vor allem die viel zu häufige Mahnung: »Mit den Hüften wackeln, nicht watscheln!«

Als sie sich schließlich im Spiegel betrachtete, hätte sie sich fast selbst nicht wiedererkannt. Zum ersten Mal fand sie sich selbst attraktiv.

Ihre Lehrerin erzählte Suzl von den jüngsten Entwicklungen im neuen Staat. Hinrichtungen fanden kaum noch statt, da mittlerweile auch die letzten Widerstandsgruppen ausgehoben worden waren. Vergewaltigung war keine Straftat mehr, wenn eine Frau sich ohne männlichen Schutz auf der Straße zeigte. Die Wirtschaft kam langsam wieder in Gang, und es wurden nicht mehr täglich neue Proklamationen erlassen. Die Invasoren richteten sich in Anker Logh ein, es war sogar schon zu ersten Eheschließungen von ihnen mit einheimischen Frauen gekommen. Sie lebten aber nicht wie Maden im Speck, sondern halfen tatkräftig beim Wiederaufbau mit. Die Bürger wußten nun, woran sie waren, und nahmen das Rangordnungs-System an.

Erziehung und Unterricht fand für Frauen nicht mehr statt. Wächter, die sich aus Einheimischen rekrutierten, kontrollierten täglich jede Wohnung und Arbeitsstätte. Diese Männer waren recht streng und ahndeten selbst geringfügige Verstöße. Sie faßten die Frauen der Arbeiter zu Putzkolonnen zusammen, die nach der Schicht die Fabriken und sonstigen Stätten zu reinigen hatten. Frauen, die sich widerspenstig zeigten – Jerane nannte das ›antisoziales Verhalten‹ –, mußten eine Halskette tragen.

Jeder in Anker Logh habe sich mittlerweile in die neue Ordnung eingefügt, erklärte Jerane. Es war immer noch gefährlich, sich abfällig über die Invasoren – die Lehrerin nannte sie ›Befreier‹ – zu äußern. Andererseits fühlte sich heutzutage kaum noch jemand bemüßigt, eine Meinung zu äußern. Jerane war früher auf einer Farm tätig gewesen. Heute war sie Hausfrau und beteiligte sich regelmäßig an den Putzarbeiten im Verwaltungs-Komplex. Ihr größter Wunsch bestand darin, endlich schwanger zu werden. Suzl fragte sie, ob sie sich nicht gelegentlich nach ihrer alten Arbeit zurückssehne, und erhielt zur Antwort: »Die Vergangenheit ist für mein neues Leben nicht mehr relevant. Heute stehe ich nicht mehr unter unnötigem und unnatürlichem Streß, sondern verfüge über genug Zeit, um mich um die Erziehung und Aufzucht zu erwartender Kinder zu kümmern. Eine Weile habe ich mich törichterweise dagegen gesträubt, aber als ich einmal begriffen hatte, welche Vorteile dieses Leben für mich bietet, habe ich es rasch akzeptiert.«

Es war schon immer einfacher, sich von anderen sagen zu lassen, was man tun und lassen soll, als seinen eigenen Kopf anzustrengen, dachte Suzl düster. Zuerst hatte sie Jerane verachtet. Dann dachte sie an ihr eigenes Leben zurück. Als sie beim Beschneidungs-Ritus gezogen und als Sklavin verkauft worden war, hatte sie nicht im Traum daran gedacht, sich zur Wehr zu setzen.

Der Verhörleiter, ein Hauptmann Weiz, war ein hübscher junger Bursche mit langem blonden Haar und Bart. Sie bemühte sich, mit den Hüften zu wackeln, statt zu watscheln, als sie vor ihn trat. Er lächelte ihr zu und bot ihr einen Stuhl an.

»Uns fehlen auf ein paar Fragen noch die Antworten«, erklärte er. »Seid Ihr bereit, mit mir zusammenzuarbeiten?«

»Ich will es nach Kräften versuchen, Herr.«

Er nickte und begann: »Ihr kommt aus Flux, das ist uns bekannt. Seid Ihr durch den Tempelkeller gekommen?«

Suzl nickte. Es hatte keinen Sinn, das abzustreiten.

»Und wie habt Ihr aus dem Tempel herausgefunden?«

»Eine gewisse energetische Verschiebung ermöglichte es uns, durch die Linien zu gelangen.«

»Wie viele Personen seid Ihr gewesen?«

Sie dachte kurz nach und sagte dann: »Drei. Cass, Spirit und ich.« Keiner von den ›Befreiern‹ wußte von Matson.

Weiz nickte. »Handelt es sich bei Cass um die Person, die auch als Schwester Kasdi bekannt ist?«

»Wir kannten uns schon als Kinder, und daher nenne ich sie immer noch Cass«, erwiderte Suzl.

»Verstehe. Und was war das Ziel Ihres Aufbruchs?«

»Zuerst wollten wir versuchen, die Personen oder Geräte zu zerstören, die den Schutzschirm aufrechterhalten. Dann wollten wir auf diesem Weg nach draußen und unserer Seite davon berichten, wie es hier aussieht. Und schließlich hielten wir die Augen nach einer Gelegenheit auf, Coydt van Haaz zu entdecken und unschädlich zu machen.«

Der Hauptmann war zufrieden. »Bei Euch handelt es sich um dieselbe Suzl, die in Flux als Mann aufgetreten ist, nicht wahr?«

»Jawohl, Herr. Das hing mit einem Bann zusammen, der jedoch zwischenzeitlich wieder von mir genommen wurde.«

»Dann seht Ihr Euch lieber als Frau?« In dieser Gesellschaft war das schon fast eine Fangfrage.

»Natürlich, Herr. Als mir die Möglichkeit angeboten

wurde, den Bann von mir zu nehmen, entschied ich mich aus freiem Willen für die jetzige Form.«

»Und welche Wünsche hegt Ihr für die Zukunft?«

Die nächste Fangfrage! »Herr, es wäre gelogen, wenn ich erklären würde, ich möchte nicht liebend gern nach Flux zurück.«

»Und wenn das ausgeschlossen wäre?«

»Dann möchte ich hier leben, Herr. Ich bin wie eine Katze, die immer wieder auf ihren Pfoten landet. In Flux besaß ich keine Zauber-Kraft und war daher auf die Hilfe anderer angewiesen. Ich passe mich eben immer gut an. Die Situation erscheint mir hier in gewisser Weise ähnlich zu sein. Mein einziger Wunsch besteht darin, Spirit regelmäßig sehen zu dürfen. Wir sind sehr eng befreundet.«

»Spirit wurde heute morgen von ihrem legalen Vater übernommen, wie es sein gutes Recht ist. Man hat ihn in Trobovar zum Chefmechaniker des Gaus befördert. Er hat Spirit gleich fortgeführt. Würde es Euch erschrecken zu erfahren, daß es ihre Eltern waren, die uns alles über Euch mitgeteilt haben?«

»Ich hatte mir schon so etwas gedacht, Herr.«

»Sie möchten nicht, daß Ihr ein Loch in unseren Schirm reißt«, erklärte Weiz. »Noch nicht einmal unsere Gegner in Anker wünschen das. Denn damit wäre das Ende von Logh gekommen. Ich teile Euch das mit, um Euch davor zu bewahren, irgendwelche Hoffnungen auf Hilfe von außen zu hegen. Wenn Ihr Euch in unsere Gemeinschaft einfügt, werdet Ihr rasch die guten Seiten erkennen und Belohnungen erhalten. Wir verfügen über genügend Flux-Kraft, um verdienten Bürgern, männlichen wie weiblichen, das Altern zu ersparen. Wenn Ihr die Regeln einhaltet, gibt es für Euch keine Strafen oder Züchtigungen, sondern nur Belohnungen. Doch ich schätze, wenn Ihr Euch schon an das Leben in Flux gewöhnen konntet, so wird Euch das hier auch nicht schwerfallen.«

Suzl nickte. Zu ihrer Überraschung stellte sie fest, daß sich ihr die Logik von Weiz' Ausführungen erschloß. Sie fragte sich jedoch, wie man hier mit der überschüssigen Bevölkerung verfuhr ... ob die Flux-Fürsten sie erhielten? Die Abschaffung des Beschneidungs-Ritus war ein herber Verlust für diese Herren gewesen. Seitdem litten ihre Länder an Auszehrung.

In den folgenden Tagen mußte sie sich einer ›Umerziehung‹ unterziehen, eine Prozedur, die alles andere als angenehm war. Man bekam beigebracht, wie man sich in verschiedenen Situationen korrekt zu verhalten hatte, mußte sich bestimmte Dinge einprägen und wurde immer wieder mit unerwarteten Begebenheiten konfrontiert. Wenn man zögerte, eine falsche Antwort gab oder sich nicht richtig verhielt, erfolgte prompt eine körperliche Bestrafung. In verblüffend kurzer Zeit paßte man sich diesem System an. Der Verstand konzentrierte sich nur noch darauf, wie man in dieser oder jener Lage zu reagieren hatte. Suzl wußte, daß sie sich geistig und seelisch unterordnen würde; nur noch eine Woche oder ein paar Tage länger, und die Machthaber hätten auch bei ihr Erfolg gehabt.

Der tägliche ›Unterricht‹ war lang und wurde unregelmäßig von kurzen Pausen unterbrochen. Dem Ablauf der Mahlzeiten und der Schlafperiode wohnte keinerlei System inne, und so verlor man rasch den Sinn für die Zeit. Suzl ahnte, daß man ihre Nahrung mit Drogen oder Hormonen versetzte. Die Hoffnung auf Rettung verging immer mehr, und wenn sie gelegentlich an Spirit und das Baby dachte, spürte sie nur noch Trauer.

Wieder wurde sie geweckt und ihr befohlen, sich bereit zu machen. Suzl wusch sich, trug Schminke auf, legte die spärliche Kleidung an und meldete sich beim Hauptbüro. Sie wunderte sich schon nicht mehr darüber, wie sie Männern nachstarrte. Dafür verblüffte es sie um so mehr, hier Hauptmann Weiz anzutreffen. Sie baute sich vor ihm auf und wartete geduldig, bis er sie ansprach.

»Ihr habt sehr gute Fortschritte gemacht, Suzlette«, erklärte er. Alle Menschen in Anker Logh wurden mit ihrem vollen Vornamen angeredet.

»Vielen Dank, Herr.«

»Ich muß Euch noch eine Frage stellen. An welchem Punkt wolltet Ihr den Schirm durchbrechen?«

»Eine Stelle unweit von Lamoine, Herr«, hörte sich sich augenblicklich zu ihrer eigenen Verblüffung antworten. Sie besaß allerdings noch genügend Persönlichkeit, um zu erkennen, wie weit man sie hier schon gebracht hatte.

Der Hauptmann zog zwei kleine Schildchen aus seiner Tasche und hängte sie an Suzls Ohrringe. »Wir wollen zu Ihrem Zimmer gehen«, erklärte er. Sie bewegte sich ein oder zwei Schritte hinter ihm, wie es Vorschrift war.

Als sie sich im Zimmer befanden und er die Tür geschlossen hatte, strahlte er sie an: »Ich denke, ich duze dich von nun an. Ich habe dich nämlich heute auf meinen Namen eintragen lassen, Suzlette. Was hältst du davon?«

Der Atem stockte ihr, und nur mühsam bekam sie heraus: »Ich fühle mich sehr geehrt, Herr.«

Er klärte sie über ihre neuen Rechte und Pflichten auf und verlangte gleich ein paar Liebesbeweise von ihr. Sie gab sich ihm mit aller Leidenschaft hin, was ihn sehr befriedigte. Es half ihr, daß er so gut aussah, aber auch sonst mußte sie sich in keiner Weise überwinden. Und er stellte sich auch nicht ungeschickt an.

Als sie danach nebeneinander auf dem Bett lagen und sich entspannten, fühlte sie sich unbeschreiblich gut ... wenn bloß nicht irgendwo in ihrem Hinterkopf dieses Rumoren gewesen wäre, daß ihr einzureden versuchte, dies alles sei falsch und verräterisch.

»Ich habe dich gleich vom ersten Moment an sehr anziehend gefunden«, gestand er ihr. »Auch ich habe den Großteil meines Lebens in Flux verbracht. Die meisten Frauen hier sind entsetzlich langweilig. Aber wir beide verstehen und ergänzen uns so wunderbar. Du könntest mir obendrein einige Last bei der Arbeit abnehmen.«

Suzl wurde mißtrauisch. Da stimmte doch etwas nicht. Oder wollte er sie nur auf die Probe stellen?

»Nun zieh dich an und komm mit mir. Wir haben eine lange Fahrt vor uns. Es geht nach Lamoine.«

Er mietete eine offene Kutsche und nahm die Zügel in die Hand. Es war ein warmer und sonniger Tag, und Suzl tat es gut, wieder an die frische Luft zu kommen. Weiz befuhr nicht die Hauptstraße, sondern näherte sich über Landstraßen dem Ziel. Sie legten oft in kleinen Städten und größeren Farmen eine Rast ein. Er war ihr gegenüber sehr aufmerksam; sie benahm sich ihm gegenüber, wie es von einer Sklavin erwartet wurde, fragte sich aber im stillen die ganze Zeit über, was er eigentlich beabsichtigte. Er zeigte sie überall herum, präsentierte sie als seinen neuesten Besitz, damit auch jedermann sehen konnte, daß sie ihm gehörte.

Nach vier angenehmen Fahrtstunden erreichten sie das Dorf Lamoine. Wall und Flux lagen nur einen Kilometer entfernt. Man hatte hier Wald angelegt, um den Blick hinaus zu versperren. Weiz machte allen wichtigen Männern in der Stadt seine Aufwartung, und sie gewöhnte sich daran, mit Suzlette Weiz oder auch Madame Hamir Weiz angesprochen zu werden. Er schickte sie in eine Küche und erklärte ihr, sie solle eine Mahlzeit für ein Picknick zusammenstellen. Sie war mittlerweile so konfus, daß sie sich ohne Kommentar an die Arbeit machte.

Am meisten war Suzl von sich selbst verwundert. Sie hatte zu ihrer großen Verblüffung das Make-up oder die Frisur bei anderen Frauen kritisiert und war sogar sehr erleichtert darüber gewesen, von ihrem Mann einige Komplimente über ihr gelungenes Aussehen zu erhalten. Sie achtete darauf, nicht aufzufallen und sich wie die anderen Frauen zu benehmen. Nur kurz tauchte in ihr die Erinnerung an Jerane auf, als sie erklärt hatte, es sei so leicht, sich zu fügen.

Sie fuhren an den Bäumen vorbei und konnten den Wall sehen, eine gewaltige Steinmauer, die unüberwindlich wirkte. Allerdings hatte dieser Wall nie wirklich Schutz geboten. Jeder, der bei Nacht und Nebel ins oder aus dem Land wollte, konnte das Hindernis mit Leichtigkeit überwinden. Vor der Mauer hatte man eine hölzerne Plattform errichtet und die Straße bis zu ihr verlängert. Schwerbewaffnete Wachen patrouillierten, und auf einem Turm war ein schweres Maschinengewehr postiert. Sie bewachten hier keineswegs den Wall, sondern die Maschine, die den Schild aufrechterhielt.

Das Pärchen picknickte im Windschatten der Mauer. Suzl bediente ihren Mann, und er erzählte ihr Geschichten und Anekdoten, aber kein Wort darüber, was er mit diesem Ausflug bezweckte. Als Suzl alles wieder eingepackt hatte, erklärte er: »Begleite mich jetzt bitte zum Wall. Ich möchte dir etwas zeigen.«

Sie folgte ihm, und gemeinsam stiegen sie die Mauer hinauf. Suzl blickte hinaus auf die Schürze. Für gewöhnlich sah man hier nur eine Wand aus Nichts. Doch heute befand sich etwas in Flux. Sie starrte genauer hin und runzelte die Stirn.

»Das ist die Maschine, die du und deine Freundinnen zerstören wollten«, erklärte ihr Weiz, als er ihre Neugierde bemerkte. »Komm mit. Wir steigen an der anderen Seite des Walls hinunter und sehen uns den Apparat genauer an. Wie dir sicher aufgefallen ist, funktioniert die Maschine noch einwandfrei.«

Sie betraten die Schürze und gelangten in die Flux-Region zwischen Anker und Schirm. Suzls Zauberkraft stellte sich augenblicklich wieder ein, was ihr nach so langer Zeit ein sehr merkwürdiges Gefühl gab.

Dann standen sie vor der Maschine, die im Grunde genommen nicht mehr darstellte als einen würfelförmigen Kasten mit einem Schaltbord an einer Seite. Man hatte den Apparat nicht hierher befördert, sondern die Einzelteile in Flux erschaffen und hier zusammengebaut.

»Ein Verstärker«, erläuterte der Hauptmann. »Er verstärkt die Zauberkraft eines Magiers um das Tausendfache.« Jetzt erblickte auch Suzl, wie Flux-Energie von allen Seiten in die Maschine strömte, um sie in hochkonzentrierter Form zielgerichtet wieder zu verlassen.

Ein Mann näherte sich ihnen. Sie sah ihn, drehte sich zu

ihm um und erkannte ihn auf der Stelle wieder. Das ansprechende Gesicht, der muskulöse Oberkörper, das helle, leicht angegraute Haar und der typische Bart. Suzl war ihm erst einmal persönlich begegnet, aber diesen Herrn würde sie nie wieder vergessen.

»Suzlette«, sagte Weiz freundlich, »ich möchte dir Prinz Coydt vorstellen.«

Der Fürst der Finsternis. Der Höllen-Prinz. Der Herr des Bösen.

»Seid gegrüßt, Herr«, sagte Suzl.

Schattenspiel

Da stand er, Coydt van Haaz, gekleidet in einem Flannelhemd, einer blauen Jeans und Stiefeln. Er gestattete sich ein Lächeln. »Ihr dürft Euch nun zurückziehen, Hauptmann. Doch haltet Euch zur Verfügung, ich brauche Euch vielleicht später noch.«

Weiz wirkte nervös, antwortete aber mit einem forschen ›Jawohl, Herr‹. Er ließ Coydt und seine neue Frau allein. Sie starrte ihn an und spürte die enorme Energie in ihm und die große Furcht in ihr.

»Der Hauptmann ist Euch wirklich zugetan«, begann der Höllenprinz. »Mehr noch, er scheint von Euch hingerissen zu sein. Wie steht es denn mit Euch selbst? Entspricht Weiz Eurer Vorstellung von den Männern, die das Anker überfallen haben?«

»Nein, Herr«, antwortete sie. »Ich mag ihn wirklich.«

»Von Zauberer zu Zauberer, offen und ehrlich. So gefällt es mir.«

»Ich bin kein Zauberer«, widersprach sie.

»Wie aufmerksam von Euch, das zu erkennen. Jemand ohne Kraft ist im Flux verloren, kann sich aber, um zu überleben, unter den Schutz eines anderen begeben. Eine Person jedoch, die über Kraft verfügt, ohne sich auf den Umgang mit ihr zu verstehen, gerät in große Gefahr, wenn sie in Flux einem Zauberer begegnet.«

Sie nickte langsam, sagte aber nichts. Sie konnte nur noch daran denken, daß er ihr gleich etwas Schreckliches antun würde. Sie wollte Zeit gewinnen, vielleicht fiel ihr ja noch ein Ausweg ein.

»Nehmt mich nur, als, zugegeben, ausgezeichnetes Beispiel. Habt Ihr Euch je gefragt, was mich zu dem gemacht hat, was ich bin? Was mich so stark beeinflußt, mich so verändert hat?«

»Ich habe mich sehr oft gefragt, was geschehen sein muß, um einen Menschen wie Euch zu schaffen.«

»Es war vor über vierhundert Jahren, an einem Ort, der diesem Land hier sehr ähnlich ist«, fing Coydt an. »Als Kind war ich kaum zu bändigen, schließlich mußte ich mich als Jüngstes von elf Geschwistern behaupten. Schon damals gefielen mir Abenteuer und Nervenkitzel. Ich habe jede Herausforderung angenommen, und die Größeren haben oft auf mir herumgehackt. Eines Tages, nachdem ich für eine Nichtigkeit einen Tadel von einer Schwester empfangen hatte, drängten mich die anderen, ich solle allein in den Tempel schleichen. Ich war damals fünfzehn und ziemlich raffiniert. Die Vorstellung, in eine reine Frauenwelt einzudringen, hatte einen besonderen Reiz für mich. Ich beschloß, in den Tempel einzusteigen und irgend etwas aus dem Besitz einer höheren Schwester zu stehlen.«

»Verstehe, schon damals wart Ihr kein sonderlich religiöser Mensch.«

»Ich war immer so fromm wie Ihr oder der alte Mervyn. Ich brach in die städtische Wäscherei ein, in der die Roben der Priesterinnen gereinigt wurden, und suchte mir ein passendes Stück aus. Dann borgte ich mir von einer meiner Schwestern eine Perücke und Sandalen aus. Am nächsten Tag spazierte ich einfach so in den Tempel bis in die Schlafquartiere. Niemand beachtete mich, und alles hätte wunderbar ablaufen können, wenn ich nur etwas mehr Ahnung von der Aufteilung des Komplexes gehabt hätte. Ich geriet in ein Büro, zu dem ich als normale Schwester keinen Zugang hatte, und wurde festgenommen. Dummerweise war auch meine verstellte hohe Stimme nicht so recht überzeugend. Die Wächterinnen demaskierten mich. Ich nahm an, man würde mich ins städtische Gefängnis werfen. Dort hätte man die Sache entweder unter den Teppich gekehrt, um einen öffentlichen Eklat zu vermeiden, oder die Herren hätten mich als Helden gefeiert. Doch statt dessen zerrte man mich vor ein Kirchengericht, dem die Schwester Generalin vorsaß, und klagte mich der Häresie an.«

Suzl überwand den Widerwillen gegen den Mann, denn diese Geschichte begann sie zu interessieren.

Coydt selbst schien es großen Spaß zu machen, von diesem Vorfall zu erzählen. Offenbar gab er diese Geschichte nur bei besonderen Anlässen zum Besten. »Die Damen sahen sich einer Situation gegenüber, wie sie sich noch nie ereignet hatte. Sie mühte ihre Spatzenhirne nach Kräften, eine Lösung zu finden. Dann fiel einer der einzige Ausweg ein, wie man diese Kirchenschändung ungeschehen machen konnte. Sie brachten mich in die Tempel-Klinik, verabreichten mir allerlei Drogen und legten mich auf den Operationstisch. Sie kastrierten mich und formten in meinem Unterleib eine Vagina. Danach machten sie meine Haut weicher und meine Stimme eine halbe Oktave höher. Als sie endlich mit mir fertig waren, war ich im Innern immer noch ein Mann, äußerlich aber eine grobschlächtige, unansehnliche Frau. Aber sie hatten ihr Ziel erreicht, denn der Tempel war nicht von einem Mann beschmutzt worden.« Seine letzten Worte hatten verbittert geklungen, und aller Ärger drang wieder in ihm auf, als er hinzufügte: »Damals war ich erst fünfzehn!«

»Ich hätte mir nie vorgestellt, daß so etwas in einem Anker möglich wäre«, gestand Suzl.

»Natürlich hat man meine Eltern informiert«, fuhr er fort und schien sie gar nicht gehört zu haben. »Meine Mutter meinte, daß sei die Strafe der Göttin. Mein Vater hingegen fand das unglaublich komisch.« Coydt bebte und mußte deutlich an sich halten. Doch schon im nächsten Moment klang er wieder ganz ruhig.

»Unter Drogen hielt man mich einige Jahre lang als Sklavin im Tempel. Eines Tages verschied die Schwester Generalin. Ihre Nachfolgerin rief mich zu sich und erklärte, mit dem bisherigen Leben sei es für mich vorbei. Entweder ich trete der Schwesternschaft bei, oder ich würde nach Flux verkauft. Dreimal dürft Ihr raten, wofür ich mich entschieden habe, obwohl ich keine Vorstellung hatte, wie es in der Leere aussehen und zugehen könnte. Aber nach allem, was die Priesterinnen mir angetan hatten, fürchtete ich mich vor nichts und niemandem mehr.«

»Ob Ihr es mir glaubt oder nicht, ich verstehe Euch sehr gut. Schließlich habe ich selbst auch einige Probleme mit Geschlechtsumwandlungen hinter mir.«

»Als entdeckt wurde, daß ich über Flux-Kraft verfügte, verkaufte man mich an einen Zauberer in Globbus, der einen Assistenten suchte. Ein recht unangenehmer Zeitgenosse namens Voryer. Er brachte mir zuallererst einen bindenden Zauberspruch bei. Er meinte, es sei ihm ganz recht, wenn seine Schüler ihre erste Lektion nie wieder vergessen konnten.«

Langsam verging Coydts Kleidung. Er griff sich mit zwei Fingern an die Wange und zog den Bart ab. Sein Körper war männlich und muskulös, auch die schmalen Hüften gehörten eindeutig zu einem Mann. Suzl fühlte sich an Dar erinnert, als sie seine Vagina erblickte. Plötzlich legte sich die Kleidung wieder über ihn, und der Bart kehrte an seinen alten Platz zurück. Er sah jetzt wieder so hübsch und männlich aus wie vorher.

»Meine Stimme wurde wieder tiefer, und die Brüste schrumpften, weil mir keine Hormone mehr zugeführt wurden«, fuhr er nun fort. »Aber es ist immer noch deutlich genug zu erkennen, was die Priesterinnen mit mir angestellt haben. Ich lernte von dem alten Narren so viel, wie ich nur konnte, und als ich mich stark genug fühlte, habe ich ihn umgebracht. Viele Jahre verbrachte ich dann damit, Studien über bindende Zaubersprüche zu betreiben. Aber Voryers Zauber erwies sich als zu stark. Es gab und gibt keine Möglichkeit, mich in einen vollständigen Mann zurückzuverwandeln. Ich stehe auf Frauen, kann im Bett aber nichts mit ihnen anfangen. Na ja, ich kann einen Zauber über sie legen, so daß sie am nächsten Morgen glauben, sie hätten eine aufregende Nacht verbracht, aber ich selbst hatte und habe nichts davon. Ich verschaffte mir so den Ruf, ein ausgezeichneter Liebhaber zu sein, und trainierte meinen Körper. Ich gehe seit damals keinem Kampf aus dem Weg. Ich bin Experte in jeder Kampfart und kenne mich bestens mit allen Waffen aus.«

Coydt lächelte versonnen und schüttelte dann den Kopf. »Als ich mich reif genug fühlte, schloß ich mich mit einem Leiner zusammen, der die Protektion eines Magiers suchte. Auf diese Weise gelangte ich in mein Heimat-Anker zurück. Dort habe ich meine Mutter mit bloßen Händen erwürgt und meinen Vater zu Tode geprügelt. Als er in den letzten Zügen am Boden lag, habe ich ein großes Messer geholt und ihm die gleiche Behandlung angedeihen lassen, wie die Priesterinnen sie mir zuteil werden ließen. Nur war ich kein erfahrener Chirurg, und deshalb fiel meine Arbeit etwas blutiger und schmerzhafter aus. Vom nächsten Tag an lauerte ich nach und nach allen Priesterinnen auf. Ich verschleppte sie in die Leere und verwandelte sie dort in Huren. Die Polizei konnte nichts gegen mich ausrichten. Hin und wieder jagte sie mich, aber sie bekamen mich nie zu fassen. Danach konzentrierte ich mich darauf, diesen verwünschten Bann zu brechen.«

Er lächelte grimmig. »Ich habe ganz Flux durchwandert. Eines Tages tat ich mich mit dem Magier Grymphin zusammen, der über die gewaltigste Bibliothek seiner Zeit verfügte. Es dauerte nicht lange, da hatte ich herausgefunden, daß er zu den Sieben Wartenden gehörte. Er war Experte für Mathematik und widmete sein Leben der Suche nach den Formeln und Codes, mit denen die Anker stabil gehalten und die Höllentore verschlossen werden. Damals wußte noch niemand etwas über die Geheimgänge an den Toren, die in die Tempel führen. Das ist erst vor zwanzig Jahren entdeckt worden. Grymphin jedenfalls war fest entschlossen, am Wächter vorbeizukommen und ins Höllentor zu gehen. Diese Idee beschäftigte ihn so sehr, daß er es dann tatsächlich versuchte.«

»Und dabei ein grauenhaftes Ende fand?«

»Nein, er hatte tatsächlich einen Weg gefunden. Ich schlich ihm nach und veränderte hinter ihm nur eine Ziffer in der ellenlangen Formel. Er saß gefangen, und ich besiegte ihn. Von da an nahm ich seine Stelle bei den Sieben ein.«

»Doch Ihr seid Euren Bann noch nicht losgeworden, oder?«

»Nein … Aber Ihr habt einen Weg gefunden. Ihr oder jemand aus dem Kreis Eurer Verbündeten. Als ich meinen Zauber auf Spirit legte, dachte ich mir, die andere Seite würde den Himmel in Bewegung setzen, um ihn von ihr zu nehmen. Die Grundlage beider Banne ist gleich. Ich möchte jetzt von Euch wissen, wie Ihr das angestellt habt. Sagt es mir, und es soll Euer Schaden nicht sein.«

»Soll ich zur Belohnung etwa als Frau in Eurem Anker leben dürfen?«

»Habt Ihr denn so schlechte Erfahrungen gemacht? Sprecht die Wahrheit: Könnt Ihr Euch als Frau Weiz sehen oder nicht?«

Sie dachte darüber nach und stieß auf die erschreckende Tatsache, daß sie sich das sehr gut vorstellen konnte. Sie gab Coydt aber keine Antwort.

»Ich habe mir schon so etwas gedacht. Ihr wollt es bloß nicht zugeben, vor allem mir gegenüber nicht. Doch nun wollen wir einmal die ideologischen oder moralischen Bedenken vergessen. Sagt mir, was Ihr ganz persönlich gegen ein Leben als Frau in meinem Anker vorzubringen habt.«

Sie dachte kurz nach. »Es ist entwürdigend.«

»Ist es etwa würdevoller, die Beischläferin eines schwulen Leiners zu sein? Nur eine Handvoll Menschen in jeglicher Form von Gesellschaft sind wirklich frei, und das haben sie vor allem dem Zufall zu verdanken. Ihr gehört zu den Menschen, die in jeder Situation überleben, und das solltet Ihr in keiner Weise geringschätzen. Aber Ihr seid keine Führernatur. Sagt mir, seid Ihr jemals wirklich frei gewesen?«

»Ja, für eine kurze Frist, an der Seite von Spirit, nachdem sie mir ihre Flux-Kraft übertragen hatte.«

Coydt lachte schallend. »Der Seelenreiter hat Euch nur für seine Zwecke benutzt. Er hat seinen Zauber auf Euch gelegt, um Euch fester miteinander zu verbinden, nicht aber, um irgendwelchen romantischen Gefühlen nachzugehen. Er brauchte Euch, um mit der Kraft zu arbeiten, über die er in Flux verfügt. Ich habe diesen Bann bereits auf chemischem Wege geschwächt. Und nun nehme ich ihn vollkommen von Euch. Ihr könnt Spirit jetzt noch lieben, aber Ihr seid nicht mehr auf sie angewiesen.«

Er hatte recht. Suzl horchte in sich hinein und stellte fest, daß sie zwar noch viel für Spirit empfand, sich aber nicht mehr elend fühlte, sobald sie von ihr getrennt war. Sie fragte: »Was habt Ihr mit Spirit angestellt?«

»Das gleiche wie mit Euch. Und ich habe ihr ein Ziel eingegeben, nach dem sie nun mit aller Macht strebt. Wir haben ihr ein Baby gezeigt, das dem ihren exakt gleicht; natürlich habe ich etwas nachgeholfen. Nun glaubt sie, es sei ihr Kind. Spirit ist anders als Ihr, sie gehört nicht zu denen, die unbedingt überleben. Sie ist auf die Unterstützung anderer angewiesen. Nun will sie nur noch als Mutter für ihren Sohn dasein. Für den Augenblick kommt es mir gelegen, aber es kann auch gefährlich werden. Ich kann sie nicht in die Leere schaffen, weil sonst dem Seelenreiter wieder alle Möglichkeiten offenstehen. Vielleicht versuche ich es eines Tages trotzdem einmal, denn schließlich verfügt Spirit über keine Flux-Kraft. So lange es dem Seelenreiter beliebt, wird sie Euch lieben, aber sie hat jetzt schon mehr Gefühle für das Neugeborene. Wenn ich sie verheirate, wird sie ihrem Gemahl eine gute Frau sein. Und das führt uns wieder zur ursprünglichen Frage zurück: Wie ist sie meinen bindenden Zauberspruch losgeworden?«

»Euer Bann wurde nicht aufgelöst«, antwortete Suzl. »Trotz all Eurer Macht habt Ihr verloren. Ihr Bann ist nur aufgehoben, so lange sie sich in einem Anker aufhält. Der Wächter am Höllentor hat diese Aufhebung bewerkstelligt.

Ihr scheint mir in der Lage zu sein, mit dem Wächter Kontakt aufzunehmen. Warum bittet Ihr ihn nicht auch um diesen Gefallen?«

»Um danach auch in einem Anker festzusitzen?« seufzte der Höllenprinz. »Ich habe so etwas befürchtet. Warum soll ich es Euch verschweigen? Alle meine Studien und Forschungen haben ergeben, daß es nur eine einzige Möglichkeit gibt, einen solchen Bann aufzulösen. In Flux muß jemand von gleicher oder größerer Kraft ihn freiwillig auf sich nehmen. Ich bin nie auf jemanden gestoßen, der mir ebenbürtig war, noch nicht einmal unter den Spinnern, die den Rest der Sieben ausmachen. Vielleicht werde ich ihnen ja irgendwann einmal die Sprache der Maschinen beibringen, damit sie endlich ihre geliebten Höllentore öffnen können. Dann hätten sie wenigstens etwas zu tun und müßten nicht länger ihre Kräfte mit sinnlosen Verschwörungen vergeuden.«

Sie starrte ihn ungläubig an. »Ihr wißt, was sich hinter den Höllentoren befindet, nicht wahr ... Ja, Ihr wißt es wirklich!«

»Ich weiß einiges davon. Leider zeigen sich in meinen Kenntnissen noch große Lücken. Ich habe zum Beispiel immer noch keine Ahnung, worum es sich bei einem Seelenreiter handelt. Und ich bin noch nicht dahintergekommen, warum die Welt sich seit einiger Zeit in dieser Lage befindet; ich weiß nur, daß die Welt früher anders ausgesehen hat. Dennoch glaube ich, daß niemand mehr über all diese Dinge und ihre Zusammenhänge weiß als ich. Über die Jahrhunderte habe ich Stück um Stück an Information zusammengesetzt, von Zauberern, mit denen ich zusammengearbeitet habe, und von solchen, die ich im Kampf bezwang.« Er winkte ab. »Aber genug von diesem Gerede. Kehren wir zum eigentlichen Thema zurück.«

Suzl hatte furchtbare Angst vor der Antwort, mußte ihn aber einfach fragen: »Was habt Ihr mit mir vor?«

»Einige Möglichkeiten stehen zur Auswahl. Ihr selbst dürft entscheiden.«

Bislang hatte er noch nicht von Kasdi oder Matson gesprochen. Bedeutete das etwas Gutes für sie?

»Ich bin ein wenig durchs Reich gereist«, erklärte er. »So viele Magier treiben sich dort herum, daß einer mehr oder weniger nicht auffällt. Diese Narren beklagen lautstark den Umstand, daß es in Flux keine Möglichkeit gäbe, das Gedächtnis selektiv oder total zu verändern. Dafür ist eine Einrichtung namens Unterbewußtsein verantwortlich. Doch sie irren, was Personen mit Flux-Kraft angeht. Und die, die einen bindenden Spruch auf sich nehmen.«

Sie wußte jetzt, worauf er hinaus wollte. »Was für einen bindenden Spruch?«

»Nichts Besonderes. Ihr würdet Euch noch an alles erinnern, nur unter veränderten Vorzeichen. Ich habe die Idee dazu von einem Seelenreiter-Zauber. Ihr erinnert Euch zum Beispiel an die Leere und besonders an die schlechten Dinge. Vergessen hättet Ihr hingegen alles, was Spirit und das Kind angeht. Und Ihr kommt nie auf die Idee, Euch zu fragen, wie Ihr hierher gelangt seid. Eure Liebe zu Hauptmann Weiz wird stärker, und Ihr werdet ihm eine gute Frau sein und viele Kinder gebären.

Suzl dachte darüber nach. Gewiß hatte er gerade die eine oder andere Unannehmlichkeit verschwiegen. Vermutlich wäre sie danach Analphabetin und könnte nicht mehr bis drei zählen. Absoluter Gehorsam Weiz und tiefe Demut allen anderen Männern gegenüber waren wohl schon so selbstverständlich, daß sie keiner Erwähnung mehr bedurften. Suzl versuchte, sich vorzustellen, wie sie sich den lieben langen Tag um nichts anderes Gedanken machte als die Flecken im Teppich, die Entfernung hartnäckiger Essensreste auf dem Geschirr und neue Kochrezepte. Doch auf der anderen Seite befände sie sich in einer gehobenen und gesicherten Position, sie besäße ein hübsches Heim nebst allerlei Luxus und Sondervergünstigungen. In diesem Moment wurde ihr bewußt, daß sie ihr Leben lang nach Sicherheit und Geborgenheit gesucht hatte. An Abenteuern, Reisen, Gefahren und Aufregungen hatte sie keinerlei Bedarf mehr.

»Und die andere Möglichkeit?« fragte sie zögernd.

Sie sah förmlich, wie ein gewaltiger Zauber über sie kam, dem sie sich nicht entziehen und dem sie nicht ausweichen konnte. Im nächsten Moment stand sie unter seinem Einfluß.

»Erinnert Ihr Euch noch an das alte Bild von Euch, daß Ihr vergessen habt, als wir uns zufällig über den Weg gelaufen sind? Nun, ich habe es gefunden und aufbewahrt. Und ich habe mir ein paar ... Verbesserungsmöglichkeiten einfallen lassen.«

Ihre Brüste bliesen sich zu riesigen Ballons auf. Dann spürte sie, wie ihr wieder ein Penis zwischen den Beinen wuchs.

Dann erklärte Coydt mit mächtiger Stimme: »Das wäre die Alternative. Ihr wärt auf diesen schmalen Fluxstreifen beschränkt, denn in einem Anker wollte Euch niemand haben. Warum also zögern, warum schwanken zwischen dem Leben einer glücklichen Hausfrau und einer Monstrosität? Hier biete ich Euch den bindenden Spruch, Ihr dürft ihn Euch sogar vorher ansehen.«

Sie sah den Zauber in ihren Gedanken, aber er war viel zu komplex, als daß sie ihn hätte entschlüsseln können. Warum zögerte sie, warum schwankte sie, fragte sie sich. Nimm ihn doch ...

Matson und Kasdi sprangen von den Pferden und stürzten in tiefes Dickicht. Die Tiere rannten weiter durch die Nacht, verfolgt von den Soldaten.

Matson hatte seinen Rucksack aufgegeben. Die beiden verfügten jetzt nur noch über ihre Waffen. Wasser ließe sich hier in der Gegend leicht finden, nur mit der Nahrung würde es schwierig werden.

Sie marschierten in Richtung Südwesten und hielten nach anderen Verfolgern Ausschau. Anscheinend war ihnen niemand mehr auf der Spur.

»Was nun?« fragte die Heilige.

Zunächst gab er ihr keine Antwort, weil er es selbst nicht wußte. Dann stießen sie an einen Bach, der in südwestlicher Richtung floß. »Wie weit mag er verlaufen?« dachte er laut. »Bis zum Wall ... Und dann? Ergießt er sich in die Leere ... Befinden sich in Anker Logh Seen?«

»Nicht, daß ich wüßte.«

»Dann folgen wir diesem Wasserlauf, wenn es sein muß, bis zur Mauer. Vielleicht ergibt sich dort für uns eine Möglichkeit ... Vermutlich sind Drainagen oder Abflüsse in den Wall eingelassen, womit auch schon das Rätsel gelöst wäre, wie Menschen in früheren Zeiten heraus- und hineingeschlichen sind.«

»Nun ja, und wenn wir so durch die Mauer kommen? Was fangen wir dann an? Fliehen können wir nicht von hier.«

»Wir können aber nach Flux gelangen, und in der Leere zaubern wir uns alles herbei, was wir benötigen. Du verwandelst dich in einen kleinen Vogel und startest einen Erkundungsflug. Ein kleines Stück Leere reichen völlig, uns mit allem zu versorgen.«

Kasdi erkannte wieder einmal, über welche Tricks, Kniffe und Kenntnisse ein Mann wie Matson verfügen mußte, um mit wenig Kraft in einer Welt voller wahnsinniger Zauberer zu überleben.

Hin und wieder machten sie Patrouillen aus, doch da die Hauptsuche sich auf ein anderes Gebiet konzentrierte, konnten sie ihnen leicht aus dem Weg gehen. Noch vor dem Morgengrauen erreichten sie den Wall. Das Wasser des Bachs verschwand tatsächlich durch ein Röhrensystem. Von außen ließen sich in ihnen weder Gitter noch Filteranlagen ausmachen.

Die großen Rohre waren konstant bis zu achtzig Prozent mit Wasser gefüllt. Matson bemerkte, daß sich keine Wachen auf der Mauer aufhielten.

»Ich wage es«, sagte die Heilige. »Ich glaube kaum, daß drinnen größere Hindernisse zu erwarten sind. Jedes Gitter wäre über kurz oder lang von Schlick, Erdreich und anderen Gegenständen verklebt. Doch das Wasser fließt rasch hindurch. Kannst du eigentlich schwimmen?«

»Ja, kann ich. Und du?«

Sie schüttelte langsam den Kopf. »Es gab nie eine Gelegenheit oder einen Anlaß, es zu lernen.«

»Du kannst es schaffen. Die Strömung ist stark genug, daß du schon auf der anderen Seite bist, ehe du ertrinken kannst.« Er lächelte ihr ermunternd zu. »Das einzige Problem besteht darin, daß der Boden auf der Schürze vom vielen Wasser schlammig und trügerisch geworden ist.«

»Bleibt uns eine andere Möglichkeit?« fragte sie ihn. »Ich schätze, wir können kaum den Wall hinaufsteigen, dann würden wir viel zu schnell entdeckt. Immerhin halten wir uns hier gar nicht so weit von einer der Schirmquellen auf.«

»Das denke ich auch. Also, wir lassen es drauf ankommen und klettern in die Röhre.«

Sie schluckte schwer. »Wie gehe ich vor?« fragte sie leise.

»Du atmest tief ein, hältst die Luft in den Lungen und steigst in ein Rohr. Dann stößt du dich von der Wand ab und betest um den Beistand der Göttin.«

Matson sah sich noch einmal um, ob sich inzwischen niemand genähert hatte, lief dann zum Abfluß und schwang sich hinein. Kasdi wartete noch einen Moment, nahm ihren ganzen Mut zusammen und folgte schließlich dem Leiner.

Sie wähnte sich in einem Alptraum. Sie war von nichts als Wasser umgeben, das sie rasch davontrug. Sie war diesem Rauschen auf Gedeih und Verderb ausgeliefert, bis sie plötzlich wieder Tageslicht sah und in einen Tümpel fiel. Sie ging sofort unter, geriet in Panik und wurde von zwei starken Armen gepackt.

Dann purzelte sie neben dem Leiner gegen eine seltsame Barriere. Das Wasser prallte hier gegen Flux und verwandelte sich in Energie. Für die Heilige war die Anstrengung zu groß gewesen. Sie fiel in Ohnmacht.

Als sie erwachte und sich in der Leere wiederfand, kam ihr der graue Nebel wie ein Freund vor. Sie versuchte, sich zu bewegen, doch jede einzelne Stelle an ihrem Körper schmerzte. Sie fürchtete, sie hätte sich alle Knochen gebrochen. Matson kam zu ihr. Sein Anblick erschreckte sie zunächst; denn er hatte sich aller seiner Kleider entledigt und sie zum Trocknen auf den Boden gelegt.

»Ist alles mit dir in Ordnung?« fragte er besorgt. »Du bist ganz schön herumgewirbelt worden. Ich selbst habe mir auch ein paar Blessuren zugezogen.«

Sie entdeckte lange Schrammen an seinen Unterarmen und an der rechten Brustseite. Und über dem Auge zeigte sich eine angeschwollene Beule.

»Ich fürchte, du hast dir ein paar Knochen gebrochen«, stellte er fest. »Du warst eine ganze Weile bewußtlos. Aber jetzt sind wir wieder in Flux, und da kannst du deine Zauberkräfte einsetzen.«

»Ja«, sagte sie, »aber diese Schmerzen sind kaum auszuhalten. Ich muß mich sehr gründlich untersuchen und die richtige Formel finden. Wenn ... nur ... diese ... Schmerzen ... nicht ... wären, ich ... ich kann mich kaum konzentrieren ...«

Er nickte ihr zu. »Überanstreng dich nicht, sondern geh es langsam, aber gründlich an. Ich glaube kaum, daß jemand von unserer Anwesenheit hier weiß.« Er blickte auf sie hinab und lächelte.

Sie fiel wieder in tiefen Schlaf. Ein Alptraum plagte sie, in dem sie sich im brüllenden, rauschenden Röhrensystem wiederfand. Doch diesmal waren auch Suzl und Spirit bei ihr. Sie ertranken vor ihren Augen, und die Heilige konnte nichts zu ihrer Rettung tun. Dann betrat sie das Land Hoffnung, aber alle Priesterinnen wandten sich von ihr ab und beteten und tanzten vor lachenden Statuen, die Mervyn, Krupe und die anderen Mitglieder der Neun darstellten, aber auch Coydt, Haldyne und die restlichen Sieben. Matson hielt sich unter den Schwestern auf, tanzte mit ihnen. Kasdi bemühte sich angestrengt, zu ihm zu gelangen, doch je mehr sie auf ihn zu eilte, desto weiter entfernte er sich von ihr.

Sie erwachte wieder, und jetzt waren die Schmerzen

noch schlimmer als vorher. Sie sah sich um und konnte den Leiner nirgends entdecken. Sie erinnerte sich an die Träume und fürchtete, sie könnte im Schlaf etwas gerufen haben, was besser unausgesprochen blieb. Deshalb war sie froh, daß Matson offenbar nicht in der Nähe war. Die Heilige fing an, sich zu diagnostizieren. Das Ergebnis war niederschmetternd. Sie hatte schlimmste innere Verletzungen. Wenn sie nicht bald etwas dagegen tat, würde sie vielleicht sterben. Sie machte sich an die Arbeit, die erste Wunde zu heilen. Sie verbannte alle anderen Schmerzen für den Augenblick und konzentrierte sich ganz auf die Wunde. Nach einer Weile wurde ihr bewußt, daß sie auf diese Weise nicht schnell genug vorankam. Sie entwickelte einen Zauber für einen ganz neuen Körper, der auf dem alten basierte, eine in ihrem angegriffenen Zustand sehr mühselige Unternehmung. Mehrere Male drohten ihr dabei die Sinne zu schwinden. Endlich war es vollbracht. Sie blieb liegen und genoß das angenehme Gefühl der Erschöpfung.

Matson kehrte züruck. »Ich nehme an, du bist immer noch Cassie«, erklärte er, nachdem er sie eine Weile betrachtet hatte.

Sie setzte sich auf und lächelte. »Ja, ich befinde mich in dem Körper, in dem ich mich inkognito Spirit genähert habe, damals, als sie noch nicht wissen durfte, daß ich ihre Mutter bin. Etwas anderes ist mir auf die schnelle nicht eingefallen. Doch damit habe ich etwas Zeit gewonnen, meinen richtigen Körper zusammenzuflicken.«

»Mach es so, wie du es für am besten hältst«, sagte der Leiner. »Ich hoffe nur, du kannst uns auch noch etwas zu essen herbeizaubern und unsere Kleidung trocknen lassen.«

Kasdi verrichtete alles. Sie wunderte sich ein wenig über sich selbst. Ohne es zu wollen, war ihr der neue Körper zu dem einer Achtzehnjährigen geraten. Trotz ihres Keuschheitsgelübdes hatte sie sich für Matson schön gemacht. Sie konnte ihn nicht haben, aber wenigstens war sie mit ihm zusammen, und das reichte für den Moment vollauf.

Nachdem sie sich ausreichend gestärkt hatten, beschlossen sie, Erkundungsexpeditionen nach Anker Logh zu unternehmen. Kasdi verwandelte sich in einen Vogel und flog über den Wall. Sie zauberte auch Matson in ein Federwesen, und dann gingen sie gemeinsam auf Erkundung.

Alles wäre wesentlich einfacher gewesen, wenn sie in dem Anker ihre wahre Gestalt hätte annehmen können, aber das war natürlich nicht möglich. Dennoch konnten die beiden genug in Erfahrung bringen. Sie überflogen oft das Gebiet, in dem die Schildmaschine stand und prägten sich das Gelände genau ein. Das war nicht ohne Risiko, denn zumindest der Zauberer, der den Apparat bediente, hätte bemerken müssen, daß mit diesen beiden Vögeln etwas nicht stimmte.

Später erkundeten Matson und Kasdi auch die Stadt Lamoine mit ihren Militärposten. Was die Heilige dort zu sehen bekam, bestürzte sie. Die Bürger hatten alle früheren Lebensformen und Sitten abgestreift. Männer wie Frauen hatten sich den neuen Regeln widerspruchslos unterworfen und funktionierten im Sinne der neuen Herrscher, ohne größer überwacht werden zu müssen.

Rund um die Stadt lebten einige Raubvögel, die vor vielen Generationen dort ausgesetzt worden waren, um dem Ungeziefer Herr zu werden. Kasdi verwandelte sich und den Leiner in solche Vögel, und danach fielen die beiden noch weniger auf. Sie konnten sich überall niederlassen, selbst auf dem Wall. Hin und wieder stahlen sie ein Werkzeug oder ein Gerät; nicht viel und von jedem Teil nur eins, denn in Flux konnten sie alles duplizieren.

Die beiden ließen jedoch rasch alle Pläne fallen, diesen Ort durch einen Angriff erobern zu können. Einerseits hofften sie, Spirit und Suzl würden doch noch den Weg hierher finden, und sie hielten immer wieder bei ihren weiten Flügen Ausschau nach ihnen. Andererseits wurde die Maschine zu gut bewacht, als daß zwei Menschen sie im Alleingang hätten einnehmen können. Als die beiden jungen Frauen nach einer ganzen Weile immer noch nicht aufgetaucht waren, mußten sie annehmen, daß man sie gefangengenommen hatte.

»Der Wächter sagte, wir benötigten den Seelenreiter, um die Maschine auszuschalten«, erklärte Kasdi bei ihrer nächsten Lagebesprechung. »Ich vermute, der Apparat saugt Flux-Energie auf und bündelt sie für den Schild. Wenn Spirit nicht kommen kann, sind uns die Hände gebunden, oder hast du eine andere Idee?«

»Ich denke schon die ganze Zeit darüber nach«, antwortete er. »Uns bleibt wohl nicht anderes übrig, als es ohne unsere Tochter zu versuchen. Wieder und wieder habe ich in Gedanken die Botschaft des Wächters wiederholt, um vielleicht eine Alternative zu finden.«

»Er sagte aber, wir bräuchten den Seelenreiter, um gegen die Maschine etwas ausrichten zu können«, erinnerte sie ihn.

»Der Wächter hat nur von der Maschine gesprochen, nicht aber von dem, der sie bedient.«

»Und?«

»Wenn wir die Wachsoldaten unschädlich machen, wird der Maschinist erst einmal nichts davon mitbekommen. Außerdem sind in Flux alle Geräusche erheblich gedämpft. Ich habe mir die Anlage genau angesehen. Die Kabine des Zauberers befindet sich gerade einen Meter in der Leere.«

»Weiter ...«

»Wenn ich mir die Soldaten vom Hals schaffen kann, wird es mir nicht mehr schwerfallen, mir den Burschen zu greifen. Wie alle Zauberer hält er sich vermutlich in Flux für unüberwindlich. Aber ich habe da noch einen alten Trick auf Lager ...«

Kasdi zögerte. Die Vorstellung gefiel ihr ganz und gar nicht, ihr Heimatland in den Untergang zu stürzen und dafür verantwortlich gemacht zu werden. Der Leiner hätte seine Idee gern sofort in die Tat umgesetzt, aber da er auf ihre Hilfe angewiesen war, begriff er, daß er ihr noch etwas Zeit lassen mußte.

Als sie beim nächsten Mal wieder über Lamoine flogen,

entdeckten sie unter sich eine offene Kutsche, in der ein Mann in Uniform und seine Gemahlin saßen. Die Frau kam ihnen bekannt vor. Als das Pärchen sich im Schatten des Walls zu einem Picknick niederließ, konnte Kasdi näher heranfliegen.

Es war Suzl! Sie steckte im gleichen Aufzug wie die anderen Frauen der Stadt. Die beiden getarnten Vögel sahen zu, wie das Ehepaar nach dem Mahl durch das Walltor spazierte und sich der Maschine näherte. Jemand trat auf sie zu, ein Mann, der allerdings keine Uniform trug.

Kasdi und Matson kehrten zu ihrem Lager in Flux zurück. »Wir müssen handeln«, bestimmte sie. »Ich will Suzl da herausholen. Sie haben sie wahrscheinlich mit Drogen behandelt. Wenn sie Suzl jetzt ohne Spirit in den Flux führen, ist sie auf immer verloren.«

Er nickte grimmig und sagte: »Mir ist da noch ein anderer Gedanke gekommen. Ich vermute, daß sie längst von unserer Anwesenheit wissen. Suzl dient ihnen als Lockvogel, um dich in eine Falle zu locken, Cass.«

»Darauf müssen wir es eben ankommen lassen. Du wolltest doch schon lange zuschlagen. Jetzt haben wir die Gelegenheit!«

Ihre Waffen lagen schon bereit. Matson machte die Bomben scharf. Kasdi verwandelte sie beide in große Vögel, damit sie die Lasten mitführen konnten. Sie flogen hintereinander zum Wall. Matson studierte dabei Lamoine und stellte fest, daß man in dem Ort keine neuen Truppen zusammengezogen hatte. Sie glitten im Sturzflug über die Befestigung, warfen ihre Bomben ab und stiegen wieder hoch, Richtung Flux.

Hauptmann Weiz hatte die ganze Zeit über am Wall gewartet. In seiner Nervosität beschloß er, eine Zigarette zu rauchen. Doch statt sie an Ort und Stelle zu genießen, machte er sich auf den Weg in den Ort, um bei dieser Gelegenheit nach der Kutsche zu sehen. Er hatte gerade das Zugpferd erreicht, als die Welt hinter ihm explodierte. Er wollte herumfahren, wurde aber von der Druckwelle zu

Boden geschleudert. Halb benommen rappelte er sich wieder auf und wurde der einzige Augenzeuge des Geschehens.

Eine Bombe hatte die Ölfässer getroffen, in denen man den Brennstoff für die Nachtfackeln und -lampen lagerte. Eine andere Bombe fiel neben den Munitionsschuppen. Niemnd hatte den großen Vögeln übermäßige Beachtung geschenkt. Doch als sie ihre tödliche Last fallen ließen, hatten die ersten nach ihren Gewehren gegriffen. Es war jedoch zu spät.

Fässer und Schuppen detonierten nahezu im selben Moment. Mit lautem Getöse zerbarsten die Patronenkisten. Ein gewaltiger Feuerball stieg über der Garnison auf. Weiz hatte sich zu Boden geworfen. Die Holztreppen, die auf die Wallkrone führten, standen in hellen Flammen. Dem Hauptmann blieb nur eine Möglichkeit, sich in Sicherheit zu bringen. Er wartete die nächste Druckwelle ab und floh dann nach Lamoine. Coydts Falle war auf unerwartete Weise vereitelt worden.

Kasdi und Matson verwandelten sich in Flux in Menschen zurück. Sie küßte ihn und sagte: »Viel Glück.«

»Dir auch«, antwortete er sanft und drückte sie.

Beide eilten kurz in das Anker und besahen sich die Verheerungen, die sie angerichtet hatten. Die Heilige lief zu der Maschine, vor der sie Coydt und Suzl gesehen hatte. Matson sondierte die Lage und stellte fest, daß niemand am Leben war, der noch auf sie schießen konnte.

Dann stand er auf der Schürze und suchte nach der Maschine, die trotz ihrer Nähe kaum zu erkennen war.

Der Leiner besaß keine Flux-Kraft. Er hatte lange überlegt, wie er mit diesem Problem fertig werden sollte. Und nur eine einzige Möglichkeit war ihm eingefallen.

Er löste seine Peitsche vom Gürtel, marschierte bis an die Grenze zur Leere und steckte seinen Kopf in die Maschinisten-Kabine. Da saß ein Zauberer, lehnte in einem Sessel und las in einem Buch. »He!« brüllte Matson. »Wir haben Ärger am Wall! Jemand greift uns an!«

Der Magier sprang auf und machte ein sehr verwirrtes Gesicht.

Der Leiner schlug mit der Peitsche nach ihm aus. Die Spitze wickelte sich um den Hals des Zauberers. Matson befand sich noch im Anker. Sein Angriff überraschte den Magier dermaßen, daß er aus der Kabine flog und im Anker landete.

Der Leiner trat auf ihn zu, zielte mit seinem Schrotgewehr und drückte ab.

Er machte zwei Bomben scharf, begab sich nach Flux und legte eine Sprengladung in die Kabine und die andere unter die Maschine. Dann eilte er zurück, ohne genau zu wissen, was seine Sprengsätze anrichten würden.

Kasdi gelangte in den Flux und entdeckte sofort die alte Freundin. Suzl war gräßlich deformiert. Fünf Meter vor ihr stand Coydt und redete auf sie ein.

»Wofür entscheidet Ihr Euch? Für ein glückliches Leben oder für *das*? Meine Geduld geht zu Ende. Nehmt den bindenden Spruch und führt ein erfülltes Leben an der Seite Eures Mannes. Oder weigert Euch und bleibt für immer *so*!«

Der Bann! Suzl stand tatsächlich kurz davor, ihn auf sich zu nehmen! »Suzl, nicht! Halte ein!« schrie die Heilige.

Der Höllenprinz drehte sich zu ihr um und lächelte. »Wie melodramatisch«, höhnte er. »In letzter Sekunde erscheint die Retterin, um ihre Freundin vor einem Schicksal schlimmer als der Tod zu bewahren. Und wer ist diese Schicksalslenkerin? Schwester Kasdi, wenn ich recht vermute?«

»Ja, und Ihr seid Coydt. Ich habe sehr lange auf dieses Zusammentreffen gewartet.«

Er grinste. »Ganz meinerseits, Verehrteste.«

Heiliger Teufel

»Cass! Hüte dich vor ihm und seinem Haß!« rief Suzl. »Die alte Kirche hat ihn in seiner Jugend kastriert, und er wurde zu einem bindenden Spruch verleitet. Alles, was ihn heute noch antreibt, ist Haß!«

»Eure Freundin hat recht«, bestätigte Coydt. »In gewisser Weise teilen wir beide das gleiche Los. Sowohl Ihr als auch ich dürfen uns als Opfer der Herrschenden ansehen, und wir beide sind für immer in dieser Situation gefangen, denn ein freiwillig eingegangener Bann bindet uns. Macht ist das einzige, was uns geblieben ist. Macht um ihrer selbst willen.«

»Ja, was hätten wir beide für ein Paar abgegeben! Aber Ihr habt Euch so zum Bösen entwickelt. Und für das, was Ihr mir und meiner Familie angetan habt, gibt es keine Entschuldigung.«

»Entschuldigung?« wiederholte er ungläubig und lachte dann schallend. »Teuerste, das letzte, was ich wollte, wäre, Verzeihung zu erbitten. Alles, was ich getan habe, hat mich vor allem amüsiert. Ich konnte etliche Thesen und Theorien in der Praxis ausprobieren, von denen ich in alten Schriften und Unterlagen gelesen hatte. Die Macht braucht keine Rechtfertigung. Die, die sie besitzen, bestimmen die Gesetze und Regeln. Seht Euch nur an, wozu ich die Bürger von Anker Logh gebracht habe, das einmal Eure Heimat war, die Wiege Eurer Revolution. Unter der alten Kirche waren die Bürger Schafe, die bereitwillig ihre Kinder in die Sklaverei und den Tod geschickt haben. Dann kamt Ihr, und sie folgten Euch, haben Euch Monumente errichtet, Euch Befreierin genannt und den alten Wegen abgeschworen, ohne auch nur einmal darüber nachzudenken, daß sie damit sich selbst abgeschworen haben.

Dabei ist doch nicht viel mehr geschehen, als daß sie ein Gesetz gegen ein anderes ausgetauscht haben. Ihr wart für sie die Flux-Fürstin, der sie bereitwillig ihre Töchter aushändigten. Und Ihr habt diesen Mädchen dann einen absoluten Gehorsams-Eid auferlegt und sie als Eure Stellvertreterin in die Welt hinausgeschickt, auf daß sie nie Euch, Euer Reich und Eure Gesetze in Frage stellen.«

»Ich habe ihnen die Freiheit geschenkt!« entgegnete Kasdi empört.

»Was denn für eine Freiheit? Ihr habt die Jugend Eurer Untertanen in Kriege geschickt, die Euch wichtig und sinnvoll erschienen. Für Eure Sache durften sie ihr Leben lassen, ohne jemals zu erfahren, worum es eigentlich ging. Und worin habt Ihr sie sonst befreit? Inwiefern habt Ihr das Leben der Menschen verändert? Was habt Ihr ihnen gegeben?«

»Die Wissenschaften sind für sie kein Tabu mehr«, zischte die Heilige.

»Ah, ja, die Wissenschaften ... Ich bin Euch dankbar, daß Ihr diesen Punkt ansprecht. So lange und so hart meine Forschungs-Teams an der Entwicklung der Verstärker gearbeitet haben, sie erfuhren erst, daß sie sich auf dem richtigen Weg befanden, als Eure Wissenschaftler die neuen Apparate entwickelt hatten, mit denen sich die Anker-Energie steuern und lenken läßt. Eure schlauen Köpfe glauben, sie können eine Form der Inter-Anker-Kommunikation finden, und das interessiert uns ganz besonders. Vielleicht lösen sie diese Frage ja eines Tages, doch so lange muß meine Erfindung als das bessere System angesehen werden. Alles, was die Wissenschaft hervorbringt, ist im Grunde genommen ein zweischneidiges Schwert. Die alte Kirche hat daher jede wissenschaftliche Forschung unterdrückt.«

»Ihr habt Tausende in Anker Logh gemordet«, fuhr sie ihn an. »Darunter auch meinen Vater!«

»Oh? Tatsächlich? Nun, das habe ich nicht beabsichtigt. Doch wie viele habt Ihr auf dem Gewissen? Habt Ihr Eure Toten je gezählt? Ich wette, Ihr kommt auf hundertmal mehr Leichen als ich.«

»Das war nötig, um Abschaum wie Euch davon abzuhalten, die Höllentore zu öffnen.«

»Ich persönlich würde die Tore nur öffnen, wenn mir wirklich nichts anderes mehr übrigbliebe. Die anderen bei den Sieben mögen ebensolche Fanatiker sein wie Ihr. Doch ich weiß, daß nichts Mystisches hinter den Toren lauert. Eure Vorstellungen von der Hölle auf Erden decken sich ungefähr mit denen Eurer Gegenseite. Wenn man Euch zweieinhalbtausend Jahre gefangenhielte, an einem furchtbaren Ort, abgeschnitten von allem Leben, von aller Normalität, wie würdet Ihr reagieren, wenn man Euch eines Tages freiließe? Würdet Ihr Euren Retter fürstlich belohnen und Euch nur unendlich freuen? Oder wäre Euer Haß so groß, daß Ihr alles und jedes auf Welt vernichten wolltet? Vielleicht ist meine Langweile eines Tages so angewachsen, daß ich Lust bekomme, es herauszufinden. Doch gegenwärtig möchte ich das Risiko lieber nicht eingehen. Und die Kollegen von den Sieben kommen ohne meine Hilfe nicht weiter. Versteht Ihr jetzt? Ich bin der beste Freund der Kirche.«

Kasdi dachte einen Moment nach. »Wie wäre es, wenn ich Euren bindenden Spruch auf mich nehmen würde? In gewisser Weise bin ich ja bereits kastriert. Was ich dann von Euch erhielte, würde mir nicht mehr allzu viel ausmachen. Was würdet Ihr dafür geben?«

Er grinste trocken. »Ich würde dann sicher kaum meine Sünden bereuen und ein treuer Anhänger der Göttin werden, aber ansonsten wäre die Sache mir schon einiges wert. Ich würde Anker Logh und alle Erkenntnisse dafür geben, auf die meine Forschungs-Teams im Lauf der Jahrhunderte gestoßen sind. Ich würde auch die Wahrheit über der Welt und die Hölle preisgeben. Aber im Grunde spielt es leider keine Rolle, was ich Euch als Gegenleistung offeriere. Ihr müßt verstehen, daß nur jemand mit gleicher oder größerer Macht den Bann auf sich ziehen kann. Das ist der eigentliche Fluch, der auf mir liegt. Es gibt nämlich auf der ganz Welt niemanden, der es an Macht mit mir aufnehmen könnte.«

»Ihr scheint Euch da sehr sicher zu sein. Laßt es mich trotzdem versuchen.«

Er zuckte die Achseln. »Ich habe nichts zu verlieren.«

Sie berührte mit ihrer Kraft sein Innerstes und entdeckte den Bann. Ein simpler, recht kunstloser Zauber. Wie mußte dieser Bann Coydt über die Jahrhunderte frustriert und verbittert haben. Mit all seiner gottähnlichen Macht konnte er nichts gegen diesen kleinen Zauber ausrichten. Kasdis Angebot, den Bann zu übernehmen, war ehrlich gemeint. Sie griff danach, bekam ihn zu fassen und zog ihn zu sich.

Der Bann blieb bei Coydt.

Er lachte, ein halb triumphierendes, halb trauriges Lachen. »Ihr habt ihn überhaupt nicht bewegen können. Ihr mögt über beträchtliche Macht verfügen, doch meine ist einfach unendlich größer. Ich werde Euch nicht töten, wenn ich es irgendwie vermeiden kann. Nein, ich werde Euch als meine Braut ins Anker führen, und Ihr werdet mir eine ergebene, glückliche Gattin sein. Eure bindenden Sprüche werde ich nach meinem Gutdünken mit meinem Zauber überlagern, so daß alles zu einem harmonischen Miteinander findet. Selbstredend behellige ich Euch in keiner Weise sexuell. Und mit Euch als meiner getreuen Gefolgsfrau an meiner Seite übernehme ich das Imperium.«

Große Mengen Energie strömten von ihm aus und konzentrierten sich auf die Heilige. Sie errichtete rasch ihren Schutzschild und bediente sich der Flux-Kraft. Verzweifelt wehrte sie sich gegen diesen Ansturm des Höllenfürsten. Seine feindliche Energie konnte sie mit großer Mühe abwehren, gegen seine Gedanken aber besaß sie keine Macht mehr.

»Wißt Ihr, was Ihr in Wahrheit in all den Jahren verehrt habt?

Eine gigantische Gasblase! Ein Welt ähnlich dieser, aber so riesig, daß sie uns in ihrer Schwerkraft gefangenhält. Und die große Welt ist so voller Gift und Fäulnis, daß sich dort kein Leben halten kann. Und die Sterne am Himmel sind in Wahrheit andere Welten, die so weit entfernt liegen, daß wir sie nur als kleine Lichtpunkte wahrnehmen.«

Kasdi war bereits von Zweifel an ihren Glauben erfüllt gewesen. Sie kannte ihren Platz im Universum. Das Reich war für eine Gruppe von Mächtigen nicht mehr als ein Werkzeug gewesen, ihre Ziele, die sie nicht direkt durchsetzen konnten, auf indirektem Weg zu erreichen. Sie wollten die Anker haben, und Kasdi hatte ihnen die Kirche und damit alles andere auch ausgehändigt. Und nun erklärte ihr Coydt, daß der Glaube auf einer Lüge basierte, daß es nur die Natur und die Wissenschaft gebe. Doch da fiel ihr der Seelenreiter ein. »Ich habe das Übernatürliche gesehen«, entgegnete sie, »es wohnte meinem Körper inne!«

Das brachte ihn keineswegs aus der Fassung: *»Alles rührt von den Maschinen und dem künstlichen Leben her. Es mag sogar noch Leben aus der Zeit übriggeblieben sein, als hier noch keine Menschen lebten. Es gibt weder Götter noch Göttinnen, nur die Mächtigen auf dieser Welt. Diejenigen, die die Macht besitzen, sind die Götter. Doch jenseits von ihnen existiert nichts!«*

Sein Energieausstoß verstärkte sich. Die Heilige wußte, daß ihre Abwehrkräfte nur noch durch ihren Haß auf Coydt aufrechterhalten wurden. Sie nahm Kontakt mit Suzl auf, die ihr ihre Kraft sandte. Für einen Moment kam Coydts Attacke zum Stillstand.

Doch nur für einen Moment. Suzls Kraft war roh und ungeformt. Ein gelbweißer Blitz löste sich von Coydt und stürzte sich auf Suzl. Suzl schrie vor Schmerzen, und schon war ihre Verbindung zu Kasdi umgelenkt. Ihre Energie strömte jetzt nicht mehr zur Heiligen, sondern zum Höllenprinzen. Er erstrahlte in neuer Überlegenheit und griff mit doppelter Kraft an. *»Ich bin die Wahrheit und das Licht!«* verkündete er voller Triumph. *»Fallt vor mir auf die Knie und betet mich an!«*

Eine gewaltige Macht ließ sie auf die Knie fallen. ›Er ist der Mann, der meine Tochter zerstört und meinen Vater getötet hat‹, wiederholte sie ein ums andere Mal in Gedanken, ihre letzte Waffe gegen seine Kraft und seinen Willen.

»Es nützt Euch nichts, weiter Widerstand zu leisten. Ich bin der Gott dieser Welt, und mein Name lautet MACHT. Ich erfülle jeden Wunsch und bereite jeden Schmerz, wann, wo und wie immer ich will. Wehrt Euch nicht mehr gegen mich. Ergebt Euch mir und werdet die Hohepriesterin meiner Kirche. Ihr sollt zusammen sein mit Eurer Tochter, Eurem Enkel, Euren Freunden, und nie wieder sollen Euch Sorgen, Verantwortung oder Kummer bedrücken. Ich nehme all diese Dinge von Euch und schenke Euch dafür inneren Frieden. Weigert Ihr Euch aber immer noch, so ist Euer Leben verwirkt.«

»Nein!« schrie sie mit allerletzter Kraft.

Eine Explosion ertönte. Coydt schwieg plötzlich und stürzte nach vorn. Kasdi besaß kaum noch die Stärke, sich aufzurichten. Sie sah ein großes Loch in Coydts Rücken, aus dem Blut strömte. Seine Hände bewegten sich noch, während sein Ansturm auf sie immer schwächer wurde und er sich dann in sich selbst zurückzog.

Er faßte sich jedoch unglaublich schnell wieder und nutzte ihre Verwirrung, einen neuen Angriff auf sie zu starten. Sie warf ihm alles entgegen, was sie noch aufbieten konnte. Sein Blutverlust war so groß, daß er die Attacke nicht lange aufrechterhalten konnte.

Ein großer Mann tauchte an ihrer Seite auf und schob zwei neue Patronen in ein Schrotgewehr. Coydt hob den Kopf und erkannte ihn. »Matson!« krächzte er. »Warum?«

»Ihr hättet Euch nicht an Spirit vergreifen dürfen, Coydt. Sie ist meine Tochter.«

Kasdi besaß nicht benügend Kraft, um ihrerseits den Höllenprinzen angreifen zu können, aber sie war wieder stark genug, um seine Regeneration aufzuhalten. Noch war Coydt nicht am Ende.

»Besiegt von einem Mann, der nur über die Macht einer Flinte verfügt. Doch es ist meine eigene Schuld. Zum ersten Mal in vierhundert Jahren habe ich die Sicherheitsvorkehrungen mißachtet.« Er hustete noch einmal und schüttelte langsam den Kopf. Coydt verfügte immer noch über eine gehörige Menge Flux-Kraft, aber er wußte auch, daß die Kugeln ihn schlimm erwischt hatten. Er konnte sich selbst heilen, doch wenn er sich darauf konzentrierte, müßte er von der Heiligen ablassen. Er wußte, wie aussichtslos seine Lage war, und traf deshalb seine Entscheidung.

»Ihr glaubt, Ihr habt mich getötet, doch Ihr irrt Euch. Ihr habt noch nicht einmal damit angefangen, mich zu vernichten. Eine Million Menschen stehen zwischen Euch und mir. Und ich habe immer noch Euer Reich im Griff. Alles, was Ihr hier und heute erreicht habt, ist die Garantie, daß die Höllentore zu irgendeinem Zeitpunkt geöffnet werden.« Sein ganzer Körper bebte beim nächsten Hustenanfall. Er schloß die Augen und sah aus, als sei sein Ende gekommen. Doch Kasdi spürte, wieviel Stärke noch in ihm steckte. Er mußte über eine irrsinnige Macht verfügt haben, denn jeder andere hätte längst sein Leben ausgehaucht.

Er öffnete die Augen wieder und lächelte. »Und nun werde ich Euch zu der meinen machen«, erklärte er. Sie begriff, was er vorhatte, aber er legte so viel Energie in seine Attacke, daß sie nichts dagegen ausrichten konnte.

Coydt entriß ihr die bindenden Sprüche und nahm sie auf sich. Sein Körper verzerrte sich furchtbar und begann zu strahlen. Er war jetzt Mann und Frau zugleich, ein mächtiges und gewaltiges Wesen, das im Sterben lag. Coydt lachte und lachte immer lauter, bis ein Hustenkrampf sein Gelächter erstickte. Dann bäumte sich sein Leib auf und erstarrte.

Coydt van Haaz war tot.

Eine dumpfe Explosion erscholl, der sogleich eine zweite folgte. Dann flammte im Süden die Leere grellweiß auf, um im nächsten Moment wieder zu verlöschen.

Die Energie verströmte rasend schnell in alle Richtungen, wurde aber von der Anker-Grenze zurückgeworfen.

Kasdi und Matson verspürten eine kurze Hitzewelle, und die Heilige stellte fest, daß ihre Haut verbrannt war.

»Schätze, ich habe die Bomben genau dort plaziert, wo sie hingehörten«, brummte der Leiner. Sie drehte sich zu ihm um und sah ihn an. Sein Gesicht und seine Hände waren ebenfalls verbrannt. Sie blickte auf den Toten.

»Kurz vor seinem Tod hat er doch noch etwas entdeckt, um seinen bindenden Spruch zu brechen«, erkläre sie leise.

Entscheidungen

Die Heilige begab sich zu Suzl, die die ganze Szene stumm verfolgt hatte. Die alte Freundin war gräßlich deformiert, schlimmer als je zuvor. Alles an ihr war aufgebläht und entstellt.

»Mal sehen, was ich für dich tun kann«, sagte Cass und studierte den Zauber, der auf der Freundin lag. Sie runzelte die Stirn. Coydt hatte sich offenbar große Mühe gegeben. Sein Zauber war nicht aus dem Augenblick entstanden, sondern lange vorbereitet worden.

»Mach dir und mir nichts vor, Cass«, murmelte Suzl. »Ich mag zwar keine Ahnung von der Zusammensetzung und Anwendung der verschiedenen Banne und Zauber haben, aber ich erkenne einen Fluch, wenn er auf einem liegt. Mir ist sehr wohl bewußt, daß dieser Zauber aus einer Million ineinander verschlungener Stränge besteht und darüber hinaus auf der Maschinensprache basiert, die du nicht beherrscht. Ich kann sie lesen und weiß, wie aussichtslos meine Lage ist.«

Cass seufzte. »Mervyn und die anderen werden bald kommen. Vielleicht wissen sie ja einen besseren Rat.«

Suzl verzog nur den Mund. »Mervyn vermochte schon an dem alten Bann nichts zu bewirken, und der war ein Kinderspiel im Vergleich zu dem, was mir jetzt auferlegt ist. Coydt hat alles von Anfang an geplant. Nichts konnte schiefgehen, bis Matson mit seinem Schrotgewehr auftauchte. Das ist meine kleine, bescheidene Rache an ihm gewesen. Ich habe mit keinem Sterbenswörtchen erwähnt, daß der Leiner sich in der Nähe aufhält. Das wurde dann Coydt einziger, aber schwerwiegender Fehler.«

»Vielleicht, wenn du eine Verbindung mit dem Seelenreiter eingehst...«

»Um damit Spirit auch noch zu verunstalten? Coydt kannte die Maschinensprache, und ich wette, er hat in seinem Bann eine Falle eingebaut in dem etwas Gräßliches auf Spirit übergeht, sobald ich mich mit ihr verbinde.«

Cass schüttelte traurig den Kopf. »Gibt es denn gar keinen Ausweg?«

»Cass, Coydt verkörperte den Genius des Bösen. Alles, was er berührte, verwandelte sich in etwas Verderbtes oder Fauliges. Und das gilt über seinen Tod hinaus. Er hat mich berührt, und das, was daraus geworden ist, werde ich für sehr viele Jahre mit mir herumschleppen müssen.«

Cass war entsetzt: »Sei froh, Suzl, daß du nicht den bindenden Spruch auf dich genommen hast. Dann hättest du deine Menschlichkeit ganz verloren.«

Die alte Freundin seufzte: »Ich bin müde, Cass. Mein ganzes Leben lang mußte ich Anordnungen, Befehlen und Wünschen gehorchen. Zuerst gehörte ich der Kirche, dann einem Leiner, dann anderen Leinern und schließlich dem Seelenreiter. Keiner meiner Herren hat sich für meine Wünsche interessiert. Selbst meine Verbindung mit Spirit basierte auf einer Lüge, denn der Seelenreiter steckte dahinter, brachte uns nach der für ihn am günstigsten Weise zusammen, damit wir für ihn die Drecksarbeit erledigen durften.«

»Auch ich fühle mich sehr müde, Suzl. Ich war immer nur die Schachfigur auf einem Brett, auf dem andere gespielt haben. Heute bin ich zum ersten Mal seit langer Zeit wirklich frei. Ich weiß nicht, warum, aber Coydt hat mir die Freiheit geschenkt.«

»Glaubst du das wirklich, Cass? Ich fürchte, ich weiß, warum er das getan hat. Prüfe dich selbst, Cass: Würdest du all die Eide noch einmal auf dich nehmen?«

»Nein, nie wieder. Selbst dann nicht, wenn es das Ende der Kirche bedeuten würde.«

»Coydt, er hat deine Kirche unterminiert, indem er seine

furchtbaren Menschenexperimente in Anker Logh so rasch und gründlich durchführte. Mit einiger Mühe hätten Kirche und Reich diesen Schlag verkraften können. Aber jetzt, da den Menschen auch noch das Symbol abhanden gekommen ist, da du nicht mehr bei ihnen bist, wird keiner von ihnen die Neue Kirche verteidigen.«

»Ich habe so viele Jahre lang so unendlich viele Opfer gebracht, jetzt ist es an der Zeit, daß ich auch eine Belohnung dafür erhalte!« beharrte Cass.

»Das siehst du so und ich auch, aber alle anderen nicht. Für eine Heilige zieht man in den Krieg, Cass, aber nicht für irgendeinen Flux-Herren. Und da keine Eide dich und deine Macht, mehr kontrollieren können, wird die Machtfülle dich eines Tages genauso korrumpieren wie alle anderen Herrschenden auch. Coydt hat dich genauso wie mich in eine Falle gelockt, aus der es kein Entrinnen gibt.«

»Suzl, versprich mir, daß du keine Dummheiten machst, bis die Zauberer hier eingetroffen sind und dich untersuchen können.«

»Ja, ich werde warten.«

Erleichtert sah Cass sich um. »Wo steckt eigentlich Matson?«

Eine recht große Streitmacht wartete nördlich von Lamoine. Coydt hatte sie kürzlich zurückgezogen, und daher hatte Weiz eine Weile gebraucht, bis er zu ihr gelangt. Nun aber rückte die Truppe zum Wall vor.

General Shabir, der Militärkommandant, sah sich prüfend um. »Ich habe ihm gesagt, wir würden hier Ärger bekommen. Wißt Ihr, was er mir darauf geantwortet hat? ›Ich will ja gerade, daß sie denken, sie hätten hier leichtes Spiel!‹«

Weiz nickte. Die Treppen hinauf zur Wallkrone waren zerstört, doch mit Leitern und Enterhaken gelangte die erste Abteilung hinauf. Einer der Soldaten, die die Zinnen erreicht hatten, rief zum General: »Herr! Auf der Schürze steht ein Leiner, der sagt, daß er mit Euch reden will.«

»Nicht schießen!« antwortete Shabir. »Teilt dem Mann mit, daß ich zu ihm komme.« Er wandte sich an Weiz. »Wollt Ihr mich begleiten?«

Sie marschierten durch eine Bresche im Mauerwerk auf die Schürze. Ein Stück weiter erwartete Matson sie. Einige hundert Gewehrläufe richteten sich auf ihn.

Die beiden Offiziere näherten sich ihm. Er hatte alle Waffen abgelegt. »Man nennt mich Matson«, erklärte er, reichte ihnen aber nicht die Hand. »Coydt van Haaz ist tot. Auch der Zauberer an der Maschine weilt nicht mehr unter den Lebenden. Ich habe die ganze Maschine in die Luft gejagt. Wenn wir nicht zu einer Übereinkunft gelangen, steht in etwa einer Stunde unsere Hauptstreitmacht hier.«

Der General blickte hinaus in die Leere und entdeckte dort, wo einmal die Maschine gestanden hatte, nur noch rauchende Trümmer.

»Hat zufällig einer der Herren eine Zigarre?« fragte der Leiner.

Shabir gab ein Zeichen, und ein Infanterist eilte mit einer Zigarre und Streichhölzern herbei.

»Wenn es sich wirklich so verhält, wie Ihr sagt«, erklärte der General, »dann ist Anker Logh nicht mehr zu retten. Ich gebe gern zu, daß viele von meinen Männern menschlicher Abschaum sind, doch im Grunde können sie nichts dafür, man hat sie dazu gemacht. Zu lange mußten sie auf Befehl irgendeines Flux-Herren für nichts und wieder nichts kämpfen. Ich selbst habe einem ausgesucht widerwärtigen Exemplar von Flux-Fürst gedient, bevor ich von ihm desertiert bin und mich dieser Sache hier angeschlossen habe. Unser Offizier-Korps ist erfahren und erprobt. Coydt hat jedem von ihnen ein eigenes Stück Land versprochen. Keiner von ihnen ist bereit, in sein altes Leben zurückgestoßen zu werden. Jeder einzelne von ihnen wird seine neue Freiheit und seinen Besitz bis zum letzten Blutstropfen verteidigen.«

Der Leiner nickte. »Das habe ich mir schon gedacht. Deshalb ist mir auch so daran gelegen, daß wir zu einer Einigung kommen. Wir müssen unsere Verhandlungen und den Anmarsch der Armee der Neuen Kirche vorerst geheimhalten, sonst bricht in Logh die Hölle aus.«

Der General verzog das Gesicht. »Was schlagt Ihr also vor?«

»Eine Art Abkommen. Eine Invasion durch unsere Truppen findet nicht statt. Die Soldaten der Kirche beschränken sich auf einen Brückenkopf, der diese Gegend hier umfaßt. Auf der anderen Seite überlassen wir Euch Anker Logh, das Ihr regieren, verwalten und umgestalten könnt, wie es Euch beliebt. Was würdet Ihr davon halten?«

Beide Offiziere starrten Matson verblüfft an. Der General fand als erster seine Sprache wieder. »Zu welchem Preis dürften wir das Anker behalten?«

»Die Neue Kirche erhält die Kontrolle über die Maschinen. Der Tempel wird zu einer Art Botschaft umfunktioniert, er darf nie wieder ein freier Zugang zum Höllentor sein. Jenseits des Tempels darf niemand Logh betreten oder verlassen, der nicht über eine Erlaubnis von Euch und dem Reich verfügt. Die Leiner-Gilde führt am Ost- und am Westtor mit Euch ihren Handel durch. Wir verhängen keinerlei Embargo über Euch und betätigen uns als Boten zwischen Euch und dem Reich. Das Dümmste, was jetzt geschehen könnte, wäre, das Anker in eine Wüste zu verwandeln und die Bevölkerung abzuschlachten. Ihr und das Anker werdet dem neuen Reich angeschlossen, behaltet aber nach innen vollkommene Souveränität. Somit wäre beiden Seiten gedient, ohne daß jemand ein Blutopfer bringen muß.«

»Insofern wir dem Reich vertrauen können«, warf Weiz ein, »hört sich das nicht schlecht an. Doch das Reich ist eine Theokratie. Unser System ist mit den Prinzipien der Kirche unvereinbar. Wie kann es da zu bilateralen Verträgen kommen?«

»Eine paritätisch besetzte Kommission kann die Einzelheiten und Garantien ausarbeiten. Doch laßt Euch in einem Punkt nicht täuschen: Reich und Kirche sind nicht dasselbe. Die Kirche dient dem Reich. In Wahrheit bestimmen neun Zauberer, die Neun Wächter, die Geschicke und die Politik des Reichs. Keiner von ihnen fühlt sich in irgendeiner Weise der Kirche verbunden, man braucht diese Institution lediglich zur Erhaltung des Staates. Die Neun sind vor allem daran interessiert, die Höllentore geschlossen zu halten. Sie haben das neue Reich installiert, um damit die Flux-Zauberer unter ihre Knute zwingen zu können, die einiges von dem alten Wissen besaßen, ohne jedoch damit viel anfangen zu können. Die Neun eigneten sich dieses alte Wissen an und versuchen es in den Ankern auszuprobieren. Ich schätze allerdings, daß sie auf Logh verzichten werden.«

»Ihre Vorschläge hören sich für mich vernünftig an«, erklärte Weiz. »Die Schwierigkeit besteht allerdings darin, unsere Führer davon zu überzeugen, ohne daß viel davon nach draußen dringt.«

»Haltet den Wall bewacht. Ich stelle mich unseren Truppen in den Weg und stoppe sie. Ihr verkauft die Abmachung Euren Herren, ich kümmere mich um meine Seite.«

»Kein einfaches Unterfangen«, meinte der General. »Doch ich will gern zugeben, daß es der Mühe wert ist. Ich arbeite so lange nach bestem Wissen und Gewissen mit Ihnen zusammen, wie es von Ihrer Seite keine Tricks gibt. Ich habe alledings noch eine Bedingung. Kein Reichs-Soldat darf den Wall übersteigen, und der Brückenkopf darf sich maximal einen Kilometer weit in beide Richtungen ausdehnen. Sollte es anders kommen, sehen wir unseren Teil der Abmachung für null und nichtig an.«

»Ihr mutet beiden Seiten eine Menge zu, Matson«, bemerkte der Hauptmann. »Und Ihr seid der einzige von uns allen, der aus eigenem Willen handeln kann.«

»Das Leben mutet einem ständig einen Menge zu, Hauptmann«, antwortete der Leiner. »Die meisten Menschen erhalten nie die Freiheit zu einer Entscheidung. Da das Leben nun einmal nicht das einfachste ist, sorge ich dafür, nach Möglichkeit zu denen zu gehören, die Entscheidungen treffen.«

Weiz trat von einem Bein auf das andere. »Ist Euch zufällig in Flux eine Frau aufgefallen? Sie ist recht klein, aber sehr hübsch.«

»Suzl? Warum fragt Ihr? Was habt Ihr mit Ihr zu schaffen?«

»Nun, ich ... also, nach unserem Gesetz sind wir miteinander verheiratet.«

Matson grinste. »Man hat Euch angewiesen, sie zu ehelichen, nicht wahr?«

»Ja, am Anfang erhielt ich die Anweisung. Aber eigentlich ist sie für mich doch etwas ganz Besonderes.«

»Ihr könnt sie doch noch gar nicht richtig kennengelernt haben.«

»Na ja, wer nicht wagt, der nicht gewinnt.«

»Dann sollten wir feststellen, ob sie es auch von dieser Seite sehen will. Kümmert Euch zuerst um Eure Aufgabe, Hauptmann. Alles andere wird ohnehin nebensächlich, wenn wir scheitern sollten.«

Selbst für einen Leiner wie Matson war es keine Kleinigkeit, sich einer Invasionsarmee in den Weg zu stellen und sie davon abzubringen, in Anker Logh einzufallen. Zu seinem Glück zeigte sich nach der Explosion nur ein kleines Loch im Schild. Als er an der Bruchstelle anlangte, waren erst ein paar Soldaten und ein Zauberer hindurchgeschritten. Der Magier erklärte sich bereit, die Truppen erst einmal halt machen zu lassen, und schickte einen Boten zu Mervyn.

Weiz erwies sich als geschickter Verhandlungsführer. Die Militärführung des Ankers sperrte sich auch nicht lange, die Bedingungen anzunehmen. Allerdings würden noch Jahre verstreichen, ehe sie sich sicher genug fühlte, das Kriegsrecht wieder aufzuheben und den Dingen ihren Lauf zu lassen.

Auf seiten der Reichskommandanten war sogar eine gewisse Erleichterung über Matsons Vorschlag zu verspüren. Viele Generäle und Stabsoffiziere empfanden die neuen Herren von Logh als widerliche Spießgesellen, die man eigentlich vom Antlitz der Welt tilgen müßte. Aber die Aussicht, bei einer kriegerischen Auseinandersetzung das ganze Anker zu vernichten, schmeckte ihnen noch weniger.

Die Bürger Loghs wußten, daß sie vor einer schwierigen Entscheidung standen. Entweder Untergang oder Unterdrückung. Den meisten gefiel die Brutalität der neuen Machthaber wenig, aber wenn die Alternative Tod lautete, fügte man sich in so manches. Die Bürger hegten die beruhigende Hoffnung, daß keine Diktatur auf Dauer repressiv bleiben konnte. Irgendwann würde es Reformen und andere Lockerungen geben. Und bis dahin ballte man halt die Faust in der Tasche.

Mervyn hatte die besten Zauberer zusammengerufen, um Suzl zu untersuchen. Das Ergebnis war niederschmetternd und bestätigte eigentlich nur Suzl Befürchtungen. Die Fallen in Coydts Bann fußten auf Suzls eigener Flux-Kraft. Die Magier erkannten die meisten dieser Fallen, aber man kam kaum an sie heran, denn sie waren so ineinander verwoben, daß schon der bloße Versuch, eine einzelne davon zu isolieren, die schlimmsten Folgen gezeitigt hätten.

Coydt hatte auch die Brücke zwischen Suzl und Spirit in seinen Bann einbezogen. Sollte es Suzl irgendwie doch möglich sein, den Fluch abzulegen, würde er sofort auf Spirit übergehen.

Natürlich bestand immer noch die Hoffnung, der Seelenreiter könnte eine Lösung finden. Doch dazu hätte man Spirit und Suzl zusammenbringen müssen; ein Risiko, das allen als zu groß erschien. Suzl glaubte darüber hinaus, daß der Seelenreiter sie nicht länger benötigte, daß ihre Arbeit für ihn getan war. Das Geisteswesen würde ganz gewiß nicht seine Wirtin in Gefahr bringen, nur um Suzl zu helfen.

»Wie steht es denn mit dem bindenden Spruch, den

Coydt mir vorgeschlagen hat?« fragte sie die Magier. »Was würde der für mich bringen?«

»Der Höllenprinz hat sein Handwerk verstanden«, erhielt sie zur Antwort. »Ihr würdet Euch an manches erinnern, doch Eure Perspektive hätte sich gewandelt. Euer bisheriges Leben käme Euch als vergeudete Zeit vor, als einzige Aneinanderreihung von Enttäuschungen, Stunden der Einsamkeit und Momenten der Leere. In Euren Augen wäre die Diktatur in Anker Logh nicht das Paradies für die Menschheit, aber Ihr selbst würdet darin alles zu finden glauben, nach dem Ihr Euch immer schon gesehnt habt. Und sobald Ihr Euch in Logh häuslich niedergelassen hättet, würdet Ihr das System als ganz natürlich und normal ansehen. Es gäbe für Euch nichts anderes, aber Ihr würdet es auch nie bereuen.«

»Und was geschieht mit meinem Körper?«

»Physisch und emotional wäret Ihr wieder eine Achtzehnjährige.«

»Also stehe ich vor der Wahl, auf ewig eine Mißgeburt oder für immer die brave Hausfrau zu sein.«

»Das kann man nicht so eindeutig sagen. Wir verstehen noch zu wenig von diesen Verstärkern. Unser Wissen wird sich in den kommenden Jahren mit Sicherheit erweitern. Und wer weiß, wozu wir in zwanzig Jahren in der Lage sein mögen ...«

»Oder erst in fünfzig oder hundert Jahren ...«

Cass, die sich zu den Magiern gesellt hatte, war bestürzt darüber, daß ihre alte Freundin ernsthaft in Erwägung zog, sich der frauenfeindlichen Diktatur in Anker Logh zu unterwerfen. »Für wen oder was willst du das alles auf dich nehmen?« fuhr sie Suzl jetzt an. »Ein junger Mann hat den Befehl erhalten, dich zu heiraten, um mir eine Falle zu stellen. Du kennst ihn gerade einen Tag und willst schon ihm zuliebe all dein früheres Leben hinwerfen?«

»Ob Weiz oder ein anderer, was spielt das schon für eine Rolle, Cass? Ich habe dir vor einiger Zeit zu erklären versucht, daß mein bisheriges Leben deutlich mehr Schattenseiten als heitere Stunden aufwies. Höchste Zeit also, es einmal mit etwas Neuem zu versuchen.«

»Aber du hast immer zu den Menschen gehört, die sich nicht so leicht etwas vormachen lassen. Du warst für mich immer das Symbol für einen freien und unabhängigen Geist!«

Cass hatte sich so in Rage geredet, daß Suzl erst einmal müde abwinkte. »Das war nichts als Schauspielerei. Ich habe damit versucht, den anderen und auch mir selbst etwas vorzumachen, mich vergessen zu lassen, daß ich eine Mißgeburt bin. Nur einmal in meinem Leben bin ich wirklich frei und unabhängig gewesen ... als ich mit Spirit zusammen war. Und jetzt stellt es sich heraus, daß ich mir auch da nur etwas vorgemacht habe. Ich hatte wieder einen Herrn, diesmal den Seelenreiter.«

Cass war durch diese Worte nicht zu beruhigen. »Aber ein solches Leben ... die Unterdrückung, die Demütigung ... man behandelt Frauen dort wie Dinge, die man wegwirft, wenn man genug von ihnen hat ...«

»Ach, Cass. Warum erregst du dich so? Weil dort nur die Frauen unterdrückt werden, nicht aber beide Geschlechter? Mach dir doch nichts vor. Ein Ort, an dem Frauen unterdrückt und degradiert werden, ist das Schlimmste, was man sich nur vorstellen kann, nicht wahr? Aber ein Ort, an dem Frauen und Männer unterdrückt werden, wie es in den meisten Flux-Reichen der Fall ist, ist zumindest akzeptabel, oder? Du müßtest dich einmal selbst hören, Cass. Natürlich ist es falsch, die eine Hälfte der Bevölkerung zu unterdrücken, aber es ist ja wohl noch schlimmer, wenn die gesamte Bevölkerung geknechtet wird.«

»Suzl, da draußen liegt ein wunderbares Fluxland, das du noch nie gesehen hast und das nur auf dich wartet. Und immerhin gibt es da noch einen Säugling, der seine Eltern braucht.«

»O ja, schau mich an! Sehe ich wie ein leiblicher Vater aus?«

Cass starrte auf die überdimensionierten Brüste, das

gewaltige männliche Organ, den verunstalteten Leib ... Übelkeit stieg in ihr auf. Sie drehte sich plötzlich um und lief davon.

Später kam sie mit Mervyn zusammen und brachte noch einmal ihren Unmut darüber zum Ausdruck, daß man mit den neuen Machthabern von Anker Logh Verträge abschließen wollte. Sie brachte ihre Einwände so heftig vor, daß dem alten Magier schließlich der Kragen platzte: »Cass, so geht es nicht«, erklärte er ihr streng. »Du kannst nicht bei den einen etwas verdammen, was du bei anderen gutheißt.«

Sie sah ihn verwirrt an. »Was meinst du damit?«

»Coydt hat seine Männer vornehmlich aus den Fluxländern rekrutiert, die von Zauberinnen beherrscht werden. Von grausamen, tückischen und machtbesessenen Frauen. Dort waren seine Männer die Objekte. Sie mußten dort die Drecksarbeit erledigen. Ich spreche nicht von irgendwelchen obskuren Fluxländern, sondern von denen, die zu deinem Reich gehören. Ländern, denen du gestattet hast, die Männer so zu behandeln.«

»Mag sein, daß man sie falsch behandelt hat, aber deswegen kann man doch noch lange nicht gutheißen, wenn sie jetzt einfach den Spieß umdrehen und die unterdrücken, die sie vorher unterdrückt haben!«

»Selbst die hehrsten Ideale degenerieren im Lauf der Zeit zu Ausreden und Rechtfertigungen für die Mächtigen. In den Ankern wurden verkrüppelte und kranke männliche Säuglinge von den Priesterinnen umgebracht. Weibliche Babies hingegen, die irgendwie behindert waren, brachte man nach Flux, um sie dort gesund zu machen. Diese Mädchen erwiesen sich später als besonders fügsam, sie wurden die Priesterschülerinnen mit den besten Noten. Die Welt, Cass, mag verkommen und verdorben sein, aber wir Menschen haben sie dazu gemacht. Wie können wir heute über unsere Vorgänger richten, uns selbst aber beim Urteil ausnehmen?«

Cass bebte innerlich. Sie hatte nichts mehr, woran sie

noch glauben konnte. Nur noch eine vage Hoffnung blieb ihr: Sie lief hinaus und suchte Matson. Der Leiner packte gerade seine Habseligkeiten zusammen.

»Wo willst du denn hin?« fragte sie verwundert.

»Nach Hause«, antwortete er. »Es ist jetzt alles getan und erledigt, Cass. Höchste Zeit für mich, zum normalen Leben zurückzukehren.«

»Und was ist mit mir?«

Er seufzte. »Cass, solange du Priesterin und durch Eide gebunden warst, brauchte ich dir nichts davon zu sagen. Doch jetzt sollte ich dich wohl nicht länger im unklaren lassen. Cass, ich bin seit fünfzehn Jahren mit einer Ex-Leinerin verheiratet und habe drei Kinder. Meine älteste Tochter besitzt Flux-Kraft und will Leinerin werden. Ich muß mich um sie kümmern.«

Cass glaubte, den Boden unter den Füßen zu verlieren. Die ganze Welt hatte sie betrogen, selbst der einzige Mensch, den sie jemals wirklich geliebt hatte.

Matson sah sie mitleidig an. »Was hast du denn erwartet? Du hast vor achtzehn Jahren deine Wahl getroffen. Du hast dich dafür entschieden, eine Heilige zu werden. Und bei all den Eiden und Gelübden, die du auf dich genommen hast, konnte ich kaum davon ausgehen, daß sich an deiner Entscheidung jemals etwas ändern würde. Du warst immer eine besondere Frau, Cass. Aus dir wäre eine Leinerin geworden, wie die Welt sie noch nicht gesehen hat. Und ein größeres Lob kann ich keinem Menschen machen. Aber das war einmal. Ich liebe meine Frau und meine Kinder. Mir blieb nach deiner Entscheidung nichts anderes übrig, als mich nach etwas anderem umzusehen. Meine Familie hat bestimmt schon Angst um mich und denkt, es hätte mich erwischt. Ich muß zu ihr zurück, denn dort ist mein Platz.«

Cass konnte ihren Zorn nicht länger zügeln. »Ich habe Mittel und Wege, dich zum Bleiben zu bringen!« schrie sie. »Ich bin eine mächtige Zauberin, und ich kann alles bewirken, was ich will! Ich werde dich so sehr in mich verliebt machen, daß du an gar nichts anderes mehr denken kannst!«

Er zuckte zusammen, bewahrte aber die Kontrolle über sich. »Ja«, sagte er langsam, »das alles könntest du. Du könntest mich in dein Schoßhündchen verwandeln, während du gleichzeitig die ganze Zeit durch das Lager rennst und jeden anherrschst, wie verdammungswürdig doch das ist, was die neuen Machthaber in Logh den Frauen antun. Nein, Teuerste, man kann von Coydt halten, was man will, er hatte recht. Wenn du etwas unbedingt haben willst, setzt du deine Macht ohne Rücksicht auf Verluste ein. Nur zu, meine Beste, setz deine verdammte Flux-Kraft ein und verwandle mich in deine Marionette. Dann wärst du keinen Deut besser als all die anderen Flux-Fürsten, aber das macht dir ja nicht viel aus, nicht wahr? Ich gebe dir nur einen Rat: Beeil dich, denn ich besteige gleich mein Pferd, rufe Jomo und reite nach Hause.«

Schon lag Cass der Zauberspruch auf den Lippen. Doch da hörte sie in einem Winkel ihres Bewußtseins Coydts Stimme: *»Mach doch! Tu's doch! Du hast die Macht, es zu tun, und das ist alle Rechtfertigung, die du benötigst. Ich bin nicht tot. Ich werde nie sterben. Nur zu, greif ihn dir ... und dann bist du endlich wie ich.«*

Matson zurrte an den Satteltaschen, stieg auf sein Roß und ritt langsam davon.

Nun war Cass nichts mehr geblieben. Coydts Plan war damit aufgegangen. Er hatte ihr den bindenden Spruch genommen und sie damit ihrer Entschuldigungen beraubt, hinter denen sie ihre oft törichten und lebensfremden Hoffnungen und Wünsche hegte. Er hatte sie in die Grausamkeit der Wirklichkeit gestürzt. Er hatte allen Schutz von ihr gerissen. Coydts letzte Lektion lautete, daß Macht im Grunde für ihren Besitzer wertlos war, solange er sie nicht gegen andere und auf deren Kosten einsetzen konnte.

Mervyn trat zu ihr. »Sie bringen Spirit auf die Schürze«, erklärte er. »Wir gehen ihr mit Jeffron entgegen.«

Sie blickte nicht auf. »Wahrscheinlich will sie mit ihrem

Sohn im Anker bleiben«, sagte sie tonlos. »Ich könnte mich genausogut für Stöckelschuhe und Strapse entscheiden und mit ihnen gehen. Ich bin es satt, ich will diese gräßliche Welt nicht mehr sehen.«

»Wer weiß, vielleicht erwartet dich ja eine Überraschung. Spirit ist viel stärker, als du glaubst. Bedenke nur, wie hervorragend sie alles überstanden hat.«

Jetzt drehte sie sich zu ihm um und sah ihn an. »Spirit ist mit ihren Pflegeeltern zusammen. Suzl hat sie verloren, obwohl ich annehme, daß der Seelenreiter sie über den Verlust hinwegtrösten wird. Er wohnt immer noch in ihr und wird seine Wirtin beschützen, solange das seinen Plänen dient.«

Mervyn zupfte sich am Bart. »Vielleicht hast du recht, vielleicht auch nicht. Die Bräune auf deiner Haut steht dir übrigens ausgezeichnet. Du solltest noch dein Haar bleichen.«

Sie lachte kurz und trocken. »Wozu und für wen?«

»Keine Ahnung, aber du lebst, du besitzt Macht, und du gehörst jetzt zu den ganz wenigen, die wirklich vollkommen frei sind. Es war nicht alles umsonst, Cass. Wir haben gegen das Böse gekämpft und es auf einigen Gebieten besiegt. Was wir erreicht haben, ist nicht perfekt, aber ganz sicher besser als das, was vorher war. Und darauf darfst du zu Recht stolz sein.«

Sie starrte ihm nachdenklich hinterher, als er fortging.

»Ich bin gekommen, um Lebewohl zu sagen«, erklärte Suzl. »Ich gehe nach Anker Logh.«

Cass nickte ernst. »Ich kann mir zwar immer noch nicht vorstellen, wie man an einem solchen Ort leben möchte, aber zumindest verstehe ich jetzt etwas besser, warum dir keine andere Wahl bleibt. Ich wünsche dir viel Glück, Suzl.«

Dugger halfen der unförmigen Suzl auf einen Wagen, und sie fuhr davon. Der Wagen beförderte sie zum Flux-

Rand. Dort halfen ihr die Dugger hinunter. Ganz allein sah sie sich der Leere gegenüber. Tränen standen ihr in den Augen; sie weinte nicht um sich, sondern um Cass, Spirit und all die anderen. Niemand von ihnen konnte sie verstehen; zynischerweise wäre nur Coydt in der Lage gewesen, ihren Entschluß nachzuvollziehen. Sie war eine Mißgeburt, die allerdings über Flux-Kraft verfügte. Mit einiger Mühe könnte sie die Handhabung der Energie vervollkommen, sich ihr eigenes Reich schaffen und andere Wesen in ihr Ebenbild transformieren, die sie dann anbeten durften. Sie wäre dann ein weiteres Kind Coydts, und es gab heute auf der Welt schon zu viele kleine Coydts. Kein einfache Entscheidung. Nein, genug der schwierigen Alternativen ...

Sie rief den bindenden Bann über sich. Im ersten Moment wurde ihr schwindlig, und sie verlor das Gleichgewicht. Sie hockte da und sah an sich hinab. Sie war wieder normal! Dann stellte sie verblüfft fest, daß sie immer noch über Flux-Kraft verfügte. Sie erhob sich und zauberte sich einen Spiegel herbei. Sie betrachtete sich. Tatsächlich sah sie recht gut aus.

Sie warf ihrem Spiegelbild eine Kußhand zu. Was für attraktive große Augen, was für sinnliche Lippen! Alles, was Suzl im Spiegel zu sehen bekam, gefiel ihr von Sekunde zu Sekunde besser. Sie legte sich mittels Zauberkraft Make-up auf. Sie kleidete sich in Strapse und einen winzigen, durchsichtigen Slip, der ihre Tätowierung nicht bedeckte.

Endlich fühlte sie sich bereit. Grimmig lächelnd sagte sie sich, daß dies das erste und einzige Mal gewesen war, bei dem die Flux-Kraft ihr hatte helfen können. Sie drehte sich zum Anker um. Eine leise Stimme in ihr flüsterte, daß sie immer noch umkehren konnte. Vielleicht die letzte Verbindung zum Seelenreiter ... Ja, nun stand die Entscheidung bevor: Wenn sie den Anker betrat, gab es keinen Weg mehr zurück.

Sie atmete tief durch und marschierte mit schwingenden Hüften nach Logh. Eine schmale Treppe führte zum Wall hinauf. Zwei Soldaten hielten Wache. Sie starrten Suzl an, wie es ihr von Männern noch nie widerfahren war. Das gefiel Suzl sehr. Sie stolzierte zu ihnen, senkte die Lider und wartete, bis man sie ansprach.

»Was wünscht Ihr, gnädige Frau?« fragte einer von ihnen.

»Mein Gemahl, der Hauptmann Weiz, soll sich in der Gegend aufhalten. Ihr würdet mir einen sehr großen Gefallen erweisen, wenn Ihr mich zu ihm führen könntet.«

»Man hat uns schon gebeten, Euch hier zu erwarten«, antwortete der Soldat. »Erlaubt mir, Euch die Treppe hinunterzuführen.«

Suzl hatte schon oft gesehen, wie Frauen sich ritterlich behandeln ließen, doch bei ihr war es nie so weit gekommen. *Das ist es, was ich immer gewollt habe,* erkannte sie. Und es scherte sie nicht im mindesten, ob sie das wirklich glaubte oder ob der Bann sie zu dieser Erkenntnis gebracht hatte. Sie wollte nur noch verwöhnt werden und genießen. Und sie sah sich nicht ein einziges Mal mehr zum Flux um.

Dannon und Cloise betraten mit Spirit die Schürze. Cass beobachtete sie, wie sie näher kamen. Dannon trug eine militärische Uniform, deren Rangabzeichen ihn als Leutnant auswiesen. Cloise lief im vorgeschriebenen Abstand hinter ihm und sah aus wie eine billige Prostituierte. Hinter ihnen schritt Spirit, die ähnlich freizügig wie ihre Pflegemutter bekleidet war. Nur wirkte Spirit im Gegensatz zu Cloise sehr unglücklich.

Cass trug einen hellbraunen Pullover, schwarze Jeans und Reitstiefel. Sie wollte in diesem Land der Machos und Frauenverächter als starke weibliche Persönlichkeit erscheinen, die sich von keinem Mann etwas vormachen ließ. Was blieb ihr auch sonst übrig, um ihre Selbstachtung aufrechtzuerhalten?

»Hallo, Schwester Kasdi«, begrüßte Dannon sie. »Ihr seht etwas verändert aus.«

»Mit der Schwester Kasdi ist es vorbei, nennt mich Cass. Ich repräsentiere nicht mehr die Kirche und auch nicht das Reich. Ich stehe hier als besorgte Mutter und Großmutter.« Sie betrachtete Spirit. »Keine Drogen oder Hypnose? Hat man ihr alles erklärt?«

Die beiden Eltern nickten.

»Spirit, wie geht es dir?«

»Ich fühle mich schlecht«, antwortete die Tochter.

Ein Mann erschien aus der Leere und trug Jeffron auf den Armen. Der Knabe lutschte am Daumen und sah sich interessiert nach allen Richtungen um.

»Dein Sohn, Spirit«, erklärte Cass, nahm den Säugling und reichte ihn ihrer Tochter. »Mein Enkel.«

Spirit drückte den Knaben an sich. Dann sagte sie: »Man hat mir mitgeteilt, Suzl sei tot. Stimmt das?«

Cass dachte kurz nach und hielt es dann für besser, sie in diesem Glauben zu lassen: »Ja, das entspricht der Wahrheit.«

Spirit sah die drei an. »Was soll nun aus mir werden?«

»Du kannst es dir aussuchen«, sagte Cass. »Entweder du bleibst hier, oder wir führen dich durch den Tempel in eines der drei anderen Anker, wo du dich mit deinem Kind niederlassen kannst.«

Spirit blickte plötzlich ihre Pflegeeltern an. »Ihr macht mich krank«, erklärte sie ihnen. »Viele Menschen kann ich begreifen, doch nicht euch. Ich habe euch geliebt, doch ihr habt mich getäuscht. Draußen in Flux sagte ich mir oft, wie wunderbar es sein müßte, wieder ein ganz normales Leben in aller Geborgenheit in Anker Logh führen zu können. In Flux fühlte ich mich abgeschnitten, allein und hilflos. Doch das war gar nichts im Vergleich zu der Abgeschnittenheit, dem Alleinsein und der Hilflosigkeit, die ich in den vergangenen zwei Wochen in Logh erlebt habe.« Sie gab Cass das Baby und löste die Stöckelschuhe von ihren Füßen. »Kommst du, Mutter?« forderte sie Cass auf.

Cass betrachtete ihre Tochter und war furchtbar stolz auf sie. Sie war sich nur nicht so recht im klaren, ob Spirits Entscheidung richtig war. »Du mußt das nicht tun, Liebes«, erklärte sie sanft. »Es gibt noch drei Anker, in denen du dich niederlassen kannst.«

»Ich habe das alles schon einmal mitgemacht«, erwiderte die Tochter. »Beim ersten Mal war ich darauf nicht vorbereitet. Heute sieht das anders aus. Ich will mir die größte Mühe geben, um nicht alles, was vorher war, wieder zu vergessen. Weißt du, ich habe mir überlegt, daß ich möglicherweise viel besser dran bin, wenn ich nicht mehr mitbekomme, was die Menschen sagen und tun. Vielleicht wäre die Welt in einem besseren Zustand, wenn jedermann die Schönheit eines Schmetterlingsflügels erkennen könnte und viel mehr Zeit damit verbringen würde, seine Mitmenschen zu lieben, so daß ihm keine Zeit mehr bliebe für Haß und Furcht.«

»Ich könnte den Bann von dir nehmen«, sagte Cass. »Ich könnte ihn auf mich übertragen. Vermutlich würde ich dann das Glück finden, daß mir so viele Jahre lang versagt geblieben ist.«

»Nein, Jeffron soll beide Welten kennenlernen. Er bekommt von mir, was ich ihm nur geben kann, aber darüber hinaus benötigt er den Schutz eines Zauberers und die Führung und Erfahrung von jemandem, der sich in der Welt auskennt.«

Cass spürte, wie alle Schmerzen und Erregungen der letzten Tage und Stunden von ihr wichen. Neue und ganz andere Erfahrungen erwarteten sie und ihre Tochter. Gemeinsam an dem verdutzten, sprachlosen Pflegeeltern Spirits vorbei, gingen sie in die Leere.

Hexensabbat

»Er ist tot«, erklärte Gifford Haldayne den anderen fünf. »Dieser Mistkerl ist wirklich und tatsächlich tot.«

Romua Togloss, die ehemalige Himmelskönigin, Präsidentin des Rats der Sieben und Haldaynes Halbschwester, lächelte.

Alle in der Runde nickte zufrieden. Sie waren alle gekommen, was nicht oft der Fall war, und hatten sich in ihrem geheimen, kleinen Fluxland zur Sitzung getroffen: Chau Babaye, die atemberaubend schöne Hexe der südlichen Wüste; Ming Tokiabi, das kleinwüchsige technische Genie; Vrishnikar Stomsk, der hagere Mathematik-Magier mit dem Ziegenbart, und Zelligman Ivan, der hünenhafte Militärstratege der Höllenfürsten. Obwohl sie jetzt nur noch zu sechst waren, repräsentierten sie die mächtigsten Zauberer von Welt, die das gemeinsame Ziel zusammengeführt hatte, die Höllentore zu öffnen.

»Wir benötigen ein neues Mitglied«, bemerkte Ivan. »So erleichtert wir auch über das Ableben dieses Wahnsinnigen sein mögen, so schulden wir ihm doch zumindest Dankbarkeit. In einer einzigen Serie von Attacken hat er das Reich demoralisiert und Schwester Kasdi vernichtet. Das Reich, liebe Freunde, liegt heute in Scherben da, jedes Land und jedes Gebiet kümmert sich dort nur noch um seine eigenen Interessen. Eine wahrhafte Heldentat von Coydt.«

Haldayne lächelte kurz. »Das darf man mit Fug und Recht behaupten. Wie die neuen Zustände für unsere Ziele nutzen. Doch über diesem Erfolg dürfen wir nicht vergessen, die Forschung und die Erkundung der alten Technologien voranzutreiben. Coydt wußte mehr darüber als wir alle zusammen. Wir müssen also seine geheimen Labors und Forschungs-Teams aufspüren, müssen in Erfahrung bringen, was er uns an Wissen voraus hatte. Sobald wir das Wesen des Wächters und seine Sprache verstehen, können wir alle Höllentore öffnen.«

»Ihr unterschätzt die Neun. Sie werden es uns alles andere als leichtmachen«, wandte Gabaye ein. »Wir können ein Tor erobern und halten, vielleicht auch zwei oder drei oder vier. Aber alle sieben ... ich habe da meine Bedenken.«

»Ich habe auch nicht gesagt, daß es ein Kinderspiel sein wird«, entgegnete Haldayne barsch. »Aber es ist uns jetzt endlich möglich. Leider arbeiten die Verstärker neben den Höllentoren nicht einwandfrei. Und die Leere dämpft und verzerrt alle Radio- und Funksignale. Ich fürchte, selbst wenn wir sie großräumig umlenken, haben wir damit noch keine Erfolgsgarantie.«

»Keine Bange«, sagte seine Halbschwester. »Dieses Problem können wir getrost den Forschungs-Labors der anderen Seite überlassen. Wir haben uns so lange in Geduld geübt, was machen da noch ein paar Jahrzehnte aus.«

Sie alle murmelten und nickten zustimmend. Ein Diener erschien und füllte die Gläser und Becher nach. Haldayne erhob sich, hielt sein Glas hoch und rief: »Auf unseren unaufhaltsamen Sieg, auf unsere zukünftige Macht!«

ENDE